王大兵　　蒋?

张敏　　李明珍　　　　　李?冬

贾?田

袁国?

刘雪静　　　我?　　　王弘

?超　　　　严长飞

赵敏香

于连有

唐龙敏　　陈刚

范俊?

王艳　　柏雪　　　王晓东

陈小丁　　秦俊?

魏桂花　　石好好　　　李怡

百炼成钢

唐朝晖 ___ 著

北京出版集团公司
北京十月文艺出版社

水 没 了，没 了 导 演
没 了 伴 舞 者，没 了 观 众

铁 架 在 自 然 的 风 尘 中
表 演 着 哑 剧

房　子　傍　着　山
小心翼翼地生长了几十年

房子旧了，石头缝里
长出了一根根灌木

准 备 炼 钢 的 废 铁

置身坑底，铁矿石呈黄金色
时间流逝，矿石成灰
由上至下，流淌成石头瀑布

从 厂 房 的 上 面 看 我 们
在 露 天 的 矿 山 里 看 我 们

长　出　来　的　草

群　　雕

工，gōng

① 工人和工人阶级：矿～｜钳～｜瓦～｜技～｜女～｜～农联盟。
② 图工作；生产劳动：做～｜上～｜加～｜勤～俭学｜省料又省～。
③ 工程：动～｜竣～。
④ 工业：化～（化学工业）｜～交系统。
⑤ 指工程师：高～（高级工程师）｜王～。
⑥ 图一个工人或农民一个劳动日的工作：砌这道墙要六个～。
⑦ （～儿）技术和技术修养：唱～｜做～。
⑧ 长于；善于：～诗善画。
⑨ 精巧；精致：～巧｜～稳。
⑩ （Gōng）图姓。

——《现代汉语词典》（第 7 版）

红　　　色
蓝　　　色
铁　灰　色
黄　　　色

百炼成钢

他们无法表述自己；他们必须被别人表述。

——卡尔·马克思《路易·波拿巴的雾月十八日》

CONTENTS
目录

屠学信

1955年12月出生于北京，
1975年入厂。
第一炼钢厂，炼钢工。

白继武

1959年8月出生于北京，
1982年入厂。
轧钢工。

刘　英

1960年出生于内蒙古，
1981年入厂。
食堂。

彭建军

1962年出生于北京。

第 一 卷　石 景 山

赵西如

1964 年 2 月出生于辽宁绥中，
1993 年入厂。
食堂管理员。

戴利

1965 年出生于河北青龙，
1985 年入厂。
汽车司机。

沈颖杰

1965 年 4 月出生于辽宁锦州，
1984 年入厂。
钳工。

荀焕宾

1966 年出生于河北泊头，
1986 年入厂。
仪表维护工。

杜建华

1967 年 4 月出生于河北唐山，
1985 年入厂。
电修厂，电工。

苏慧

1970 年出生于山东平阴，
1993 年入厂。
三炼钢。

刘宝华

1972 年 8 月出生于北京石景山，
1991 年入厂。
运输部，钳工。

刘健

1976 年出生于北京，
1994 年入厂。
二炼钢，浇钢工。

何磊

1978 年 5 月出生于北京，
1996 年入厂。
第二耐火材料厂。

杨瑞东

1992 年出生于内蒙古，
2015 年入厂。
服务公司。

关续文、魏公恕、刁　祥、张兴隆、
杨立宗、刘正五、仲德贵、闫东来、
赵长白、濮存惠、徐永起、何明仁、
赵军甲、安朝俊、曹宪波、牛东卯、
关长河、牛满仓、一　方、刘云丽、
晓　城、罗文铭、张旭东、张贺顺、
张顺昶、刘　宏、逯云龙、杜丽娟、
崔国富、张淑美……

曾　杭　芦小飞　程　超　赵文科

汽车司机。二炼钢。维修工。铸机工。

1

　　墙上挂了七个小木框，有版画、油画和照片。东边墙上，是房子主人龙格拉从捷克淘回来的一幅版画，版画内有作者的签名和时间：K.Tdl·1919，版画外右下角是作者的手写签名。木框，银灰色漆，有些地方露出了木头的本来颜色。

　　画面上，一位女人披了件有帽子的大衣，手置于胸前，后面跟了个六七岁的孩子。几只小鸡，肥肥的，可爱的呆萌劲，其中一只站在路边，欢快的样子，盯着走过来的女人，像是关心的神情。再远的地方，一个男人侧身于井边干着什么事情，大雪覆盖了房屋和大地，雪融化出一条浅浅的路来，树高大地长在房屋后面。

　　画框背面整张纸裱糊着，背板与画框相连，有些纸裂了，背纸的中间又贴了张小卡片，两行蓝色字，版画家的名字，还有数字：1944，估计是收藏者写上去的时间。小卡片正中有一个签名，字迹溶解于纸上了，很难被发现，铅笔字，捷克文。

　　1919年的版画，龙格拉对文物有一种敬重，淘回来后，他没有做任何改变，只是把画从捷克人的墙上取下来，挂在中国人的钉子上。

西边靠南的墙，上下两个镜框，上面是汪曾祺先生的照片，下面是汤唯，照片都偏小，框子大一些。龙格拉说，之前只挂汪先生的照片，没什么动静，后来，汤唯照片挂在下面后，汪先生的照片就一直往下掉，现在都斜了。

屋子中间，三张条桌拼成一张更长的桌子，两边坐人，面对面，显得亲近，这是你经常来喝茶的地方。

2015年下半年的一个下午，一直到晚上11点，韩敬群先生坐长桌右边，你坐其旁，对面是龙格拉，你们三人谈的话题，转到了你的写作上，当时你的《折扇》在做最后的修改，已近尾声。

对于后面的写作，你有四种想法：第一，你有连续三个月在西藏转悠的经历，你是一个迷失者，你想以"寻找"为主题，找回自己。作品分两条线索，第一条是现实中的自己，40岁，川藏南线入藏；第二条是精神中的自己，14岁，从湖南老家湘乡铁合金厂出发，入藏，不去想象两个"自己"是否会遇上，是否会相识，让文章自然发展。第二，你在湖南铁合金厂炼铁车间干了整整十年，你想写写那批工人和同事。第三，你想写湖南的湘西，写楚文化。第四，你想写王阳明，学生与先生的对话，似乎在喊醒睡梦中的你。

韩敬群，20世纪90年代初，毕业于北京大学，学的是古代汉语。龙格拉说，韩敬群为中国当代文学的出版，注入了古典的气息，于今天的文学，是一种很好的传承。他们两个人，一条条地把你的创作计划，给出了否定的理由，韩敬群说，写西藏的人很多，一知半解的更多。他们看好你第二个创作方向，写工人，那是你生命中的一部分，因为你真正爱着这个群体，你在这个群体中生活了十年，工人、工厂是你生命的主色调。韩敬群先生说，工人，你可以写……

从那个晚上开始，在你离开了工厂20年后，你重新回到工人的队伍里……

北京首钢厂区有座山，名石景山，山不大，以前有过很多称呼，如梁山、石经山，当地人习惯叫它小西山，海拔仅183米，石景山区也因此山而得名。山位于工厂内，停产前，少有人去，不太为人所知。

石景山上的古建筑群源于唐、宋、元、明、清各时期，有不同程度的修缮，传承有序，现存建筑，多为明清遗存。20世纪中叶，遭人为破坏。工厂生产期间，山中古迹大部分被尘封。

你住红楼，位于石景山下。吃过午饭，刘娜引路，择小道上山。刘娜，高个女孩，一米七有余，一家两代在首钢上班。

红楼的不远处是白楼，日本侵占时修建，作为"石景山制铁所"管理人员家属楼。白楼和红楼，没太多象征意义，就是根据房子外立面墙的颜色而得的称呼。朱德、彭德怀、刘少奇等人来首钢，都曾在这住过。不远处是龙烟别墅，小院隐于林中，两排青石垒砌的房子，是工厂历史的见证者。那么多的人，来来往往，每次三五人，一两人，进进出出。推开门，聊天说话，有神色紧张的，有自在自然的，有外国人，有中国人，有北洋政府时期的，有日本侵略时期的，有国民政府时期的，有今天的官员和工人。他们说话，敞开门，树林的声音，进到屋里。

龙烟别墅是1919年建厂之初，工人利用开山辟路的青石，就地取材砌成的，给美国的技术、管理人员居住。在查阅资料的过程中，你还查到了1919年美国人设计的首钢平面图，当时叫龙烟炼厂。因此，首钢这栋最早的房子顺理成章地叫龙烟别墅，直到现在。

石景山上的古建筑，你首先见到的是碧霞元君庙。碧霞元君，道教中的重要神仙。西边是元君殿，主体建筑物都是后来修复的，但长长的石阶，历经数百年风沙、流水的磨砺，在苍翠古树的掩映下，古意益然。殿前两块石碑，太老了，脱落、风化，坑坑洼洼，字迹早已归于粉尘，飘飞于不可见的时间空洞里。

在古树林里，抬头，总会有一两根烟囱，悄悄地露出来，让你看见。

出元君殿，站在院子里，枝叶浓密，远处的巨型水塔，透过树枝，你感知到了它的硬度。风、古树，绿叶摇曳、缥缈，与坚硬的现代化水塔，一动一静，于一景之中。

万历年间的一块石碑，碑文清晰，底座正面雕刻双龙戏珠，两侧有鹿，阴面刻有仙鹤，飞翔于云彩之上，下面山峰林立。

透过元君殿西墙小门，可见不远处的碑亭。

约建于唐朝的金阁寺，为佛教寺院，与"玉皇殿""老君庙"等道教建筑物同处一山，两教仅一墙之隔，小门相通，自具其意。

你站在《重修净土寺添置田亩碑记》前，这块明代石碑记载了金阁寺的一些往事，如买地为寺庙之用，金阁寺改名为净土寺的时间，等等。凝视着粗粝的碑石，它到底是想把文字紧紧地锁在自己的身体里，还是想把文字挤出去？你看到的是残缺的时间，和尘埃的步步紧逼。你听到身后的隆隆之声，听到了夜晚的寂静，听到时间掷地有声。

时空到底想拿走什么？你的身后，是来时的路。

查阅资料的过程中，你被这段碑文打动："金阁寺自晋唐以来所藏石经，碎而言断，岩穴鲜有存焉。"

"碎而言断"四个字，直直地撞进你的身心灵，无法释怀，一种怎样的力量？碎，是生活？是时间？是现在？还是历史？碎了，语言断了，那有不断的东西吗？简单的字消融在无限里。在石头与粉末间急急寻找，"碎而言断"沉沉浮浮地出现在你面前，四个刻凿在石头中的字，你一个个地找出来，读出声来，被林中的风接走，被散落在树叶间的光影照见。碑文里的这四个字，在专注的凝神中，静下来，你闻到了匠人溅起来的石头粉末味道，你听到了诵经的声音，看见了劳动者在噪声里奔走的影子，山下的工厂，在你来之前，早已搬迁，但一切没有断，也不会断——碎而言断。

1919 年的工人，到今天的工人，如骤雨的屋檐，雨滴成线，水把大地的味道冲刷到你面前。面对这四个字，其他的表达，都无力、无助。在这警示之下，你用敬畏的、小心翼翼的文字，描摹出今天最重要的一类人，速写他们的生活，让他们说出自己的想法，让他们在夜晚回家的影子，找到说话的地方。让他们一个人一个人地，单独地，站在月光之下，看明星闪耀。

你用手，摩挲着，石碑享日光流年之静，守月夜清凉之美，凿刻的文字被风化，被人为冲击，你想去看看藏经洞的模样，看看那些文字曾经堆积的地方。

唐宪宗时期，金阁寺在山上凿有藏经洞，这也是石经山之名由来之一，但至今仅发现 100 余字。孔雀洞，藏经洞之一。把一块巨石掏空，形成的孔雀洞，你走进去，进入石头的里面。洞里有高浮雕、半立体石刻站立菩萨像一尊，脸部被人为凿坏，右手垂落，左手置于身前，衣服褶皱清晰，内容繁复，多层次的造像，更显雕刻作品体态飘逸，身形尊严、优美。洞里清凉幽静。孔雀洞旁的台阶狭窄，有点陡峭，到了上面，豁然开朗，一个大开间，上面还有石窟。

旁边的双眼古井，2004 年才从尘土、碎石堆中被发现，挖掘出不少文物。

《帝京景物略》是一本集历史、地理、文学于一体的书籍，晚明小品文典范之作，作者刘侗、于奕正，书中写到了石景山："山最上，金阁寺。"

继续往上，山顶曾有塔，毁于抗战时期，名字被人忘记。塔下不远处，石景山的西北方向，有"石室瘗窟"，这类洞窟开凿在常人难及的悬崖石壁上，形无定制，面积较小，空间仅供一人禅坐，洞窟外的上、下石壁上，雕刻有佛教的花纹和图案。石景山现已发现"石室瘗窟"五窟。

1991年，首钢在金阁寺塔的遗址上，修建"功碑阁"，模仿颐和园的佛香阁，这比那些没有文化底蕴而新设计出来的塔、楼阁、碑亭要美妙得多。首钢设想把做出过非凡贡献的工人名字，刻在石碑上。后来，这一想法没有实现。站在塔的最高层，石景山钢厂全景，一览无遗。

首钢厂区8.63平方公里，就分布在这座小山的周围。

山东边，工厂的凉水池、焦化厂、炼铁厂。四个高炉，粗大的管子、烟囱、铁管，构成空中走廊，一个工业的铁世界，凝固在工厂最上面。热血沸腾的钢铁厂，被过去的年代收割而去，两根硕大的铁管，"人"字形交叉。3号高炉有钢铁流程介绍，来参观的中小学生，可以体验当一天工人的感觉。

再远处，是首钢特钢厂房，中间隔着石景山区的一个自然村。

石景山北，以正在修建的高架桥为界，一边是石景山电厂，两个巨型水塔，成为城市的绝对主角，后面的城和居民是背景，另一边是首钢厂区。

山的西边，是悬崖，首钢围墙外的永定河，睡莲不少。丰沙铁路，从北京丰台到河北怀来的沙城，不时有火车经过，现在客车少了，大部分是货车。

工厂更远处的外围，是首钢铸造村家属区、模式口家属区，金顶街家属区，住的大部分是首钢工人。家属楼绕厂小半圈，自成一座小城。

你和刘娜在山上待了一个下午，天气有些热，好在树荫浓郁，石洞清凉。

落日低悬于远处山岭，你们才有下山之意。

屠学信

1955 年 12 月出生于北京，1975 年入厂。

第一炼钢厂，炼钢工。

> 不是你不够坚强
> 是海水日日夜夜地喊着人类的名字

我们家胡同口有个打铁铺，师徒两人每天在里面抢锤子，师傅使小锤，引着徒弟使的大锤，一点点地锤着师傅手中夹着的铁。发红的铁，往水桶里放，随着刺激的刺刺声，升腾起团团白雾，打铁的屋子不大，光线暗，我想，炼钢肯定比这更加的热。

到一炼钢，看那环境，工人可够累的。我接触的人，净是聪明人，当时吴凯林，脑瓜子好使，不是简单出体力的人，用优秀人的标准来衡量：素质、外形、能力，都很好。

当时咱们国家年产 2300 万吨钢，英国 2500 万吨，日本8000 万吨，美国都快一亿吨了，差距非常大。我当时想，既然学了炼钢，能不能通过我这个螺丝钉的努力，起码超过英国，再超日本？就有这么一个简单的想法，特别朴素。

现在钢炼得太多了，年产过七八亿吨了。

第一炼钢厂是苏联援建的。那时候我们穿的帆布特别厚，冬天好一点，夏天的衣服，全身都是汗湿的，湿到袖口，袖口帆布叠了好几层，湿不透，太厚了，裤子湿到膝盖，每天如此。

从体力上讲，现在炼钢连以前 1/10 都到不了。当时出不出得好钢，就是看火焰的功夫，看的功夫是练出来的。

我们一边炼钢一边清炉下，炼着钢还喷着火花，这很危险。谁也不敢去清，就我敢。我清之前，看准炉口的钢花，它跳跃的密度，还有色彩、高度也是可以看出来的，我会听炉子的声音，它每次发出的声音是不一样的，根据钢花、声音，知道炉子什么时候会喷火，什么时候不能在下面清了，这需要精准的判断，每炉钢有六七分钟的时间不会喷，我就可以去清，我就找到这几分钟，赶紧在炉下干活，如果喷出来，人就有危险。

转炉的性情其实是稳定的，只要你不是一个躁动的人，转炉就是一只兽，你温柔地抚摸，兽是温顺的。

以前是初级阶段，王进喜跳到泥浆里，现在也没必要跳了，即使跳下去，也和得不匀，质量也不会比现在好，那会儿就需要王进喜这样的人，跳进去才能干成，我们现在要的是一种精神，而不是具体的过去的那些事。

一炼钢劳动强度大，一直到停产，都那样，设计就这样，人就得付出巨大的劳动喂给机器"吃"，它才能正常地活，才能把石头变成钢水。

干得再好，出钢再多，像我是1976年的厂先进代表，付出多、干得多，最多就是一个奖状，一张纸，一分钱没有，改革开放之前，就这样。

我一直在一线。

1989年，首钢两个全国劳模，一个是周冠五书记，管理者的代表，还有一个是36岁的我，工人代表。北京市劳模名单写在全国劳模最前面，产业工人又排在头位，在人民大会堂宣布，经国务院确定，授予屠学信等多少多少名同志为全国劳模，还提了一下我的名字。

挺长一段时间，有人想让我干别的，包括提我做车间主任，公司不同意，因为我是工人代表。亚运会，我举着火炬跑了一段距离；六十年国庆彩车上，全国各行各业的人挑一个代表，我代表钢铁行业。那天，我还让江泽民同志给我签字了，听报告坐得近，我说，请您给我签一个字吧，与您照过两次相，都没签过字。

他说好。

他就在中央给我发的请柬上签了字。

1998年发大水，我代表首钢捐了300万，同时还有一批明星，赵忠祥、杭天琪等人，都在后台坐着，就我一个工人。

2015 年我退休了。石景山，在山的下面；曹妃甸，在海的旁边。离开炼钢炉那天，我想到了山鹰，想到了海燕。

2

在天安门城楼前，画条直线，就是东西向的长安街，一直往西，止步于一座三门红墙牌楼前，就是首钢厂东门，坐西朝东。

1947年，西长安街城墙打开，一条大路通达石景山钢铁厂，工厂建了厂东门。

1992年，为改变厂东门庸常平俗状态，首钢提出"仿北京古建筑"为厂东门的建筑方向。最后，选定了中南海西门建筑风格，威武正气，中国符号特征明显，气场强大。

首钢老职工陈尚彬说，我和几位同事在北京城内见到仿古建筑的门就拍，绕西华门一圈，到中南海西门，跑到门卫战士前，把首钢工作证给站岗的小战士，向他说明我们到中南海西门考察的用意。小战士一看是首钢职工，向警卫班班长汇报。

同意拍照。我就从各角度拍了好几张照片，并快速用步子量好门的距离。这些照片和测量数据为首钢厂东门建设提供了很重要的参考依据。

首钢厂东门，成为工厂最具象征性建筑之一。厂东门牌楼长56.28米、高12.85米，总建筑面积206平方米。朱红外墙、碧色琉璃瓦，白须弥座。坐落于长安街西延长线西端，把长安街主路引进工厂里。

20年后，首钢搬迁、长安街西延道路工程往西推进，请厂东门让路。

在老东门位置采访路过的首钢工人，他说："我每天上班都骑自行车，大伙儿相互都认识，大家都差不多，自行车后架上夹个铝饭盒！"

曹京飞说："到迁钢去了十年啦，每周五回北京，一下班车，看到厂东门，就会轻叹一声，到家了。周日，老婆送我到厂东门，总会说，路上小心，等你回来。"

首钢厂东门异地迁建施工公告

首钢厂东门，按照原貌原建的原则进行异地迁建。厂东门拟于 2015 年 5 月 25 日启动拆除施工。

首钢总公司

2015 年 5 月 8 日

宗边辉说："厂东门迁建前那一个月里，每天从早到晚，参观、怀旧的人络绎不绝，大家都来东门留影，有首钢老职工，有坐轮椅的，有拄拐杖的，有穿工作服的，有拿工作证的，也有少年。"

工人来送别的方式就是来看看，他们送别的是自己年华的见证者，他们来看大门最后一眼。有些老工人，叫上几位后辈，站在门前合影。

李文明拍了一张照片——首钢退休职工李静斋、胡玉兰夫妇，把蓝底黄字的"首钢总公司工作证"举在胸前，微笑里隐藏着长久以来的自豪感和遗憾。

2015年5月25日上午，厂东门破土动工前，按照工人们的老习惯，放了鞭炮。下午，工人摘下"首钢集团""首钢总公司"牌匾，仪式结束，正式告别了数万首钢工人熟悉的厂东门。厂东门异地迁建，转了一个身，改变为坐北朝南，挪移0.5公里，把路让开，看着长安街西延长线，从自己曾经站立的地方继续浩浩荡荡，往西延伸。

白继武

1959 年 8 月出生于北京，1982 年入厂。
轧钢工。

随群山见到的国度
王冠挂在树上

　　我在北京 57 年了，从没离开过金顶街。在金顶街生，上学在金四小，分我的房也在金二区、金一区，现在住金三区。金顶街，就是我年龄的一条河流，我的上游、中游都在金顶街。

　　金顶街，东西一千米，南北四五百米，长方形，日本人修了围墙，有五个大门，北边俩，南边俩，东边一个，门有红砖的，有石头砌的，里面修了四五个炮楼。

　　一条河从西北到东南，贯穿金顶街，小河两边，1940 年，那一溜，是日本人留下来的小平房，我生在那，是日本小工头住的，屋里头有壁炉、木地板、水管子。房子早拆了。

　　日本人还修了好几个炮楼，苹果园地铁西边，一个小山包，高十几米，面积有篮球场大，山在宋代就有记载，叫龟山，上面还剩了一个炮楼；模式口南里赵山，最早是石景山分局，那上面也有一个小炮楼；还有红光山，学名叫黑虎山，上面也有日本人修的炮楼。稍微有一点高的地，都有炮楼，现在有一些还在。金顶街的那个炮楼，现在可以看见。40年代日本人用水泥、大石头砌的。头一回分我房，也是日本人盖的，冬天我们家没盖过厚被子，夏天没开过空调和电扇，房子冬暖夏凉，砖墙厚，底也厚，我凿一个门，费劲啊，水泥太厚。

（你采访屠学信，他也说到日本人建的房子。他说："那房子质量好，我们家原来在丰台火车站也住过，曾经是日本宪兵队弄的，地震，其他房子都震塌了，我们家没事，窗台厚，两边窗户宽，墙高，30间房，从这头一直到那头，两排，上面是铁皮顶，一溜房子，前面是廊子，下雨天，走在廊子里，雨淋不着人，现在都拆了。"）

我结婚住的是土坯房。我推一小车，去拉气焊剩下的电石渣，还有炉灰。首钢一个季度给职工一车煤，我就用炉灰电石渣打成坯，自己盖房，住了两年，首钢才分给我日本人留下来的房子，一间15平米，前面一小块当厨房。

1950年，苏联人设计了一批平房。一排房子4户，一溜8排那种，盖了500户。屋子、大窗户、大包门，宿舍那样，一间12平米，一间9平米，前面有一个小廊，可以做饭。我成为500户中的一户。

1952年，工厂在金顶街苹果园又盖了一拨这样的平房，职工才有地方住。

我住金顶街一区，住上了楼房，两室，一个小厅，卫生间能蹲一个人，房子里没煤气，自己扛煤气罐。之后分到模式口的房子，就有煤气了。

现在住的房很好了，100多平米，小30平米的一个厅。

轧钢机，两个人配合得跟一个人一样。轧钢工跟飞行员似的，珍贵，轧钢工是废钢堆出来的，要轧废多少钢才能练出一个轧钢工啊！

家里孩子多，穷。我爸上班前，上西郊机场，捡一麻袋破白菜帮子、破疙瘩回家，我妈洗洗，拿开水一焯，挂在外面晒干，门后面码成一垛，全家吃那个。受了老苦了，我妈那小腿这么粗（用手比画了一个动作），一按一个大坑，严重缺乏营养，就吃这些白菜疙瘩和棒子面包的团子，没油水，撒点盐面，都拿不起个儿来，捧着吃，我个儿没长起来，说是三年困难时期闹的。

我爸1921年出生，个儿高，近一米八，我不到一米七，我爸刚一进首钢，领导说，这小伙子个儿高，那边去吧，就这么着，成了装卸工，200斤的大包，老扛，身体不好，累成肺结核。

我爸手巧，年轻时自学过木匠，后来就干木工了，从一米多的，到短点的十多把各种刨子，花刨子、平刨子，全是我爸做的，钻眼的线盒，也自己做，自己做工具，工厂一天给七分钱的工具费。

岁数一大，我爸身体也不好，就在单位看了两三年门，退的休。

我爸妈在首钢都出了工伤，我爸两手指尖给电刨子一推，没了。我母亲是钢的冷拔速度快，一下子从她手掌穿过去。

3

你上午到的首钢标志性地点：东门。这里已没有标志性的东西，身边的老工人说，这就是东门。空空的一片平地，没有门。有人站岗，临时的岗亭，低矮的隔离墩，摆放出进去和出来的车道。老远都看不见一栋房子。

刘娜来了，你们已经比较熟悉，进了厂区。

工厂早停产了，现在叫园区。你把车停在红楼前。楼不大，外观是你喜欢的样子，每一个角度都有所讲究。房间有点小，很干净，有新装修的味道，你开着门。

红楼食堂里没人，只有你晃来晃去，与厨师长熟悉了，他有空就来陪你说话。他们用车给冬奥组委会送餐，没人在这吃饭。

哪个部门接待的客人，决定了接待的级别，你每餐50元的标准，已经足够。伙食还是很好的，麻辣豆腐、白菜、鸡蛋汤、三种水果小拼盘。那是你第一次在首钢工厂吃饭。

春凯和粒粒发来微信，中午来工厂看你。

粒粒是你的亲戚，湖南人，她奶奶90多岁了，每天在菜园子里种各种各样的菜。每次见你，老奶奶都会握着你的手，说的话不多，句子也短，她说什么并不重要，她在关心你，你也自然地亲近老奶奶。

粒粒是个性格爽朗的女孩，家里就她一个孩子，家长不希望她一个人在北京漂着，而她坚决不回湖南，她喜欢北京。在父母下最后通牒的时间之前，她找到了现在的老公春凯。春凯是首钢工人子弟，他说，进厂区是20年前的事，在五一剧场看电影。

你和他们三年没见了。他俩几乎没变化，你为他们的状态而高兴。你身边的许多人，几年不见，变化都很大，或胖，或黑，或憔悴，或者头发稀少了，或头发都白了。

下午，你去春凯家采访他父亲。

如果不是他们提醒，你忘了五年前，曾开车带他们一家人去过长城。春凯父亲，脸色比之前更加红润，他退休后，生活更加安逸，家里开了空调，老人面对你的镜头，开始有点微微紧张，慢慢地聊起他在西安的父母，聊起春凯他们是孩子的时候，家里是如何的困难，老人放松下来。

老人在修理厂退休，他的知青生活，让你印象深刻。老人说，很多人都说知青生活苦，我不是，我下放在西安远郊的山里，我在那度过了人生中最美好的一段日子。我们全家之前都在西安生活，我先到的北京首钢，后来才把家人全部接来。

可惜的是，你早期的采访视频、音频文件，在一个移动硬盘里瞬间消失，他们像什么都没说过一样，只留有一张你在他家拍摄的照片：老人穿红色T恤，瘦高个。还有，老人在你本子上的签名：王定国，首钢汽车运输公司修理工，1952年出生于河南，成长于西安。除此之外，你找不到采访对象的任何信息。

老人带你到楼下，去采访那些下棋的大叔大伯、大婶大妈们，他们曾经都是工厂热火朝天的创造者。找到的第一个工人，他不愿意说。第二个，他看了看你的介绍信，说不谈。老人带你到马路对面，两个阿姨和一个老工人正在那里说话。老工人戴着墨镜，很不友好地、很官方地回答你的问话。刚开始，他不要你录音，后来允许了，他的话翻来覆去就那几句。

他说，我的工作很轻松，就是按按开关，很平凡。

他重复着这几句话。

后来，你关了录音设备。他说，你一录音，我想说十句的，就只说一句了。

后来，你在家属区转悠，找的都是一些退休的、离岗的工人，大致情况差不多，他们躲着你，偶尔才会遇到肯说话的工人，你们就可以聊很多，大家还是太警惕。

这些天，你一个人在工厂的湖边，在夜色中，在三盏路灯之间，来回走动，背诵一些东西。

刘 英

1960 年出生于内蒙古，1981 年入厂。
食堂。

> 绿色的花环
> 影子，在光亮前迎面扑来……

1978 年毕业，待业青年比较多，都挺迷茫的。

我按炊事员招到食堂，过去很少有青年过来，我们的师傅都是五七大队的老太太，没上过什么学，她们在的时候，食堂没算过账，这东西多少钱，凭感觉。

周冠五在的时候，我们都叫周冠五时代，那人特别积极向上。现在人的心态是有转变，首钢搬迁转型，京唐转了一部分，迁钢转了一部分。

我妈是临时工，总公司叫五七大队，下面分了很多小集体，跟食堂一样，分布在首钢各厂矿，一个一个小服务站，比较散。当时叫五七连，毛主席有一个《五七指示》，跟那个有关系。生产忙不过来招家属，没给正式编制，她们车间主要生产硫酸亚铁。首钢自己生产汽水、冰水，也是后勤工作，为一线服务，始终没纳入正式编制。这些人干了近 20 年，没成为首钢工人，一直在和市政府沟通。后期，她们剩的人也不多了，也给她们退休费，现在这些工人生活还行，都 80 岁左右。

我妈身体挺好，我爸去年去世，82 岁，当时身体特别好，他每天早上起来种地、浇水，两大桶水，天天弄。那天浇完地，站在门口跟人聊天，就倒地上，没了。像一棵树，看上去好好的，突然一个瞬间就倒了。医生来了，几项指标都停了。

医生跟我妈说，还抢救吗？

我妈大家庭出身，她一看三条直线，就说不用抢救了，就签字了，放弃了。我们也去了，抢救也没意义。我爸只住过一次院，白内障，住了三天就出来了，不愿意在那里住，嫌烦。

我妈比我个高，腰板特直，长期锻炼，我妈想得开。她柔韧度好，精神状态也好，永远认为自己行、年轻没问题，说话也铿锵有力，不像有些老太太说话哼哼唧唧说不上来，她说话底气足。我妈 1936 年生，属鼠，我们一个属相。

4

1992 年 7 月，北京，夏天。工人施工建设新 3 号高炉。11 个月的时间，从高温天，经过北方的零下寒冬，到来年夏天，高炉建成投产。

你住的地方，对面就是 3 号高炉。有几次你是白天去的，守炉的工人分好几拨，其中两三位你已认识。去了，遇上，说说话。

晚上也去过，路灯相引，到里面，有些地方太黑，你拿着手电筒，黑漆漆的厂房，在光束的照亮下，你想，会不会照见 20 年前的工人，在这里劳动的样子？

从地面缓坡往上，延伸到 3 号高炉，多次漫步于此，你喜欢站在这里，这是高炉的手臂，长长地从炉体伸过来，落在厂房较远的地方，舒展开了，把汽车、工人、自行车，接引到炉子的肩膀上，上面是开阔的平台。

长得像八爪鱼的炉体，它们被迫适应今天的情形，它们才不愿意这样一点点让生气散耗尽。

炉底的每一个部位，也在用颜色说话，它们告诉你，曾经的身体哪个部位经常出毛病，这里不动了，那里松了，这里滑丝了，那里漏油了，它也抱怨过，但很快，忙忙碌碌的工人，终会把它修补好。它脸上突然冒出激动的神情，它说，你知道吗？当巨大的电流冲进身体里，几吨、几十吨石头，变成铁水，让黑色的固体燃烧，让电流的洪峰咆哮着，冲击着高炉，冲击着工人，有种向天长吼任我行的冲动，你是一名奔跑者，所有的风景迎面扑来，所有的风景乘风而去，只有你在奔跑。但你看到的恰恰相反，所有的石头从四面八方奔向你，还有电，还有人，都奔向你。工厂是沸腾的，这是阐释生命的最好方式。

它在黑夜里看着你，等你回应。

你告诉它，迟子建是你爱着的作家，她的身体里，散发出自然的气息，如北极村的童话，是真实的生活，她说到自己的生死观，说到驯鹿者的生死观，她说，生命从这里消失了，到另一个地方，还是有树林，还是有驯鹿，还是有冬天的雪花。

你仰头看着虚空里的一切。它生锈的时间太长了，红红火火的场景，无论怎么变化，它永远不会忘记。

它语气静了下来。它说，你随便看吧，主要构件都在，都只是形了，细节的东西，都不在了，少得太多。它笑得并不勉强，它还是那个劳动者的对象，它还是不太喜欢说话。有顺势于大江大海的人，有流变于山川堤岸的事。物的东西，没有不变的，有些变得快了些，有些变得缓慢，有些变回到过去。

你又遇上了你熟悉的高炉解说员，他原是这里的一位炉前工。

"我是 1995 年进的首钢，直接到的 3 号高炉。我站在火光冲天的炉前，根本想象不到，今天会成为一名解说员。现在的设备、零部件，成了博物馆里的展品，也是不可思议的事情。现在不干活了，做的事情：不断地说十多年来重复的工作内容。

"高炉上每一个岗位，我都干过，这是高炉工人的一个标准流程。

　　"刚开始，我根本不屑于讲工人如何取铁水，如何通过看火焰的颜色来决定是否出铁，我不愿意说，无意义，出铁才是硬道理，铁水、机器、温度，我们流汗，这才叫工人。一个不要说上战场，连打靶场、军演场都去不了的人，叫战士吗？我经常笑话自己，说事，日复一日。

　　"现在想明白了，我靠说来证实当年好兄弟们热火朝天地工作，说总比沉默好，说能还原点昨天，让社会上的人，虽然是很少的人，知道有我们这么一个群体的存在，知道我们为国家的铁骨里注入过什么，我们怎么干的，我们正在干什么。我现在很愿意说，毕竟有人听，即使是小朋友。

　　"你看最高处，炉顶上的料罐，耸立于厂房上空的，就是高炉的料罐。

　　"镂空的铁架，是通廊，里边以前有皮带，一千多米长，一米六宽，不断地发料过来，在炉子上边，与炉子是隔开的，炉顶装完料，当压力与炉里压力大致相同时，就慢慢放料，如果压力相差太大，它顶着，料放不进去。

　　"炉子里面是空的，像保龄球，下边大，上边小。从上往下，跟人一样，炉子分为炉喉、炉身、炉腰、炉腹、炉缸。炉顶下来的原料，有焦炭。风从粗管道里进来，往下分成30个风口，在炉子周围，可以看见那些相同的管道往下、往里扎，都是风口。像八爪鱼的，是喷煤用的。往上走的是风，往里吹风，一氧化碳与石头遇上，发生反应，另一种物质名称和形式出现：生铁。

　　"炉子有三个出铁水的口，有工人拿着自制的钩子。铁水和渣子从出铁口一起流出来，经过小道。渣子轻，漂在上面，铁水走下面，两者分离。火焰的液体啊，即使在家睡觉，也不断地在眼前闪耀。平常，出铁口都是堵着的，要把铁水放出来，就要开口机出场。

出完铁，要封口了，机器转过身，它里面有一个活塞，装有耐火泥，往前推，就堵上了。

"一个鱼雷罐能装铁水 250 吨，一炉铁水能装三五个鱼雷罐。用火车把鱼雷罐拉到炼钢炉。

"厂里的高炉，原来有顺序，后来拆了 5 号高炉，改成文化广场。三高演唱会、电子音乐节，就是在 5 号高炉遗址上举办的。高炉现在剩 40 个人值守，搞些接待工作。5 月份接待了 10000 多人，昨天 100 多人，明天还有。

"我们考虑的主要是安全，设备停了五年多，风吹雨打，腐蚀厉害，其实该全面维护一下，该刷的刷，该补的补，一直没弄。这东西就是，你用着没事，一放就完了。我们把里面一部分管道拆了，上面各层平台，跟筛子似的，上去都不敢踩。

"我们搞卫生、弄平台，每天都得清扫，公司、市领导说来就来，不通知的，差几分钟告诉我们说，领导一会儿上来。

"值守的大多是以前高炉上的工人，也有其他地方的，焦化厂过来的，还有铸造厂。几个厂合并后，有的厂拆了，需要的人越来越少，筒仓改建后，抽去一大部分人上那，也是搞卫生、保卫冬奥组委办公的安全。

"长安街进了首钢以后，以南是炼钢厂，以北是烧结厂、焦化厂、铁厂、电力厂、氧气厂、机械厂。

"我们站的这里叫高炉平台，卡车、吊车全能直接开上来检修，在底下吊车够不着，维修也不方便。

"不远处的群明湖、秀池，两个水池都是为高炉服务的，石景山上还有一个水池。突然没电，那水池在山上，水位高，可以反倒回高炉，防止炉子灌渣，紧急时使用，如果没有水，所有风口会烧坏，炉子里面的铁水往外灌，从风口出来，就是大事故。

"30个风口有30个风眼，通过风眼可以看到炉内的状况、颜色，火旺不旺。看火，都是凭经验，没有标准。旁边的这些管，都是水管，冷却水。

"根据平常工作岗位，1比1比例，用玻璃钢做了这些铁人，让参观的人看到的更形象。

"工人休息室在下面，现在没拆。左下的房子，是煤水班休息室。远处是炉前工休息的地方。有三个小孔的房子，是炉前操作室，控制开口机等机器。操作室都是男的，高炉上基本没女的。

"天车，从德国引进的技术，后来演变成咱们自己的东西。天车一共两个，主要是吊料。开天车的就是炉前工，他们有天车特种作业本。一个班组有一个天车工。

"以前一班十个人左右，炉门、泥炮、开口、堵口、喷煤、看水、下坑、铁沟各一个人，还有一个替班的，再有一个是班长。还有主控、料罐两个人，一个人盯外面，一个人在主控室盯里面，几大系统让高炉正常运转。

"炼铁就是把块状的矿石，还原成液态的铁。最挣钱、最关键的步骤在于炼钢。钢的好坏，主要是去除杂质的过程，再一个是加合金的过程。轧就是工艺。铁要拉到二炼钢去，损耗一部分热。现在京唐公司，就没这种现象，车上有一个钢包，小砂锅似的，敞口，铁水在里头，没几步远就进了炼钢车间，热损耗特别少。

"我们平时干活的一些工具，像勺子，都自己做。一排勺子，舀铁的，舀渣子的，好多工具。套筒，出铁的时候太热，也危险，拿套筒安全点。测铁温的测温枪，里面有一个钨金丝，通过它转换成数字。

"我们已经转一圈了，到头了，这原来是主控室。"

休息室桌子上方，三张照片贴在一张硬卡片上，下面有说明文字：

1999 年 7 月 1 日，北京市委书记贾庆林到 3 号高炉慰问职工；

2005 年 3 月 4 日，国务院副总理曾培炎来到 3 号高炉；

2006 年 5 月 11 日，国务院总理温家宝到 3 号高炉慰问职工。

彭建军

1962 年出生于北京。

> 彼此站立。彼此把手伸出。
> 彼此流动。彼此的目光仰视另一天空

我学的是电焊，技校毕业留学校任教，就带学生实习电焊。

北京市劳动人民文化宫，每周日下午，有"灯谜大家猜"的活动。制灯谜的老前辈，把自己制的谜面亮出来，底下的人猜，猜到了的给明信片等小纪念品。

制灯谜、猜灯谜，跟文字游戏、文学有关系，引导我看了好多东西。制谜的人，有他的爱好和专业。有一个老中医，他制的谜底全是中药，我就买了一本《中药辞典》，什么叫半夏，我得知道中药名。有的谜底是《水浒传》《红楼梦》《三国演义》里的人物，我就得去记小说的故事和人名，《水浒传》的绰号猜得多，都得看。猜谜，吸引你看各种知识，比较杂，什么书都看，猜地名，猜人名，猜电影、电视剧名，猜北京的老字号，猜北京的俗语、俚语。

猜谜，得知道谜目，谜目很广，是什么，得掌握什么。还有谜格。灯谜起源于宋，猜谜叫打虎，制谜叫与虎谋皮。灯谜也分南派和北派，挺逗的。

我在北京市劳动人民文化宫，得过一次猜灯谜冠军。有一同事，比我大五岁，他带我去，我当时刚参加工作18岁。

北京有个民俗专家叫翟鸿起，北师大附中的语文老师，他挺关注这个，老组织一块研讨，还上他家去过，住琉璃厂。他去年去世的，80多岁。

5

出广场，往右，树林掩映，一排正在拆除的房子，都是厂房，它们是一群不知道自己犯了什么错误的孩子，被父亲随手摘取的棍棒，噼噼啪啪地揍一顿，孩子还傻傻地站着，身边就已经缺胳膊少腿了。房子高大无比，孤零零地立在那，西边已成平地。

问旁边的工人。工人答，本来说好全拆的，要不了一个星期，就拆完了，这下好，昨天下午，接通知，说不拆了。

工人一肚子的怨气，他是外单位的拆除队伍，拆厂房，按面积收取报酬，现在被一张纸给弄黄了，他的谈吐伴随着挥舞的手臂，压抑着愤懑，好像他用这一只手，就可以把一望无边的厂房给拆了，他的底气来自远处那几台挖掘机，超长的巨臂，从空中伸下来，把房子推推搡搡弄几下，厂房来不及坚持，就倒了。现在，巨臂耷拉着，瘫在灰扑扑的地上。

你不能说话，好像任何一个字，都会给房子增加一分危险。这么好的厂房，从世界上消失，多可惜。

工人不再说话，他双手叉腰，咬着嘴唇，短袖露出的胳膊和晒红的脸，同一个颜色，站在一堆矿灰旁，前后都是青灰色的厂房，有些窗户被红砖封了，有些玻璃没了，只剩下发黑的木框，有些窗户上长出了绿色的灌木。

拆下来的水泥块，露出歪歪扭扭的钢筋嘴脸，你叹息着，往厂区深处走。到处是厂房。

一栋厂房的侧面，东边没有门，南边整堵墙，一长溜密集的洞，长方形，大小一致，每隔两米，中间一根立柱，门洞上下各伸出一块砖来，刷了石灰，其余整堵墙涂上了红色，洞离地面两人高，偶有残缺。

前面不远，一个自制的铁梯子，搭在洞口，你爬上去，厂房屋顶上有两个半圆，像巨鸟的翅膀，展开，一个半圆被光照着，发着蓝光，另一个半圆，漆成了红色。墙里有一堆砖和铁，接住你跨进屋里的脚。

厂房里，一棵灌木竟已成树，每次，当阳光经过屋顶的红色半圆，光就掉进厂房里，落在树上，树枝疯狂地呼吸，你绕着灌木走了很多圈，走得很慢，灌木下面没有一片树叶，树叶集中在冠部，阳光照着的地方，灰尘都发着光。厂房灰暗。植物成为厂房的另一面镜子。

没多久，阳光消失，厂房里，黑色来临，小灌木一言不发，慢慢地使用着天赐的短暂神光。

灰尘是时间的尘埃，微尘落在枝叶上。

晚上你经过首钢家属区，一位老人，独自在健身器材上，摩挲着后背；两位老人在一起散步。一种莫名的伤感在你的四周萦绕，越来越浓，你放了点音乐。

你看见了远处的山。

赵西如

**1964 年 2 月出生于辽宁绥中，1993 年入厂。
食堂管理员。**

> 卷起来的叶尖……公主呢！
> 草地那边，长满了面包树

　　我做了十年教师。1993 年，父亲有病，需要照顾，我们两口子就一起回到父亲身边，调到首钢，进的首钢疗养院，在食堂里工作，脱离了教师行业，我转行那年，正是首钢疗养院最火的时候。

　　1987 年，周冠五书记计划建疗养院，没选到合适地址。在山海关老龙头附近，有个村子，叫小湾村，首钢租了一部分军产，房子是八国联军法军的老兵营，他们驻扎时修的。新中国成立后，部队接收，现在还是部队的产业。

　　周书记安排人，从部队手里租了房，稍微装修、改造，兵营不是建在一起的，分成好几块，疗养院自然也就分为一疗区、二疗区、三疗区、四疗区，形成宿舍、食堂、歌舞厅之类，规模不大，接待能力也就四五百人。

首钢地勘院的人，选了河北、辽宁几个地方。周书记到这片海边，坐着小马扎，望着前面的大海，回头一看身后的选址，他说，这地势好，西侧是平的海滩，到这，突然之间起了一个小山坡，上面都是树，就建在这。

现在这片槐树林，保持得非常好，是国有的防风林。

周边是小渔村，除了本地村民，少有人来，是马车走的土路，旅游、电厂都没有。这里的人靠出海打鱼、种地过日子。疗养院有些地是农田，也有荒地滩涂。

首钢当时有八个委员会，其中有一个叫福利委员会，地址确定后，福利委员会和总公司设计院的人，跟辽宁省政府交涉谈地，是国有划拨性质，弄过来的地。

1989 年，国家不允许建疗养院，开始就只买了一小部分地，买了几栋楼，以首钢副食品生产基地的名义，建了200 吨的冷库、职工宿舍、能容纳 400 人吃饭的大食堂。

中间有不少插曲，这里给封过一回，因为规格太高，罚了款，500 多亩地，一点点扩，挺费周折的，十多块地，现在全连在一起。

疗养院是周书记一手组建起来的，建设时期，每周都要给他汇报工程进度，快完成了，他来检查。

疗养院一共的用房是 27 栋，1500 个床位，都是仿古式建筑，有徽派建筑，各式各样，园林式的。建多高的楼就栽多高的树，到全国各地买大树。院内栽种了银杏、五角枫、杨树、龙爪槐、柏树，有的我叫不上名，还有两棵最好的红豆杉，现在还有，两棵龙枣树，属于枣树，树枝也像龙爪槐似的，弯弯曲曲。

还种了果树，保存较好的是山楂树，还有杏树、李子树，核桃树在大墙边，栗子树在5栋、6栋之间还有几棵。还有国槐，也叫家槐。在院子里散步，随处都能看到不同的树，栽种了2万平米的草坪，有的草坪中间，栽了大树。疗养院的建筑、设施，花了1亿多，绿化就花了2000多万。

1992年，疗养院试运行，接待了两批首钢职工来疗养。

1994年春节，首钢当年新招的一批大学生，到疗养院疗养，50多人，三十晚上组织包饺子，大餐厅宽敞，能坐400人，把桌子往旁边一立，就用录音机放音乐，跳舞，到半夜，煮饺子吃，就没有想睡觉的。

骨干职工轮流来疗养。工会每年给各单位下指标，一炼钢来多少人，二炼钢今年多少人，炼铁厂多少人，焦化厂多少人，都安排好了。要是完成不了疗养任务，还要受考核，今年500人的任务，这12个月，哪月去多少人，都给安排好。那时候首钢职工20多万人，轮流来。

1994年、1995年，首钢兼并了一些厂子，职工人数特别多。

周书记还做了首钢职工疗养十年远景规划，这个疗养院在北方，在南方也建一个，其他月份可以去。

那时候东西便宜，工人经常从渔船上买来一盆盆螃蟹，或皮皮虾，我们锅炉房外边有几个公用的大蒸箱，放到里面，开上蒸汽，蒸熟，工人们自己再买几瓶啤酒，自在得很。

吃饭在中兴餐厅，周书记老两口坐一个大桌，一边吃饭，一边看电视看新闻。

周书记喜欢吃当地产的海鲜，什么样的螃蟹好吃，他挺明白的，比如吃螃蟹，他不喜欢吃带尖的，喜欢吃当地产的花盖螃蟹。

他一看到大螃蟹，问，这个多少钱一斤？

告诉他，两三块钱一斤。

这么便宜，为啥不给职工买呢？多买点，给职工回去分点吃。

供委的人就从丹东一直到绥中这些地方，大量采购螃蟹，这里有 200 吨的冷库，采购来的螃蟹临时放在储藏间，一点点采购，够一冷藏车就运回北京，给这个厂分点、那个厂分点。或者直接给职工分下去，或者象征性地收点钱，特别便宜地卖给职工。

职工和领导，对周书记的感情特别深，有些被周书记免职的领导，都没有说周书记不好的，也承认自己确实没干好。

周书记在疗养院爱打麻将，也招呼我，今儿你过来陪我打麻将。一人发一个小盒子，小零钱找好了，一人发一份，都是他出钱，百八十块钱。

那时候承包制，老爷子就是拿工资。

1995 年，周书记 77 岁，完全退了下来，疗养院里周书记的题词都给抠下去了，他夏天来了，看到了，上火了，没怎么出住的屋子，就是吃饭到餐厅，待了不到十天就走了。

第二年没来。

周书记退休后，享受正部级待遇，有司机、秘书陪着老两口，四个人，1997 年之后的每年夏天，他们又一住就俩月，他有时候下海游泳，有时候在屋写字，要不然写写文章。周书记挺爱写字的。直到 2006 年，将近 90 岁去世。

周书记平易近人，退休后，见到职工，拉着职工的手，俩人唠嗑，见到职工可高兴了，他跟职工感情特别深。

有一次儿子来看他，待一天还是两天，就给撵走了，周书记不让他儿子来，孙女也不让来，他去世两三年以后，他的孙女过来待了几天，就走了。

2006 年，他最后来的那次，临回北京前，他和职工照了不少相片，为他服务过的人、疗养院的领导，都合了影，就在他住的那前面的草坪上。我那一张现在还压在办公桌的玻璃板下，弄坏了，时间长了，别人的还能不能找到不清楚。

6

你从中间的一个大空间里，进到一座厂房，七八层楼高，两边都有望不到头的架势。往有光亮的那头走，远远地看见厂房地面，有无数光圈，继续往前走，你的速度慢下来，30多米高的房顶上，五六十个规规矩矩的圆洞，镶嵌在一块块正方形的水泥板正中。

走到光圈里，抬头，一块块正方形水泥板正中，被一个个圆挖空，不规则地在屋顶排列，厂房两边，是密不透风的墙，另外一边是12个水泥框架，从地到顶，没有一块砖，框架中配有较细的"十"字形状的水泥条柱。

走出厂房，门口的挖掘机，长铁臂，一头闷在厂房的水泥里，钢筋混乱地尖叫着，纠结在一起，没有一根逃脱，被水泥死死凝固住。挖掘机是钢铁和其他物质的背叛者，它由人类操作，站在同类的对立面，它拥有很多名字，其中一个叫破碎锤，履带让整机行走，它可以进到任何地方，平台可以旋转到任意一个角度，发现同类的残留。它具有攻击性、侵略性和背叛性，你同情它的遭遇，这不是它的选择。

蹲在破碎锤的旁边，它像找到了知音，安静地待着，司机也不知道去哪里了。你耳边总有一种突、突、突的声音，结实而刺耳。所有的声音，都藏在某一个维度里，随时随地被触碰、撞击而唤醒。

厂区里的松柏，老态龙钟，灰尘浸染。杂草的叶子披着尘土，占领一道又一道围墙，工厂管道外的红色包扎物，又被一层黑色包扎。

植物和工业管道在遗弃的词语下，短暂相处，它们不再瑟瑟发抖，它们看着一栋栋厂房被推倒，身边也不再有工人走动，它们是习惯了消失的物种。

首钢停的第一个炉子，炼铁厂5号炉。近100年的一个生命体，从5号炉开始停止。2005年6月最后一天，8点，工人就不再给5号炉添加任何炉料了，工长启动了放散阀门，炉火慢慢熄灭，1000摄氏度的炉温，经过两天才散发干净，正式停止生产的这一天，5号炉上班的工人全部来了，也来了些已经退休的老工人。

5号炉，建于1958年，累计产铁近3000万吨。现在，要拆了。工人们站在高炉的楼梯上，黄色、红色的安全帽，黑发、白发的工人，穿着不同的工装，面对高炉，面对照相机，大部分人习惯性地把手抬起来，挥挥手，有人笑得很勉强，有人流着泪，有人不动声色，有人什么动作也没有做，他们好像站在一列开往远方的列车上，向曾经的战友告别。他们又好像是在站台上，向正在熄灭的炉火告别，说着对不起。

这也是首钢搬离北京的一个标志。

刘娜说，很多职工眼泪汪汪的，工作了好几十年的岗位，一下停了，虽然有新的去处，但是那种失落，是复杂的。

炼铁厂是首钢历史最久远的一个工厂，建于1919年。

2 号、4 号高炉和二烧结，2007 年底停产；

1 号、3 号高炉和一烧结，2010 年底，最后停产。

戴　利

1965 年出生于河北青龙，1985 年入厂。
汽车司机。

> 你没有开口说话
>
> 珊瑚已经上岸，海涛亲昵

　　我老家在河北青龙，一个偏远的山区，全省 39 个贫困县，我们就是其中一个，走出来就两条路，考学和当兵。父辈的岁月一年年地沉淀在那里，大山越来越大，岁月越来越老。我当兵前，老家没有通车。

　　我们懂事很早，读小学，每天起来，先到山上砍一大捆柴，背回来，丢到灶房里，吃几个白薯，再抓几个装兜里，从地里薅棵葱，就着白薯片当午餐。天黑了，家里用松树上长的油点灯，买不起洋油，灯的烟很大，鼻子里熏得全是黑的。很多人老说我是工作狂，这与我的出身有关系，穷怕了，苦怕了。

　　母亲担心我不好好学习，十四五岁，学校放暑假，母亲就让我上生产队出工，一个成年劳动力一天挣十工分，给我这学生娃五工分。母亲想让我知道，在农村，是一点出息都没有，还累。收工回家，在路上，她就不停地说，每天都说。当时的我，感觉日月在轮回，每天升，每天落，母亲每天就在日落的那一刻，开始说，她的话如晚霞，远远地，照着疲倦的我，声音像是夕阳里的草木发出来的，就在我身边，如影随形。身上又痒又累，更多的是饿，旺盛的精力被夕阳拉走，没入那山的后面。

当兵在部队，母亲说，你一定要入党，转个志愿兵，转个非农业，每句话的后面都会补一句：可千万别回来啊，咱这儿有多少当兵的都回来了，回来，咱就得干一辈子苦大力。

母亲不只是穷怕了，不只是累怕了。母亲与我说过一次，她十七八岁前后，亲眼看着村子里的好几个人，一天天地挨饿，最后，被人浅浅地埋在后山。这件事，母亲只说过一次，后来，我每次经过那条小山沟，都会注意那些灌木里的小土堆，好像他们吃饱了，就会站起来，拍拍身上的土，走出林子，回到家里。

我回答母亲，好的，肯定不回这家了，坚决不回。我像一只忘记了家乡味道的小鸟，头也不回地往山外飞去。

1985 年复员到迁安首钢第二机运公司，在矿山上班，当了名汽车司机。第一机运在北京。

房子是公家分的，我又退回给单位了，心里就想给自个儿断后路，飞出大山的鸟，这里不是我停留的地方，我不会再回来，我的窝只能在北京，至于如何待在北京，如何安身立命，也没琢磨很深，走了，就别再回来。我一直保有离开大山之初的干劲，往前面走，不给自己留往回的干粮，我是一名战士，想起成吉思汗的队伍，一路远征。

我的远征，不是盲目的，翅膀长在自己身体里，如何让翅膀硬朗起来？学习，我有序地、不停地学习，从部队养成的习惯。在迁安，我进一步付诸行动。

中央广播电视中专在迁安设了一个点。两年多时间里，我白天拉土，开的是 15 吨大土方翻斗车，晚上背一小挎包，天天上课，一点都没作假，有很多考不及格的，32 岁，人年轻，扛得住。

后来，我真真切切地尝到了学习的甜头。

从迁安到北京参加统一考试，1996 年，条件非常不好。晚上，住在黑乎乎的小旅馆里，背一挎包，挤公共汽车，还想偷着不买票，可羡慕石景山大院里头的工人，我们当时机运公司已连续几个月，几百块钱一个月的工资还开不出来，我得在北京吃住。

考会计证那天，刮大风，我坐 501 路车，天没亮。到了考场，教室里，好像就我一个男生，在一帮女的堆里考试。

如果不学习，跟着那帮人，除了施工，就喝酒玩牌，一块赌博，我知道，那不行。在那环境里，我像一条不屈服的鱼，同样的水，同样的食物，我就不断地冒出水面，呼吸水面上流过的新鲜空气，让自己与众不同，积蓄腾跃的力量。

后来，我还考了助理政工师。

只要出差，肯定买书。到哪儿都捧着书，感觉哪句话好，就画上记号，在心里默默地重读几次，体会几次。

我调到财务部，财务知识不懂，那不行啊，我就赶紧考会计证，买了三个算盘，大的、小的。正好来了个大学生，请他每天辅导我，不明白的就找他问。我把表给填完了，让他给我判。我在假支票上填，他给我审。小伙子叫张东，现在还在迁安，他非常厉害，专业上，跟他比确实差远了。我们内部有各种报表、记账表。

我在样本上填。包括那支票，看似简单，其实也难，差一点间距，也支不出来。

我调到金融部，预算不懂，不知道这哪儿来的，那去了哪儿，我就考预算员证。

我还考了一级建造师证，这证难考，我也考过了。

会计证、预算员证，我考了两次才过，考助理政工师，就是背，每天背。

我住五一剧场小破板房最里头，天天下班，不干别的，就看书。

考土建，非常专业，他们说这科难、那科难，我就觉得，有啥难的，只要钻进去，它就不是很难了。

我考的证书有好几袋子，会计证、预算员证、合同员证、政工员证、助理政工师证、政工师证、助理工程师证、高级经济师证、高级工程师证，还有一个高级管理师证，还有好多。从1997年到2013年，我的各种学习、考证就没停过，我的各种证，都是连着拿下来的，这个班还没结束，下个班已经在上了，一个一个跟着，交叉着。考证，是检验我学习的一个成果，一个证明。每考完一个，我就感觉身体里多了一股力，有时候，感觉一股力量被唤醒。

他们说我怎么老跟打鸡血似的，我说，看好书，做好人，就感觉到人不老，精气神旺盛，有斗志，一切好像是新的开始。

我的小孩有段时间，到周六、周日，八九点钟都没起床。

我生气啊，说，实在没事，学习也行啊。

鼓励她学，因为我尝到学习带来的甜头。孩子放暑假，我逼着她学开车，让她上房山去学，驾驶证拿到了，现在她就非常方便。

她上大学，我说你考个会计证，我都有，你还不学？她说难。那没道理，报个班，没什么难的。她去了。会计证考下来。毕业，区里去学校招人，事业编，但要求有证。她有，事情就成了。

没事，我们就得学习。

我们是2000年正式搬回北京的，我们的运营车，连油都加不起，谁租车得先把油钱交了，买了油，才能去。后来，我们在厂区里搞汽车检修，好活没人给我们，给的都是脏活、苦活，累得我们挺惨的。地下管道，我们钻进去，带着氧气，戴着防毒面具，我们自己做钉耙，自己做工具，往外清理，憋不住了，上去换换气，再下去。

我们工人开始不愿意干，说，我们搞汽车修理的，哪能干这个。

我回答他们，饭都吃不上了，还管什么活？给啥活，咱就干啥活，我们一点一点地干起来了，也一点点地让人认可了。有些技术含量高的也给我们干。现在几个地方的动力厂，都是我们公司在干，我们可以在煤气管道不停产的情况下，在管道底下包补，现在整个河北市场，一年几千万。

最初，我们从外面引进一个职业经理人，三天两天就给挤走了，不允许你进来。首钢终归是百年企业，有它的文化，外边人来，难适应，但现在，我们急切需要帮助。别人成功的经验不用，还去摸索，耽误时间啊。首钢文化有好的，也有不好的一面。正大刀阔斧地做事情，今天有人上访，明天有人告状，领导一看，就怀疑了，这人到底行不行？能不能用？

改革、动，就得触动一些人的利益。

7

四根粗大的管道，"回"字形，藏在树林顶端，枝叶掩盖，工厂的整体性，完美体现，输送着营养，器官与器官之间的连接、补给，在管道里，轰轰烈烈地完成。外层的保护，是对抗时间的薄弱防线。它们没有接到任何通知，就一天天地丧失了各种功能，生命的迹象在老化。

管道对自身生命的坚守，具有较高的纯粹性，不容许哪里有遗漏，小破损是管道的污点，会让整个系统受到影响。

现在，它们已经等待成一束干花，插在绿色的花瓶里。林子里，脚下也是管道，粗壮的程度，比你的身体还大了一倍。弯下腰，藤蔓的后面，有些管道直直地从厂房过来，到了前面的位置，突然往下折，往地里钻。有些管道深埋于下面，看不见了，有些像露出地面的老树根，露出管道的脊背，三四根，在土地的海水里，往远处游，时不时露出水面。你一直记得卡尔维诺写的那部小说，《我们的先人》第二部《树上的男爵》，如果作家知道这些管道的存在，小说会增加一种工业文明的气息，生活在树上的男爵，来到这里，会让作品更加丰富。树上这么多管道，有断裂开口的，可以进去躲风避雨，男爵可以把吃的带进管道，把女性带进管道里。冬天的冰雹，打在管道的包扎物上，有沉闷的声响，远处传来更脆的响声，肯定是没了包扎物，还有，林子里大自然的声音，男爵都可以在树上的管道里安然享用，说不定男爵会把爱情收藏在管道里。

你转到炼钢厂，遇见两位工人，屋子太暗，搬出两条小铁凳，坐在外面说话，不远处就是高炉，还有皮带运输机，到处都是往上的楼梯。

两位 50 多岁的工人师傅，他们说：

"我们到现在，一直就看着这点设备。三炼钢是 2008 年停的，我来的时候，这儿的人已经看了四五年，停下来后，很多工人上外地了，上京唐、迁钢、首秦，这三个地方，我们看着生锈的钢铁，看着杂草长满土地。

"二炼钢厂、三炼钢厂，都是如此，我们叫钢区留守处，每次说到这些名字，感觉跟我犯了错一样，总想到禁闭室、拘留所这样的称呼。运输和轧钢留守处，现在合在一起，成为南区留守处，说到这些名字，我像说到一些不为人知的高原或孤岛的哨所名字。我是一个自怜的人，我老婆都这样说我，其实，在这些称呼上，我只对这几个字比较敏感。刚开始，我第一次听领导说'留守处'，我的左胳膊就发抖，抖得很明显，领导都看见了，他们担心我会昏厥在现场，我就对这个词敏感。

"一炼钢是 1964 年投的产，我在那干活，2002 年停的产。

"二炼钢是最后一个停产的，首钢全部停的时候，它停了，2010 年。

"三炼钢停了七年了，没人维护，包括房子、墙板，腐蚀很厉害。

"现在唯独留了一个顺义轧钢厂，我们为首都蓝天都奉献了，就一个个停了。"

沈颖杰

1965 年 4 月出生于辽宁锦州，1984 年入厂。
钳工。

> 孩子说，有一匹白色的马
>
> 藏在屋子后面……

我在首钢干了 30 多年。

父亲在首钢民建公司，建筑首钢的家属住宅。首钢什么都有，子弟学校、银行、工厂、餐饮、住宿，涵盖了生活的方方面面，像一个小社会。

我参加了炼铁 4 号高炉的移地大修。在旧炉旁边建了个 2000 立方左右的新高炉，为了不影响生产，新炉建得差不多了，才把旧的拆除，把新建的整体平移过去。我们加班到晚上十一二点钟，才回家睡觉。第二天早上 8 点，准点上班。

1987 年，首钢从比利时塞兰钢厂用废钢废铁价，买回一套比较先进的二手设备，从万里之外，运输回这套 1000 多吨的设备，比利时运到天津港，还顺利，从天津港陆运到北京，车辆超宽超大超高，一路逢山开路，遇水搭桥，这些工作我们都做。用这套拆来的设备，建成了第二炼钢厂。

周冠五主动在山东建齐鲁大厂，工作重心转移出北京，受到阻力，没让建。多年后，让我们搬到曹妃甸，填海建厂。我就想，中国 960 万平方公里，非要填海造地吗？填海是多大的施工量。说日本填海，他们土地小，中国填海有意义吗？地大物博，就差这块地？我们在外头主要有三块地，迁安、曹妃甸和秦皇岛。

我母亲身体不好，下不了楼，屋子都出不了，在家待着，80 多岁了，她说把屋子里的每一样东西，都看熟了，都记住了。她还说，白天和晚上，家里的东西是有变化的。

我们一大家都住在一起。说来惭愧，我们两口子给首钢干了 30 多年了，房没享受到，有的职工不只一两套，我们还跟父母亲挤在一起住。

我们全家都没想到房子会搞成这个样子，成为人生命中最重要的东西，比命还重要，我们不理解。当时孩子不到 13 岁，按道理找找领导也是可以要到房子的，我们家人比较实在，想等孩子大一点再去找领导。等孩子到了 13 岁，没房分了。现在一套房，不多说，200 多万，从经济上我们就亏了，心里有点耿耿于怀。其实甭管哪个单位的领导，都要考虑到这一点。老百姓常说，会哭的孩子有奶吃。我们不会哭，没奶吃。我们五个人住三间房，总建筑面积 90 多平米，每一块剥落后的石灰、水泥，都散发出年老的气味，住在里面，我感觉呼出来的气息都是老的。

我家是女孩，父母 80 多岁，过一天日子就少一天的岁数，我也不想折腾了，买房得 100 多万，每月几千块钱还贷，欠一屁股账，对我们现在的生活，压力太大，拿出 1000 块钱都受影响，等贷款还了，我们也死了，没意义，也直接影响到我们全家人现在的生活品质。原来媳妇还想买，后来都说不买了，买到最后全不是自己的。父母老了，能活个三年？五年？也不知道。

我们家住模式口小区，首钢没把山整平，模式口就是山，房子也建山上。

8

　　你终于见到了一栋不是红色的房子，是淡淡的奶黄色，前面是三堵面对面的墙，站在它们的侧面，其中两堵墙靠得较近，另外一堵，远远地站着，像旁观者，像与己无关。三堵墙形成一个水闸式通道，向外打开。你绕墙而行，像迷宫，进到后面这一长排主体的厂房。

　　你喜欢工业遗迹的审美，尺度恰到好处，横是横，竖是竖。长方形为主要建筑物，其次就是正方形，或圆，像烟囱，从粗圆到细圆，为方便维修，紧贴烟囱焊接了铁的楼梯，盘旋而上。楼梯的设计，也是最时尚的设计，打破了工业建筑物对应的规矩，具有随意性。焊工在烟囱四个没有规律可循的位置上，各焊接了一个没有坡度的圆圈，没有规律，而形成视觉的美，环形窄廊紧贴烟囱，360度的圆，一米高的护栏，每个环廊之间，楼梯相连，远看，就是一条巨蟒盘在烟囱上，头朝上，烟囱的顶端有观望台和密集的细铁丝，形同巨蟒的头，其他大部分烟囱都是直直地往上登攀，而非这个般蜿蜒，距离还时紧时疏。烟囱为了配合厂房，用了一个灰白色。

　　低矮的灌木，疯狂生长出绿色，映照远处的3号高炉，完全的铁建构，不掺杂其他任何物体，烟囱略高于炉体，这对曾经的好兄弟，再也不能一起干革命了，只能成为人们参观的惊叹物。

远处高炉、烟囱的审美很直接，不拖泥带水。烟囱直上，暗红灰白相间，是对于天空和大地的一种警示。在生产的年代，这是一种高昂的秘而不宣的气质。

三年时间，你面对全国各地成百上千的工人，进入工人的家庭，与他们聊天，你发现一个奇怪的问题，他们说出的词语里，很难听到"工人"这个词，他们不说这两个字，"工人"像一种暗语，轻易不说，是长年以来形成的习惯？还是有更崇高的信念在里面？

很多次，你有意识地说出"工人"这个词，像去触碰些未知的东西，你装作很自然地说出"工人"，他们坐在你对面，你盯着他们的眼神，他们不会惊讶，他们很自然地听你说出这个词。少数情况是，工人在你说出这个词的两分钟内，为了接你的话头，他们很自然地说出"工人"，而之后的时间里，"工人"这个词，再次沉没于朗朗大地，不再被他们说起。

他们会用其他词语来代替"工人"，如"我们""职工""同事"。反而是你，一个已经不是工人的写作者，一直在说"工人"这两个字，你像一个背叛者，说出自己的身份。

荀焕宾

1966 年出生于河北泊头，1986 年入厂。
仪表维护工。

> 夜淹过来
> 随手拨亮几盏
> 灯

　　最早进厂，我也在这个楼，15 年后，我又回到这里，之前叫焦化厂，我是仪表维护工。工厂停产，我离开北京，到河北迁钢，岁数大了，只能做些后勤工作。现在，我又回来了，河流里的水会流回到之前的地方吗？我想不会，但我回到了之前的地方，只是这里名称换成了首钢园区，工作内容也不一样，环境也不同了。

　　我入厂 30 年半。在仪表维护这一行，我干了 17 年。

　　首钢承包制，在国内有名，职工的激情、劳动热情都很高，从职工福利分房、长级，形成了一套奖励机制，好多人都想上这里来。我们的党委书记周冠五，是冶金部的副部长。80 年代末 90 年代初是我工作最有激情的时候。

我爱人是实验中学的老师，跟首钢没关系。当年，好多首钢工人跟教师组合成家庭，那会儿工人地位高。我们是 1997 年结的婚，她师大毕业，一直在那里教书。

9

你和工人坐在马路边的一条长凳上聊天，他们刚下班，谈话从他开裂的嘴唇说起。

他说，经常开裂，容易上火，可能是喝水太少。

他语速快，单眼皮，看着你的时候，眼睛显得更小。他们一行好几个人，他们的安全帽没人是戴正了的，歪着戴的模样还不一样。他左边的帽檐都压到了耳朵上，露出右边一大撮黑头发，额前也露出一束。如果在抗日神剧里，他的同事说，肯定不会是个好角色。

他身边那位，看不出年龄，根据你的经验，工人的长相比实际年龄都偏大，有几次，你以为是四十四五岁的中年伙计，后来他告诉你，他是85后。

他很瘦，蓝色工作服前面全是灰，就他一个人拿的东西不一样，左手提白色油漆桶，里面放了条小板凳，腋下夹着块长方形三合板，右手拿着一条与桶里一样的小板凳，就是一套完整的小型桌凳。

他说，老婆来工地了，自己有个小房子，这些可以放房子里用。

凳子由四块板子钉成。他拧开水杯，没理会旁边工人的黄色笑话。有老婆在身边的人,幸福指数是要高很多的,虽然多了一个人管。

你对他说,管着也不是坏事。

他不太会笑,笑起来神情也有点严肃,他很认同你说的。他招呼远处走来的两个工人,过来坐坐。

其中一个上衣敞开,肚脐周围浅浅的一大圈汗毛,身体略胖,左手提蓝色塑料水杯,右手抓安全帽,顶朝下,像端了一安全帽的水,走路步子大,雄赳赳,两边带风,从马路对面的竹林走过来,竹叶好像被他影响,倾身过来。他站在你们旁边,一只脚尖着地,踮着脚,说话笑眯眯的,属于那种没心思的人。

另外一位工人,本已走过去了,你们看见的是他的背影,有人喊他,才往回走。安全帽反戴,帽檐在后背歪着,两手提着啤酒、鸡蛋、饼干,还有凉拌菜,肩膀上全部是油和灰。他转身,把东西往地上一放,说起话来。

好几个工人,光着上身,把衣服和安全帽挎在手臂上。好几个年轻工人,边走路,边打手机,有人在看微信,他们新的安全帽,在下午的阳光里,黄得有些耀眼。

再往前走,就是冬奥组委,那里设置了进出门禁,工人一个个拿出小卡片。你经过岗亭,没人阻拦,直接到了办公楼门口,保安拦住你。冬奥组委办公楼,不是随便可以进去的,保安负责人说,中央电视台的开着车来了,没上级同意,也不准进。

你问,怎么突然提到中央电视台?

保安负责人没有说话,他一直跟着你,送你出去。

你住厂区里,在湖心亭散步。你遇到一位腿有点瘸的工人。

"首钢电视台,有好多停产拍摄的影像,高炉的影像,有航拍的,这些路都有,湖那边的路,还有照片。"

有点瘸的工人，与你一路走过亭子，前面的路封上了，你们折回几步路，踏上水面上的一个平台，四周是水。你平常喜欢与工人说话，今天有点异常，你只是在听他说，你用身体的动作，来鼓励，来表示你喜欢听他说话。

"每年候鸟到这，厂报的记者会来拍照片，厂里的赏花节，会请全国各地的作家、艺人来赏花，首钢都有录像，我看过。"

他的每个句子里都藏有"影像"这个词，浮出唠唠叨叨的水面，影像、照片，只有昨天才有。明天是不会有影像被记录下来的。

有点瘸的工人，神情沉醉，一一数典，当他再次说出"影像"这个词，你就莫名地揪心般的疼，你想起那个疯疯癫癫的女人，想起那位大雪中的陌生人，想起一个工人说："我偷偷地用废铁抠出最后一堵墙上的水泥，装进自己的口袋里，现在还在。那些影像被留在另一个地方。"

杜建华

1967 年 4 月出生于河北唐山，1985 年入厂。
电修厂，电工。

你没有的生活，大家都有

祝福雨水，从云层里低低落下

80 年代，我们工人是老大哥，工农商学兵，工排在第一，现在排在哪里？农民还有地，他们到任何地方打工，都有一个家，一方土地在牵着他们，等他们回去，他们有根。他们无论身体多么奔忙、虚幻，但有一个踏实的村庄在那里等他们随时回家，心里的村庄、看得见的村庄，他们都有。我们曾经也如雄鹰一样，落在最高的岩石上，飞在天空最高的地方，现在岩石没有了，天空里飞翔的也不再是雄鹰。

我父母在河北迁安铁矿里工作，为炼铁提供原料的一个矿山，是北京的一个基地，我出生也在那。我们住河北迁安，工作在河北迁安，生活的区域也在那，但我们的户口属于北京市石景山区，我们的所在地，属于北京市的一个飞地，一直这么称呼它，跟石景山一样，有自己的矿业子弟小学、中学，孩子们可以参加北京市的高考。

70年代，河北迁安显得很偏远，在北京东北方向200公里以外，离迁安县城30公里。逢年过节，我们才能吃到好的，当时的北京比我们好一些。

我们矿山周围，全是村子。矿是1958年建的，父母从北京过去支援矿山，一直支援到1992年退休，很多职工都是如此，很难再调回北京。

我母亲提前退休，我姐顶工。我们家四个孩子都是首钢的，加上儿媳妇、姑爷，老一辈和第二代全在首钢，第三代人只有一个人在首钢。

我的两个姐姐，也在迁安矿业退休。

10

"首钢动力厂"五个大字，焊接在两层楼的屋顶上，办公楼里早没有了人。

转了几个弯，你才站在两扇漆成蓝色的大铁门前，门上蓝底红字：动力厂脱水站。

门关着，红色的围墙，红色的大楼，吸引你的是围墙上的一顶红色安全帽，朝天放着，莫非想盛满雨水？围墙有两米多高，安全帽在上面，可以看见马路，看见院子，它在围墙上待了很长时间，帽子上有字：首钢动力。

楼房转角处是片空地，生产工人在这里做了一个艺术家都不敢做的装置，他们引来经过这里的各种管道，地下的、地上的、大的、小的，折着弯、打着回转的，有直直冲过来的管道。有掉头的管道，有些斜着爬上来，有些正好穿过工人搭建的这个铁楼梯式样的铁架，一共有五个梯级，每一梯级里都塞满了粗粗细细的管道，靠西边的厂房拆了，这边的管道就像被大的钢锯齐刷刷地锯断，整齐地张着口，向着西边的空地，来不及说一句话，它们的兄弟姐妹就被切断了，它们想说的话，消失在黄了又绿的杂草堆里，张望成一种最后存在的理由，一种形式，构成一种无法新建的审美。

鞋子已经脏了，裤脚也黑一块、白一块。

回到房间。你在采访本上，写着计划去采访的地方：山西翼城煤矿、吉林通钢、新疆伊钢。

还有安徽六安霍邱县的钢厂、宁夏阳光煤矿，你不能确定这些地方现在叫什么，工厂有没有，还有福建漳州凯西钢铁公司、重庆地产项目美利山。

为什么要去这些地方？因为它们处于不同经纬度，不同的海拔，几千年以来，各地形成了自己的相貌和气质，只有走进去，呼吸，才有体会。

苏　慧

1970 年出生于山东平阴，1993 年入厂。
三炼钢。

> 与爱无关的缺点，海风来了
> 呼呼地擦着铁仓门把手

　　我祖籍山东，在青海格尔木上的学，我爸搞地质，野外作业，一年四季，除了冬休在家，其他时间，都在外地。他们在沙漠里，在荒野探测、画图。

　　我大哥干煤炭，二哥在石油行业，我是钢铁，现在我们所干的行业都不太景气。

　　在格尔木上学，河西全是军队后勤，建设不像现在，没多少绿地，每年春天，沙尘暴特别严重，一起风，两人面对面，看不见人。一年有几次，刮风了，自行车都推不动，看不见路，身上全是土，全是泥，天上都是黄的，现在没有这种现象了。后来我没去过。我爸退休回了山东，每隔两三年也回单位，现在他们那个岁数认识的人，也少了。

我们同学之间，区别挺大，我在首钢视野没他们开阔，他们谈一些外面的东西，有好多我不是特别了解，我也就不开口。说到同事之间的感情，和人与人之间的关系，我要比他们好很多。人与人之间，在他们来说，就是竞争关系，我觉得他们的生活不见得比我快乐，我的工作还是挺快乐的，快乐的工作和压抑的工作是两回事。

11

与群明湖相隔一堤的北边，有个干涸的大水池，四周水泥斜坡，池底是土，工厂停产，水退出池子，水干草长，草枯了死，绿了又生。只有一种野草，根根纤细，密密麻麻地长满池底，无其他杂色。

草再高，也高不过池子中间那一组铁架。铁架九个，东西各有独立铁架一个，不与其余铁架相连，独自站在草丛里，表演着自己的规范动作。水没了，没了导演，没了伴舞者，没了观众，铁架在自然的风尘中，表演着哑剧。最中间的三个铁架，相串为一小组，两边两个铁架各为一小组，三小组串联，锈迹斑斑。

这是一组喷泉铁架，没水的喷涌簇拥，它们置身于草和风的剧场，你站在它们的观众席上，听它们的独唱，看它们集体哑默，生锈的铁架在野草千般柔美的海洋里，草的动静，就是铁架的律动，多少年过去了，它们习惯了与草，与阳光，与夜晚，一起表演。月亮、阳光是观众，雨水、雪花是飘向它们的花朵。

最远处的几个烟囱，伸出高高的身体，看着这个小剧场。

刘宝华

1972 年 8 月出生于北京石景山，1991 年入厂。
运输部，钳工。

> 新郎在另一片沙滩的石头上
> 把雨水洒满新娘的婚纱

原来的老厂特别有人情味，有出生入死的感觉。

我个人的生活起伏不算太大，毕竟是基层工人，风浪在上面，传到我们的时候，波浪就不大了。生活压力比较大，孩子刚考完试。我倒班，上 12 小时，歇 24 小时。母亲没跟我住一块，住八角，晚上我去陪她，老父亲不在了，老母亲不愿意跟别人住，我们这几个孩子就轮流晚上陪，她 79 岁了。白天好一点，老太太能自理，就晚上孤单，老头儿刚走没多长时间。他们以前都在石景山的小厂上班。

工厂现在都倒闭了。

我父亲退休金也不多，母亲退休金更低，1800 块钱。

12

很多地方张贴出《施工现场管理概括》，其中一个：

项目名称：首钢北京园区五制粉区域内铁区管理处现有建构筑物拆除；

业主单位：首钢总公司园区管理部；

施工单位：北京首建恒纪建筑工程有限公司；

主要工程量：拆除现有 25 项建构筑物，总建筑面积约 22612 平方米。构筑物体积为 480 立方米。

几棵植物的嫩尖，穿过木凳的缝隙，挡住了公示牌的一些文字。

铁树开花，这里的铁树不是树，是长在树林里的一根铁柱，两块槽钢背对背焊接在一起，焊接处溅起来的火花，飞起来，又落在长满草的地方，电焊工回家了，爬上楼，他焊接的东西太多，早已忘记了树林里的这一根铁柱。他把十二块小槽钢分成两组，每组六块，两块相夹，形成一片小花瓣，从任何一个角度看，都可以同时看到不同的两组形成一朵花，工人的目的是把两块大槽钢焊接在一起，形成一根站立的钢柱，随着植物的疯长，油漆剥落，形成簇拥而开的花。

走进厂房里，墙像被烟熏过，屋顶爬满了各种线，贴墙而行，打着弯，折着角，绕过砖头，有的在上面自顾自地画着无意义的圈，头钻进灰尘的机器里，倒是两个小小的窗户，生机勃发地把外面的树木、阳光框进屋子里，两者相较，更显屋里的旧。

一大堵墙，通体红色，四五十米长的墙上，只有一扇门，开在任何人的脚都够不着的地方，你走过去试了试，连手都触碰不到门槛。红墙里，镶嵌这一扇涂上黄色的铁门，外面用铁丝拧紧，当锁之用？门上有类似于窗户的遮雨水泥板一块。转了一个很大的圈，你进到里面，根据里面的高度，这肯定是扇门，不是窗，外面没有楼梯的痕迹，巨大的红色墙体中，安上一扇不可思议的铁门。你越琢磨，越觉得不可思议。

刘　健

1976 年出生于北京，1994 年入厂。
二炼钢，浇钢工。

> 魔力是不可重复的
> 魔力无在无所

　　我们不像饭馆分得那么细，从择菜、切菜到炒菜、卖饭，最后收拾餐厅，我们全干。

　　年轻时，我跟傻子似的，就知道干活，一个人能干的活，绝不用两个人。没有说这是给单位干，那是给自己干的事。干事比别人慢了、干少了，感觉自己差一点，过意不去。1999 年以后，新毕业来的学生，他们一个人干不了，就给两个人干，恨不得再给一个人。不敢说我在传承老首钢精神，但我在二炼钢厂，我的师傅们、工友们，环境就是这样，养成了这样的一种习惯。

　　中包漏了，钢水往下流，快流到我们脚底下，我们不跑，我们踩着凳子挨个站着，如果凳腿化了，掉下来，下面都是钢水，那会儿人没想那么多，有人在边上打水，水蒸气往上冲，人整个都在蒸汽里，钢水的上面，远看我们，像消失了一样，看不见人，我们被气雾包裹，下面是钢水。

以前出事也挺多的，一般烫伤的多。

一米大的鼓风机，一年四季，吹着我的身体，身体前面的高温1000多摄氏度，烤着。拿测温枪往自己身上一测：六七十摄氏度。夏天热，吹着。冬天冷，也吹着。风带着一根根线，吹透身体，高温与风混合在一起，每天上一个班，我的身体就像龙卷风经过的一片树林，枝叶残败、一片狼藉。鼓风机主要是吹油烟子，要是不吹，油烟熏着，我们都黑透了。

一热，就想在凉快的地方待会儿，把温度降下来。到处是铁凳子、铁椅子，随便哪一躺，或者往凳子上一趴，时间长，身体全坏了。

早班吃饭，就端着饭盆，在现场吃，阳光往里一打，不敢看，都是土，都是灰，掉饭盒里，掉就掉吧，就那样吃。大部分人都这样。2000年后，这人好像突然一下全变了。有的东西时间长了，想把它延续下来。有的人也从那时过来的，就把以前的东西全扔了，他们可能拥有了比之前更多的钱，但他们身上少了许多另外更加可贵的东西。

我去外地上班，跟媳妇说，三五年肯定回来，要不回来，就不干了。

我去了五年，陪孩子的时间没了，过年也不能回来。孩子的成长，我没有参与，对人生来说，挺大的遗憾。老人需要照顾，我也没在跟前，这都是遗憾。头一年回来，孩子不让我走，还哭。过了一年，孩子说，爸爸，你什么时候走呀，咋还不走？孩子习惯了没有我。

这些事情，我和工人们喝一点酒，聊天，经常能聊到掉眼泪。甭管家里闺女、儿子，要老在跟前，不显。长时间不跟孩子在一块，尤其想回来，我要孩子还算早的，好多比我岁数大的，有的工人40多岁才要的孩子。他们一说，这一走呀，孩子抱着哭，心里难受。然后说，先说点别的。我们聊这些，最后聊到大家都不出声，只有抽噎声。

我家住德胜门城楼的东北角，东北大厦。现在的房是租的，我们自己有房，姥姥和姨住着，我不能把她们轰出来，我姨的腿不好，她们没有房住。媳妇也没说什么，我们就租在学校旁边，铁狮子坟新街口那边，师大二附中的初中部。我和媳妇一个月挣的钱，够交房租。她买断后，我给她弄居委会里，一月挣1000多块钱。

我为什么能够租房呢？我不缺钱，也不缺房。首钢没有给我大的空间，我就把这当成一个职业。我在外面做些事情，也不影响工作，都弄得挺好的。

我以前兼职卖过车，新车、二手车，都卖过。我一直抵制日货，日系车。

我开车去西藏，20 天，从青藏线入，川藏线出。

13

　　每天早上 7 点到 8 点，798 附近，有这样一个团队，他们早上4 点起来熬粥，7 点钟站在马路边，把粥一杯杯地送给过路的行人，固定的时间，固定的地点，坚持了很多年。

　　今天，你也去参加这样的送粥活动，很多路人都问：不需要钱吗？

　　不需要，是爱心奉粥。

　　有两位头戴安全帽的工人从右边走来，他们的衣服日积月累地留住了一些陈旧的记号。劳动者用体力，用大量的时间，无声地承担着家庭、社会的各种责任，他们没有太多的言语，他们不被新媒体、老媒体所关注，而一些明星的家庭小纠纷，被各媒体疯狂讨论、转载，一些艺人占领了整个媒体的宣传空间，你想起福柯的一本书《疯癫与文明》。

　　工人、农民、手工艺劳动者，在"风光"的另一面。体力劳动者，他们被命名为：劳苦大众。你知道工人不会主动走过来取粥，你迎上去，双手奉上，弯腰说出：早上好，请喝一杯爱心粥，仁爱祝你一天好心情！

　　这是奉粥团队每一个人，在奉粥时，必说的一句话，你毕恭毕敬地说出。工人很友好、很开心地接过粥。

　　奉粥，会遇到各种各样的人，有的人假装没看见你们送过来的粥，他们目不斜视地走过去，不说一句话，也没任何反应；有些人，会微笑，说，谢谢，他会拒绝你；有的人疑惑地接过粥，弯腰说，谢谢。

何 磊

1978 年 5 月出生于北京，1996 年入厂。
第二耐火材料厂。

那是很久以前的事情了

你的事情，都是昨天发生的

北京房山有一个电业职业高中，我在里面学的电钳专业，分到首钢第二耐火材料厂，来了后，说不缺人，小伙子年轻，先去扫地。事后明白了，那是单位在磨人的性子，年轻人对厂子的规矩不明白。第一个星期，我们一人发一大扫把，最热天，7 月初，要我们把马路扫干净，天天扫马路。二耐火厂生产白灰，马路上全是，一扫起来，很快，我们就被一团团白雾笼罩着，再出汗，遇上白灰，烧皮肤，一点一点地疼，像捅了马蜂窝，细细地扎得疼。领导说干什么就干什么。

我到巡查队，负责石景山南边，保卫生产成品、钢材顺利地发往全国各地。工作很枯燥，晚上戴着钢盔，来回地在铁路线上转，一小时转一圈，转的时间久了，就会想很多问题，转着转着，铁路还是那铁路，纹丝不动，杂草、灰尘在旁边悄悄地多了起来，火车叮叮咣咣地往前跑，铁轨被磨得发亮，尤其是晚上，我分不清哪是铁轨哪是月光。从天热，到天冷，我还在转圈，莫非我的生活就在这样的圈里打转？刚走了的路，一个小时后，我又回来，一切没什么变化。

后来有一天，我明白一个道理，平凡，没技术含量，也很重要。

14

工厂主路旁，一座牌楼上书"群明生辉"，这就是群明湖。

你住在工厂里，每到晚上，都会到这牌楼下和湖面的长廊上走走。晚上的群明湖，人很少了。工厂搬迁前，群明湖和北边秀池里的水一样，都是高炉循环用水。秀池由两个小池构成，若即若离，实则一体。群明湖基本上位于厂区中央的位置。刘娜说："群明湖里的水温，基本上都保持在 20 摄氏度以上。工厂停产前，每年冬天，西伯利亚的绿头鸭、中华沙丘鸭、旅鸟针尾鸭等等，成群的野鸭，迁徙到这里。首钢绿化公司有一个小组，叫野鸭子班，专门负责给野鸭子提供草垫、食物，照料它们的生活。野鸭都集中在群明湖，它们不去其他地方。"

有这群活泼的野鸭，工人们说到群明湖，就有了更多的故事，这是一个有情感的湖。白天，你沿走廊往湖心走，一边是远处的岛屿，垂柳成林，水瓶式水塔立在楼阁后面；另外的方向是工业烟囱、传统亭阁、树林岛屿；湖那边，是露天剧场，四种颜色的观众座位席，延伸到厂房。这些，都被群明湖水照见。

近处的三个烟囱，一半耸立在天空，腰板挺直；另一半垂直于湖面，被波纹荡漾，变成了湖水的颜色，没有了硬朗，像书法中垂露竖的一笔。湖水里的工厂，是一幅水彩画，保留了蓝色的运输铁架，细微的波浪，柔软了钢铁和树林，细枝末节成为想象。

贴湖面而行的长廊，把一座半圆拱桥，送到湖心。黑色水鸟，像受惊的样子，朝你的方向张望。

站在湖边，阳光晦暗，天空，一片静谧。

你走到湖的后边，树林，经过水坑，杂草丛生，高过人的两倍，密不透风，恐怖的情绪积压在水面。在平常，你对无人的水面，总有点忐忑，你无数次梦见水里的鱼，安静得恐怖，向你游来。

从地上捡起一块石头，拿在手里，继续往林子里面走。靠近围墙，有废弃的钢铁器材。走近水塔，没远处那么好看，下面是被杂草簇拥的铁架，烟囱下面是空的，像被离家的人塞满了灌木，不让人进去。从旁绕过去，还是在林子里，靠近另一个水池，有垂钓者，你一问，这边就有一扇门，与红楼也不太远。

往回的路，不是很好走，路边的施工单位是中铁六局。

回到宾馆。

远人给你发来微信，说选了一篇你写河流的文章，需要补发照片和个人介绍过去。远人与你，曾经是亲如兄弟的朋友，你离开工厂，刚到长沙的那段时间，你住在他们的新房里，他们住父母家。每周你们有三天在一起，吃饭、聊天、去旧书店，看对方写的诗歌。在长沙七年里，你们成立了一个诗歌团体"六＋О"，你是其中最主要的推动者，你年龄最小，当时是《新创作》杂志的编辑，那时候的你，活跃无比。后来，你到了北京，你们几个人的关系就淡了，你反省过很多次，你没有做过对不起"六＋О"团体中任何一个人的事情，但不知道什么原因，这几个人的关系，相互之间，已经疏远，唯一的一位女性诗人唐兴玲，大你一岁，也已经去世。去世前，韦白给你电话。你回长沙，到唐兴玲家里，看见了她真正的生活，与她曾经和你说的生活，相去甚远，一周后，唐兴玲去世。

杨瑞东

1992 年出生于内蒙古，2015 年入厂。
服务公司。

你被今天忘记
在你的面前，欲望解开绳子

我一直在内蒙古生活。去年毕业，分配来的。我们家在鄂尔多斯市伊金霍洛旗，离成吉思汗陵 20 分钟路程。鄂尔多斯市下一级就是旗，旗相当于县，我们家在一个叫札萨克镇的地方居住，当地汉族人多，我们那有一个蒙古族的聚居区，其余的全是汉族。

我们住的是小平房，在汉族聚居区内不会出现蒙古包，家里养有羊、猪、鸡之类的家禽，也种地。小时候家里养了四五十只羊，不多，因为禁牧，只能圈养，直接影响了放牧的数量。牧区可以养好几百只，我们老家属于高原，不适合草的生长。

我觉得农村挺好的，现在村子里好多人都走了，荒了，只剩下老人，房子都废了，没了人的生机，以前没长树的地方，现在都长了，乡间小道长满了杂草，都走不了人。村里的老人会养些羊，数量越来越少，国家查得越来越严，不能养太多，他们只是沿袭农村几百年不变的风俗，农舍里不仅要住人，也要住着一些猫、狗和羊，少了一种，就不叫家。

我们搬到镇上，开了个小店，卖蔬菜、粮油之类。札萨克小镇，一条主干道，穿过镇子，中间分出好几条道，一条条分岔，有些小道两侧都是商铺，我就是那小街上飞飞停停的小鸟，看到什么都新鲜，都要站在旁边，盯上很久，有时候，忘了出门要干的事。

政府鼓励农民搬到镇里来住，鼓励老区的人，迁到新区里住，受大环境影响，建了大批房子，到2012年遭遇金融风暴，才七八年时间，建得太快，卖不出去，很多烂尾楼。这就是我到单位上班的原因，如果不是遭遇环境的突变，我就在家附近找工作了。

我的专业是工程造价，考大学正值建筑高峰期，想着将来房地产应当火，建设单位也多，不愁找不到工作。等毕业，房地产冷了，降下来了，政府出台了政策：如果现在所有楼房，还存在烂尾楼，就不准新建。只有新建公共设施才被允许。

镇上新区，很多房子，没人住。

我有一个哥哥，比我大两岁。他在札萨克镇生活，现在还没具体工作，打些零工。最近在考驾照，把家里那辆车开起来。

我们当地方言，属于陕北语系，我们镇离陕西 50 公里。如果从老家村口出发，开车两分钟就从内蒙古到陕西了。靠近榆林市，资源都是煤炭。现在煤炭产业也不景气。

政府花了很多资金去建城市，现在一部分贷款还不上。

我的女朋友是大学同学，她在北京通州，比较远。她上班在亮马桥，做一个医保的 App。她上班的地方高大上，穿得干干净净去上班，我看了就羡慕。我每次下班，衣服都脏了，鞋子也是脏的，没办法，因为男生，必须受点累、吃点苦。

我住首钢提供的宿舍，离单位近，古城地铁口，在工厂大院外面，三个人一间屋，住宿条件不太好，但也满足，一个月才 25 块钱，有公共卫生间。

女朋友比我大，1990 年的，是我学姐。她属于强势的人。她从来不来我这儿，我希望她能来看看，这里与她那里是两个世界。她不来，我希望她看到我生活的环境，希望她体会到我生存的感受，细细想来，我们这些年，还是有一些矛盾。我经常去她那儿，比如她生病了，我就从这儿往通州赶，坐两个小时的车，我也想天天待在她身边。

她周六日很少出门，不是懒，就是不愿意动，我看着她，脑子里就在想，她肯定是平常太累了，太紧张了，好不容易有个星期天，想在家里放松放松。

她挺爱干净的，屋子收拾得很好看，我喜欢她收拾出来的房子，看着她收拾的柜子，看着她的沙发，洁净的模样，我就想生活和爱就是这样的：干净、纯粹。

她爱打扫卫生，有时候，我鞋子脏了，都不让我进。

15

　　郭庆先生邀你一起参加《实现》话剧首发式。在现场，你看见首钢自制的两种汽水，与市场的饮品，还真不一样。首钢有自己的香肠加工厂、面包加工厂、挂面加工厂，品质、价位，各方面都不错。香肠制作成本十块钱，卖给职工五元。80年代初开始，延续了九年。

　　首发式的露天舞台，设在老厂区，下面摆了几排凳子。

　　第一个节目是打击乐演奏。一个女孩，长发，帽子歪戴，着接近于工人服装的背带连衣裤，右手拿红色塑料柄的长十字起子头，左手拿一根中间有点弯度的小钢筋，在她面前，放着：工厂里的三脚架、铁环、液压表，组成乐器架，上面用铁丝悬吊起五根粗细、长短不一的铁管，都是工厂里遗弃的、弯曲的、生锈的。女孩在五根铁管上敲出不同的节奏，声音轻快、脆亮。

　　壮实的青年小伙，帽檐往后，戴眼镜，身上也套了件与女孩同款的背带连衣裤，黄色。他的乐器是三面鼓，由三个铁桶构成，大小一样，高度不同，支撑这三面鼓的架子是铁板、铁条，配液压表做装饰，全部材料也来源于工厂，但敲出来的鼓声和节奏，少了点鼓的意味。

他们来自首钢"钢筋铁鼓"打击乐队。之后是五位女青年、十位男青年，穿红色 T 恤、牛仔裤，在舞台上弧形站立。音乐起，女生、男生朗诵：

> 天行健
>
> 地势坤
>
> 天行健
>
> 君子以自强不息
>
> 地势坤
>
> 君子以厚德载物
>
> 有这样一群人
>
> 也许你从未在意过他们
>
> 有这样一群人
>
> 你不能不在意他们
>
> 他们
>
> 她们
>
> 就在你的身边
>
> 就在你的眼前
>
> 炉前工
>
> 冲渣工
>
> 热风炉工
>
> 炉长
>
> 炼铁部部长
>
> 炼钢部部长
>
> 热轧部部长

声音追随着音乐爬上高处，无限蔓延到烟囱、高炉、厂房，巨大的铁器，让天空更加的敞亮，掌声、诵读声，还有电子乐声，试探性地问候这座百年的工业小镇。

刘宏被请上舞台，你在无数资料里见过她。她是位焊工，所获得的奖项无数，她手拿话筒，还是工人本色，还葆有那份坚定的朴实和真诚。

她说，做劳模很光荣。

各种明星每个月都在中国和世界各地获奖，电视、广播、报刊、书籍的焦点，都在锁定那批娱乐明星。像刘宏这样的工人明星，只会出现在工厂的电视节目里，只有工人熟悉她。

《实现》的创作即将完成，今天是发布会，过几天在北京天桥剧场首演，连续七天。而你的创作，还在初期阶段。

很多人，写过工厂、工人、工业文明，你走在一条别人已经走过的路上。山里有各种果木，同样接受着大地的甘露雨泽，而结出的果子，是不一样的。

暮色从湖对岸下到水里，慢慢浸染着湖面，天暗下来，夜晚浓浓郁郁地生发完毕，又一个白天消失了。

你和陈东捷先生坐在湖的这一岸，他说起了一本书《大地的钟声》，全书写的是大地上各种各样的钟声。你听到了，好像是原野里的一片草叶，尖尖的角儿，向上生长，在一条进山的小路旁边，有位中世纪的女子走过，这片草叶，这位女子，都沐浴在远处的钟声中。

陈东捷先生说，那是他多年以前看过的一本，一直不能忘。你听他说了些书里的故事，从那以后，到很多地方，你都可以听到钟声。

你一个人开车，从西安回北京的路上，你听到了钟声。

在迁安，招待所的窗户前，远处在修马路，正向你所在的方向蔓延过来，再远处，有一片林子，你在等一位工人，你听到了钟声。

你爬上第五层厂房，站在一米长的铁梯上，下面半个手臂的距离，就是一块块通红的钢板，密集有序地从你脚下通过，围绕着转炉发出的声音，热浪一层层冲上来，嘈杂声中，你听到了钟声。

在安静至极的矿底，海拔负 400 米的地方，也有钟声。

你都听到了，时间不是在催你往前走，而是在唤醒你的专注，唤醒你的认真，唤醒你的细腻，唤醒你的敏锐，唤醒你的爱情，唤醒你深处黑夜里的光明……

请你慢下来，卸下一些并不那么重要的追逐，轻松地，从大水冲出的路上拐进另一条小道上去……

你听到了路上的钟声。

关续文、魏公恕、刁　祥、张兴隆、杨立宗、刘正五、仲德贵、
闫东来、赵长白、濮存惠、徐永起、何明仁、赵军甲、安朝俊、
曹宪波、牛东卯、关长河、牛满仓、一　方、刘云丽、晓　城、
罗文铭、张旭东、张贺顺、张顺昶、刘　宏、逯云龙、杜丽娟、
崔国富、张淑美……

　　　　　　　　　　　　　　　　　　海水啊
　　　　　　　　　　　　　　你一直在说些什么

　　龙关山、烟筒山、大工业、钢铁、陆宗舆、北洋政府、
1919 年……在一系列关键词的簇拥下，石景山炼铁厂建设成立，
开始了早期那段飘摇沉浮的历史。

　　关续文、魏公恕、刁祥、张兴隆熟悉日本人侵占、管制工
厂的情况；

　　杨立宗、刘正五、仲德贵，熟悉国民党时期工厂的生产情况；

　　闫东来、赵长白、濮存惠、徐永起、何明仁、赵军甲在不
同的场合，谈过 1949 年前后的工厂情况。

　　他们熟悉钢厂的历史，你曾经想采访他们，终究未能如愿。

安朝俊（1911—1993）

他擅长炼铁，主持首钢技术工作 37 年。他 1911 年 6 月出生于河北行唐一农民家庭，1931 年考入北洋大学，1942 年去美国学习。日本投降后扬言"中国人收下大高炉也炼不出铁来，厂区只能种高粱"。安朝俊主持工厂工作，1 号高炉于 1948 年 4 月 1 日出铁。

五六十年代，知识分子入党很难，已经成为了一个社会问题。安朝俊是知识分子，他入党后，类似的知识分子范冠海、曹修仁、陆祖廉、丁书慎、潘华垣、吕福华等人在工厂里相继入党。

石钢工会主席曹宪波，"我 12 岁当的童工。"

牛东卯，"进厂的时间，我记得很清楚，是 1951 年 10 月 17 日，我 18 岁，到石钢做临时工。工厂到处是杂草、垃圾，没有围墙，用铁丝网圈着，四周是玉米地。"

1958 年，辽宁鞍钢 5000 名工人，支援北京首钢，有的工人是一个人来的，有的工人带着老婆和孩子。有位本钢的老工人，从辽宁本溪到内蒙古包头，支援包钢几年后，又到首钢支援。还有些工人，是清朝末年给王爷们守坟的后代，像炼铁车间的工人关长河、牛满仓父子就是。

厂区的铁路，纵的横的，匍匐于工厂。

下雪了，铁路不见了。

退休职工一方，"爸妈以前的家在东四，妈妈是老师。1958 年，我爸到首钢上班，每天来回跑不方便。60 年代初，全家搬到石景山，妈妈在首钢干临时工，干了十多年。小的时候，逢年过节，还有爸妈生日，乡下的亲戚经常来我们家。妈妈就把家里最好吃的煮给他们吃，把副食本上的粉条、白糖、红糖买来，让孩子们带回去，还给他们几元钱，这是一笔数目不少的钱。我说，妈妈为什么总是把好东西给别人？妈妈说，他们比你大不了几岁，没了爸，你爸就是他们最亲的人，乡下日子比我们苦多了，帮帮他们是应该的。"

退休职工刘云丽，"1969 年冬天，北大荒特别冷。二哥怕我挨冻，从北京买了件大衣，120 元，当时是大奢侈品，我月工资才 32 元，每月扣 11 元伙食费，回家路费得自己掏。那衣服我不敢穿，当时是越穷越光荣，有些人的衣服并没破，就先打个补丁，与贫下中农距离近一点。第二年冬，修水利，我们坐在拖拉机上，冻得发抖，姐妹说，你的大衣为什么不穿啊，这么冷。实在是冷。第二天，我穿上了，也没人说什么，重要的是，那件大衣让我度过了那个冬天。"

首钢艺术团创作员、歌曲《拉着你的手》词作者晓城，"我初中毕业到的北大荒，黑龙江生产建设兵团，种地、喂猪、放牛，干农活，脏的累的活，我都干。在那荒凉之地八年，我每天都在干活，没时间休息，也没想过要休息，干劲足。感觉就是人类要走向远方。暴风雪、恶劣的环境，我在那 2000 多天，产生了各种情感，没这些困境，也写不出来，磨难留给我更多的是滋养。"

拉着拉着你的手，才能够走出冬季

放开放开你的手

才发现故土难离……

梦中冷却的故事真的无法忘记

雪花飘飞的村庄模糊又清晰

感谢那个岁月让我认识了你

从此爱就迷失在那片白桦林里

就在那个时候我默默地告诉自己

拉着你的手才能够走出冬季

记忆的那片白桦林

永远抹不去

我还在感受着自己放开你的手

罗文铭，"1976 年，我进的氧气厂，工作了 30 多年，我对每套制氧机都很了解。这些东西必须清理干净。一丝灰尘、一滴油，都可能造成重大事故，尤其，这些设备都已经很老了。"

一位退休工人，"1985年，首钢购买了比利时的塞兰钢厂，钢结构和机电设备总重量六万多吨，把这座宏大的钢厂，从比利时拆运到中国北京，我们遇到了各种困难。有一个特别大的钢结构，必须整体一次性吊动，需要焊接，我和首钢的另一位焊工，我们连续工作了28小时，在寒冬，在20多米的高空中，我们必须不断地焊接，连续地工作，停下来会影响焊接的效果。我们把设备放在船上，经过城市里的一个桥洞，洞口不高，过不去。我们想了一个很有趣的办法，把船往下沉，沉进河水里，找了一只类似于潜水艇一样的船，其实这是很危险的，但我们有把握。"

张旭东，"冬天，气温一直很低，雪下了近20个小时。多年来，我们养成了一种工作习惯：夏天以雨为令，冬天以雪为令。无须通知，逢雨雪，大家都会赶到厂里来。冷天，火车拉来的煤、矿粉等原材料，经常被冻结在车皮里，卸不下来，火车就开不走，后面的火车又不断地进来，这次罕见的寒潮，使320车煤被冻，1300多车积压。工厂动员全厂职工，人力卸车。一个白天，卸了240车。"

张贺顺，"我们是今天接到的通知，上午 10 点多钟，赶紧挑了些体力最好的工人，半个小时就到了料场，17 家单位，500 多名工人在一小时内集结完成。仅这一处，就安排了 30 车煤。运输部和供应公司承担的 50 车，必须在晚上 6 点前卸完。冻结比较严重的，是经过水洗的 50 多吨原料，已经成了冰块，大锤、钢钎也只能在原料上留下一个小白点，没有其他办法，只能一点点地锤和敲。这里第一批来的是供应公司的工人，前天晚上就到了。"

张顺昶，"冷倒是无所谓，一干活就不冷了，关键是干起来就不能停，出汗后，停下来冷得受不了。"

刘宏，你看到过她各个时期的照片，从年轻的女工，到中年，她接受的采访不计其数，她是工厂的名人，你没有采访她，你在几个场合，远远近近地看她，无须人介绍，你对她已经熟悉。刘宏，焊工，接受过中央电视台《劳动之歌》《焦点访谈》、首钢电视台、《首钢日报》等媒体的采访报道。在中央电视台和中国焊接协会联合举办的"2009 劳动榜样——中国首届焊工电视大赛"中，夺得冠军，你看到这一行文字，想起《超级女声》，想起《爸爸去哪儿》，想起《跨界歌王》，还有《非诚勿扰》里的明星们，国民几乎无人不知，而对于刘宏这类电视大赛中的冠军，国民几乎无人知晓。刘宏是全国劳动模范，你从电视、报纸、书籍里整理出了一些她的谈话。

"1988 年 8 月，我进的首钢，当材料工。有一次，我经过车间，看到焊工在干活，那是我第一次见到焊花飞溅，我有种强烈的想法，当名焊工，我就向厂里申请。1990年，我开始学习焊接。我当时很胖，蹲下去没有问题，但蹲不住，难受，那段时间，我经常是早上5点到工作现场，练习各种焊接姿势和方法，本来是晚上5点下班，我没学好，就继续练，有时候晚上9点才回家。后来能蹲了，一蹲就是大半天，那四个月时间，我减了20公斤。王文华是我们首钢的，我进了这一行，听说他焊工手艺一流，我就拜他为师。我们焊工，天天跟高温打交道，烫是常事，好焊工是烫出来的。我脸上、胳膊上、腿上，都有烫伤的疤痕，所以，夏天我不穿裙子和短袖衣服。有段时间，我的脸被电焊烤得脱了一层又一层的皮，难受，但一拿起焊枪，注意力就集中在焊接上，脑子和手，还有身体，想的和做的，就是如何焊接好。之前，我对埋弧焊、二氧化碳气体保护焊、氩弧焊等具有挑战性的高难度焊接技术，到了痴迷的地步。我遇上做不了的事情，其实挺兴奋，既然做不到，我就会想办法去做到，那就是去实验和摸索，这是很有意思的事情。我整理了很多的学习笔记。2005年我考取了电焊工高级技师资格证，当时首钢仅有九人，我是唯一的一名女性。随着焊接技术的提高，我就更喜欢焊条那种柔软的硬度，那色彩。我让一些钢铁接合在一起，让一些钢铁分离。焊接是我生命的一部分，我的意义就在焊接的每一点之中。我认为工作没高低贵贱，只要认认真真去做，实现个人价值就行了。首钢有几千名电焊工人。"

逯云龙，"我有点胖，刚开始焊仰板，焊条老是粘在上面，由于铁板处于仰位，铁水因重力原因导致焊缝不能成形，铁水还经常掉在衣服上、身体上，那是钻心的疼，我坚持练，疼就疼呗，其他人能这样练出来，我就能行。刘宏她一遍遍地教我，纠正我的动作。"

电焊工杜丽娟，"一切来得太突然，丈夫工伤，做了截肢。父亲旧病复发，进了医院，是脑血栓。"

在工厂家属区，快到吃饭时间了，你朋友的一位亲戚说，我上楼给你找个东西。那天下午，你看到他坐在旁边，看着你和工人聊天，他几乎没有说话。

你坐在石凳上，等他下楼。

他拿了张照片，"这是二炼钢厂连铸车间，我们几个同事在停产前一天合的影。"

一位年轻工人戴着眼镜，目光单纯，中年的师傅，弯腰压在铁栏杆上，像扛着什么东西，腰再也直不起来了。

照片后面有几个字：即将沉寂。

他说，"这是我儿子读高中时写上去的，写了很多年了。"

崔国富，"我是二炼钢护厂队队员，2月28日，2007年，我们发现了小偷，他们也忒狠了，我们过去制止，他们也不说话，直接上手，往我们这边冲过来，很玩儿命，但厂里的东西不能被拿走啊，这是我的工作，与平常生产的时候一样，炼钢生产是你的任务，保护财产现在是我的任务。我被他们用一米多长的铁棒打伤，脑后、前眉、右手腕，好多地方都受伤了，流了很多血，还骨折了。"

一工人，"2009年，我真的按捺不住了，忍受不了，就想去看看。总感觉我把自己的同胞老兄长遗弃在工厂，总有那种感觉，老兄长比我更老，感觉我们从小在一起长大，他现在老了，他本来还没有老，因为被遗弃，而显得老态。他在那里怎么样？生活有人照顾吗？我经常做一个同样的梦，梦里不再是老兄长，而是一个孩子，焦化厂是我的一个孩子，很小的孩子，是我遗弃了他，把他寄养在一位亲戚家里。后来，我心乱，控制不了自己，我对老伴撒谎说，我去看看女儿，下午就回。我坐公交车去的焦化厂，从东头进的，沿工厂最西边那条路，我走了很远，我想从远处看看焦化厂，看看我的老兄长，远远地看看焦化厂，看看我的孩子。看着看着，20多年以来，我只流过两次泪，第一次是我退休，离开焦化厂，那次回家，跟老伴说，本来以为自己老了，没有眼泪了，但没想到，骑上自行车，往家里走，知道自己退休了，不会再来上班了，刚想到这儿，泪水就哗哗地流，在厂里还好好的，与工人说笑如从前。第二次就是我远远地看着焦化厂，泪水在我毫无准备的情况下，一大颗一大颗地往下掉，说出来，不怕丢人，当时，我醒悟过来的时候，我就明白了什么叫老泪纵横。我一边走路，一边重复着'老泪纵横'这四个字。我总想起在焦化厂，戴着帽子，穿得严严实实地在煤气和温度很高的楼上，上上下下，每天干活六个小时、九个小时，来来回回。我想，那也叫'纵横'吧。只要往焦化厂的记忆里走，我心情就平复了。到了西头，我又从南边走出去，往回走，向北边。我走了两个多小时，累了，还是不舍。我是1954年开始工作的，到的第一个单位就是焦化厂，一直到退休，就在焦化厂。"

首钢园林绿化公司，清扫工张淑美，"我20岁就在这儿上班，20多年了，啥活儿都遇到过，习惯了。现在就是惦记家里那口子的奶奶，90多岁了，有点糊涂，她一个人在家，不放心哪。我们比之前累多了，以前有160多位清扫工人，现在只有40个人了，负责37万平米的厂区。"

一工人，"我之前是炼钢工，2015年到现在，我炼钢的手，也能掂勺了。我现在在首钢园区的食堂上班。"

一工人，"我进厂是司机，现在转型，没车开了，开始修车。"

16

你拿了个轻巧点的相机，出了红楼，坡下面就是五一剧场，1955 年修建，房子红墙白边，正中四个大字：五一剧场。慢慢接近这栋废弃的房子，你想向它打听一些过去的故事。

台阶有点长，一、二、三，十级台阶，落满了树叶，选一个地方坐下，新鲜的落叶一尘不染地落在水泥地上，院子里，到处长满了细细小小的青草。左右两边的松柏，一青一黄，生命见证枯萎。

剧场的 7 个大窗户，玻璃已成黑色，时间的尘土是黑色的。剧场里 3 个小厅，一个可容纳 1000 多人的大厅，往常，职工在这里看电影、搞晚会、开表彰大会，大家称呼这里为工人俱乐部，话语里有自豪感。今天，社会上有各种俱乐部，但都与工人没什么关系了。20 世纪，日本、美国、苏联的歌舞剧团，都曾在这里演出。站在幽暗的大厅里，昨天嘈杂的脚步声，从角落微微弱弱地散发出来，还有掌声，发自内心的热烈。没再往里走，你闻到了浓浓的过去的味道。

四周的树和厂房，倒让剧场显得很安静。

剧场侧门，堆放了些消防用的沙袋，剧场外墙清一色的红。墙上有三个电表盒，两个盒子里，空无一物，右边一个 DD862-4 型单相电表，数字停留在 3771 上，铁盒都没有电线，墙上深深地印着电线的痕迹。

现在的时间，是下午。

马路对面，有一座雕塑，繁体汉字"鐵"，变形成一男一女，两位舞者，舞台背景是在不断老去的高炉和烟囱。雕塑涂上了铁水的红色，每一笔刚中含柔、柔中显刚。久久凝视，两个人的舞蹈，变成了一个人的独舞，又变成三个人、五个人的团体舞，甚至更多人，"鐵"字舞下面的石头上，刻有"1919"字样，首钢，名副其实的"百年老店"。

背景那些高耸的烟囱，远远近近地坚守着某种自信，为"鐵"字伴舞。

一个男孩跟我说，这里面是女生宿舍。我问他，怎么没看到女孩？

他说，女孩现在下班了，都出去玩了，大概晚上 8 点钟回来。

马路左边是五一剧场，右边是男生、女生宿舍，灰楼，已无当年的繁华。十几栋房子，现在只有两栋房子里住了人，其他楼都空着，没人住，也坏了。一些大树还跟当年那样，站在那，它们也知道，熙熙攘攘的工人们不会再回来。

从这栋房子，绕到另一栋。工人们敲着碗，坐在外面吃饭聊天，大大咧咧的模样，自然自在，你还可以感觉到这些，因为，你就是一个工人，你工人一样地生活了整整十年，你熟悉他们把饭盒伸进窗口，要四两饭，三个菜，要一大碗扎啤。

大树陪着房子。

时间陪着灰色。

最里边一栋，楼房的第一层，一个十字路口，这一大间房子改动过，下面是水泥砌成的铺面柜台，上面是木头框，镶嵌在里面的玻璃完好无损，好像主人还会回来一样，大大小小 16 块玻璃，其中 4 块上面各贴了两个字：茶糖、烟酒、百货、日用。中间一个敞开的购物窗口，保持得很干净，玻璃把外面的树和房子虚虚幻幻地照在上面，好像小店照旧营业，稍微走近，里面空了，无一物，只有一个小柜子远远地躲在墙角，一言不发。

小区小道，竟没一点败迹，没垃圾，没堆积物，虽老但整洁。门窗关好，偶尔有窗玻璃破碎的除外。从一楼防盗网往里看，屋子里的门，开着，工人像是去隔壁的洗漱间了。

进楼房的灰色大门，紧闭，台阶上的旧象，显示有许多时日，没人进出了。

绕到另外两排房子的通道里，一扇门，用线和木头当成锁，挂在门口，门旁边倒立着一把两米多长的竹扫把。这里住的人、办公的人不多，还有人在清扫。

另一个方向是首钢雕塑艺术馆，青色门楼，红色的房子。

后来的某一天，你在公交车站牌那里与一位工人聊天，他竟然就是书画院的兰院长，你在《首钢日报》上看过他的画，像 20 世纪七八十年代的朝鲜电影，歌颂得有力量，有艺术水准。你和兰院长加了微信，他着急回家，你们约好，以后做一个关于工厂、美术的采访。

首钢厂区，现在还通公交车，专 108 路苹果园南到首钢西＋冬奥广场。途经：杨庄路西口、古城剧场、古城大院、石景山古城、老古城、首钢厂东门、首钢试验厂、首钢焦化厂、首钢设备库、五一剧场。

这些站名，不是古城，就是首钢各车间单位。单位不在了，只留下些名字。不知道，再过几年，名字会不会消失。

马路上不断地有工人经过，他们服装干净，蓝色短袖上衣。

一个人选择了离开，意味着有另一个人的进入，这里的"分"，是另一种事物的"合"。企业遇到问题，让一部分职工离开工作了几十年的集体，"我们是复杂的。"一位老工人，慢慢地把工作服整整齐齐地叠起来，他好像用时间的慢，多留住些工人的记忆，他在"提前解除劳动合同申请"上写上自己的名字，收拾起他自己的东西。老同事远远地跑过来，与他握手。

曾 杭   **芦小飞**
汽车司机。   二炼钢。

程 超   **赵文科**
维修工。   铸机工。

与你有关吗？

还只是，你在境遇中的随意而语

（同时采访四位工人，还有一位留守的老师傅，他们坐在已经不再生产的厂房里，不断有灰尘飘落。挪到办公室里继续说话，这里也不再办公。）

留守车间的老师傅：这位叫曾杭，原来在炼铁厂，是位皮带工，前两年到园服公司当汽车司机，我们有 100 多台车，外面修车贵，他就自己修车，节约成本，现在他修得不错。去年底，他们有两项小发明，申报了国家专利。另外两个，我只知道他们是食堂里的，叫不出名，你们自我介绍一下。

赵文科：我姓赵，赵文科，也是二炼钢，铸机的，趋势所为，一开始不认同，从炼钢到食堂。人总得走下去吧，既然只能选择食堂，就踏踏实实地干。

以前生产出来的是钢，现在生产出来的是饭菜。现在网上送饭生意还行，多的时候五个点，后来改成盒饭，吃什么，我这儿装什么，减少浪费，我一人盯三个地方，连接带送。一开始不习惯，慢慢习惯了。

2010年停产，一开始，大家挺美的，待半年也舒服，时间一长，就聊浇钢那些事，觉得还是生产好，忙碌起来好。又闲了两年。食堂招人，我也想往前走一步，来这儿干司机，一开始觉得简单，就干配送。没想到一进食堂，脑袋都大了，这活那活，没想到这么多，慢慢地磨磨，没觉得什么。

曾杭：钢铁不生产了，炉火熄灭了，护厂留守，稍微少点钱，也舒服，一点活不用干。久了，人坐不住了，像蜡烛，总是希望有一点星火，让自己痛痛快快地烧起来。以后干啥不知道，一切不清晰，明天在哪里也不知道，很迷茫的矛盾状态，原来没日没夜地在火里烤出来的技能，现在全部归零。

程超：过去跟设备打交道，现在，跟人打交道。我喜欢听设备说话，它们每一次发出的声音，都不一样，像家里养的小狗，充满了灵性，与铁器打交道久了，不太想与人打交道。

曾杭：工人到服务公司以后，原来是接受别人的服务，现在要服务别人，角色变了。由整天没事干的留守状态，到紧张的工作状态；原来等着发工资，现在是自己挣工资。

刚才干卫生的那小女孩，独生女，在家里没扫过地，到这儿来扫地，搞卫生，刚开始，觉得丢人，还老哭，干活都不抬头的，屁股对着人，不正脸看别人，现在她觉得不丢人了，凭劳动，赚多赚少，挺荣光的。

赵文科：门头沟居委会，弄了一个给孤寡老人送饭菜的点。每天份数，一点儿都不固定，少的时候三份，多也不会超过七份，都得送，我也愿意，时间久了，看到那些老人，心里有一点点莫名的开心劲。白庙那个点，一开始吃饭的人挺多，后来有的人买断走了，有的人内退离开了，也有自己带饭的，慢慢地，一餐就一两份饭菜。

停产后，我在二炼钢厂留守，每天早上 7 点半到，什么事也没有，就等着中午吃饭，下午耗点，到点来，有事请个假，休息一天，到日子发点工资，天天如此。要么聊天，开始聊铸机那点事，说浇钢多热闹，哪像现在。

这人一待就完了，跟零件似的，别看它破，老运转没事。不动了，二炼钢那么多零件，就成了废品，没任何价值。尘土都不如。

留守的人，毕竟是少数，都是有实际困难的，才没有走。两口子在首钢的，就去一个。我们一铸机留下来的没几个人，上迁钢的多，他们年轻，先走的去了迁钢，后走的去了京唐。

变不了环境，就变自己，生存得跟着环境走，要跟环境较劲，那就死定了。只是，我们工厂的变，还是太大了一点。几个大厂，说没就没了，几万人的大厂子。

芦小飞：我老家东北，父亲到北京上班，1993 年我替父亲的班。替班是有要求的，结了婚不允许。1993 年赶上改革，工厂正火。我经历了工厂最好的时候，也经历了停产，到现在的改变求生存方式，整个过程，我都赶上了。

赵文科：这几年的人，买断、内退、去外地，没什么人了。我们早上 6 点 20 出去卖早点，大东门那。

刘娜：那个面包车是您的啊？

赵文科：是啊。

刘娜：我就买包子了，没注意到人。

赵文科：现在卖早点也赔钱，谈不上利润。今年比去年少太多人啦，咱们卖的东西，跟福利似的，鸡蛋又改成一块一个，一个双夹咱们卖三块，外边卖五块、六块。职工食堂还是有点福利性质，不能挣职工钱，还是工厂的老传统。

我爱人高中毕业，在中关村自己打拼，90 年代，我的工资够高的了，她问都不带问，爱多少是多少。她做电子生意，柜台费年年涨，一米见方，最早一个柜台月租 6000 多元，后来涨到 9000 多、15000 多，一年下来，就给这柜台挣，没利润，生意也不好做，让南方人给挤了。南方人喝茶聊生意，越喝越清醒，生意就谈成了。咱北方人不这样，酒桌上一坐，推杯换盏，喝醉了，谈啥都不认了，第二天酒一醒，还得走原路。

当年首钢分房子，咱没本事。我和弟弟、老妈住一个平房，老妈挤得住厨房去了，一家两口子，要没孩子也还凑合，再有孩子，真是进了门就直接上床。房子细长，搭个床就没别的空间了，逼着才有出头之日。我媳妇说，你到底能不能分上？我说，分不上。她说，那就贷款买房。给我吓得够呛，我每月 1000 多块钱，就够还款，结果还是一咬牙，挺过来了。1999 年底买的房，90 多平米，2050 元一平米，现在翻到 25000 元一平米，我这工人的眼光，确实跟人家做生意的没法比。那时候，还没商贷一说，也没公积金贷款，就直接走的贷款。

分房有条件的，你是先进、双职工，给你打高分，你排第三名，绝对有戏了，但就两套房，那就明年再争取，排第二了，只有一套房，趋势就这样。我排了三年，我不排了，咬咬牙，自己买去吧。

17

2010 年 12 月底，首钢用最后一炉铁水，浇铸了四个字："鐵色記憶"。

今天，你想再去看看那铁匾铁字。

你已经忘记是多少次站在"鐵色記憶"前，这已经不再是简单的四个字。这是一块有想法的铁，一块思想的铁，一块被潮水不小心涌动起来的铁。"鐵"字有些笔画粘连在一起，温度太高，笔画太繁杂。

你感谢参与浇铸了这块铁字匾的所有人，任何一个细节，你都喜欢，都是完美的，粘连、模糊、粗糙、重量、笨拙，就是铁色记忆本身。

站在铁匾前，你听得到工人的呼吸，看得到工人的劳动，每一个动作，你太熟悉了，十年，无论是夜里 12 点、凌晨 1 点、早晨 7 点、下午 4 点，你都与工人在一起，你自己就是凌晨 1 点，那疲倦的灰尘里的眼睛。

上下几代人的贫瘠，导致身体的虚弱，营养成分的丰富性无法与鲁迅、沈从文、李叔同、丁玲相比，你需要学习的东西太多，你

　　的贫血，超出想象，唯一让你生存下来的营养成分表里，是这些最糙的、最多粉尘的工厂、工人、工业和钢铁。

　　你从长安街最东边，到长安街的最西边，无须拐弯，你就站在"鐵色記憶"字匾前。来的路上，雪落满了长安街，白色的北京城。

工厂家属区采访两位退休工人
没有留下他们的名字

我无法深入任何一双伸过来的手

只能是她，她就是万物

第一位工人

恢复高考是 1977 年，恢复技校招生是 1978 年，我是头一届，学的筑炉。

80 年代在修理厂，砌新高炉，不像咱们建楼房，高炉精度非常高，使用的砖都是高铝砖、碳砖，炉底砌很多层，需要承受一千四五百摄氏度的高温，还有重量，还有铁水。砖不平铺，立着砌筑。砌之前，把加工钢铁件的机床，换上砂轮，来磨耐火砖，尺寸用卡尺量，炉底几乎没缝隙，如果有，铁水会把炉底烧穿的。

高炉寿命一般 10 年，或者 15 年。大修的时候，全停了，

60天或50天，全部扒光，剩铁皮，剩结构件，耐火砖从底往上砌，比砌新炉多了些威胁，炉膛偶尔会掉砖。

抢修，我们也干，有激情，高炉燃烧的焦炭有煤气，煤气报警仪报警，也进去，我们戴着防护罩，二十几分钟一更换。

现在的人说这不行，违反《劳动法》。那时候没这个，就是有激情，听从领导安排，听从指挥，把活干好。

中国喜欢讲时间点，倒排工期。领导说7月30日必须完工，我们7月15日就开始倒班，一干就是12个小时，早8点干到晚8点。这样的班，至少半个月。

砌炉子，一个班三十来号人，炉子直径大，一层砖再接一层，两三层砖，环着上，人比机器还累，我们就是机器人。有输送带，往里面运砖，到里面，砖就掉地下，砖是加工磨好的，得马上捡起来，码好，开始砌。偶尔，传送带坏了，哎哟，我们就高兴了，说歇会儿，人在这时才能歇会儿。

中途吃饭，为节省时间，拿运砖的提升机，一筐箩馒头，一筐箩油饼，一筐箩烙饼，还有鸡蛋，送到工地去，送进高炉里，我们就在里面吃，二十来分钟不到，吃完，马上接着干。

当时正演日本电视剧《姿三四郎》，也在发行国库券，现在叫国债，老师傅们都不愿意买，有五块的，有几块的，就让我们年轻工人买。我刚入厂，35.5元一个月，对投资理财没意识，挣的还不够花。班长就说，小李，你买五块钱。人与人之间的关系，挺好的，互相帮忙，心情好了，也不觉得这活累。

1980 年，不像现在劳动力市场活跃，没有说你想调走就可以调走的。

虽然如此，我们也觉得挺快乐的。干了 36 年了，我不想出去。

原来的 2 号高炉，炉前可观鱼，有一鱼池，炉前工比较辛苦，出完铁，看看鱼，调剂一下职工的劳累。

第二位工人

没什么可说的。今天与昨天一样，每个班就是昨天和明天的重复，除了过节，其余时间，我都恍惚生活在同一天。每天听到的话，和说出的话，都是一样，就那么几个字。

上夜班的人对我说，今天，没事。

我说，你走吧。

近 30 年。我上班往那一坐，看着仪表，锅炉没变化就 OK 了，一个小时抄一次记录。锅炉房就是烧水，把蒸汽给出去，就不管了。除非锅炉管有爆的，或破的，哪一个设备有毛病，就赶紧停炉，往上一报，就不管了。等检修好，和变电所联系，送电，设备就可以运行了。

30 年，我身边的工人变化不大，都是老面孔，流动量更不大。

京唐公司不需要咱们，咱们也不懂，不去，就在家待着。

1957 年生，我在房山插队，知识青年，可受罪了。一到那，拿着工具和老农民一起干活，老农民很快干到那头了，我干得累死累活，刚干到中间，等干到头了，老农民扭头又回来了，没有我休息的工夫。快收工的时候，老农民早干完活，回家了，我们知识青年还没到头。

等我们干到头，农民们吃完饭，早睡觉了。

张新国

1963 年 12 月出生于河北高阳，
1982 年入厂。
炼钢部，炉前工。

贺风凉

1965 年 1 月出生于河北，
1985 年进石灰石矿。
炼铁看水工。

王相禹

1966 年出生于北京门头沟，
1984 年入厂。
运输部。

程宝德

1966 年出生于北京密云。
炼铁作业区。

李 波

1966 年出生于北京东城灵官庙，
1983 年入厂。

第二卷　曹妃甸

康海军

1970 年出生于北京，
1994 年到烧结厂。

赵君岩

1978 年 12 月出生于北京朝阳。
炼铁作业区。

王正新

1980 年 7 月出生于北京密云。
炼铁高炉作业长。

陈　香

1981 年 7 月出生于北京密云坟庄村，
2000 年入厂。
炼钢部，炼钢工。

曹　盛

1981 年 8 月出生于安徽当涂，
2002 年入厂。
炼钢部。

史敬磊

1981 年 11 月出生于河北唐山，
2008 年入厂。
热轧部，环保管理。

黄俊杰

1982 年 6 月出生于湖北大冶，
2004 年到炼铁作业区。

高利军

1982 年 2 月出生于河北唐山，
2005 年入厂。
热轧部。

余　斌

1985 年 6 月出生于湖北黄冈，
2007 年进厂。
炼铁部。

边可萌

1985 年出生于辽宁鞍山，
2008 年入厂。
炼钢部能源管理。

王建江

1986 年 12 月出生于河北唐山沙流河镇，
2009 年入厂。
运输部港口作业区。

王海龙

1986 年 9 月出生于辽宁凌源，
2008 年入厂。
焦化作业部，联交作业区。

王顺理

1987 年 6 月出生于河北唐山，
2011 年入厂。
热轧部，点检。

滕红宝

1987 年 11 月出生于内蒙古赤峰，
2012 年入厂。
自动化控制。

姚行浩

1990 年 4 月出生于山东济宁，
2013 年入厂。
镀锡板事业部，焊接操作。

1

　　早上开始收拾出门在外需要的东西：书、茶叶、衣服、被子、床单、香、电热水壶、咖啡、杯子，还有采访的相关器材：摄像机、照相机、录音笔、转换器、储存卡、充电器等零碎东西，一大堆。

　　上京哈高速，天空开阔起来，像飞出林子的鸟，白茫茫的远方。你的心情之地，会莫名地遭遇悲伤的暴风雪，也会莫名地开满喜悦的花朵。

　　路两边是高大的树木。

　　一进曹妃甸，你看到了海水。

　　弯腰穿过工厂里密集的管道，站在一排螺丝钉前发愣，五分钟之后，大海就铺在你面前，像临睡前打开的一本书，纯粹的大海，浩浩荡荡去到远方，你的身后，是巨大的工业基地。

　　深蓝色的海水，在脚下微微地呼吸，像早晨待醒的女子，声音浅浅的，应和着远处工厂里偶尔传来的声响。这里没有海滩，深度直接出现，没有过渡。

　　与码头 1 号泊位相距一米远的海里，你发现了很多小鱼群，每一群八九尾，游在海水的最上面，时不时激起一条条白色水纹。

还有水母，这种浮游生物出现在地球上的时间比恐龙还早，水母很讲究生存环境，透明，白色，身体98%都是水，你看着它在海水里，有时候像降落伞，有时候像一朵开在水里的莲花。

海里、岸上的铁架，吊臂、运输机、起重机，柔润无形的海水与钢铁的棱角，静默相处。

码头一角，有灯塔。

张新国

1963 年 12 月出生于河北高阳，1982 年入厂。
炼钢部，炉前工。

> 落日的那一面
> 霞光中的云朵，海上有阳光

听父亲说，他年轻那会儿，村里边的小伙伴，想出来打工，没钱买车票，从河北老家走路到北京。十五六个人，都进了首钢。慢慢地又一个个回去了，他们吃不了那份苦，父亲留了下来。

首钢以前只炼铁，1958 年试验厂生产了首钢的第一炉钢，这工厂老搞试验，就沿用试验厂这个名字。父亲是试验厂的热装工人。炼铁厂过来的铁水，倒进铁包里，运到炉前，再炼钢。父亲的工作就是倒铁水。

父亲 52 岁退休，我接班到的试验厂，也是炉前工。

我母亲也在试验厂。那年冬天，母亲去支援挖地基，挖完沟，一块冻起来的大土，滚下来，把她的腿砸折了，现在一条腿长一条腿短。

我们的后辈没人在首钢。京唐公司炼钢、轧钢，这些主流程岗位，基本找不到北京人。到外地工作，对年轻人来讲，是一个考验。离开父母，离开家，搞对象都是问题。

在京唐公司，我在自己的宿舍里弄了个小茶室，有些工人，两地分居，想法多，我就经常约三两个工人来喝茶，舒缓在这边上班的气氛。

老人走了一大批，买断了很多，公司正在减员。80 后年轻人多，成长起来了。

也有年轻人买断的，不愿意在这受这份苦。有些东西看不到头。

我们坐班车，一坐四个小时，一个礼拜八个小时。老职工，50 岁左右，前列腺都有毛病。一路上，车子只休息一次，一憋就是两小时，前列腺病严重的，真憋不住，好多人上车之前都不喝水，怕半道上受不了。

今年刚 40 的，起码得坐 15 年的车，一想都头疼，一个星期见一次家里人。

我就要看到头了，还有两年退休。

2

也不知道是第几天了。

从轧钢到炼钢，前面出现三级楼梯，黄色的扶手，灰色的台阶，材质是铁，这里不会出现木头。你顺台阶往上，中间有三级休息平台，靠着栏杆，无意识地往左看，宽大的钢材构件，搭建出来的厂房，屋顶漆成浅蓝色，中间立着的钢材为绿色，底层灰色。黄色的楼梯，如水一样，成排穿插、流动在这个钢铁的巨型艺术空间里，带你到任何地方，遇到十字路口，黄色会更加显眼，转角的地方，突然往左或往右，节奏很快，前面突兀地立起一排黄色铁杆。往上的楼梯，都很陡峭，楼梯如瀑布，顺势流泻于钢建筑的山体。

顺楼梯往左、往右、往上，你尽量不往下，到了地表，你的剧目就该落幕了。你想象出的舞台巨大，四面都是观众，你是一条船，在楼梯的河流里，绕过一座座立起来的钢山。你的沉闷，你的抗议，你的呼吸，你的野心，你爆裂的方式，你静如心中的蝴蝶，空间足够多，足够接受、融汇你所有的情感表达。

你把每一个局部看成一幅油画，一幅水墨的表达。

在中国山水画里，会隐藏些茅屋、流水和喝茶弹琴的人，在这钢铁里，隐藏的是工人，他们生活在这里，山水入心，钢铁亦如此。钢铁色彩直接、简单的表达，是工人的主元素。

贺风凉

1965 年 1 月出生于河北，1985 年进石灰石矿。
炼铁看水工。

人们去了另一个方向
构成岛屿的生死流变

那会儿全力支援炼铁，1992 年，周冠五有一个批示，针对炼铁工人，一线炼铁工人到首钢医院看病不用排队，直接挂号，有专人服务。炼铁厂工人的孩子入托，就很容易。整个公司都重视一线工人。我的工种叫高炉配管工，叫白了就是看水工，是党员才能从事这项工作。

2006 年 3 月，通知我去京唐公司，建一个先进的大高炉，我比较好挑战，想看看怎么个先进。6 月 28 号，上岛了，到现场，心里边，可不是滋味。最起码要有个建筑物嘛！可这地方就没冒出地面的东西。路，就是拿石头撒上，那也叫路？全是沙子。大太阳毒的时候，不戴墨镜，什么都看不见。

炉基开始施工，有临时板房，我们借了两间来办公。水成为最重要的问题，从唐海用车拉过来，倒进方形水罐里，底下有龙头，拿盆子，出来的水都是黄色的，就是我们喝的水，之后有经验了，用三个盆接水，第一个盆接上，等 20 分钟，倒到第二个盆里，等 20 分钟，再倒进第三个盆里，再喝。

我刚来京唐公司建 1 号炉，父亲脑血栓，进 ICU 抢救，我在岛上，跟班领导说，不行了，我必须回北京去看看。我守护了十天，抢救过来了。我与姊妹们说，家里边的事，只能请你们多照顾着，我那边正大修，正忙的时候。

在石景山，有一个不成文的规定，看水工年龄不超过 45 岁。上下各层平台都要体能，我现在就呼哧带喘的，岁数大，基本上不往上爬了，爬上之后，还真得歇，迈不动腿了，都是梯子，累了待会儿，喘口气。年轻人无所谓，现在的小伙子们天天爬。

3

　　一个工人拿着水枪，站在一堆黑色钢铁里，像株植物，安全帽是一朵黄色的小花，开在尘埃里，他的白色手套如飞絮，在铁水的光照下，晃来晃去。出铁时，铁渣分离，工人给积渣冷却，水枪里的水冲击着热渣，激起阵阵白色热气，白雾虚幻着铁渣的硬度。水、白雾包裹着工人，他们把自己藏身于钢铁里。工人在清理主沟边的渣铁，用水冷却。你站在工人的侧面。

　　工人在厂房里，一次次开出巨大的白色的花。20年前，你到《湘潭日报》副刊编辑唐普元那里，他送了你一本诗集《白色花》，封面底色为黑色，红色的河流上，开出一朵白色的花，书名也是白色的。这是本"七月派"诗人的作品集，随着时间的过去，他们一半以上的人，消失在时间的帷幕后面，书里有化铁的介绍，大意是，逝世年代不详。后来，你通过彭燕郊先生，竟然与书中一半的主人公都取得了书信联系，其中就有化铁，他在菜市场卖菜被人发现，才知道，他还活在人间。诗人们花非花，雾非雾，你看着花在铁渣上升腾，随着水枪的移动，花的形状在变化，紧紧地裹着铁渣的地面，黑色的渣铁暂时不见了，白色的水汽，在厂房上方，淡化，然后消失。

你住的工人宿舍，也唤作厂前公寓。在工厂的前面，在厂区里。

你住 3 号楼，109 房。你暗自庆幸自己带的东西比较完备。

这里的每一个人，依然保持着北京首钢工人的作风。每个物件都有自己的味道，首钢的味道，不同于其他任何单位，因为体积大，穿越时空也长，经历的事情多，味道当然浓郁。

在生产指挥中心大楼，他们安排了一个房间给你。马晓说，你想采访的人，既可以在你宿舍里聊，也可以在这里聊，哪里都可以。下午采访王相禹，你们聊了很久，一个有想法、有思想的人。

王相禹

1966 年出生于北京门头沟，1984 年入厂。
运输部。

> 早晨坐在这里，中午坐在这里
> 下午坐在这里，你坐在这里

我家在首钢石景山对面，永定河左岸，远远地能看到炼钢的火焰，晚上倒渣、出钢，半边天都是红的。

我从小喜欢动手去做些东西，在技校里就选了内燃钳工专业。红楼往北，转过小山坳，那里面有一个高台，就是技校的校址，离炼铁厂和动力厂很近。很多同学的父母就是首钢人，像我这种原来家里没人在首钢，从挺远的地方来念技校，留在首钢的，也不太多。

工厂 8 平方公里的铁路运输都靠火车头来拉。最早的火车头是蒸汽机，冒着烟，现在把这东西当展示品了，当做一种工业遗迹在保存。我们一半的火车用蒸汽机车，一半是用内燃机车。首钢进了 30 台内燃机车，从东德买的。

我进了工厂，给我们每一个人都配了一个师傅。我和班里的一个女同学，是姓周的师傅，我们的班长。师傅1958年参加工作，最老的一批工人，搞铁路装卸的，拿着铁锹装煤、装矿粉，个子不高，老家山东德州，他从一个装卸工，转成维修工人，又转成内燃钳工，那是很棒的技师，每年都被评为先进，在车间特别出名，老爷子叫周炳印，人特别刚强，有性格，对别人严格，对自己苛刻，对徒弟毫不留情。

修理发动机，每天跟油打交道，天天一身油泥、一身汗。有些零件很小，觉得干活不便，给我们手套也不戴，没别的想法，就是一股脑地想把活干好。

西德的汽缸盖拿起来，用铁器一敲，像钟声一样洪亮，铸造技术很高，很薄，四五毫米的壁厚，耐用、结实。东德相对来说，工业技术粗糙些。

柴油车有很多积炭，烧得很结实，弄不下来，我们要把它整个拿下来，放在大油池子里去泡。我们干活的工具是改锥，自己做的扁刀、手锤，有些积炭得有1公分厚，用刀刮不下来，就敲。

后来，师傅把我调屋里去了。什么叫屋里？

我们车间大厂房旁有一排房子，是我们班组休息室，旁边有一间师傅独立的屋，是他的工作室兼高压油泵和调速器实验室，别人是进不去的，只有他徒弟——我的师姐，在里面弄发动机。

发动机是整台车的心脏，油泵是发动机的心脏，给发动机供油，很精密，间隙非常小，油稍微有一点不干净就塞住了，供油量、供油时间，一定要准确。

师傅说，你来试试这个吧。

我说，师傅，我不学那个，我愿意在外面干。

师傅知道这是最核心的部分，想把这些教给我。我进了屋里面，学习调泵、校验喷油嘴、调整调速器。接近两年，发动机整个的东西，每一摊我全干过，基本上成为了一个合格的内燃钳工。

现在回头到工厂里，看他们维修发动机的水平、档次，大不如前。那时候的手工活就是靠榔头、扁铲、锉，这几大件做出的东西都很棒，东德来的机器，我们都把它改了，它的设计很多地方有毛病，改了后，运转得更好。

1989 年，我 23 岁。公司组织部找我谈话，后来才知道，是为领导选秘书，把我的照片和另外一个年轻人的照片，拿给当时的组织部部长。我是天生的鬈发，留得也长点，部长一看，这年轻人还烫头，就选了另外一个人。

领导找我，要我去支援炼钢。

二炼钢，由原来的 30 吨转炉，一下提高到 210 吨转炉，很难适应，生产不顺。周冠五书记是从部队转到的地方，他的理念就是：凡事在人，只要人行、干部行、团队行，没有攻不下的山头。他纪律严格，要求高，特别对干部，为能顺利生产，二炼钢一批一批地换了很多人。我在二炼钢20个月的工作期间，就经历了5任党委书记的免和调，搞不好立刻换。攻不上去，没有理由，直接就换领导。都是降级处理，很严厉，像打仗，必须攻上去。后来有人做过统计，炼钢厂从1987年投产，到1992年左右，生产基本稳定，5年里，人员流转、更换达5000多人，一个3000人的厂，更换频繁到什么程度！有时候，这个人头一天刚调到这来，第二天又办关系调走了。干三五个月不行的，大有人在。科级干部3个月，打不开局面，就叫不适应。每个人压力很大，我也很努力，特别投入，那时候没成家，一门心思就是工作。

我刚到冷轧镀锌薄板厂，搭档是张兴。单位年轻人多，年轻人对未来都抱有希望，我就抓住这个特点，点燃他们的希望，点燃他们的激情，让他们迸发出来。虽然很苦，大家都很投入，都很阳光。经过我们的努力，坚持到最后，把它搬到了曹妃甸，现在还是赢利的。

每一个人都得发挥自己的作用。

4

往工厂的最后面走，上了一条沙子路，五六条铁路出现在你眼前，铁路两边的杂草，开着小花，铁轨在花草的掩映下伸向远方。

马晓带你看了职工健身房、乒乓球馆、羽毛球场、游泳池，你准备经常来这里锻炼。回到宿舍，你整理房间，把自己带的被套、床单换上，这里靠海，被褥湿湿的，把桌子上的电视机等东西清空。有一次，你采访一位艺术家，他家里的电视机上贴了张条子：看电视的都是傻子。你把桌子调换了位置，这是你使用率比较高的地方。

水边，有几个工人在下网。

操场有跑步的人，海边有健身的人，有坐在水边聊天的人，三个女孩子站在健身道上玩手机。大部分人都穿着工作服。这里的所有人，都是首钢职工。

走在小区里，你目光直视所有人，每个人的目光都是友好的，没有攻击性，没有野性，年轻的工人身上，青春气息浓郁，你也闻到了隐藏于他们身体中那些循规蹈矩的气息。

程宝德

1966 年出生于北京密云。
炼铁作业区。

> 海面平静，看得更远
> 云不断地变化，一大朵，一大朵

学的是炼铁，一直在炼铁厂，没离开过，30 年了，干了一辈子，就干了这一件事——炼铁。

炼铁，说白了，就脏了一点。炼铁其实挺有意思的，一个大高炉，你看不见它，你摸不着它，就一大黑匣子，把这个弄顺了，操作好了，出铁成本低，焦比也低，有成就感。刚炼铁那阵，有琢磨劲，分析、判断、调剂，结果好，说明前面的思路和工作都是正确的。

好几个同学都辞职了，这些铁啊、灰啊，吸引力不大，比较脏，比较热。现在好多了，赶上处理设备，还是挺累的。过去搞清理，是人，现在全部使机器，铲车一铲，钩子一用上，开着车就完了，不用人在那拿锹干活，和过去比，天壤之别。

炉前工，过去小学毕业就能干，现在炉前工是大学生，很多设备操作，都是自动化的东西，没文化弄不了。原来在北京，说来一个研究生，来一博士，跟宝贝似的，现在多的是，副工长都是研究生，硕士、博士，来了先干副工长，实习，再干正工长，现在叫作业长，叫技工，叫法不一样，一点点成长。

公司招工人，都大专以上，轧钢、炼钢其他部，都是本科以上，技术人员、管理人员更不用说了。

北京停产后，过来些老师傅，文化水平低点，像我是中专毕业，但有经验，这可是学历买不来的。这么多年干这个，要把事做好，不见得学历高就好，有时候悟性和学历是有区别的。悟性好，学东西快，理解也快，学历、能力还得结合起来。

现在炼铁厂，正式职工240多人，在石景山，2000到3000人。自动化程度一高，节省了差不多90%的人。

京唐炼铁厂建立之初，一半工人是新招的，一半从老石景山过来，也快十年了，陆陆续续有人退休，又进新人，老工人只剩1/3了。

炼铁过程中，像我们老师傅、老工人，一看就知道是怎么回事，要具体到数据，再上升到那种高度，这就年轻人有优势。大型设备，都是计算机，岁数大的工人，一学这个，头疼。年轻工人，学得好的，慢慢走向领导岗位，或者成了技术骨干，天天混日子的，那可能就老在底下，或者被淘汰。

现在年轻人，大部分是独生子女，这边工厂多寂寞呀，哪儿也去不了，年轻人能扎到这，也不容易。这里环境是不错，但跟北京没法比，北京出门去就可以逛商场，去公园。这里，哪儿也去不了，最近的到唐海转一圈，开车还得 40 分钟。

大家都习惯了。以后这里发展起来，可能会好一点。现在社会功能的东西都没有起来。

在京唐的工人，大部分都是这种情况：把困难留给了媳妇。北京人挺恋家的，不爱往外走，像我们家，比如买桶水，我回去就扣一桶子，不回去她们就烧自来水喝。一桶水，老人也扣不动，媳妇抱着也费劲，类似这样的生活中的小事挺多。男的一出来，也只剩下着急、担心的份，什么也帮不上忙。工厂效益好，能挣点钱回去，效益不好，挣不着钱，工作上再忙点，或检修什么的，不免会想人都要生活，图什么呀。现在家里也慢慢习惯了。

每周，我礼拜天回曹妃甸。下午 2 点前出北京的家门，从宣武门坐地铁，倒公交车，两个小时，到石景山大东门，坐班车来京唐。五六个小时就出去了。

回北京，礼拜五吃完中饭，坐车。我们住城里的还算方便，有更远的，像一些倒班工人，有住密云、怀柔、昌平、房山的，那时间搭得就多了。

首钢停产前，我是 3 号高炉炉长，我是最后一个停完炉的，我们挖地三尺，吃干榨尽，有点铁的矿粉、料渣，残余的原料、剩料就挖出来"吃"光了。高炉产生煤气，如果煤气一负压，或空气进去，容易爆炸，我们就往里打蒸汽，充氮气，保持里面正压，安全地停了炉。

停炉，大家都不情愿，我们把高炉比喻为自己的孩子，精心呵护，它才能出铁，停了，心情肯定不好，挺复杂，这么多年是有感情的。停了，工作就没了，有的人能出来干，有的人家里困难大，出不去，离不开那地方，得重新就业，都是问题。

停完炉，第二天，我就离开北京，来京唐，好多工人没来。说好听一点，我是爱这个高炉，要不然，也不想来这么远的地方，小半辈子了，一直没离开这个炉子，30年了，过两年就退休了。

干高炉时间长，话题就多。在操作上，你要跟它对路子，跟人似的，这个人你特理解他，特了解他，你跟他交流，你会得到好的回报。跟高炉的对话，就拿它当一个人。人与高炉的和谐，人与人的和谐，和谐了，合上拍了，高炉出铁也多。大高炉，你给它好的吃，高炉稳定性就好，吃得不好，原料不好，就有波动，全靠人去调剂。如果今天给它弄点辣的吃，明天给它弄点肉吃，后天给它弄口凉水喝，那它就跑肚拉稀。

现在咱们高炉，产量每天13000，焦比270多公斤，煤比200公斤，这些指标在咱们行业里面都是数一数二的。

我说话声音大，与长期生活在噪声里有关，一回家，电视音量非得开大。

媳妇说，这声音太大。

我说，不行，声音小，听不清楚。

其实耳朵也没什么毛病。

在家说话，媳妇说，跟吵架似的。

这都是习惯，声音大一点，听得清楚，跟职业有关系。家里面关系都处得挺好，我们很多工人家里面闹离婚的，媳妇逼着回去的，家里面确实事太多。我家算不错，多方面吧，一个是媳妇通情达理，父母这边也不倚老卖老，没那么多事。

我每次回去，说好听一点，就是主动一点干活。到这岁数，大家高高兴兴就完了。有些家里，老人不像老人，媳妇不像媳妇，那就真没法弄。

好多人，不跟父母在一块，我的父母就跟我们在一块过，有时候媳妇管孩子，一急了就要上手，老人这下不干，不许动手，说可以。

我跟媳妇说，你想打，上楼道打，不要在屋里，老人隔辈亲。

我们好多人，干了一辈子，跟高炉的情感很厉害。

炼铁部的张贺顺，我特别佩服他，炉子不好的时候，他要一去，就有办法，底下的人，看到他来了，信心也足了。1号高炉本来不是很好，他过来之后的这几年，炉子就到正常水平了。他也是干了一辈子的炼铁。

5

上午去临时的办公室。上楼，出电梯，右转，一段较长的走廊，两边是各科室，门敞开着，你对这里的环境越来越熟悉，有种老师傅到新地方上班的感觉。

你的房间没有门牌号。

今天屋子里除你之外还有两个人，你的采访习惯：一对一的谈话，不可以有第三个人在场。你有过两次教训，三个人以上的谈话，几乎都流于表面，你没办法深入他们个人的生活中，山永远在你远方，那里的石子、小溪水你看不见，更摩挲不到凋残的落叶。

婷婷陪你去炼铁厂。

工人站在操纵平台前，每一个视频里显示着高炉的情况，白色，如人之心脏，怦怦地跳动，像宫崎骏的童话，跳跃的人心，一点点应和你心灵的殿堂，高大的圆柱，卯榫的接合部，水流的飞檐，被火光一点点照亮。你有20年没这么近地站在炉火前了！静静地站在噪声冲天的厂房里。

张涛，在炉前。

你戴着工人给的一顶不干净的安全帽，去了一个叫零米的地方，出铁处，红色的铁水，让眼睛不再适应外面的阳光。

走进球馆，前台服务小姐对你笑了笑，示意你进去，你宿舍旁边的一间稍微大点的房子里，她们五个人住在一起，自己开伙，在走廊里遇上她们多次。

羽毛球馆最热闹，工人们打球很专业，你打球是野路子出身，好在球拍够专业，宣传系统有位女孩也在，她知道你来工厂采访的事情，她是和自己的男朋友一起来学球的，她过来与你说话。

教练是公司请来的，家在北京，也是首钢人，人很热情，你们聊了聊，你在那打了两个多小时的球。

晚上，李波来你房间小坐，你们聊得比较开，他说得很动人，他没有讲具体的事件，但他的语言，画出了几个工人内心的变化。

李　波

1966 年出生于北京东城灵官庙，1983 年入厂。

我无色地听着一首空空的歌

我家在苹果园，爱人、小孩都在那边，我一个人在这边，每周回去一次。我觉得这种生活也挺有意思的。那会儿在北京，跟媳妇在一起，没什么话说，有时候，她看我还不顺眼，我看她也不顺眼，经常拌嘴。来这以后，每周周末就特别兴奋，今天周三，明天周四，想着回家，可以好好看看孩子和媳妇。回家，感觉特别亲切，我对她，她对我，都是这样，感觉对这一天半特别珍惜，家庭生活特别温暖，也不拌嘴，什么事都能忍让，天长日久，八年了，我和媳妇没吵过一句。

我跟媳妇说，去了京唐以后，感觉自己变了一个人。

我想这可能是时代改变了一个人。我的性格，某些方面和以前不一样了。过去，我小心眼，为家庭琐事会闹腾。现在我很大方的一个人，包括和妻子在家里，处理什么事，都是那种不走心，不走心不见得是不关心，就是完全尊重她的看法。搬迁不仅是设备的搬迁，生产线的搬迁，更重要的是一个人的迁徙和我内心的改变，非常深远。

最初，这里生活设施匮乏，远离城市、远离家庭，我们心无处放，我觉得，怎么这一辈子到了这么大年纪，还到这个地步，到这里来！我们工人里头，下班以后喝酒，宣泄。还有抑郁的。

建设初期，风沙大，有一次，我刚躺下睡觉，电话来了，正好刮风，沙子全起来了，根本看不见东西，风沙能把马路牙子填了，开车找不着道，开着开着，全是沙子。

打电话来的领导说，赶快拿摄像机去拍风沙。

晚上，这个点，去拍风沙？我出门根本见不着人。风沙把所有东西都遮蔽了，简直是飞沙走石，我要了一辆皮卡，到楼前来接我们，到单位拿设备，哪里风沙大，就往哪去。拍完了，凌晨4点。那个时期，人们情绪波动比较大，确实很艰苦。

如果我还在北京，可能还是一如既往地那么过下去，没什么东西来触动和改变我，反观我的过去，也觉得境界太狭小了。搬迁改变了产业结构，那是一种改变，对人的改变，我觉得更深远。

媳妇经常跟我聊天说，现在感觉真的不一样，尤其处理家庭琐事上，更像一个男人了。

我付出的一切，获得了身边的人、最亲的人的肯定，是一种积淀，感触也多了。

我现在是一个"渔民"，常年在船上，不过这艘船比较大，要按平方公里来算。过去，这里就在大海之上，天空有海鸟，海水里有各种鱼，随潮水来来去去。迁钢向山区搬迁，我们向海上搬迁，山和海，土地和海水，对心灵的冲击，变化是不一样的。

北京到曹妃甸，从心理距离到实际距离，还是挺远的。

——300多公里以外。

有位老职工，他们家三代人，都在首钢，父亲那一辈退休了，住石景山。

首钢搬迁，他去了北京的高炉，在上面看了又看，他说，我主要是代表父亲过来看看，看咱们的高炉最后一眼。

不久前，他来曹妃甸京唐公司，他拿着父亲的遗像，在工厂里转了几个地方，他说，我是带着父亲，看一看我们的新工厂。

这是一位老工人的一种感恩，延续到他身上。他叫程国庆，父亲是老首钢工人。

6

宿舍旁，餐厅的招牌，红底白字：首实餐厅。

你站在靠海公寓的街角，一对年轻夫妻从厂区回来，青年男子头发往后梳，黑色短袖，黑色七分短裤上，写了很多英文字母。女孩戴墨镜，黄色框，扎马尾，穿蓝色短袖工作服，青色紧身裤，两个人都是运动跑鞋，女孩背一个小小的双肩包，男子骑车，女孩坐后面，车子特别小，像玩具车，几乎只见人，看不到车。他们往海边骑，左转，把车子停在你住的那栋公寓前。

上午你不能去现场，心里有些不快，这次采访制约得厉害了点。到了晚上，你才意识到自己这种情绪进驻到了你的身心里，你提醒自己要多注意，时刻观察和看到自己的情绪，生气是绝对不可以有的事情，要轻松地去解决问题，情绪只会让事情更糟，情绪解决不了问题，你反省今天的自己。

你最想去的是工厂里，你愿意待在工人身边，哪怕不说话，坐在那里，也是满足的，像鹿在树林里漫步，而不是在钢铁世界里张望。你理解工人们相互之间的感情，他们脑子里想着的事情也就是工作和家里的事，不会想太多，不会想太远。

你想了解这个工厂，你想自己来安排时间。

你住的地方与生产区有段距离，但同在一个区域，都在厂门内，你自己可以随时开车到里面去转，去找工人聊天。

下午，海边、工厂、宿舍、工人、海风、水、天空、小路，在这样的环境里，你享受了一个下午的阅读。

晚饭后，沿海边，从这一端，走到另一端，再走回来，来来回回，继续背诵那些东西。

康海军

1970 年出生于北京，1994 年到烧结厂。

你与每一个人打招呼
都会得到热情的回报

我们家是工农结合，爸爸工人，妈是农村户口，我在顺义出生、上学。

我不想动，铁饭碗，旱涝保收，家里的这种思想也很严重，所以就没出去，听家里的话。现在班上的同学，这边只剩一个了。

北京老厂，我是二烧结的人，停二烧大家没难受感，毕竟大部分工人还有出路，有些到曹妃甸，有些退休，有些买断。我与几个买断了的老师傅说，我们只能坐着聊一聊，不能出去聚会送你们，太伤感，容易出事，喝多了怎么办，不搞那个仪式了。

我们照了好多照片。

当时二烧的工人不服一烧的工人，一烧的不服二烧的。到哪都是我是二烧人，我是一烧人。

二烧人的工作态度，跟一烧人不一样。二烧的领导什么活都带着干。一烧这边要求比较多，做得不多。二烧是干将，一烧是说将，两边文化不一样。我从二烧到一烧，就知道这毛病。

二烧从来没因为粘料影响过生产，为什么？因为一停机，主任就带着所有人进去清理，一清到底，大热天，衣服湿透了，鞋里面都是汗。在直径 3 米，长度 9 米的桶里，里面粘了 50 厘米厚的料，有的粘了 30 多厘米厚，粘的都是矿粉，6 个混合桶，主任带队亲自清，没出过事。

一烧呢？清一个仓，他们要三天。我去了后组织清仓，结果，六天清了八个仓，那边的人都看傻了。

从开始停产，到停下来，我在现场熬了 40 多个小时，一点事没出，心落地了。第二天是星期六，我终于回家了。那天有人偷盗，把电缆剪了，东西没偷走。周一开早会，我去了。本来停产没任何事故，大家都踏实、都安全，都很高兴、很自豪，但领导批评我们电缆被偷盗的事情。我这委屈，好家伙，心里面真难受。一回到单位，我们十多个人，生产、技术、安全的几个片长、工长，还有工人，我们说着说着，眼泪瞬里啪啦就掉下来了。

我说，他妈的，咱们图什么呀，明明干了一个漂亮仗，玩儿命地干，大家辛辛苦苦，因为最后这点破事，就咱们一个单位受批评。

我心里难受，往那一哭，大家感觉都很窝火。后来，有同事到京唐，一聊那天的这事，他们说，你这一哭，你知道你把大家感动成啥样吗？

我并不是想感动谁，当时心情确实是……咱们受了多大苦，干了多少活，主业都干好了，就因为发现有人偷电缆，就因为话没说好，结果还挨批评。

这帮工人到最后，大家真的是抛弃了一切，没有矛盾，没有个人想法，就是想怎么把这活干好，怎么把这台机给停好，把这料清好。我们头一批出来的工人，现在见了非常亲切，摸爬滚打在一起那么多年，对什么都有感情，包括那里的岗位、设备，你对它好，它也对你好，你把它当人，它是有回报的。你不付出辛苦，它肯定跟你闹脾气。你踏踏实实把它弄好，它也转得好，生产也顺。

以前在北京，回到家累了，就不管了，就睡。来曹妃甸这儿呢，累了，回家去，媳妇更累，现在不敢到家就睡。

谁最辛苦？——家里面的媳妇最辛苦。媳妇别得病，家里任何人有得病的，她都给你挡着，给你帮忙。她一病，大病我能回，小病呢！回不回？很难受。

支撑一个家庭，家里没有讲理的地，你一讲理就打架。这理永远扯不清，只能互相让一让，就想对方好吧。真吵架，我还是让一让，谁让咱们理亏呢！中国人嘛，容易忘记过去，想未来的多。还有得养家糊口，没有更多的本事了，在首钢混了十年以上，基本上给固化了，思维、见识受限制了。

家里对我的意见是有的，一心扑在工作上，孩子我没接过、没送过、没管过，都是媳妇管。晚上回家，孩子睡着了。早上去上班，孩子还没醒。

京唐和老首钢的文化还不一样。

现在收入还可以，比在一烧、二烧多一点。我在这儿还买了一处房子，在唐海，投资可以，自己舒服一点。这边，媳妇、孩子还挺爱来，夏天凉快，而且小城市，生活节奏慢，压力小，新鲜蔬菜多。北边有大公园，天天遛弯去。

我媳妇说，到哪停车都不收费，很少堵车。

7

高炉出铁平台下方，工人使用钩机清理铁渣，两种铁器在协商，达成默契，铁水的火光，把工人的影子甩向南边那堵高大的墙。每天出铁 10 次左右，每出完一次铁，你就在工人的身边走一走，拍点照片，等下一炉开始出了，你又凑过去，你甚至想向厂方申请，在工厂里上半年班。曾经的 10 年工厂生活，让你后面的 20 年，营养充足，现在又到了补充粮食的时候。

在工厂里转悠，你坐在马路对面，来了辆公交车，冀 BX 牌照，这一车下来的工人，只有两位老师傅穿了工作服。有个工人把衣服搭在肩上，光着膀子；瘦个子工人，剃了个愣头青的头发；壮实小伙，穿拖鞋，七分裤。他们三个人走在一起，25 岁左右的光景。有几个工人，过到马路那边。看着他们分散去了各个方向，像鱼游进大海深处，不见了。

步行约五分钟，拐上另一条路，是公交 3 号线，炼钢主控楼站。这趟公交车有八站地：热轧 11 万变电站、热轧 1580 水处理、炼钢 28 号门 炼钢公辅 二号污水、冶炼分析中心 炼钢主控楼、炼铁部 盾石建材、配餐中心 后勤处 二冷办公楼 源水、二冷轧 17 18 19 门、候车大厅。

　　候车大厅，就在你住的公寓旁边，每天停着工厂里几十辆公共汽车。

赵君岩

1978 年 12 月出生于北京朝阳。

炼铁作业区。

寒到零下

初春开花

　　我们家世代务农，住北京朝阳堡头，348 专线，大柳树站，旁边是王四营，五环边，后边还一大块地，城乡接合部，朝阳区跟通县交界的这一片，包括金盏乡，都是农民。小时候一直住那，上学才到石景山，全家一门心思想着如何拿到城市户口。我放弃了上高中、读大学这条路，早早地把自己变成工人。

　　独生子不好，父母有什么大小问题，一点辙都没有，都得自己上。

　　我开始住单身宿舍，父母过来我才租房，买房也不便宜，三四千块钱一平米，我一个月挣 2000 块，也还是贵的。租的房子，骑自行车上下班，20 分钟就能骑到单位，偶尔也坐班车。我结婚，还是租房，换了好几个地方。

工作了 10 年，攒了点钱，2008 年买的房，算买得贵的，合下来 8500 一平米，就在八角。

现在，60 多平米的房子给父母住着，我们带孩子在外边租房，为小孩读书好一点，在海淀，孩子读的是四季青小学，后来叫首师大附属小学。逼着我，费了九牛二虎之力，把孩子整到海淀，是男孩，本想要第二个孩子的，但现在这岁数，我没事，我爱人费点劲，她也算高龄了，所以，也没办法，要再弄一个孩子，太贵了，养不起。

我的工资卡让媳妇拿着，家里支出完全她来，我留 2000 多块钱，也花不了什么，回家一趟，给他们买点东西之类的。

进工厂，我在生产一线倒班，干了一年，然后去看皮带，到机动科，都是设备系统，与设备打交道，我的朋友就是这些设备，一直到现在。

我像一个游牧民族的汉子一样生活着，在路上，后来，见到的每一个陌生人，感觉都是熟悉的人，没有了拘谨和客套。这有点事，我就在这忙忙，其他地方有需求，我也上其他地方出差。我隶属的部门是固定的，但首钢有很多平行单位，有些工程需要支援一下。我们也一样，有需要帮助的时候。

刚来岛上，没有上不上班这一说法，给我们配一手机，24 小时开机，随叫随到，没礼拜六、礼拜天，刚开始的三年时间，就是这样过来的。没有食堂，房子没有，路没有，会议室、办公室没有，统统都在彩板房里解决，一大排，周围什么建筑都没有，全是工地。我们还老说是两进的四合院，一大圈，一个正门，进去是一个，当会议室、办公室用，里边还有一个大院，做仓库，放材料工具，也是一个实验的地方，有些钢结构件设备，拿不准的，没有安装过的，我们先做些小模型，放在后院，得闲，就到后院摆模型去了，装、弄，要焊工来现场，看这种焊接方式能不能行。

大家离得近，院子虽然大，但从这头到那头，嚷一嗓子，都能听到，有大事都坐一起，直接商量，干劲和心气都挺高。

彩板房中有两间房里，放了好几张简易板床，给值夜班留下的。

彩板房跟工地隔着三四公里，有条简易路连着，车子今天能开，过两天，再走，因为是沙子路，极不稳定，一刮风，一下雨，表面上路好好的，车回来的时候，就陷下去了，车子经常陷进去，最好使的是铲车，哪都能看到它的影子，别的车拽不上来，只能用它往外来拽。人根本推不动，一推，陷下去更深，有时候其他大车来往外拽，也陷进去了。陷进去的什么车都有。我们运一个冷却塔，15米长，7米宽，超宽超大的大件，车陷进去后，它滑动得很厉害，车子还是翻了，那么大一个家伙，也翻了下来。用吊车把塔装在重新配来的运输车上，找来三个铲车，给它修了一小段临时路，拿石头压实了，要不然它根本就出不来，这是折腾得最大的一次，花了三天。拉货的陷车，多了去了，大车、小车经常陷，习以为常了。谁说陷车了，回答：

赶紧给它拉出来。没有大惊小怪的。

到了那环境，也感觉不到苦，后来想想，确实挺苦的。回家，跟老头、老太太聊起这里的环境，老爹、老妈说，不行就别在那干了，咱回来吧。

我自己是真不想回，还想干。工作环境糟，生活条件苦，但干得有意思，也有这么一股子劲，建这么大一高炉，刚开始没底，后来成为我人生的梦想，一生能建几个5500立方的炉子啊，从基础到投产，大大小小的各种技术改造，都干。大大小小得几百个项目。30多岁的我，也是给自己一个机会吧。

在其他时间段里，真没有那种感觉。大大小小工程我也参与了不少，如此这般的激情，那种干法，心气，从未有过。

我们那会儿回去，反差特别大，在这恨不得就啃馒头，吃咸菜，回到北京家里，赶紧补，要炖锅肉什么的，这么折腾。但一回来，接着干活，继续之前的状况。

原来的唐海，相当于一个镇。晚上七八点钟的大街上，一个人也没了，作息时间，就是太阳升起来干活，太阳落下去就休息，属农耕状态，没工业的事。我们一来，把人家作息打乱了。我们是24小时运转，没休息，他们不适应，饮食结构，也不一样。

与同事，我们都到了同吃同睡的地步，关系升华了。包括现在，真比跟家人在一起的时间长，不是小比例，是大比例时间在这，一个礼拜，每天24小时，基本上混在一起，回家就两天，48小时又跑回来，每周每月，年年如此。

去过其他工厂，施工环境也恶劣，但人家生活配套跟得上，企业边上的吃穿住行，天南海北的口味都融汇了。去首秦，秦皇岛有宾馆，舒服，在海边，成熟度假区，基础设施好。迁钢稍微差一点，也是平地起的工厂，但那还是有一些其他的生活配套的，在一个村子的旁边，有原来的老矿山做底子，有这种冶金圈的背景在后边，所以基础这一块，也不是太大问题。

而我们，荒滩上起来的。啪，把我们放在一个完全农业的、渔业的地方，上一个工业，工业零基础、零设施。头一个多月，我们自己还弄食堂，自己弄吃的，忙起来了，哪有这时间，凑合吃了，现在想想，那会儿怎么能坚持下来！

隔三岔五刮点风，这里就是沙漠，哪都是，细沙子吹起来了，每天洗澡，一摸脸，摸身上，外露的这些地方，疙疙瘩瘩的，都是小细沙，现场工程建设，也是扬尘点。站在这，不远处，车启动了，呼来一阵风，沙子就把我们包裹了。

最多的时候，我是两个月在这，没回家。有半年才回家一次的同事，上面规定每周都可以回去，根据情况，自己安排，手头上的事，可以解决，就正常来回。但那会儿，普遍现象是都在这待着，不是强求，那会儿也没考勤，也不说今天你没来，明天他没来，没有说这个的，没人拿考勤表去约束到与不到的问题，有可能这两天我看不见他，找他，他正在现场趴着。

我们就到这份上。

有些时候，实在没什么好干的，就出去比赛跑步，在沙地上跑，是一种宣泄吧！

社会环境对人的影响比较大。

8

一长排竖立的小型钢管，在高大的厂房里，形成一堵墙，阳光不能直接照过来，钢管泛着浅浅的白光，幽暗两个世界里的重叠，一辆牌照为"首唐B"开头的铲车，在废铁堆里进进出出，那辆车，背对着你，不断地进、退，时间久了，你看到的全部是废铁，包括那辆车。

稍远处，一辆天车在搬运废铁。与你在工厂里的天车已经不同，它不是抓斗，而是一块巨大的圆形吸铁石，往废铁堆上一放，再提升起来，巨型吸铁石上就吸满了各种横七竖八的废铁，有被切割得无形无边的，有从机器上直接拆下来的，有各种小铁管，吸得牢牢实实。

有些烟囱是白色的，冒着白烟，有些铁管的烟囱，冒着浅灰色的烟。太阳，隐约不定地照在这些天空的铁器上，天慢慢地黑了。晚上，你不想吃饭了，继续在厂区里逛，一个人，晃晃悠悠。日常生活中你喜欢灰色，重工业的工厂就是灰色的，你在灰色里待了十年，不喜欢才奇怪。工厂的灰白照片，让你沉醉心迷。

王正新

1980 年 7 月出生于北京密云。
炼铁高炉作业长。

眼神可爱
光，照着万物

我出生在北京密云的一个村子里，我们在这里生活了多少年，没人知道。我上面有两个姐姐，我最小。

在炉前，干了八年。2009 年，2 号高炉停了，要我去支援 3 号高炉，3 号高炉也停了，一个个地都停了，没了声响。上边给我们每个人发了一个志愿表，可以选择去秦皇岛和迁安的钢厂，也可以到曹妃甸，上边还说，留守石景山，看护机器也算给工厂做贡献。

我选择了曹妃甸京唐公司。

这两年，炉子一年比一年好，收入也上来了，和北京差不多吧。但钢材形势不太好。这里的医疗条件，没发展起来。有生病的工人，到唐山输半天液，没药了，只能转院到北京，病没治好钱花了。

后来新招的工人，一家子可以住在一起，从北京调过来的工人基本上都是两地分居。在这里待的时间长了，回北京，说话的腔调都有点唐山味了，我媳妇总逗我。

我媳妇在密云，我们的家在密云。每次坐公司的班车回北京，再坐980公交车，一个多钟头，到家。

媳妇特不乐意我到曹妃甸。我的户口和人事关系在北京，我算北京的工人，上京唐，属于河北唐山了，我上班就成了出差，公司会给我一点出差补助，钱不多。像我们在这里住的房子，就按出差标准把住宿钱扣出去了。我们上一天班，就有一天出差补助，哪天休息，那天就领不到补助。上班算出差，也是一个特殊群体吧，我们算出差最久的人，出差最多的人，除了回家，就是出差，一个月也回不了几天家。

我真不像北京人了，回家要经过一片树林，有一天，在车上睡着了，半梦半醒中，外面几十栋高楼，齐齐整整地立在那里，开始以为是梦，再想，坐错公交了，一下就坐起来，醒了，满车的人，没人发现我的一惊一炸，我看了车里的线路显示图，没错，是密云。

孩子小，弱弱地站在我面前，他好像习惯了我的出门，转身就说再见，有时候我在想，孩子会不会以为我就应该在家里这样进进出出，突然地出现，突然地长时间消失，像母系社会。

2003年，我母亲去世，后来，父亲找了个老伴，我们四个人一块住，婆媳关系弄得很微妙，出现了各种问题，母亲又不是亲的，亲妈我还能说说。我的老大是女孩，课外补习，学跳舞，学了点乐器古筝，别的原来报过画画班，她挺累的，周末休息就两天，一会儿到这个班上课，一会儿去那个班上课，大人就得送，上一个小时、两小时，我们在外面还得等着，孩子累，大人也跟着累。

　　我住密云城里，原来的老家，在水库边，现在大院还在，附近开发成了度假村。父亲退休了，没事就天天回老家，种点菜，他每天城里、乡下两头跑，种了很多黄瓜、豆角、冬瓜什么的，给我们送好多，蔬菜足够两家吃。我回密云城里的家，时间都不多，回水库老家就更少了，也就过节的时候回去看看家里的叔叔、侄子什么的，还有些亲戚在那。

9

住工人宿舍里，你睡得很好，早上 5 点 30 分就醒了。

中午回食堂吃饭，一个人吃自助餐，饭菜不错，简单，是你喜欢的。

下午躺下休息，15 分钟自然醒来。

你的车子跟着你，停在炼铁部、炼钢部、办公楼、公寓楼。

回宿舍，路上人不多，马路上车还挺多的。

晚上，在北方很久没有听到过这么响的雷了，下了雨。

你在海水边诵读，它们好像也在听。

陈 香

1981 年 7 月出生于北京密云坟庄村，2000 年入厂。
炼钢部，炼钢工。

> 所有人，让你拍照
> 也与你并排站着

香水的香，我叫陈香。

我们只有工作好了，生活才能稳定。

我不像别人有高学历，里里外外的界面，全是英文，没译过来。我把这些英文抄在笔记本上，带回家，拿英汉词典、炼钢的专业词典，一个单词一个单词地查，挨个儿翻，标注出来，怎么读、怎么写。我那笔记本特别大，专门记英文的各种参数，和里边各种变化的界面，喷体界面、吹料界面、合金界面、副枪界面……

弄了三个月，才明白过来。现在有中文了。新设备，新工艺，新参数，对于我们这些工人，是一次大的挑战。

现在也不能 100% 利用现代检测设备，有时候就得靠炼钢工这双眼睛，这就是炼钢工具备的一个技能。在主线上工作的工人，很多人的目标都奔着干炼钢工。

高温环境对身体辐射有些厉害的，要小孩不是特别好。

我说，这小孩现在咱不要，后边锻炼好身体，到 30 岁再要孩子吧。

后来，两地分居，半个月回一次家，要小孩也费劲。今年都 35 岁了，一直没要孩子，现在回家，孩子都成一话题了。我觉得要给小孩一个好的经济环境。我们在石景山那边买房了，经济还算可以吧，今年怎么也得要小孩了，都开家庭会了，必须要小孩。

我说行。

歇两个月就要。

我也同意了。

我和姐姐都是爷爷奶奶带大的。妈妈去世，我都没有像失去奶奶时的那种强烈的落魄感。

我问姐姐，奶奶怎么没了呢？我们生活怎么办？

我去当兵，奶奶死活不同意。

奶奶说，干吗要当兵？奶奶舍不得你，奶奶岁数大了，还能活到你当兵回来吗？

我在部队刚稳定，每月有 330 块钱，几乎全花电话费上。使 201 卡，家里有个座机，就为了我当兵走了，爸爸特意安的。

每天晚上，我都跟老班长请假，给爷爷奶奶打电话。当兵两年，打了两年的电话。

我跟姐姐说，他们想听到我声音，我唯一能做的，就是满足他们这一点。

奶奶说，是孙子吗？

我奶奶耳背，电话声音太小，她听不到我说话，但是我能听到她声音就挺好的。打完电话，我这边说什么她听不着。

你什么时候回来？还有多长时间退伍？

每天晚上反复这些话，我也希望能听到她的声音。

你是谁啊？是我孙子吧？

我说，是我。

她说，是云吗？

云是我姐姐。每天都这样，一年 365 天，打了 365 个电话。

有时候，爸爸在家，接我电话，说你奶奶听不着，有什么事你说，我告诉他们。

我说，没什么事。

每天打电话是个习惯，不打这个电话，晚上睡不着。训练再苦，还得听到他们的声音，我心里边就得到安慰了。

爷爷 78 岁，比奶奶大一岁。爷爷那会儿，农村老头嘛，他能挑一担水，一般人都追不上他。奶奶除了耳聋一点，身体没问题。我退伍回来，一进门，看见奶奶，那个激动劲说不出来。我觉得她也有种精神寄托：一定要等到孙子回来。

我当兵走的时候对爸说，你跟奶奶他们说，一定要等我退伍回来，我好好孝敬他们。

退伍回来不到一年，奶奶心里绷着的那根弦松了，身体一下垮了，拄着拐也走不了道。我心里特别难受，我想请假回去照顾奶奶。

爸说，有我照顾。

我说，那也不放心。

我们家六个人的地，都是爷爷在种。作为一个农村的人，地是生命之本，他伺候地，地就是他的生命，在农村，说这人勤快不勤快，就看他种的地里边，有没有荒草。没有除草剂，需要人去拔。爷爷把地弄得整整齐齐，说垄就是垄，畦就是畦，哪块地最整洁，哪块就是我们家的地。夏天再热，爷爷插苗、除草、种豆子，倍儿整齐。

爷爷就说了，你干这个，就得热爱这个，它是你安身立命的东西，不把它伺候好了，它就没有回报。

同样种一垄豆子，人家打一袋，爷爷打三四袋。爷爷教的，对我影响挺大。像种花生、红薯、玉米，所有农村干的活，我现在都没问题。就是农村最老式的耢地都干过。

爷爷说，你既然去工厂当工人，要干就干最好的，要不就别干，咱丢不起这人。爷爷说的话，植入心里边了。我小时候生活的地方叫西田各庄镇坟庄，一个小山村，以前是个乱坟岗，铲平后建的坟庄。

　　我回到家里，给爷爷刮刮胡子、剃头，没事剪剪指甲、洗洗脚。每次回家必须把这些事办了。指甲长了，我说磨磨也可以，持续到爷爷、奶奶去世。

　　老家的房子是 1981 年盖的，我这个人怀旧，我们西边那家已经盖了两层的楼房，东边是我叔叔家，也盖了新房，攀比的话，我应该把房子也盖了。如果把新房盖了，我会很失落，我一进门，找不着家和亲人的感觉了。到老家，一进门，想起爷爷奶奶，想起这些东西，我不想动。

　　我们家在密云水库西南，往北，最早没旅游的，看看青山绿水，随便进一人家，说是来这边旅游的，到谁家里都可以随便吃，晚上可以住在农家，没问题，只要不嫌弃环境差，不用花钱的。村里人感觉住我家，是给我面子，看得起我。现在哪成啊，估计要你三四百，要是吃农家饭，没有四五百下不来。

　　农村靠土里刨食，干农活，生活很苦的。现在去密云企业打工，好点的企业，给你 3000 块钱一个月，还不上五险一金，农村人，有一定的失落感就在这。京唐公司有很多密云的工人，大部分都是郊区的。

　　爸爸现在 60 多岁，在家务农，一只眼睛不是很好，还有 200 多棵核桃树，我不放心，一周打个电话回去。

　　我还有一个姑姑。日本侵略中国，来了很多日本兵，我奶奶他们就跑了，大姑姑太小，跑不动，后边有日本人追，就把孩子寄存在别人家里，等爷爷奶奶再回去寻孩子。

人家说，这闺女养了一段时间，我们家没闺女，您把闺女给我们养吧。

我姑姑就落户在这人家里，离我们家四五十公里，我九岁才头一次见到姑姑，去她家。

我心胸还是比较宽广的，没什么低迷的事情。只有十几岁那段时间，六年级，母亲去世。后来有了继母，父亲一个人，养家也不容易，姐姐给了我一部分母爱，照顾我，衣食住行她都管，姐姐是一名教师。

姐姐定时给我打电话，弟，你吃了吗？干吗呢？

到了换季的时候，姐姐给我买衣服。结婚后，媳妇管这些事了。姐姐换成了每两天给我打电话，提醒我，注意保暖。

每次都说，注意身体、团结同事。都是嘱咐的话。以前夜班，就说早点休息，运动适量，说些关心的话。

如果密云下雨了，姐姐会问，你那下雨了吗？

就是问候一声。姐姐保持给我打电话，不发微信，她说听到声音的感觉不一样。

姐姐结婚了，有一个孩子，在密云，住爸爸附近，周日回去一趟，买点菜，做好饭，周三回去一趟，怕菜不够吃，姐姐一周回去两回照顾爸爸。

姐姐大学毕业，供我上学，对我管得也严。我认为，农村出来的孩子相对来说，顾家、懂事、关心人，包括在日常当中独立的一些东西等方面，比城里孩子要强一些。姐姐懂事比较早。

1993 年，农村家家都养猪，父亲在外边打小工，每天 30 元。每天，我起得早，给爷爷奶奶做好饭，喂了猪，才上学去。中午回来，奶奶岁数大，她是小脚老太太，她做好了饭菜，我做点其他事情。放学回家，打猪草，还得切碎，等爸回来一起吃饭。姐姐正上大学，家里就我跟爷爷奶奶和爸爸，四个人。那时候，锻炼出了我独立的性格。

姐姐一周回来一次，在北京师范大学读书。我跟姐姐感情特别好，每周五一放学，我骑着大二八自行车去县城车站接姐姐，周日送她，老家离县城有 15 公里多，4 年，一直这样。

后来我到首钢上班，我和姐姐还是一起回家看爷爷奶奶。我们把自行车存在家那边的汽车站里，存一星期。

我们姐弟站在停车的屋子门口，说，阿姨，我们把车存您这儿。

开始我们还给她钱，后来她说不用给了，有的是地方存。

她不要我们的存车费了，扔在里边就行。姐姐每年都拿奖学金，我们技校奖学金不高，就几十块钱，姐姐的高一些。

一般的老师，不愿意到农村的学校去，尤其是山区的学校，愿意留城里。姐姐愿意去山区。

她说，我是农村里出来的孩子。

我支持姐姐。姐姐一毕业，连中学都没有选择，直接选择了小学部，去了密云石城黑龙潭石城寄宿小学，工作了 19 年，一周值班一次，在学校过夜，山区的孩子都比较远回不了家。

姐姐后来学了心理学，对这些农村的孩子，从心里进行引导和教育，姐姐从代班主任，干到教务处。

姐姐说，农村孩子心里有自卑感，尤其是库北的孩子，会羡慕城里孩子，社会物质化了，你背一个好书包，别人心里就要攀比，为什么自己没有。

姐姐就从心里边去疏导。姐姐带出了很多大学生，有两个姐姐的学生大学毕业后，也回到库北山区教书。山村孩子的教育值得研究，跟现在电视里演的不一样，因为孩子个体和山区环境不一样。密云水库附近，最近这两年好多了，旅游带动的，我小时候，那里真苦。

姐姐对我说，刚去山区的那一天，四合堂、风家圩的孩子们都到库北来参加考试，正是冬天，姐姐监考。现在随便买双鞋得两三百块钱，当时的棉鞋也才七块钱一双，而孩子们一个个都穿夹鞋，前面露一脚指头来参加考试，冬天，倍儿冷，没炉子，孩子们冻手，就插进棉袄袖里焐焐。南方的教室破一点，情况也许会好一些，库北是北方啊，山里边，北方的冬天，冷得骨头都会断。

姐姐说，去考试的场景也奇特，一个教室里两个班的学生在考试，八个孩子是二年级，七个孩子是一年级。

看小孩子们冻得哆嗦，姐姐就想到她小时候的冬天，也冷，也冻脚，宿舍里冷，教室里边坐着凉板凳，更冷。

姐姐心里难受，把孩子们的鞋号统计了，第二天再去监考，给每个小孩买了双棉鞋。

10

这些年，你到任何一个工厂，或者一个地方，如果有石灰窑，你就会去，像朝圣一样，石灰窑成为你的一个圣地，只是，这些圣地散落在全国各地，会突然地出现，也会突然地消失。每个地方的石灰窑叫法都不一样，京唐的石灰窑，叫白灰窑。

白灰窑出现在你眼前的那一刻，你几近窒息。这是你离开石灰窑后，见到的唯一一座几乎与你工作过的石灰窑一模一样的。唯一的区别：你的石灰窑并排两座挨在一起，像一条裤子两个裤腿的结构，而这里每座单独成体，相距约 70 米，窑体从上至下，包括体积、形状，几乎一样。白灰窑下面的房子、窑后面的房子，房子前面的空地，其布局，其形状，复原了你工作了十年的石灰窑。石灰窑在十年前被拆除。有差别的地方：白灰窑窑体外加了几根粗大的管道，吸尘之用，不像你工作的石灰窑，两个人说话要对着耳边说，不然听不见，看东西要在一米内，不然灰尘会挡住视线。现在白灰窑的环境干净，灰尘不见了，噪声没有了。

现在的时间是 2016 年，你在石灰窑的工作时间是 1986 年到 1996 年，整 10 年、20 年的巧合。站在白灰窑前面，宿命如旗，风水轮流转，事物的本质就是无常和变化，人生中有那么一些小圆点的记忆，被不断地提醒和点燃。

白灰窑最底下的房子，似塔的基座，房子里有鼓风机、引风机、除尘机，还有皮带运输机等。房子上面是相当于十层楼房高的塔，层层往上，你之前的石灰窑每层都有一圈的护栏，白灰窑只六层有护栏，另外几层是梯子相连，没有绕窑体一周。你转到白灰窑的后面，与之前一样，一辆卷扬机拉着一翻斗小车，从低于地平面的坑里，接上焦炭和石灰石之后，顺铁轨，上升至窑的顶部，把料倒进窑炉，焚烧成石灰，与之前一样！

曹　盛

1981 年 8 月出生于安徽当涂，2002 年入厂。
炼钢部。

> 有没有海兽不小心
>
> 被浪推到岸上

　　我的父母都是农民，现在还在农村，他们就没有离开过那个地方。我们的家，比江浙的经济要差很多，比全国其他大部分地方要好。房子很漂亮，村子很美。每次回家，我喜欢走亲戚，到不同的村庄里，很多地方的老墙，像站在路边的老人，微笑着，欢迎我走进它们老的屋子，老的走廊，老的瓦当下面。新造的小洋楼，我也喜欢，两层、三层的都有，体积不大，轻巧。

　　安徽，安是安庆，徽是徽州，徽州那边古村落比较多古建筑，白墙黑瓦。我们那古迹少。我们离南京近，受江浙辐射多一些，到南京火车站或南京机场，车程一个小时。

　　北京停产，搬河北，对我来说，就是自己生活、工作的意义。进来之后，我就没想过离开，我不具备在北京从事其他行业的基础和能力。我不是考虑出去，是考虑来了之后面临的一些问题，生活上的不便利等等，这想法会越来越多。决定来河北，我没疑虑，拍屁股就来了。

我住西湾之洲，那里有一个叫"三加"的地方，过拉索桥，离这17公里，在那买的房。家不在这，时间比较自由，加班晚点回去，压力也不是太大，回去也是一个人，所以，不管是加班还是打球，回那边的时间比较晚。

11

出了工厂大门，你去了工人们常说的唐海"三加"两个住宅区，去了工人的家里。

你去了曹妃甸的湿地公园，一路的芦苇，径直往里走，惊起的鸟群，在天空盘旋，轻轻的线条，划过水面，斜着飞向天空，淡淡的。

明天是玄子的生日，你给小燕子打电话，请她去看看你的女儿。小燕子是你在工厂时期认识的女孩。她是东郊幼儿园老师，一直以来，她对你很好。小燕子说，买了一束花，拿了很多零食，找到玄子教室。她们说了很久的话，她们是第一次见面。

晚上，回到宿舍，换上运动服，到羽毛球馆，找张教练，他今天正式带你练球。

晚上，一位很好的女性朋友，对你的微信不满，说你的微信一笔都没写到前妻。你回复了她：现在的微信，只是一种工作，一种社交，一种需要，不是生活本质。指尖也发来短信息，她在欧洲。在信息的时空里，欧洲与亚洲没有距离，一秒钟就可以抵达，人和人的距离也不远，十几个小时的飞机。

现在，能在你身边的人，竟寻不见一个，你认为自己最孤独的时候，是现在。你总怀念在工厂里的那快乐少年。快乐随着时间的递增而一点点减少，尝试着找回这种快乐，享受一个人的世界，听孤独的心跳，在声道里闷闷作响，有点像——一个人沉进水池的底部，不动，听心跳突突突地响。也像那一回，你一个人抓着一根铁杆，往工厂里的循环水池下面潜，待在水的最下面：不动，憋气不呼，身体放松，你会听到最孤独的声音。

史敬磊

1981 年 11 月出生于河北唐山，2008 年入厂。
热轧部，环保管理。

海面阴沉
海风很大

　　公司团购买房，我就买了，在"三加"，把父母也接过来了。
爱人在北京工作，孩子在我这边，她来回跑，跑了半年了，偶尔，
我也会去北京。我们是初恋，高中同学，我本科在河北工程大学，
研究生在青岛大学。我老婆本科毕业，单位在唐山，办事处在
北京，我们没什么远期规划，不好规划，变数太多。

　　我喜欢跑步。2014 年开始跑，跑步很简单，想起来，说跑
就跑，已经成为一种习惯。他们说跑步很难坚持，现在感觉不
让我跑步才难，很难戒掉。我与两年前相比，变化很大，之前
154 斤，现在减了 30 多斤。以前喜欢踢球，老受伤，年龄大了，
踢不太好，觉得没有乐趣，经常上网，不运动了，后来身体比
较差了，季节气温变化，稍微有点风吹草动，容易感冒。

无意间网上看到健身的肌肉男，我就去健身房跑步，跑得不太科学。微信里有很多健身技术，包括伤病的预防。

工厂与宿舍有一段距离，觉得能把那段距离跑完，就跑到天边去了，后来有各种跑步软件，一测，连5公里都没有。人家跑马拉松的，跑百公里越野的，铁人三项的，这5公里简直就不是事。

现在，我也跑半程马拉松，20多公里没问题。跑步对我影响很大，跑步把人的精神状态、面貌改变了。身体素质肯定好了，包括心肺功能，以前我也有过轻度脂肪肝，现在医生看我的心电图，觉得是一个运动员的身体素质，人也自信了，精力充沛了很多。

同事说我，看你面孔都有变化，有精气神。

今年4月份，我们建了个跑友群，公司有跑步协会。

有一个抽烟的工人问我，不跑难受吗？

我回答他，不跑，感觉就跟你想抽烟不让你抽一样难受。

这段时间，我一直是早上5点半起来跑一个小时，人多的时候，整体放慢速度，跑七八公里，人少或者自己一个人跑，跑十公里。收拾一下就上班，小孩在我这，晚上陪陪孩子，所以早上跑得多。

最多的时候二十来人跑，少的时候就两三个人跑。我们经常去外地跑，有马拉松赛事，有在家门口附近的，有景色比较好的，我们就去跑一下。

9月24号我们有很多人要去衡水跑，今天有去盘锦跑的，盘锦挺漂亮，我8月份去了丰南，唐山下面一个县，也是跑马拉松，马拉松有各种趣味活动，有五公里亲子跑、十公里健康跑，有越野跑，很多种。

今天我值班，下午约了几个人，我们从指挥中心跑回"三加"。公司也组织过几次活动了，从工厂跑到城里，有两次是从指挥中心集合跑回"三加"，9月6号组织了一次从指挥中心跑回厂前公寓。

今年冬天，我体重再减减，体重大，对下边膝盖脚踝伤害比较大。所以我体重减减之后，明年再跑全程试试。我现在两三天跑一次，跑休结合，包括游泳、健身房这些运动交叉着参与。

老婆对我非常支持，她也加入跑步了，也能跑十公里，有点慢而已。我跑步之后，应对工作和生活的压力，不能说有多大进步，从容一些吧。

我个人不是特别爱说话。我不喜欢和别人一块吃饭，那是一种煎熬，不知道说什么，还得想办法去说，尤其做东的时候，不像我们跑团在一块，都比较熟，想说啥说啥，没有拘束，累了就不说话，就吃。

12

孤岛，并非悬于海外，而是与大陆相连。

你进到几个厂子内部，留意一些小的部件：

一根黄色的小铁管顶着一个大它五倍的圆形长管，与周围的灰色和蓝色形成一种独特的审美；

一堵铁墙、一整块铁板，涂了灰色的漆，油漆剥落部分，生黄褐色的锈，一大块锈，斑斑驳驳，右上角，锈与漆之间，一个女孩的头像，黄褐色头发，灰白色的脸，眼睛、鼻子、嘴巴，都是黄褐色；

小角落里，背景是灰色的墙，有屋檐，显得很新，上面有纯黄色的梯子，主角是伸出墙体的一个生锈的"之"字形铁架，上面绑着三个全新的塑料工具，一个蓝色、一个红色、一个白色；

不同色彩的工业小设备，凑在一起，形成一簇。摸了摸白色的铝制品，像游人喜欢抚摸老院子门前的石狮子头一样；

两块角钢，浅蓝色，长满深深浅浅的锈斑，交叉成斜十字，立在草地上，后面是厂房；

　　两根螺纹钢，趴在圆柱形的铁桶上，一根像弓，弯月临空，另一根的前端，搭在箭扣的位置，弓已拉满，箭也在弦，箭头生了点锈;

　　4片铁风扇的叶子，藏在灰色墙里，墙有300多米长，风扇钻在一个直径八九十公分的墙洞里，扇叶偏宽，整体比例显得滑稽。

黄俊杰

1982 年 6 月出生于湖北大冶，
2004 年到炼铁作业区。

> 昨晚又做梦了，梦里还是有一条鱼
>
> 海风，吹过来一个岛

我在石景山上了四年班，才来的曹妃甸，户口还是在北京，从此后，我就属于这种到处漂的人了。

在北京买了房子，买不起石景山区的，房子在良乡，北京西南角，安了一个家。

在这儿上班，考评机制摆在面前，周一到周五上班，周日下午我就得到公司来，周五下午回去。在北京，也就待完整的一天。以前没想到，要跑到京唐来。

我家也是农村的，父母不知道外面的世界是什么样子。我报志愿、找工作，家里也不知道怎么给我建议，都是我自己选择，也谈不上选择，懵懵懂懂地应聘过来了，当时对首钢不是太了解，只大概了解中国几个大的钢铁公司，宝钢、首钢、鞍钢、武钢，我就挑了几个好一点的去应聘，哪个成功了就去哪儿上班，想法简单，没太多考虑。也不可能知道会随着搬迁的队伍过来，这是不可预计的。

我应该怎么办？

2008年来京唐公司，还没找到对象。着急的父母，从老家介绍了一个，聊了聊，还比较投机，半年时间，我们就结婚了，两个人的家离得没多远。

大概捋捋，我们这帮年轻人，结婚，成家立业，也有好几种类别。

有夫妻是双职工的，大学毕业，一块来京唐，这是最理想的生活状态，他们在这儿买房，家就安在这儿，负担相对也小得多；

有户口在北京的，来之后，找当地女孩结婚，一方的父母在这边，孩子有人照顾，心理压力轻一些；

还有一种，媳妇在北京有正式工作，然后他调到这儿来了，两地分居，我属于这种。要她过来吧，北京那边房贷还在，我不能再在这边又搞一套房，一个人住，难折腾，买房也没有必要，也没经济能力。小孩子一直是媳妇在带，她选择工作的时候，很不好选，条件好点的工作她没法干，要照顾孩子，她只能选一个家附近的小店，上上班，时间宽松，能接送小孩的。

2008年底，房价冲高回调的时候买的，石景山的房是9000到10000多块，我已经买不起了。我上班，月收入不到10000，后来在良乡买的两居，7000块钱一平米，90平米。

有更多职工，班车根本到不了他们的家。我那班车还行，到良乡坐几站公交车，也不太远，节省了一个半小时。

我们上班算得可精细了。周末要来岛上，下午1点半的车，11点做午饭，吃完了，12点半收拾东西，1点之前出门，坐公交车到石景山大概3点，最近单位把班车开到我们良乡了，我2点半左右从家出发。良乡的首钢工人挺多的，赶上有倒班的，有两辆白班车，一车小50人。

我媳妇经常说的一句话，别给我说那些没用的，你给我来点实际的。

怎么实际啊！回不去，说的这些东西都是假的。一切变得无比艰难，两个人都在互相为对方改变。她比我小四岁，1986年出生的，毕竟是老家知根知底的人，她父母也都是本本分分的农民，没有过多挑剔的东西，文化差异不大。像我们这样，老家介绍对象的人，有好些呢！我身边同事，有三对是这种情况。有两对离开京唐公司了。其中一对，是我一朋友，他在这边上班，老家重庆，在这边找对象挺纠结、费劲，后来老家介绍对象，去年，他回老家了，转业教书。另外一对，是我们高炉上的，在这儿上了好些年的班，媳妇也是老家江西人，媳妇在唐海县城，她也要工作也要生活，生了小孩以后，问题更多了，父母过来费劲，最后两口子选择辞了工作，回江西，毕竟他们都是正规的本科大学生。

　　我媳妇本科毕业，计算机专业，去社会上找工作，还是挺难的，用处不是太大，她也跟我一样，想在家里面证明自己的地位和能力啊！

　　这里即使建了电影院，我也不感冒，没必要跑电影院去。咱们说的看电影，一般是跟自己相亲相爱的人一起，没有听说一个男的，花六七十块钱、上百块钱，一个人去看电影！我回北京，赶上比较大的3D动画片什么的，会带孩子、媳妇一块去感受。京唐这里，运动设施挺多的，可能我个人太懒，不想去。

　　炉前工，完全的一线工人，再机械化操作，行业工艺还是决定了需要人的直接接触。我们所处理的东西有很大的随机性，比如说过来的物料，拉过来的铁矿石，它不可能尺寸相同，肯定有扁的、方的、长的、圆的，大小都不一样，东西到现场后，会带来不可控因素。

13

老毛病头痛，涨潮般，下午开始漫上来，如季节慢慢地染上秋天的树叶，零点，海潮退去，你贴各种膏药在身上，像符咒，镇宅之用。

上午采访完，你再次起心动念，对他们的安排不满意。你继续着自己的行动。

戴上工作帽，穿上工作服，冒充工人。在厂区里到处转，你去铁路最远的地方，没路了，你停下来，拍了很多铁路的照片。

你又经过石灰窑，像位上班的工人，石灰窑这单位，曾经是你十年的通信地址：湖南省铁合金厂二车间四工段石灰窑（湘乡）唐朝晖 收。

你走进去，熟门熟路，哪里进，哪里出，回到20年前工作的样子。

你拍了很多照片：一大把螺丝钉、几块铁板架的中心点，拍细节，一个点的延伸。

高利军

1982 年 2 月出生于河北唐山，2005 年入厂。
热轧部。

> 她是群星中的一颗
> 平静地悬挂于深渊之上的天空

最辛苦的是那批上岛施工人员。

我来了才十年，没沉淀什么东西。2007 年底，我第一次上岛，赶上阴天，早上，车从北京出发，整个部门的人一次性来的。从唐海开始，路上的大车就多了起来，全是运水泥、运土的车。从唐海到指挥中心的路上，左一个坑，右一个坑，走得很慢。

到了岛上，公司大门就一个临时路口，临时的杆，车往里走，就没路了，车在厂子里走得乱颤，全是泥，一片荒凉，地面上没东西，太空旷，办公楼根本显不出。我们看到办公楼，开玩笑地说，像个看瓜的窝棚，地面上树也没有。刚填的土，相当于一个大沙子堆。下车，下着雨，说那边就是咱们车间，这是指挥中心，大家踩了一脚的泥，过去看。

设备开始安装，冬天风大，一刮风，填海造地的沙子，扬尘，到处都是，回到办公楼，不要说头发，就是弄弄耳朵，桌子上就掉一层沙子。给我们发的防风眼镜，没什么用，只要哪有小孔就能吹进沙子，防风眼镜我们不戴，大家穿着大衣去现场，两个人走在一起，谁都不说话，不敢说话，一说话满嘴沙子，实在要说话，背对风，把大衣圈起来，喊两声，还得喊，不然风太大，听不清，海边嘛，风大。半年多，整个冬天，等厂房立住，外墙皮、厂房顶封好了，车间环境才稍微好点。

我拍过一个照片，黄黄的沙子，这一堆沙子，那一堆沙子，像沙漠，风吹出来的一层一层，对以后的环境，只能想象。

每天中午，班车拉着各部门的人，去公司1号门斜对面，有个叫W8的地方，一组简易活动板房搭成的食堂，一群人排队，拿餐盘。蘑菇里有沙子，是盘子里的沙子，还是菜里的？成了一个问题。那时候二十六七岁，没家庭负担，一个人，工作环境风沙多点，也不在意，就当一个话题，大家只是娱乐娱乐。

我们的生产线2250先建，这是关键的一条生产线，很不应该，投产日期我竟然不记得了，我对数字不敏感，我们盯的是热轧生产线的卷曲机械。

卷曲，设备的名称——卷曲机，就是把热轧出来的像果丹皮一样长条的钢，慢慢卷成热轧卷，卷成钢卷，就是这个设备来做的工作。设备是我们引以为豪的2250，这数字是指这条生产线辊的宽度。像国内一些厂子，1780、2130、2250等等热轧生产线，全是以辊的宽度来命名生产线名字，我们还有一条1580，热轧线就这两条。

我是唐山人，很多同事是安徽、湖北的，不一样的地方，有地区性的差异。后来到的一些人还好，可能老一点的首钢人，他们说话、办事的思路，或者有一些特殊的东西。北京人说话腔调和唐山人不一样，与唐钢人有差别。

京唐公司，最初是首钢和唐钢两部分人一起筹建的，这两个地域的人，历史沉淀的东西不同，母公司的文化氛围、管理理念，也不一样。热轧和冷轧生产线以唐钢为主，因为首钢在这方面经验稍微差一点。迁钢的热轧生产线是首钢的第一条生产线，首钢这么多年一直想弄。

我在"三加"买了房，在岛上，老婆在"三加"打工。有时候回去太晚，没开车来，谁没走的，捎我一起回去，再不行，给家里打电话，老婆开车过来接我。在车间里睡的时候有，还是少。住"三加"，一家老小每天见得上。

14

你住工人宿舍区，混熟了很多工人。其中两个中年工人师傅，是在食堂门口遇见的，其中一个说，他曾经去过一个地方钓鱼，离工厂有点远。

你也想到曹妃甸其他地方看看。

你们开车，上了一条灰尘飞扬的公路，路上很多大型货车，黄尘像在狂欢节里得病的人，停不下疯癫的摇滚，它们激扬地冲撞，没头没脸地被暴躁的人群踢起来，大车接连不断，一路的矿石。

你经过"十八加"，拐进一条不宽的小土路，这里没人、没车，来过的工人说这里变化有点大，与三个月之前不一样，问一位当地人，去海边怎么走？

他告诉你们，前面往右转。他正好去那边。

你说，上车吧。

他说，身上太脏了，你先走。他指了指身上，一身的油和土。

车停在民工临时住的房子旁，工人师傅说，是了，爬上这个坡，上面就是堤岸。

这里才是真正的大海，两边有灯塔，右边是中国海关，有战士，左边是中石油。一个塔，浓黑色、浅黄色相间，三个油罐样的桥墩，牵着三孔桥，把灯塔引进海的里面。

另外一座灯塔就没有这么考究，八个圆柱，斜体向上，托起一个平台，铁桥墩三座，拉进深海里，灯塔立在平台偏前方的位置，纯黑，间杂着红色，灯塔孤立。

堤岸上，有石油公司的一位工人也在钓鱼。

他说，一般人上不了这里，除非走小路，没有工牌是进不来的，部队和石油部门都设了卡。

海风很大，巨大的水泥块，不太有规则地堆积，垒成防护堤，每块起码有两吨多重，几公里长，像战场。踩在上面，棱角突出，你一点点接近海水拍击的地方。同来的两位工人，其中一位已经看着浮标，静等鱼儿上钩，另外一位戴帽子的工人，还在调整鱼竿长度。

石油工人钓竿不长，站在与海水隔着三四块水泥坯子的地方，他不像在钓鱼，像在忏悔，在海水的声音里，在蓝色的大海前忏悔。他头发不多，年龄不大，腰有点弯。

不远处，一大排高大的铁架，弧形的，平行于桥梁。在石油工人前方，海水冲刷着水泥坯，除了这三位钓鱼的老哥，即使是更远的地方，都看不到一个人。

晚上，你睡得早点。你梦见在 20 年前的工厂里，在灰尘的白色里，垂钓。

余 斌

1985年6月出生于湖北黄冈，2007年进厂。
炼铁部。

把今天送给这片海水
送给人类，送给祖国

2007年大学毕业，公司在河北理工大招工，要求挺严，第一，必须是班级前五名；第二，英语必须过六级，若没过，简历肯定不要。投简历的人太多，所以定了个门槛。

曹妃甸京唐公司，是国家规划的一个项目，大家还是很向往的。班上就我一个人有幸过来了，我学的是自动化。学校当时有三个班，简称电一班、电二班、电三班。我是电三，电二有一个同学也来了，他现在在炼钢部。

我们是第一批上岛的大学生，来这儿比较早，10月二十几号上的岛，还是比较艰苦，我们住W8。

W8是个经纬度。第一天搬过来，正在挖电缆隧道，挖排管，没有一条完整的路，我们翻过沙堆，来现场开工程组织会。安装过程中，我们就上高炉，从炉基到炉顶108米，从最底下，挨个都爬过，所有的通廊都走过。很多东西，还是模糊的一个概念，通过这种走，实地感受这皮带从哪儿到哪儿，通过哪儿。

当时老师傅们老说到一个叫"电葫芦"的东西，什么叫"电葫芦"？我就不懂。

包括现在说的"鸭头"，就是现在咱们说的"称重传感器"。

我们同龄人一块面临一些生活上的事情。

都没成家立业，处在谈恋爱的状态中，大家时间比较富余，周末一块搞个小聚会，做几个菜，家里也都简单，没摆设，有张床就行了；

结婚，大家都是前后脚，今天一拨人，明天又一拨人，全是拍结婚照的；

去唐海买房，大家集体装修；

唐山有国美、苏宁，卖电器，我们还一起团购，有时候一去，人家说你们是渤海家园的吧，我说你怎么知道，他说你们同事都来了好几拨人了；

过些天，媳妇们怀孕的，唐海医疗条件差一点，大家一般周五或周六，老公陪着去唐山妇幼，做孕期检查，一看，都是同事；

再过两年，同事们都是拍宝宝照，一堆一堆的。

这种生活节奏，大家其实很接近，很相似，会集中在一个时间段。到现在这个阶段，基本上是小孩上幼儿园的事了。

咱们公司这批年轻人，我觉得精气神、劲头很不错。我们厂是个新厂，有一部分老师傅来支援的，我们这部分新的年轻人顶上去，中间还是隔了一代人。它跟传统的老企业不一样，传统老企业可能是50多岁的、40多岁的、30多岁的、20多岁的，这样一层一层的像台阶样，年龄分层比较明显。这几年，我们也慢慢地从当年的学生做出来，到现在不敢说是顶梁柱，起码也是在尽心尽责，把自己这摊活做好。

15

有些厂房，孤零零地立在天空下，身边没有建筑物，像一把倒立的古琴。侧面，一根圆管与主体建筑物不规则地间接相连，透过来的天空，像古琴上的13个徽，大片大片的云，发着光，松散地跟风而行，随云彩的浓淡、远近，你听到了古琴那深沉、悲凉、苍茫的声音，在厂区里，或有或无，或连或断地响起，硬朗的铁区，充盈着柔软的空气。

在炼焦分厂，看到一组文字：加热方式、周转时间、暂停时间、使用压力、烟道吸力、高气流量、混气流量、焦气用量、当前班别、当班调火、当班测温、甲班、乙班、丙班。

蓝色的数字，显示在大屏幕上，显示C炉炉顶、D炉焦侧等图像。

你随采访对象，去了你想去的炉顶，你在那里站不了十分钟，感觉鞋子会马上燃烧起来。

在工厂里，你学到了很多名词，看到了那些名词所针对的物件：焦煤、肥煤、瘦煤。它们来源于不同的矿点：斯塔达、莱克沃、西曲、马兰、三给、霍州、介休。

边可萌

1985 年出生于辽宁鞍山，2008 年入厂。
炼钢部能源管理。

> 你急切地想写那个女孩
> 她坐在一排房子的前面

炼钢消耗的能源很多种，最基础的是水、电压、风、氧气、氮气、氩气，在转炉冶炼过程中，还产生蒸汽和转炉煤气，这两种能源相当于我们的副产品，要回收继续使用。这些能源是需要管理的，不能说想用多少用多少，像使用家用自来水、电一样，要让每一名职工都有这意识，就能使炼钢所消耗的能源下降一大块，成本也降低，也更环保。我们每个月下计划，比如说生产一吨钢就给一吨水的指标，月底，按计量表结算，消耗了 1.08 吨，那就超了，要不要考核？要分析原因，制订措施。

姑姑给我起的名字，姓可能比较少见。

我不是特别有计划、目标特别明确的孩子。毕业了，首钢来招工，我跟妈妈一块，在报到之前，来京唐曹妃甸看看，那时不像现在，条件相当恶劣。

妈妈当时就跟我说，条件那么苦，咱换个地方呗。

那会儿年轻，也没觉得有多么的不能接受。就留在这了，24岁。我一直比较傻，乐呵呵地生活着、工作着。内心比较阳光。在大连上的大学，突然间到这，一到周末玩的地方太少了，心理落差比较大，稍微有点不适应。来了的第三个月就谈恋爱了，挺快的，因为一个人在这，没亲戚，同龄人多，女孩少。虽然有很多人追，我觉得还是踏实一点，找个男朋友比较好。重工业里女孩少，我习惯了，有时候会羡慕好多女孩一起研究穿什么裙子，买什么包包。时间长了，觉得这样也挺好的，与男同事们在一起，还能照顾照顾我。我性格有点大大咧咧的，也没觉得不方便。

身边能一起玩的闺密没有，不像大学，能遇到特别多，怀念校园里、宿舍里、小街道上，我们女孩子一起说说笑笑的感觉，但生活就是这样，选择了现在，我也能接受，平时跟老公黏在一起的时间比较多，也挺充实的，没时间去想这些事。

我们一起上下班，他是搞设备管理的，现场有事，他就坐8点半倒班的车回来，那趟车再赶不上，他就不回来了，在办公室挨一个晚上，这种情况一个月有那么一两次。

我是鞍山人，觉得鞍山不错，其他人要是去的话，感觉就是一个工业城市而已，肯定不如大连建设得好。它确实有一定污染，但毕竟家在那，亲戚朋友在那，感情色彩像阳光，涂抹着进入我眼中的每一件事物，我就觉得鞍山好。

唐山海边都是工业。我比较满足现在的状态，跟老首钢工人比，我们是幸福的，跟老公每天都能见得到，在一起生活。家里边的事，也能顾上。

我老公家在山西大同，一个小县城，林丘县，挨着北京，四周是山，不热，夏天回去避暑挺好的，环境好，空气质量好，曹妃甸有点热，夏天潮湿，工业城市。

16

上午采访很失败，尤其是后面一位工人，打着腔调说话，到第二十分钟，你果断下决心，散。

下午你去了焦化、炼钢、海水淡化等单位，小有收获。

焦化，你只在操作室看了看，不允许你上去，有工人巡检，马晓有点阻止你去的意思，其实你昨天晚上就已经上去过了，不踩着工人们每天都踩着的温度，你如何写作！还有炉顶上的味道，只有去了，你的文字里才能闻到煤气的味道，还有粉尘的颗粒。

第二次上去，是在一个接近晚上的时间，你请人带着，上去了，全副武装，把自己封得严严实实的，像位值班的工人。

王建江

1986 年 12 月出生于河北唐山沙流河镇，2009 年入厂。
运输部港口作业区。

> 孩子在你的孤独里发声，在夜色里
> 飘过厚厚的云层——雨来了

　　我是一个装船指导员，对装船总体协调，怎么装车，怎么摆，装船几个舱，怎么协调舱容，怎么把一万吨的货装进一万吨船的舱里，让货主或船长，安全地离开我的码头，到对方码头去。还包括，船从航道上漂过来，我们接船，怎么靠港，哪个方向靠，靠的距离在哪，泊位在哪。我主要干这些现场工作，人在设备与货中间，很渺小。

　　我们首钢做的内贸卷，走自己的码头。首钢搬迁，是为了海的优势，背靠大海有深槽，天然形成的条件，航道常年不用清，50000 吨的货轮，直接停靠过来，不像南方小码头，还倒短泊。首钢自己的码头，跟自家院一样，走自己的货，也接受一部分社会的货物。

首钢本身没船，我们找专门配货的物流公司，使他们的船，给运费，把货拉走。听说原来中海集团跟首钢有合作，拉过货，现在通过船贷公司，由他们找船，省了很大一部分路上的运输费用。

我们还是内贸，主要跑上海、广州这几个大的方向，也有跑江阴、福建那边的船，还有几个小的流向，海尔集团一部分家电板是我们提供的，送到青岛，距离比较短，到广州比较远，上海离我们近。

2009 年，第一条船开始进港试装，现在，1600 米全部开线，十台门机正常运作，还有六台卸船机。

我们了解自家的产品，对方提供船型资料。

装货是有要求的，大不压小、重不压轻、厚不压薄，这是大规则，我们得跟对方去讲。

有时候他们不理解，说，为什么不能压？

我说，这个薄，我们做过实验，薄的放底下压，压变形了，客户肯定不要。

我跟船上的人交流多，他们的工人一上船，就在海上漂八个月，工资结清了，回家歇四个月，再上船，这是稍微正规点的船舶公司。不正规的一些公司，工人有时候干一年或二年，连续在船上干。国内的船上，不允许有小孩，不允许有女人。他们工资待遇为啥高？一个是风险；第二个是离家，离开七八个月，船上就十几个人，来回三四百平米大的地方待着，有时候海上还没信号，打不了电话，发不了微信。全是男的，一船老爷们。

等船靠岸了，老婆孩子过来看他们，看完之后，再走，很少随船走的。

驾驶台大部分供奉的是妈祖，也有供关公的。船前面有两把太平斧，是真斧头，船上阳气很盛，都是大老爷们。

跑内贸的七八天，可以看见岸上的人，他们接地气点。跑上海比较近，三天三夜，跑广州得七天七夜。跑外轮、跑外贸的工人，在船上的时间长。日本、马来西亚、印度离得比较近，像欧美地区，一跑好几个月，船的速度没有汽车、飞机那么快，船速最快按迈速表来说，每小时就30到40迈，一般情况20多迈，跟骑电动车一样。我都在想，骑电动车到上海得多长时间。

他们工作强度不大，正常运行的情况下，没多少体力活，现在船也智能化了，有自动巡航、导航、雷达，啥都有，开船不累，就是熬时间、熬人，得长时间在船上待着。

船上跟社会单位一样，考船员证上船，有高级水手，有船长、大副、二副、三副，还有轮机长，他们叫老鬼。甲板以上的装货、封舱、清舱都是大副管。甲板以下是底舱、机舱、发动机、动力系统、排水、电、机油，归老鬼管。国外的船不知道如何称呼，国内的，你只要上船一问，老鬼在哪？他们就知道你找谁。船长管总体，管大副和老鬼他俩。二副管消防，还有海图、航向。三副主要管医疗、天气、报港这一块。所有船都这样，小一点的船没有三副，下面有老鬼，是轮机长，还有大管轮、二管轮，属于高级船员，剩下的就是机公、机公头、水手、水手头。

靠离泊的时候，船长总指挥，船头站一部分人，船尾站一部分人。船头大副带队，老鬼带着机下人员在底下护航，二副在船尾。一般的小船 90 多米，大船 150 米或 160 米，靠对讲机传话。

直接靠过来，整体移过来，两边水手甩缆绳，抛上岸，我们有专门的系缆工，每人都有操作证，把大圈套在缆桩上就行，一艘船最少四根缆绳，大缆绳可粗了。

船长在驾驶台管操作，三副管掌舵。海上航行，跟车的自动巡航一样，定 120 迈就 120 迈一直跑着，船也是，航向、速度都定好，自己跑。在海上，他们跑起来，好几天看不着船，一望无际。

我工作的这里，唯一好处就是有很多海鸥，没事的时候，欣赏海鸥，尤其是这个季节。5 点钟左右，在码头走走，风景也好。

有被螺旋桨搅死的鱼，它们来自深海，渔民下的网，螺旋桨搅上网子了，给带过来的，我看见过一回，也不知道是不是海豚，我来七年了，就看见过这一次，2011 年的事情。

很多人一想到唐山，就想到大地震。

1976 年 7 月 28 号凌晨 3 点 42 分，我还没出生，当时我爸在唐山打工，大地震之后都回村子里了，村子都被震平了，墙全倒了，整个跟地陷一样，都平了。我们家族里没有死人，隔壁村死了无数人，很多尸体都不知道是谁的，因为是凌晨，是人最放松，睡得最沉的时候，突然来了大地震，房屋倒塌太快，根本就出不来，所以人死得不少。

我是阳历 2013 年 10 月 6 号结婚，结婚前，我去丈母娘家下彩礼，赶上 10 月份收秋，我是新姑爷，得表现一把，就给丈母娘家干活。他们用新机器，在平房往上吊东西，吊的过程当中，一个绳子挂我脚上了，机器设备掉下来，带着我一块往下掉。三秒钟着地，当时我第一想法：这婚结不成了。腰摔了，第三节脊椎骨，我想，可能半身瘫痪。

我跟他们说，婚结不成了，推迟吧。

我刚说出"推迟"两个字。我对象说了一句话，无论你啥样，将来我跟着你，真瘫床上，我打工挣钱养着你。因为我是在婚假期间受的伤，也不能报工伤，可能连工作都失去，我是家里唯一一个在国企上班的人，失去工作或者落下残疾，将来肯定没生活来源了，靠父母，这么大岁数的农民，也没有钱。

住了三天院，我们从石家庄回来，医生说，不能起来，平躺着，坐火车不颠簸，安全。担架上的火车，抬下的火车，到了家。父亲岁数大了，一看我这样回来了，也没说啥。离结婚的时间，还剩三天。

医院给的诊断书，说没碍神经，但也不确保没碰着神经，脊椎骨中间是神经线，碰着哪根——无论是腿、脚，还是手，可能那一部分就动不了。

我们很早就把结婚证领了，我媳妇结婚头几天也怀孕了。亲朋好友看我这样，说推迟吧。我也坚持推迟，妻子不让。

婚礼正常举行，我没法接新娘子，也没法跟她站在一起参加婚礼，只能躺在屋子里。

外面主持人说，主持过许多场婚礼，他也是第一次遇到这种情况。

现场的亲朋好友都哭了，看见我俩这样。我的父母一直在落泪，我想，只要将来我好了，一定对他们特别好。

很多同事也上我家了，我们没经过外面复杂的环境，直接成为工人，我们的感情很纯洁，原来我的老领导，现在上别处干了，依然跟朋友一样，他们一到我家，我忍不住了，眼泪哗哗的，跟看见亲人一样。那几天，我想了很多。媳妇对我不离不弃，丈母娘他们也过来了，无论我将来如何，起码知恩。

恢复之后，一上班，同事都挺照顾我的。2014年，最后一次复查，说没什么问题。医生说，落地的时候，两块骨头蹾一块，受力比较大，出现骨裂、骨缝，没碍神经，只是柔韧性不强了，正常人是软的，我这里摸着发硬，它长出骨浆，那块骨头更结实了。

17

往里走，提防着地上的铁块和冒出来的各种形状的栏杆。往里走，声音嘈杂，往声源地走，火光刺目，那是厂房的中心。

你站到了炼钢转炉左侧，厂房里，没想到会这么暗，只有铁水把沉在黑暗里的钢铁支架、天车扶手，照成金黄色，颠覆一个预言，不再是一个人站在金黄色的天空中救治大地上的人类，而是，有许多人站在金色的天空中救治大地上的人类。

厂房里的铁器，散发夜晚的气息。

厂房两头，白茫茫一片，那是另一个世界的光。你尽可能地走近转炉，炉长身材高大，站在你旁边，他在引你往前走，他永远站在你的右前方，他永远离炉口的距离最近，他在下意识地保护你，你感激地看着他善意的安全帽。

你们已经走到正在工作的工人旁，你们两个人站在工人的后面，工人把铁棍伸进铁水里，厂房远处有工人在指挥天车，把铁水包抓过来从空中，慢慢地飘向转炉。转炉像宇宙中的星球，旋转、转体、略倾斜、张开的小口侧体向上，里面的钢水、高温、强光，过渡成红光白光的铁水、钢水。

虚幻，笼罩着，超越了你的一切思维。

300 吨的铁水，悬在空中，停在转炉的前面，炉口像一个孩子，天真地没有目的性地斜斜等待，两者对视，铁水包的半边脸被转炉映得通红，等待工人发出指令，天车把铁水包一点点移进炉口，下体轻轻地挨上去，铁水包后提，铁水从钢包口往外泄，精准地流进转炉。

王海龙

1986 年 9 月出生于辽宁凌源，2008 年入厂。
焦化作业部，联交作业区。

> 穿长袍的男人，在厨房里找吃的
> 灰白衣衫，只找到一杯白水

我的工作方向也是我的专业——自动化。

我们主控室里面和外面的设备，包括四座焦炉都是德国伍德公司设计的，还有 14 台机车，是德国夏尔可公司设计，由大众安装，还有煤系统的设备。装的时候，德国技术人员来了三四十人，陆陆续续地，他们的人越来越少，竣工后，外方专家都走了。

2011 年，我们有些问题吃得不是很透，处理起来比较困难。这几年，我们扫盲似的，把一些死角逐步研究、优化。我有一个很深的感悟，引进的东西，比较先进，但到咱们现场后，不一定适合。引进一套焦炉，全是德国的，大概整个焦化三十几个亿，具体数字我不熟悉，在中国，类似的焦化厂，这种大炉子，太钢应该有三座，马钢有两座，沙钢有两座，咱们这四座。以前50个工人操作，现在只需要五个工人了。以前设备需要十个人操作，现在一个人操作就可以。焦化现在是400多万吨的产量，工人大概300多人，三个作业区。以前主要是干活为主，现在劳动强度降低很多了，主要以检查为主，设备的启动、停机，技术水平要求越来越高。有一部分人是从北京原焦化厂过来的，另一部分是从各冶金院校招的大专生，构成了我们这批一线的作业工人。

一线的工人最熟悉设备。2008年以后新来的一线工人，最低要求是大专生，技术岗位要求本科以上。越现代化，管理越重要，对人的要求比较高，现在的工人好管理，我们基本上都是2008年来的。大家经常在一起玩，处得跟哥们儿一样，他们也在唐海住，我们的生活、工作都在一起，节假日也会一起出去玩，我们来的时候一起在岛上厂前宿舍住了两年，一个楼层，像大学同学似的。

我母亲在家种地，父亲有时候出去打打工，农村环境挺好的。读初中，我去姑姑家玩，她是鞍山城里的，待了一个月，感觉农村孩子和市里的孩子，各方面比差很多，当时有个简单的想法，一定要好好学习，考上大学，一定要去市里生活，当一个城里人，那次对我影响很大，当时农村比较封闭，出去后，发现外面的世界，确实不一样。

高考完，搬行李回家，妈妈听到我的声音，开门接我，她站在我面前,突然间,感觉自己的母亲老了——念了这么多年书,突然间父母老了。

　　一瞬间,我难受极了。可能平时不关注,将来尽自己最大努力把父母照顾好。

18

炼钢处，王建斌带你上了转炉。天车在给转炉喂废铁。

转到另一台炉旁，一罐的铁水正在往炉里倒。

王建斌说，你走这么近，不怕吗？

你不怕，你骨子里喜欢这些东西，就像喜欢日本土地上长出来的那些唐朝建筑，就像喜欢散落在山西农家魏晋时期的造像，就像喜欢远古那些高贵的品质。你在钢铁里行走，喜欢钢铁构成的审美。

罐子倒完铁水，开始炼钢。铁水在炉底，上面是渣滓。

王建斌说，如果炉不正常，铁水喷出来，整个炉平台上都是，人如果正巧站在上面，就没命了。

你们正站在平台上，离炉口很近。你像是在听王建斌说一件很久以前的事情，好像他的话题只是一个联想。

晚上，你到羽毛球馆练球，与工人聊天，你认识了教练的大徒弟崔同志，张教练让他带你打球。刚开始，崔同志以为你完全不会打球，后来发现，你打球水平还不错，你们打了两个小时。

今天进步不少。

王顺理

1987 年 6 月出生于河北唐山，2011 年入厂。
热轧部，点检。

> 坐在小路旁
> 只想看你，如何带着风，披着光

父亲在铁路上开货车，走大秦线，大同到秦皇岛，拉煤。他工龄有 35 年了。父亲刚退休那两年不适应，家里也没啥正经活，收拾收拾这，收拾收拾那，锅碗瓢盆、墙、小屋、库房什么的。

我爷爷有四个孩子，小叔还上班，其他的都退休了。爷爷年纪也大了，父亲和他的姊妹几个正好有时间，轮着看爷爷。

爷爷无论遇到什么事情，都感觉特别美好，特别满足，爷爷算个文化人，每天都不落新闻，总跟我们说好些事。

爷爷以前也在铁路上，古冶区的老车站，做库房的工作。他比较唯物，崇尚科学。他不盲目养生，不是说什么推出一个养生产品就买。饮食，他约束自己特别严格，每天吃什么，水果就吃一两块，今天要吃多少豆子，今天要吃多少蔬菜，吃几两肉，多给他吃，他也不吃，非常有自制能力的一个人，我们很多地方都不如他。

奶奶心脏病，早上起来，突然发作，家里没别人，爷爷行动不方便，找药慢了点，没抢救过来。后来，开家庭会议，一定要把老人照顾好，爷爷一个人住，大家就轮着在那过夜。

唐山大地震时，我家没死人。我爸还小，十多岁，大姑大一些，住市里，地震了，我爸从古冶区步行60多里地，去找她，当时没有电话，没办法联系，路也全没了，只能走着过去。爸爸找到大姑，房顶塌下来，没砸到她，旁边的铁床支柱，起了作用。她还在睡觉，没醒，不知道地震了，命真大。爷爷、父亲、叔叔，都经历了那次大地震。

点检：电厂，还有大的钢厂，引进日本的一个管理制度，叫点检定修制，对具体设备进行检查，听诊设备的问题，这都是日常例行的工作，各地方都要巡视，我们工人称为点检，日语转过来的一个词语。

我看过一动画片，说人和人之间，如果大脑能够没有界限地融合在一起，社会发展得会更快，由于需要语言，需要各种方面的交流，才能传递信息，发展就变慢了，传递信息不可能跟你大脑复制得一模一样，一级级传达问题也会变样，公司推行扁平化管理，让人员接近扁平，层级越来越少，这也是学习外国的一些理念。

我有点杞人忧天，给我一件事，我需要考虑很多方面的问题，考虑得非常琐碎、非常细。所有的问题在我的思想里，在我的脑子里都打通了，我才去做，导致做很多事，可能都不顺利，而打不通的事，我没法去做。

领导说，把这个地方给改改。

我提前会想，焊接的管道，要保证密封性，需无缝焊接，需要高压焊接，优秀的焊工有没有；还有，要改造，空间是不是能够放下，合理不合理；以后维护，是不是有困难；改完后，会不会产生一些问题；能不能达到预期效果；它的美观程度和合理程度如何？本是一套崭新设备，我们不是加工厂，现场维护的素质和机床设备没有，不可能改得横平竖直非常整齐，也许会越改越面目全非，从维护专业水平上也不合适。

我会考虑很多东西，即使我落实去改了，也要把东西准备全，不能随便找一些木板、铁板，随便焊接，东西要切好，要规整，预置好一些东西。

设备是有审美的，本来挺好看的设备，一切一焊，这块黑，那块白，漆也烧掉了，管路斜拉歪拽，难道只要实现功能就行了？还有管路的固定管卡，拆了再复位，管子都跑位置了，复位更是回不去了。

咱们是维护东西，不是制造厂家。我不主张随便动、随便改。有些领导胆大。厂家设计设备，肯定比我们全面，要多维角度去看这个东西，这边看是别的东西挡了它，在别的角度看，是它挡了别的东西。

跟我父亲教育有关系。父亲是火车司机，安全操作铁路部门做得很到位，每天都上课培训：确认、回头看、再确认、再回头看。爸爸学东西很老实，学完东西也很认同。他回家教育我们，干什么事情必须指一下，确认一下，念一下，所有事情要严格，要到位。

我爸爸说，他与副司机在一起工作，每天会唠叨同一个问题很多次：确认、回头看、再确认、再回头看。干活才不会出问题，要不然副司机年龄小，可能注意不到。在铁路部门，稍微少按一个按钮，或者错按一个按钮，都有记录，有黑匣子，会反追责任。每错一步都有考核，它是模式化、机械化的，有固定程序。

爸爸受处罚很少，他安全生产上千趟，评上过河北省劳动模范，劳模国家很重视，有很多福利，包括他现在退休，工资比他同一批的同事高一些，医疗保险什么的，比其他人报销的比例要高一些。

爸爸文化程度不高，他做事严谨到位，使他一生受益。老一辈人做事情认真。

像我们新一代，没有意识去花很大的精力来做这些习惯上的事情。我们注重重点问题，注重这项技术要学习，那项技术是高新的、高科技的，把重点放到了"高大上"的问题上，基础的东西现在人很少去做。其实只能说学，抄袭或仿造到了别人的东西，但核心的东西没领会到。必须有很多基础的东西做垫底。

昨天我看了《开讲啦》，撒贝宁主持的节目，一个老师说现在的人，语文水平都很差，不像老一辈人，语文功底很深。现在很多事情就不按语法来说，随便一些词语合并着说，老一辈说话很舒服，很通畅，很文气。现在人大部分都在搞高科技对语文这些基础东西，不重视了。其实，有些基础东西做好了，高科技的东西也就出来了。

现在信息量很大，手机、电脑、网络，看什么都挺有意思，东看看，西看看，每一个东西都没有看太认真，全是碎片。

我只能从自身角度上约束自己，业余时间，扎扎实实地把一件事咬着牙干一段时间，会感到有些成绩。我喜欢软件编程，之前对编程一窍不通，看别人编的小程序挺有意思，就开始学，某一句代码错误，一运行就错了，我学着查资料，有时候，走不下去，跟我专业差太远，理解起来很困难。专业人一看，就知道哪有问题，可我要解决一个小问题，就要查很多资料，突然灵光一现，才能解决。我经常想打退堂鼓，我总会说服自己，生磨硬泡地学，即使一个月解决一个问题，慢慢地，一个礼拜解决一个问题，现在有经验了，发现后边越来越快，越来越得心应手。

工厂里有些东西自动化了，现场的维检单位管理，我会做个小软件，同事们每天来填这个软件的内容，收集现场设备的参数。每天有密码、账号，几点填的也会自动录用，数据收集起来也方便做成连续性的曲线。小软件很实用，公司去开发，一是要付费，再一个是工人和我们还要学习那软件。现在需要复合型人才，就是既会编程，还会现场技术，这样才能做出符合这个专业所需要的东西来。

跟我们生产维护有关的小软件，我做了有两三个，在一点一点完善，做完总有漏洞，要堵住一些错误的操作。

我只是学了一个小语言，用这个语言来做一些力所能及的事。这些小东西，要推广到公司级或者部门级，领导还不是太支持，领导知道你这东西好，可他不敢说不用纸质了，直接用你这电子版，跟体制有关系吧，认为手写的有法律效力，再说，我自己做的，也不可能做到那么专业。

为什么国外自动化程度非常高，他们人少，很多事都不用人去干，用机器干。中国推行自动化慢，因为人多，很多事情，一趟手续，可能一个人、两个人、三个人、四个人，这么多人盖章、签字，在外国可能一个电脑程序就全部达到了，一级一级就批掉了。中国为解决就业问题吧！

19

上午采访的工人，有点拘谨，你的摄像机，装出没开的样子，今天与几位工人的聊天，让你又有了写出好作品的信心。

你不断提醒自己：面对一切对你也许不好的人，对你也许好的人，都应平静、愉快、柔和面对，无所住而不生其心，无所住，就是不要住在任何念头上，好的坏的，都不要。反省自己，改变了对工厂里一些人的看法，他们的态度也许始终如一，只是你自己在起心动念。你愉快地与他们交流，他们的态度与你没有关系，你开心、简单地与他们交往。一切会变得如此愉快。

你一个人去热轧、冷轧走了走。

滕红宝

1987 年 11 月出生于内蒙古赤峰，2012 年入厂。
自动化控制。

> 水手吹响海螺
> 长长的三声

　　我在内蒙古赤峰长大，在北京成的家。有小孩后，爸妈就去北京，边打工，边帮我照顾家里。我本科在河北理工大学读的，现在改名华北理工大学。研究生在沈阳东北大学读的。来京唐后，我一直做板型控制专业，也是自动化控制部分。自动化控制，分一级、二级、三级、四级控制。我主要是做板型控制，钢的外形尺寸，厚度、宽度、凸度，还有平直度控制，满足用户，把指标控制到最合理、最优水平。

　　我们这行业，也是一层窗户纸，在外边看特别复杂，如果把纸弄破，原来很简单。有很多经验的东西在里边。

　　我户口在唐山，老婆、小孩的户口在赤峰，家里有地。家里没有化工、重工业企业，靠种植，我们家接近东北。小丘陵，石头比较多。小孩以后读书，想送老家去。开始想在这边买房，媳妇不同意，考虑孩子高考压力大，内蒙古压力小一些。老婆娘家跟我家在一块，一旦回家，就可能全回去。赤峰离这不算太远，开车三小时。暂时不会回去。

我还是亏欠家里人多一点，两地分居，现在还是租房住，在百望山，一大家人住一起，开始只有我妈过来，后来老爸在家里一个人，不放心，让他过来，我联系了一个保卫工作。我爸是一个不爱说话的人，我性格像他，有些内向。同事跟我说，你媳妇跟你妈在一块行不行？我说，不知道啊，只有处一块看了才知道，也一年多了，没拌过嘴，对我是很大的鼓励。

我还有俩姐，二姐比我大三岁，大姐比我大四岁，她们小时候帮我很多，现在感觉应该为她们做点什么，但离得比较远，这也有些遗憾。小时候，我经常欺负俩姐。上初中，我们都住学校，不回家，她们经常拿东西给我，陪我聊天。俩姐只读了初中，家里条件不好。

父母现在对俩姐说，你们当时不努力，看看现在弟弟很好吧。

但我觉得，另有原因，比如他们就想让儿子更好一些，俩姐自己就直接放弃了读书的机会，她们出去打工的钱，都给我妈了，我学费什么的，都是从这里出的。

我小孩刚出生四个月，儿童医院说可能是急性心肌炎，心脏也不太好，正好轮到我值班，领导说，赶紧回去吧。

开车把我送到唐山坐车，在企业里，我没干的活肯定是其他人干。大家都挺理解的，说，你在家吧，等孩子病好了再回来。

从上到下都这样，有人情味，不像有些企业，可能没这种关怀。我们同事间平常不怎么说话，真遇事，大家都挺给力的。孩子住了一个月院，我没来上班，回来之后，领导、同事都理解，没说什么，还说我经济上有压力赶紧说话什么的。原来的我，可能在工作中有点心不在焉的，这次回工厂后，我有了一个变化。

20

钢铁搭建成厂房，钢铁落座成流水线，凝结在一起，相互支撑、扩充，一个巨大的等待性空间，容量充足。灰色的、蓝色的铁，构成铁打的营盘，它们为流水而存在，它们在等待一块块红色的钢坯。

钢坯大小不一，厚237毫米，长7米到10.6米，宽950毫米到2100毫米。钢坯是厂房的心脏，在550米长的流水线上，钢坯红着脸，里外无别，高温，经受水帘一次次的垂爱。你在热轧线旁，跟着钢坯从这头，走到另一头。

工人的工具，一个铁盒子，拉出一根长长的线，绕成团，缠绕在工厂的角落里。厂房本来就暗，工人弯腰站着，铁盒子搭在三根铁柱上，电弧光在他的触碰之间发出蓝光，升起来的烟雾，也是蓝色的。你从休息室跟他走过来，他很快被蓝色的烟雾包裹，你想起圣琼·佩斯诗集的名字《蓝色恋歌》。你想起保罗·策兰的一句诗：我是第一个喝蓝色的人。

你看着蓝色烟雾中的工人，激发出来的光，在烟雾的重围之下，工人的影子，灰色的工作服，防护面罩，在蓝色的火光里，跳跃着无数细小的红色火星，工人制造了这个蓝色的宇宙和星系。

你握住了诗歌的证词：别处的历史模糊，但不会失去警示的药效。

姚行浩

1990 年 4 月出生于山东济宁，2013 年入厂。
镀锡板事业部，焊接操作。

> 船往大海里开，往另一个方向开
> 海上有房子

　　镀锡板事业部刚成立，像彩图板一样，以工艺所在地命名，与炼钢部平级。

　　我是焊接工。

　　焊接：与平常理解的焊工不同，不像理论上的氩弧焊或电气焊。两个钢卷之间有接口，我把这个接口焊好，不能断，跑完这一卷，赶快上另一卷，焊上，再上新的一卷。它是一种日本的技术，全自动焊机，让这一卷与另一卷形成连续化生产。假如说焊接全自动不能实现，我就人工手动，把程序走完，焊接好。

　　开卷：就像一个胶带，有一个内圈，有一个套孔类的东西。套上之后，开卷就是从胶带带头延展开，一圈一圈把这一卷钢生产完，也像咱抽卫生纸一样。放在设备上，切完带头带尾。外圈肯定不太理想，运输过程中有尘土，夏天有轻微的生锈都有可能，也可能被天车夹伤，所以，外圈有一点必须切掉。

镀锡：电镀上去，电化学反应，相当于把溶液里的锡离子电镀到带钢上，有一个阳极，放到镀槽里面通上电，在电镀液中阳极慢慢消耗，变成锡离子，带钢从里面过的时候通上电，它就会吸附到带钢上，慢慢地镀上了。

一进工厂，挺震撼，机械化程度，里面的设备，都没见过，一点点学习。我当时的岗位也是焊接，跟北京一位师傅学，他特别好，细心地照顾我，给我讲解。师傅知道以后我不会在那边工作，但他还是教了我特别多东西，我们关系一直很好，一直联系。

这边的人，容易相处，纯朴，没那么多事。咱这地方，算一个岛，我是山东的，还有东北的、山西的，都离家远，来这相互有个照顾。

师傅是密云人，从老首钢调过来，以前干线材，到这边之后他再学习的，人不可能一辈子在一个岗位上一动不动。老师傅调动了好几次，他带了我之后，又带了好几个徒弟，我是他最小的徒弟。我师傅叫张春华，住厂前宿舍，他们想换换口味，就自己做饭，师傅经常叫我过去一起吃。

他只教了我三个月，我刚从学校出来，对工作一无所知，师傅一点点地教我，一个问题今天弄明白了，第二天又出了其他问题，师傅反反复复给我讲，这个问题跟那个问题相同的地方，对老师傅来说，很多事情都很简单，对我刚毕业的学生，就弄不明白了。我师傅性格温和，42岁。

我到了新作业区，焊机是日本的，日本人过来给咱调试，我一直跟着他们学，那些东西都是英文，班长每天催我，把今天跟师傅学到的写出来，我就干到凌晨一两点，这个单词要查，那个词语要核实，一点一点，慢慢地200多条信息掌握了。我们各有分工，四个班，派一个代表去学习，不可能所有人都盯着日本人调焊机，我跟的时间长点，有可能另一块我没跟踪到的，有问题了，每个人都有发言权，大家一块讨论。各个岗位我们都掌握了，哪天，其他工人需要请假，这个工作还得有人能顶上去。

我现在白头发挺多的。我不可能局限于一个岗位，我要学很多东西。

我们是一线工人，最基层，就是基石、石头，我26周岁。

我爸那年代的人，能吃苦，为了我，他们也是豁出去了，有时候还去工地上找活干，这么大岁数了。我劝他，人活着不能老为了别人，也得为自己。他去工地给人家打灰，支木壳板，与我叔叔家里的哥哥们在一块。工地上活累，工资不高，算小工活。他们经常去山东嘉祥县，那石雕有名，我们那石匠多，山多石头多，以前不限制开采。家里有六亩多地，他们都种着。

我大姐在青岛买房了，大姐初中都没上完，让她上也不上，我爸让她去学医，找了个职业中专学校，待了没多长时间，待不住，就出去打工了，在青岛落下了，姐夫是我们那的人，他们俩在外面吃了不少苦。我姐在快递公司，给人搬箱子，也上夜班。来了一车快递的物品，按区域分类，她那个地方叫城阳区，有些街道归她，她看地点，看邮编筛选出来。我姐说有的件好拿，大件像冰箱之类，挺不好弄的。有传送带，来了车之后都放上面，两边站着人，看到哪就拿下来。放暑假，去他们那，地方确实蛮好的。

我堂哥在青岛一个电建公司，也是个主任，经常出国，他说给我安排一个工作，在济南的电气设备制造单位，先让我在公司跟着安装调试，再到全国各地做维护工作。我不想去，想靠自己走，我就留这边。全国各地跑，父母年龄再大一点，不好照顾。

二姐在隔壁一个县城，去年身体不好，在北京治黄疸。姐夫在北京做模具生意，手机方面的，两个孩子扔给爷爷奶奶，我爸我妈把外甥、外甥女，也接家里住一段时间，外甥女十岁，外甥五岁。

二姐比大姐辛苦些，她的病情控制住了，两次做检查基本上没事。二姐也不喜欢读书。我爸总感觉，要是不上学、没文化，到外面干什么都不好干。

　　像我们家六亩多地，一年都算上，还没有两万块钱的收入，去掉成本，也就一万多，差别太大了。我到外面上个班，好一点，一万块钱一个月也就出来了，两个老人得干一年。

　　我有女朋友，来工厂之前找的，明年毕业，在保定河北农业大学读研三，她本想本科毕业找工作，不好找，她考上了老家张家口市的中国农业银行，但跟我离得太远，她没去，还是想学历高点，好找工作，到曹妃甸来发展。我在唐海买房了，三加往北的小县城里，公司在我们小区门口有班车，40分钟车程，我希望她能被京唐公司招过来，这样两个人在一块，我和她谈了六年。她是城里人，条件比我好，第一次，她跟我回家见父母，就帮着我妈妈摘棉花，她挺单纯的，没有嫌弃农村的感觉。

　　有一次，她去我家，生病了，嗓子疼，我妈给她沏了碗鸡蛋茶，她觉得麻烦到了我爸我妈，她就用勺子喂我爸我妈吃，然后她自己才吃，不嫌脏，还有其他的事情，我挺感动的。品质，从一件事情上就能体现出来，她尊敬老人，才比我大13天，假如是我，很多我都做不到。

　　我上大学那会儿，自卑过，和外面接触，经常有失落感。农村人跟城里人的生活，差距不是一星半点。我爸我妈辛苦一辈子，都没吃过火锅，我回家，想带他们去饭店吃火锅，我爸不愿意，说了好长时间才去。我说，爸，咱打个车。

我爸说，咱走着过去就行了，又没啥事。

包括家里吃饭，冬天菜贵，他们能少花钱就少花。

我说，也不能不吃菜啊。

夏天，我妈把豆角、黄瓜腌上，到冬天吃。我在这，吃一顿饭十块钱，到家里，十块钱的菜够他俩吃三天，这种话，我没法跟其他人说。给他们钱，他们肯定不花。临走的时候，我买一筐鸡蛋。我妈说我傻，一筐鸡蛋坏了怎么办。我说，不给你买，你更不吃。挺不容易的，我们家仨孩子。我必须给他们在这买套小房子，接他们过来，与我住在一起。

21

中午与工人一起吃饭。他说他很想读书，但不知道怎么读，读什么书。你给了他一些小小的建议。

《追忆逝水年华》第三本你快看完了，端杯水，到厂前宿舍海边的小亭里继续看书。今天周日，大部分工人还没回来，远远地走来一位工人，穿首钢工作服，一米七五的个，稍微有点胖。

问，今天值班还是上晚班？

他答，班上有事，昨天临时把我叫回来的。上个星期休的年假，其他人比我更远。

有比北京更远的，又每周都回家的工人？

有啊，虽然都在河北，但没我在北京方便，他们有些在保定，还有张家口的，我过来方便。

你像同事，像老朋友一样，虽然不认识，见面打打招呼，说说工厂里的事。顺着这位工人师傅的话题。

"我是从老厂子过来的，冷轧厂。2010年刚来，都不相信这就是厂房，地上可以打滚，不像之前，下班后鼻孔里全是黑东西。现在的年轻工人，直接从学校到的京唐公司，没有过去与现在的对比。"

他把衣袖往上卷了卷，手臂立起来，给你看，背面，一条螺纹管的黑疤爬在上面，像一棵树上爬上去的一根藤。

"2000 年进工厂，切割螺纹管，没经验，用夹子夹螺纹管的中间，后面翘了起来，烫在手臂上，当时没在意，两天后，老班长看见我的手臂已经发脓，就责备我怎么不早说，他要我赶快去医院，休两天，说会感染的。还有手指，也受伤了，去的 314 医院，花了 300 多块钱，发了我两瓶药。

"我出生在通州，家算是北京的吧。"

在他的概念里，北京与北京乡下，是两种区域。北京城，才是真正的北京。

"我中专毕业参加的工作，老婆是河南人。河南人太聪明了，会把手上的零钱拿出来做生意，她父母在我们家附近开了一个店，我们认识的，相处得不错，就结了婚。

"两年前听说会通高铁，从唐山到通州，回家就方便了，但现在没动静。我以后是否在京唐公司上班，主要决定因素在我老婆那一方，你说，我们出来上班赚钱，不就是为了家吗？如果家里不愿意，经常闹腾，那我肯定辞职回北京。现在留下来的人，应该都是没有太多其他想法的人，有想法的，早在之前几个阶段就离开了。

"家里人的态度决定了我很多事情的方向。现在看来，我是会长期留在这里的。五年后，父母年纪大了，孩子大了，如果老婆照顾不过来，我也可能辞职回北京，说不好以后的事情，也不知道怎么变化，到那时候再说。

"我们这厂前宿舍区，基本没变化。变化最大的，是旁边那足球场，每天都有人在这里跑步，锻炼的人多，不知道是哪位领导提出来建的这足球场，如果搞个点赞活动，足球场点赞的人会多。"

资料摘要

流浪的海水，家在天空
云朵善念，你流泪满面

青格勒
首钢技术研究院球团专业首席工程师

我在草原长大，放羊，那里的草茂盛生长。

我经常想起我的草原。

研究生毕业，我选择了钢铁。公司决定生产低硅含镁球团矿，我们没可借鉴的东西，就自己来创造经验。我们团队，一天做十几个方案的实验，像配料混料是体力活，在造球盘前站四五个小时，不停地造球、筛分和性能测定，有时为一个结果，一个方案要重复十几次，实验会产生很多黑色粉尘。

焙烧杯：是我们模拟球团生产过程的主要设备，燃烧系统是焙烧杯的灵魂。

有一次，焙烧杯出了问题，生产厂家来了，也不知所措，设备只能报废。这套设备陪了我们很长时间，有种说不清楚的感情在里面，我舍不得扔，我总感觉这设备没坏，但我不是学电气专业的。后来，我横下心来，一个线路、一个部件，自己测试、核对，竟然找到了问题的根源，也解决了，还发明了一种新型燃烧优化装置。

栾晓文为我写了一首诗，还发表在报纸上：

松开放羊的皮鞭，你带着花的芳香，
来到我们身边。
钢铁世界，你是美丽跳跃的精灵。
你不忍放弃的情感，在又黑又脏的铁矿粉里，
微笑地看着自己，慢慢变"黑"，
容颜沉淀出岁月的痕迹。

杨彦广
2250 热轧厂，点检运行组组长

一个人再有能力，也管不了整条生产线上的设备，只有依靠大家，否则，连设备也会抛弃你。对于同事，我用两句话来对待他们：你的困难是什么？我能为你做什么？我会尽力用行动为这两句话负责。

围海造地时的首钢工人和施工方工人

我们穿着胶皮衣服下到海水里，很冷的，工人和工程负责人都下。

我们工人和工程管理人员吃饭，不能吃得太饱，路上的颠簸程度，超出人的想象，吃饱了胃受不了。

佟玉宝
炼钢作业部

父亲的煤矿在大山里，我们都住那。

大爷大妈在老家村子里种地，条件差很多，他们经常来煤矿看我们，农村人的衣服，总那么破旧，肩上搭的袋子也是破的，他们会背一些花生、玉米等土特产来我们家，大爷腿不是很好，一瘸一拐。那时我年纪小，感觉非常没面子。

范　硕
供应管理部

各种机器的声音，大大小小，远远近近，混杂在一起。夜深了，几十米高的灯塔，照得很远，如白昼。

我的工作是给高炉、烧结、球团供应原料。北方的冬天，气温能达到零下十几摄氏度，原料容易结块，冻在一起的体积过大，我们就要拿铁锤去打碎，一个晚上都不消停。

晚上10点，我在十米高台作业，嘴唇忽然有点润润的，抬头，在灯塔昏黄的光线里，雪花飞舞。我回到屋子里，站在偌大的窗玻璃前，静静地，漫天的雪花、疾风、雪、光线，急遽地向我俯冲过来，仿佛一个个时间的空洞，从黑色的天空里扑向我，吞噬我。风停了，雪花在我身边飘落，我像在与它们跳舞，轻盈、飞翔。

曹妃甸的雪，也像调皮的孩子。

李　霞

我是北京人，刚来的时候，孩子一岁，老人多病，到周末，我往北京家赶。

现在好了，丈夫经常来这里团聚。

郑晓飞
第三冷轧厂

周围没配套设施，快递都不送，小病，要不忍着，实在撑不住，找车去唐山。

这里确实很偏。

李　杨

我在清华园长大，我解决了2250的震动问题，这是个老问题。

2007年，我妻子怀孕，正是京唐建设最要我出力的时候，我对她没能照顾好，她在北京，我在曹妃甸。

女儿满月那天，我本不想惊动任何人，京唐项目筹备组的同事，给我女儿发了个"京唐下一代"证书，编号001号，同事们都在上面签了名。那天的幸福来得太突然了。

资料摘要

2003 年，曹妃甸列为河北省"一号工程"。

2005 年 2 月，首钢搬迁的消息传出。

京唐公司在曹妃甸安置首钢 8000 多职工，解决 12000 人就业。

曹妃甸有一条水深 27 米的天然水道，经海峡，通渤海。

渤海湾曹妃甸，一片古老的区域，位于古滦河入海口，长年冲积而成的小沙岛，早年没有名字，只是海鸟的立爪之地。后有出家人，募捐建有曹妃庙、灯标，由和尚看管，引导船只。后有居民长住，成今天的曹妃甸。

22

一个人在工厂作业区散步，马路上形形色色的工人，穿蓝色工作服的，是京唐公司的工人，其他颜色的服装是外协单位的职工，有首钢首建的，有首钢首自信的。遇到几个穿灰色衣服的工人，蓝色的帽子下，加了顶黑色披肩帽，衣服都很脏，沾满了黑色的油，大部分人的手上，拿着灰色手套。你尾随他们进入作业区，像一台摄像机，远远地看着他们。

在黑色的机器旁，他们打开一个小口子，往里看，一个工人从铁杆下面钻过去，顺半圆的楼梯往上爬，到了上面，与下面的工人做着手势，又顺楼梯倒着往下，回到平台。他衣服上的脏，与这里大部分的机器颜色一样，他转到一面钢板的后面，不见了。

你在下面，站着没动，过了几分钟，那位工人出现在黑铁的另一头。

你想起佩索阿的一句话，是陈实先生翻译的，"我是诚恳的，有点伤感。问题与欢乐无关，因为做梦的欢乐既矛盾又忧郁，必须用一种神秘的特殊方式去享受。"这段文字，是你在西藏的时候背诵下来的，那天，你刚到拉萨，在西藏庄园住下，院子里没人，你打开邮箱，看到了陈实的女儿给你发的一封邮件。

她告诉你，陈实在当天凌晨去世。

你的眼泪一下就出来了，在高原之上，泪，无声地流着。你走出工厂的第二年，1997年，通过彭燕郊老师，你与陈实先生相识，有了书信往来，她是你这一生中，通信最多的一位，她在你不同的人生阶段，鼓励你的散文诗写作，她最喜欢你在工厂那个阶段写的长诗《心灵物语》。

看着那个工人，像另一个佩索阿从平台走了回来，迎着你的方向，他的高度在80米以上，他知道你在看他，他对着你的方向，笑了，你很滑稽地想象着，如果，这是一位女性，你会爱上她。因为，你正爱着他，你喜欢那种爽朗的笑，收敛的部分是羞涩。

"我是诚恳的，有点伤感。"

佩索阿在这篇文章的最后一句写道："我无法解释自己怎样能够看见人类肉眼看不见的东西。"这是你现在的心情，你无法解释看见了的东西，也无法解释看不见的东西。

你准备后天离开曹妃甸。

实地采访

你知道，以后很难再回来

你已经离开

第一位工人

我是 1981 年出生的，小时候跟妈妈待的时间多，父亲一直在南方工作，与父亲接触很少，有些东西很难被定义，我缺乏安全感，我希望保护妈妈，觉得自己是男子汉，就不会跟妈妈撒娇，不愿意抱妈妈，现在感觉，我在父爱方面有欠缺，遇到事情经常拿不定主意，性格柔弱。

随着环境的变化，慢慢地调整了很多。

我不爱学历史，阅读能力差，别人一天读完一本书，我可能读半个月也记不住多少，和我聊历史，我一点都不懂，现在我在补，买了套《中国通史》，忘了是谁写的，看到第三部了，但前边的几乎忘得差不多了。我想把《中国通史》看完，再看某些朝代的，像《东周列国志》《明朝那些事儿》。时间比较零散，最近把《弟子规》看了一遍。

第二位工人

看火焰的亮度和它的各种变化，我能推测出炉子里面的渣子化到了什么程度。看火焰，不是一学就会的，需要无数次实践经验，才看得出，有时候要喷了，提前能看出来，赶紧控制。过去建厂开炉，操作失误，没看准，一喷溅，工人在平台上，命就没了。

第三位工人

（你在石景山家属区，遇见一位工人，约了个周日，他们小两口正好带孩子来朝阳公园，你们在蓝色港湾见面，坐在湖边的餐厅里。）

我是1999年进的首钢，2008年到的京唐公司，我是一个班长，工人拿5000，我可以拿到8000多，加上工资，每月10000元左右。

在京唐公司，我不是很安心，离家远了点，常有离开的心思，但回北京，找个收入差不多的职业有难度。

我是个直性子，冲撞了一位领导，后来，班里也接二连三地出了些问题，那位领导借此把我拉了下来。

我和爱人都在京唐公司上班，孩子读小学，一个星期我们在一起的时间不到两天，我想多陪陪孩子，父母年纪也大了，需要人照顾，我就辞职回家了，让他一个人在京唐公司上班。

刘　娜

吹沙造地。一大海面，一点一点地圈，跟蚕食似的，圈完开始抽水，把沙子吹进去，沉下去，一点一点地往前挪。

那里的路灰尘特别大，迈出一步，周围雾状的尘就起来了。基建的人特别苦。

林英哲
1983 年 6 月出生于辽宁沈阳，2008 年入厂。
冷轧部。

我出生在康平县农村。学的是材料学，就是热处理。冷轧分为两种，前面是轧钢，后面是热处理。公司招聘要求不高，正常毕业、学习成绩不错，没其他要求。我是研究生毕业。

研发，不是坐办公室，必须去现场，也去客户那了解需求，把信息带回来，有针对性地进行研发。现在主要做高强钢，第一批980之类的，也做热纯性钢，新开发的钢种，强度高，汽车用的，比较结实。

我们两地分居，她离这边比较远，孩子越来越大，教育问题也提上了日程。

刘志超

1984年11月出生于河北廊坊，2008年入京唐。
能源与环境部。

名字像男孩子，我出生在廊坊香河，还有一个哥哥，在广州做生意，父母跟他在那边，我去过一次。我自己的家在唐海渤海家园，京唐公司的人基本都住那小区。我家那位，也在京唐上班。我们是从唐山学院毕业后直接来这里的，每天上下班一起回家，比那些家在北京的工人方便多了。

这边女孩子比例小一点，还比较受照顾，我来时就有了男朋友，大家都知道，也就没人追了。

我们最大的亮点是海水淡化。把海水加热，盐分蒸发出来，就相当于我们的淡化水，剩下的叫浓盐水，卖给外面的化工厂，相当于盐。我们有两套设备是从法国引进的，另外两套是我们自主研发设计的，包括海淡前置发电，属于我们的专利，淡化成饮用水特别好。

曹妃甸这边环保做得还是不错的，丰南那一块，环境不太好，路边都是小灰渣子，发红的矿粉。唐山这边，停了不少钢铁厂，最近空气质量好多了。

婆婆在村里带孩子，我们每周都回去，离得近。要走的时候，我们只能把孩子支到一边，才能离开，挺心酸的。赶上老公加班，就回不了了。在小孩教育方面，有缺失，没父母陪伴，对孩子成长不好。

现在对于阶层的划分也没有多明显，反正都是为了工作。劳动者，是一个统称，体力劳动和脑力劳动，我们侧重于脑力劳动，家里的农民侧重于体力劳动。我们算工人、工人阶级。我们是与生产关系最紧密的一层人，应该就算是工人。

女同志比男的想得要少一点，我主要侧重于家庭，男的要家庭，又要事业。

马　晓
1958 年 1 月出生，1977 年入厂。
机械厂铸铁车间革新班工。

我父亲在首钢工作，母亲 1929 年出生的，她一直没工作。

为什么搬这里？这有一个小岛。曹妃甸其实就是一沙丘，落潮的时候有四平方公里，涨潮就很小了，四个篮球场大，关键是小岛南边有深海沟。渤海湾有一个洋流，在这里自然形成的海沟，平均深 25 米，最深的地方 36 米，能停靠 30 万吨以上的特大船。

从岛往南 500 米，水深。往大陆方向是浅滩，水深两米，正好造地，把深海里的沙子移到浅的地方，深的地方挖成能进大船的码头，浅的地方围起来，我们造了 30 平方公里的岛。

天津新港每年疏通航道得花 5 亿元左右，曹妃甸是天然深水沟，不淤不冻，洋流从渤海海峡冲进来，力量大，这是个腹地，洋流慢慢地把下面掏空。中国深水港并不多，湛江、中山、宁波有一些。外海有台风，不便利，曹妃甸属于中国内海，有一个小口出入。

国家批复在曹妃甸让首钢和唐钢共同建设，属于有限责任公司，首钢占股 51%，唐钢占股 49%。

好多钢厂建设都先占地，拆一片占一片，不好规划。曹妃甸退完潮，沙子就是一张白纸，京唐公司有自己的码头，直接把原料弄到这里，经过皮带到焦化，到炼钢厂，坯子直接进热轧线……工厂一环套一环。

我们钢铁厂是循环的，一点不外排。炼铁出来的水渣，处理跟面粉似的，给水泥厂做原料；炼钢的钢渣粉，直接做建筑材料。有些废物里含铁，又循环回烧结，和铁矿来回烧；水本身就是一个循环，有污水处理厂，有海水淡化；把煤气集中起来，钢铁厂、冷轧线都需要煤气，剩下的，有煤和煤气混烧的电站设备。

孙梦成

现居河北唐山曹妃甸。
有长篇小说出版。

曹妃是一个民间传说，可能存在的一个人物，一个民族文化的概念。当地人认为曹妃像观音，像妈祖，是个女神，护佑苍生。曹妃始于何代，我个人认同明代永乐年间的观点。这只是一种学术的猜测。

李世民在唐山的传说特别多。有一个村子，叫晾甲店，说李世民在这里晒过铠甲；这里有一座山，说李世民赐名姓唐，所以叫唐山；说李世民在这娶过妃子，所以有曹妃甸。

从民俗学上讲，一个地区的名称，就是一种文化，要么它是真实的依存，要么代表一种文化上的期许。我跟中国民俗学会的叶滔先生讨论过，他说，中国是一个泛神论的国家，有的地方崇拜妈祖，有的地方崇拜佛祖，有的地方崇拜孙悟空，只要谁对老百姓有用，就一定有人崇拜他们。我们这个区域，就是曹妃。

关于曹妃，从史学概念讲，从清朝开始，就说不清楚，我们当地的志书，明之前有一孤本，日本侵华，去了日本，当地史料严重不足。

现在可以佐证清楚的有这么几个，第一，不管曹妃存在与否，它作为漕运的一个码头，有千年以上的历史；第二，在曹妃甸海里，沉着三条船，船上有大量瓷器和物资，一条是元代的，另外两条是明代的，渔民撒网打捞上来的瓷器可以证明；第三，我们的妈祖庙，建于元代，江南的客商，把物资运到曹妃甸这深水码头，从大船换小船，再沿河北上，运上岸，到元大都、中都、上都一片，这是一条重要的皇家物资供应线。

第 三 卷　迁 安

胡 海

1958 年 2 月出生于辽宁开原，
1981 年入厂。
第一轧钢厂，轧钢工。

吴学春

1963 年 2 月出生于北京石景山北辛安，
1984 年入厂。
运行工。

王文彬

1969 年 7 月出生于吉林永吉县，
1988 年到林场，1992 年入厂。
电工。

14 位工人

廖世丹

1972 年 11 月出生于江西赣州，
1994 年入厂。
矿工。

田 勐

1981 年 9 月出生于河北迁安驿南府村，
2004 年入厂。
制氧。

丁瑞鑫

1982 年正月出生于河北邯郸，
2006 年入厂。
炼铁高炉轮岗实习。

赵祥牛

1985 年出生于安徽阜阳，
2008 年入厂。
热轧，轧钢工

刘 鹏

1986 年 3 月出生于河北滦南，
2010 年入厂。
硅钢事业部。

杨宏楠

1986 年 5 月出生于河北遵化，
2008 年入厂。
连铸工。

杨坤、罗慧、申海笑、张晓海、董作福、闫芳、张磊、刘玮、刘鹏、张世奇、贺鹏举、刘勇、程帅、武甲

1

迁安，在你的概念里，是盘山路、石头山、少树。

高速两边红叶飘扬，田地里有枯草装饰，也不显荒凉。

高速公路顺燕山山脉，像一条河流，进入迁安小城。

迁钢的王雪冬陪你去河中间的一个岛，拜访迁安的一位老人，他在岛上建了一个书院，地是政府批的，书院藏书比较珍贵。老人叫徐春林，红卫兵抄家时，烧了他一箱子的书，他把另一大箱古籍藏在矿洞里。因矿洞崩塌，水涸湿了几本，好在大部分完好无损地保留了下来，你看到那口巨大的木箱子也收藏在书院的一个角落里。

1967年，徐春林收集了各地红卫兵办的报纸，一本本装帧成册，是位有心人。

徐春林说："迁安曾经是一个非常复杂的边塞。现在迁安1208平方公里，有25处新旧石器遗址，我们过去非常贫穷。迁安主要是山区，滦河、青河，从迁安穿城而过。首钢在1952年就开始探测，过去有铁迁安之称，探出了25亿吨的地下铁矿资源，矿产是国有的，划给首钢50%，12.5亿。首钢可以不采，上头的地是老百姓的，该种就种，如果开矿了，就取矿。迁安铁矿，我们富在这个，破坏也在此。

"毛主席批评农民的小农意识，不如工人有先进的思想理念。现在来看，工业能致富，农业能致稳，我认为还是应以工人为先进的代表才是对的。梁漱溟认为应该以农民为主。迁安能富，离不开首钢，主要还不只是人力、物力的支持，意识的改变是最大的。我家杨天屯跟首钢的滨河村挨着，人就是不一样。"

迁安离北京190公里，南临天津160公里，东通秦皇岛75公里，北接承德。

1984年，国务院领导来迁安视察，大办三个工厂。

晚上，你采访一位工人，拿出"工人签名簿"，封面已经脏了，有些工人的手上有油，你就直接请他们拿着本子签字留名，你特别嘱咐，请留下电话号码，这些数字，是你与工人之间存在的一根线，与工人阶级相连的，一个微弱的信息通道。

胡 海

1958年2月出生于辽宁开原，1981年入厂。
第一轧钢厂，轧钢工。

> 画很多条鱼
> 投向大海

我两岁就离开老家了，对那里没有记忆，如果不是父母说，我都不知道自己是哪里出生的。我在北京的时间最长，两岁到北京，与母亲一起跟父亲随军。

现在的房子，属于我爱人单位的，她原来在万寿路街道上班。

1981年，我复员回来，派我去市政府食堂，我觉得还是当工人好。

我爸单位一个叔叔在北京市冶金局有熟人，就说上一轧钢，只有那里招工。当时工人比事业单位收入要高。我觉得当工人是一个比较正经的、踏实的职业。到北京第一轧钢厂上班，几年后，冶金局撤销，把所属的厂子划归首钢了。

我上班在西直门立交桥边上，到工厂报到时我还不懂什么叫轧钢工，就去了。干过的人知道，这工种，是又苦又累的一个活，一般年轻人是不愿意去干的。我从部队来的，多吃点苦、多流点汗很正常，没觉得有什么不能干的。到后期，人家说找一个好一点的工作吧，那时候，国有企业进去了就出不来，不像现在，辞职就走人，那会儿，哪有辞职这一说。

厂子非常原始，我们干活，一件破棉袄，一人一把钩子、一把钳子，半自动，用钩子、钳子操作，近似于半连轧。跑了盘，就得人上去操作，没什么自动化控制，都是人控制，都是人用一个铁钩子来搬。现在是高速线材，看不见轧钢，红钢进去，出来就是线材，都在辊箱里。轧钢厂那会儿没炼钢，就是轧钢，吃人家炼钢厂铸好的方坯，加热，再轧线材。

现在是脑力轧钢，需要文化、技术，我们那会儿是体力轧钢，卖力气，有多少活，你干就完了，不用动脑子，设备很原始。现在的轧钢工，让我上，根本干不了，设备都看不懂。

体力轧钢环境差。它的加热是烧煤，灰尘多，煤灰满车间都是，乌烟瘴气。下了班，除了牙白，其他地方都是黑的，跟煤矿工差不多。

我那车间像过去的煤棚，有一个拐弯，不是一捅到底。三车间是直的。我们车间有 200 米长，10 米左右的宽度，就一条走钢的道，没操作台，人在边上看着。车间很矮，五六米高，用的不是天车，就房梁上搁个电葫芦，人在底下按着电钮，拽着线，吊着东西走。屋顶是人字形，盖石棉瓦、钢板之类，反正不漏雨就行，墙是砖砌的，屋子里四面不透风。在西直门立交桥上可以看到我们工厂那一破棚子，很难看，黑、脏，有污染，烟囱那真是冒黑烟。

工厂里老师傅多。一个叫陈金权的老师傅，北京人，车间里面的废钢，拽出来后，他往边上清理一下，堆一堆，他负责干这个。他腿瘸，人特别好。我刚去一年，没多长时间，不会干活，也不会使劲，穿钢穿得腱鞘都肿了，上积水潭医院，7月份，天热，医生说，腱鞘有积水，等天凉快一点，做手术。回去后，我告诉陈老师傅，他说，别听医生扯，我给你揉揉。也就十天八天，就揉好了，再没犯过。他以前摔跤，懂这些东西。我听其他职工讲，他的师傅在天桥属于第一跤手，拿过全国冠军，陈老师傅是他师傅的大徒弟，他的腿，是摔跤时受的伤。

我到石景山后，再也没有见过陈老师傅。

我现在没什么激情了，这段时间我一直在宿舍清东西，该退休了，不足三个月。

说实在的，我们这代人，被淘汰的一代，除了有点经历，别的什么也没有。厂里的小孩，能力非常强。一个人，一个时代。我们那个时代按我们的法干，人家这个时代，就是知识的时代，不会就是不行，这个得看透、看开了。

2

与胡琳泊、陈小伟、王雪冬、丁瑞鑫一起吃饭，你惊讶于陈小伟的阅读量，《黄帝内经》《六祖坛经》《道德经》《易经》，及南怀瑾先生的著作，她都有涉猎，她还看了好几遍《南禅七日》，包括《周易参同契》和《梅花易数》等书。她练习瑜伽，对静思虑，有自己独特见解。陈小伟生活于滨河村，工作于矿业公司，后来到的迁钢，是工人的一个象征。王雪冬，湘潭大学毕业，媳妇是湖南益阳人，他很怀念在南方的那段大学生活。与胡琳泊一见如故，他谈到中国工业文学的疲软无力状态。

晚上在迁钢职工二楼餐厅吃饭。

天暗了下来，窗外，挨得很近的一栋楼，一楼是迁钢幼儿园，铁门紧闭，工人们站在夜色里，准备接孩子回家，只看见人影，看不清每个人的年龄。

你闭目，继续听有声图书。最近你在听《活着为了讲述》，之前听完了《流动的盛宴》和《红楼梦》。听书与自己的阅读，感受不一样，阅读是视觉奔向作家的密林，引发自我土地的躁动。耳朵听书，除了听觉的敏感度之外，多了朗读者的心情在文字里，三者碰撞，别有洞天。你还与几位朗读者取得了联系。

吴学春

1963 年 2 月出生于北京石景山北辛安，1984 年入厂。

运行工。

> 见到大群的鸟，带着太阳的白光
>
> 见到了飞鱼，贴着海面

小学二年级，父亲说，以后你就上首钢来，接我班。

上初中，父母上班的情形又不一样了，更加的辛苦。

我说，你们老两口老那么辛苦，风风火火的，当工人的感觉好吗？

父亲说，当工人，养家糊口，挣钱，得养活你们三个人啊。

我们家五口人，那时候还得给爷爷和奶奶一点钱。我上高中，面临毕业。

父亲问我，打算怎么着？

我说，您不是说让我接您班，上首钢吗？

父亲说，我也不到退休年龄，你接不了班。

我说，那我自己考去。

没想到就考上了。

我用得最长的工具是画图的"笔"。我们架空的管网，有煤气的、高炉的、焦炉的、高压的、中压的，还有蒸汽的、水的，都在管网上。还有地下的工业水管、回用水管、生活水管、排水管这些，我都管。

没配电脑前，我回到宿舍，铺开纸，跪在地上画管线图，纸一张一张现粘起来，没那么大的纸。在宿舍、在班上，我天天画。有电脑就好多了。

画图的笔，红的、蓝的、绿的，24色的，先拿2H铅笔打草稿，不对的地方拿橡皮再擦，最后拿彩色笔往上描。

检修，一停蒸汽，泄水一打开，那声音比火车拉笛还尖，起先没当回事，这几年，耳朵老是叫唤，有时候耳鸣得厉害，根本睡不着觉。

来了新工人，我先要他们画图，把图摸清楚，再带他们去认地方，这一套东西下来，没半年时间都够呛，我们管网加起来，天上的，地上的，得有小500公里，各种各样的管道，跟蜘蛛网似的，都连着。停错一个，就会影响生产，我们叫管道作业区。

2005年，我头一次当劳模。

那天，朱总跟我说，吴学春，你过来。弄得不错啊！有什么想法没有？

我说，没有想法。

给你一个劳模。

我说，给我劳模！比我干得好的有的是。

你比较特殊。

去年，我爸来一句，现在当劳模，境界是什么？

我说，更好地工作呗。

他说，不光这样，你还得想一想创新，现在这套工作不行的，之前到迁钢叫创业，首钢当时叫搬迁调整，现在创业完成了，形势也不错，得往创新方向发展，别在原地踏步。

我们一家子都是首钢的，父母、两个妹妹、两个妹夫、我媳妇，都是。

小孩今年刚大学毕业，我问，你上哪儿啊？

他说，我先看看。

我说，还是上迁钢去吧，那里不错。

他说，我先看看。

3

　　上午读《二手时间》，第一次读了前面十多页，味道不够猛，你放下了。半年后，你在报纸上看到邱华栋先生强烈推荐了这本书。重新再读，其结构讲究，宏大而自然，内容精微，你读出了其中之味。

　　职工食堂二楼的服务员，熟悉了你。要了一份饺子、一份凉菜、一碟花生米。

　　她们说，你吃不完可以带回去吃，凉菜是我们自己拌的。你每餐的费用是二十元钱，这次你又剩了一元八角钱，你再点点其他东西。

　　你说，不了，多了浪费。

　　你头痛，想去做一个按摩，也想看看夜晚的迁钢，来了有几天了，你没有去过迁安城。开车在城里转，城市显得很宽敞。按照餐厅服务员的指点，你找到了当地一家不错的按摩店，洗足、刮痧、拔罐，做了一个遍。

　　王东元先生与你说过，你就把头痛当朋友，它来了，你就与它说说话，不要紧张。受此启发，你从各个角度，想了很多，其实，应该感谢你的头痛，不经常性的头痛，估计你会没日没夜地干工作。小艾说，头痛是你的警报器。所以，当头痛来临的时候，你已经不只是把它当朋友，而是当成自己的一位恩公。

王文彬

1969 年 7 月出生于吉林永吉县，1988 年到林场，1992 年入厂。
电工。

从一个岛航行到另一个岛

回到大航海时代

我出生在吉林省东花市大石头林业局二林场，父母都是林业局的老职工。父亲原来在林业局采伐木材，我属于林业子弟。吉林省部署了十八大林业局，每个局下设十多个林场，我们是其中之一。采伐木材需要国家下达任务。

我到林场干了三年多，具体的采伐工没干过，那是技术工种，我刚毕业，只能干一些手工的劳动，砍倒了的树，我清理树枝，归拢归拢，帮他们往下拉。我还干过林场的电器维修工，四年。

林区面积上万公顷肯定有，分针叶、阔叶，红松现在很少了，生长周期长，我们干活都见过上百年的树，树干双臂抱不过来，直径都在一米以上，都给砍了。红松、白松，后期是柞木、桦木。采伐方式有截伐和择伐，择伐就是挑着伐，截伐就是不管大小全部采伐，从这片林扫过去。一般采取的是截伐，一面山一面山地采，小树也不多，都是原始森林。用油锯采，一拽就着火，前面有链条。树搁爬山虎上往下拽。爬山虎跟坦克似的，就是不带炮，很有自重。把放倒的木头，枝节去掉，头一绑，拽着木材到下面公路，有吊车运到林场，有小火车线运到林业局中心，再向各地区输送。

大面积截伐后，整个一座山，一下雨就水土流失。

后期我们连砍带种，规划种小树，都是些次生的，长得比较慢，不像天然林。

我们每年 1 月 1 号，有一个开门红仪式，告诉大家，今年国家下达多少采伐任务，那一天，我们会挑些好伐的、顺溜的树。那一天大家伙多干点事，树多拉点，图个好兆头。每天拉的东西，都有产量计划，那天就多拉点。干林业有一定风险，也出事故。

春季林业局放假或者闲暇时，我们就上山采野菜，秋季采野果、野山参，上山去找，我们叫跑山，就是跑到山上瞎转，背个筐，没什么目的性，碰到啥就采回来，秋天的山参，一棵就上万，但少有，山上其他东西多，偶尔发现长了一堆木耳，会特别惊喜，采回家储备起来，现在，野生木耳也不好找。野生核桃、野果不少。动物我没见过。一天也许不见得有什么收获。

离大自然很近。

每个林场 200 户左右，我属于延边地区，林场里有林业工人，有家属。林业系统有公检法、学校、医院，但都是企业的，跟地方没关系。国家禁伐后，学校、医院等单位陆续归了地方，跟首钢差不多。

1992 年前后，环保问题，不让采伐了，限制产量，林业局就变成了经营局，大批人员转岗、买断。我们裁员，正赶上首钢要建齐鲁钢厂。

首钢知道林业系统禁伐，就上那边去招有车本的、有电工本的技术工人。我想出来闯一闯，虽然完全不知道什么情况。

第一批有 100 多人，后来又过来了好几批，陆续得有上千人到了首钢。我们没去齐鲁，直接到的首钢迁安，矿业公司准备建电厂，用煤发电，10 万的机组，建成后，也没发电，建的东西没有用。

筹备电厂招的 800 多人，陆续分配到各地方，有去烧结的、有去球团的。电厂建好了，明天会怎样，大家都不知道。

我们留守的人，自己找活，干了五六年，主要针对矿业内部设备改造、安装这些小工程，在矿业内部打工，没少出力。

矿区采点，我们就在山洞里放电缆，照明都没有，人拿着电缆放，往山顶爬。

山上也没吃的，没喝的，吃了不少苦。一般的工程，也得半个月，整个工程期都在棚子里住，搭的简易棚，一大间，所有人住那。有时候也住民房，农民遗弃了的，我们整一整，就住进去，自己做饭，直到施工完成。

矿山，都属于露天矿，一层一层的。采完以后通过皮带运输到加工破碎车间。这几年，进行洞采，表面都采得差不多了，跟挖煤似的。我们都是野外作业，干工程，也觉得挺有意思的，毕竟年轻，大家伙一块干，不像现在，压力这么大。

如果在皮带通廊里头放电缆，里面照明不好，潮湿，有坡度，得靠人工，电缆是一卷一卷的，前面一个人拿电缆头，后面有人放，隔一段一个人，几百米，放到头之后，搁到架子上，就干这活。放电缆一般二三十人，不管是冬天还是夏天。

1995 年到 2003 年，我都是这样干活。

2002 年，体制改革，矿业公司大面积裁员，我们来的那批，有签无固定期的，有签十年的，还有签五年合同的。光说从东北过来的这拨人，一拨人回老家了，因合同到期，公司不给续，一刀切，全回家了。有一批人买断了。隔两年，公司又招回一部分。我属于无固定期，没裁，留了那么一点人。

我在矿业公司干了十多年，出来才几年，电厂设备都拆走卖了，也有整体拆掉的。

从矿业公司过来，就租房住，我搬了 13 次家，迁安周边的农村租遍了，后来我是首钢劳模，才具备条件分了房。张建部长曾经在电厂是我的领导，他了解我生活困难，给我媳妇找了个临时工干，小孩上学各方面也都有保障了。

我媳妇在过磅房上班，车过来，有一个磅，过数。整个迁钢所有进厂、出厂物资，包括矿业的，好几十个磅道，都集中在一个大厅里。她到今年过磅干了十年，她们叫外协工，现在迁钢用工性质挺复杂的，外协工跟正式工的差别在钱上。

我使用时间最长的工具是老虎钳，原来用得最多的就是铁丝钳。钳子，长期捏，就灵活，用得年头多的，两个钳口自然张开，又弹回来了。铁丝钳往天空一扔，会响的，就是总干活的。

还有一把改锥，我用得特别顺手，木头把，光亮，木质的东西会形成一种膜。

商人可以自己创造更多财富，工人不是，工人是根据国家的需要，需要你下岗，你得受国家的制约，不是你付出越多回报越多。工人长时间从事这个工作，有一定依赖性，有一定的感情，得到太多回报了吗？也不见得，感情成分多一点。

我作为工人，挺自豪的。不是说瞧不起农民，我没种过地，体会不到他们的辛苦。我就觉得工人从事这个产业，随着国家的发展，逐步能满足一些生活需要。要想特别富有，不现实。工人挣的这些钱，是国家根据当时总体经济形势给的。我们企业也是，今年一核算，需不需要涨工资，公司说了算，不是说你干得好就涨工资。

下一步，我面临减员下岗的问题。

我小孩面临毕业、找工作，我偏向于找比较固定的企业，小孩的想法是，不找固定工作，得找挣钱多的。

4

厂区里的自助餐厅中植了一圈竹子，有些长得太高，弯了腰，被砍了，有些新竹子冒着芽长了上来。

晚上在职工食堂吃饭，前台一位中年妇女认识你，看你来了，不要你说，就给你出了张 20 元的餐票，这是你每餐的伙食标准，超过钱数，估计要你自己出钱，好在你吃素，每次都有剩，你已经很满足。

来这里吃饭的有单身工人，也有一家人来的，带着孩子。

20 世纪 80 年代，在湖南铁合金厂上班，食堂几乎也是如此，你恍如回到过去，好像还是那么年轻。

廖世丹

1972 年 11 月出生于江西赣州，1994 年入厂。
矿工。

赋予你一件事情：爱植物，爱动物
爱你们，爱蓝天上飘浮的云

　　我出生在一个山里边，我们家原来也是在矿山企业里，不太有名，现在可能知道的人多一点——画眉坳钨矿。江西有钨都之称，有西华山、大吉山、盘古山、岿美山、漂塘等几大钨矿。画眉坳钨矿是 1954 年开采的，父亲 1958 年到的矿里。随着矿产资源的衰竭，1991 年左右，矿山进入"下马"倒计时，企业又重新在江西鹰潭开采了贵溪银矿，一部分年轻的力量，三四十岁的人，上那个矿去了，父亲差不多五十岁了，不想离家太远，没跟着一块儿去，就在矿山退休。

　　现在矿里基本没人了。

　　我父亲最早给领导干秘书，后面在工会系统做电影放映员，他是当电工退休的。他做电工，主要搞外线、内线。内线是对一些电机的修复，外线就是外部线路的架设，包括生产线上一些设备故障的处理。

母亲不算矿里正式职工，在单位做矿里的工作服。母亲今年75岁，20年前退了，没有退休工资，五六年前，通过各方面的努力，享受到了退休的待遇，退休金比我父亲低一些，她挺感激的。

画眉坳钨矿计划经济色彩浓厚，矿里当时的繁华程度比起县城也不差，演《少林寺》的电影，县城里还没放，矿里就先放了，然后十里八乡的老百姓，在我们那连续看了四天，矿里的民兵，还背着枪，维护治安，人太多了，在我们矿里的灯光球场，露天放映。

钨矿有五六千矿工，算上家属，上万人。钨，是硬质金属，在地下。煤矿、铁矿也属于金属，铁矿叫黑色系冶金。

大家陆陆续续地出来了，只要回老家，一些老同事，一些发小都说，我们回矿里去看看吧。一回去看，特别伤感。矿上全国各地的人都有，不同文化的融合，形成另一种味道。

近两年，微信群出来后，大家都会发一发，看一看，哪一届哪一届又聚会了，又上矿山里去了，现在超不过10户职工家属还住那。其余的，都搬走了。

我们那里楼房没多少，管理整个矿山的矿部多一些，我们只是它的一个坑口，画眉坳钨矿分好几个坑口，坑口相当于一个采矿区，一个采点。矿从采区采出来，送到矿部的选矿厂、动力厂。

矿工跟当地老百姓也相当要好，老百姓会跟矿部闹矛盾，但不影响下面的人互相走动，我们也会为他们服务。像农村里的小孩，都跑我母亲她们那里做衣服，也收费，不多。村里人也把他们的土特产，一大箩筐一大箩筐地搬到矿山来，送给跟他们关系好的矿工，每人给一点，不要钱，有时候是红薯，还有一种土特产叫黄连米果，有时候，他们打了茶油，都会给我们送，还有糯米，只要他们有的，多的，他们都会送。

我们矿山，说的是矿山普通话，南腔北调，揉搓在一起的一种语言调调，矿里每个人都说这矿山普通话，腔调各不一样。矿里除了江西人多，就是湖南人多，东北过来的也有，属于解放战争时期留下的那批干部。

采了近50年的矿。

矿里有四个精神病人，我们做小孩子的，挺怕他们。长大以后，我们见面，还会学那些人，不是嘲讽，是带着怀旧的感情。我们直接叫他们的名字。一个叫罗克发，矿山职工。还有一个，是矿山子弟，他比我们大，我们叫他小名"冷贼"。说他们神经，也未必，只是有点神神道道，不惹他，他不会动你。

他们疯了很多年，矿里一直养着他们，他们也上班，具体干吗，我搞不清楚，当时还小。单位有一个农垦厂，国家的划拨地，有十来亩水稻田，好几个大鱼塘，一个梨树果园，一个橘子果园，矿里自己种茶叶，就让那几个精神有点问题的人去那些地方干点活。

果子熟了，不让人随便进去，矿里是集体采摘，矿里的人也得花钱买，比市场便宜，2分钱一斤，或者3分钱一斤，不让小孩偷，越不让，小孩越喜欢找刺激。我们小孩特别喜欢起大风，果子掉下来，捡的不算偷。

那四个精神病人都成家了，那个年代，他们就从地方上找农村姑娘。农村姑娘也未必想嫁给一个神经病吧。那个精神病的母亲有工作，嫁给她的儿子，等到她退休了，儿媳妇可以顶替，他们大都是这样结了婚，还生了小孩，我从矿里出来，他们小孩有七八岁了，特别活泼，挺健康的。

他们本人的寿命都可以，姓罗的退休后，儿子还顶替了。

我今年过年，还去了矿里一趟。给我邻居把照片发过去，他挺感动，邻居是我们县里第一个硕士、第一个博士、第一个博士后。他硕士一毕业，教育局大门口、局长办公室里，都挂着他的照片，现在他在美国。

矿里还有一特点，虽说是矿山子弟学校，但当地农村里的小孩，只要稍微认识我们矿里的任何一个人，就可以上我们学校。

1991年，矿里处于停产状态，工资两三个月才开一回，大部分人都去新矿了，父亲学电工的，手艺还可以，就回老家，在江西南康开了家修理铺，修电机、马达之类。赶上京九铁路修建，父亲是矿里出来的，比社会上干修理铺的人，专业水平强多了。后来父亲内退，企业把欠发的工资全都补了。

父亲开了三年修理铺,母亲才回去,没钱买房,后来,父亲说,知道这样,早出来干了,在外干三年,比我一辈子的工资都多。他还说,如果再年轻点,再奋斗几年就好了,可惜,已经老了。

我积累了一些东西,还有些感触,有父亲的历史,还有父亲几个亲哥哥的经历,都留在我的记忆里,我想找机会写出来。

父亲的大哥,1928年出生的,1945年参加国民党,解放前高中毕业,写得一手好诗。他在张发奎的部队里,干到上尉军官,差点上了台湾。他的很多事情,都跟我讲,他挺喜欢我。他在哪儿被俘,俘虏的情景如何,都跟我说。

俘虏后,共产党说,你们愿意留下来还是不愿意留下来?

他是上尉军官,管财务,手头上留了点东西。

他就说,我回去吧。

他回来后,在江西南昌一家公司干过一阵。50年代,他害怕自己档案上的这段历史被人拿出来,挨批斗,就偷偷跑回老家,一直在农村待着。他是一个挺可惜的人,一生不得志。他很聪明,可以预感到一些事情。

他在农村老家,比一般人过得好,他不会干农活,但会琢磨些事,类似像我们那儿的钨矿,他组织一些人,自己去挖,挖完了去卖。

那几年,我看了些书。最佩服的还是现代作家梁实秋、钱锺书那一代,我看了一本《悠闲生活絮语》的散文集,彭国梁主编的,里面收录了两篇张爱玲的散文,还有梁遇春的文章,后来我就找梁遇春、张爱玲的集子，都找到了，都读了。

怎么让工人有存在感？

有些工人，自个儿有存在感，其他人未必能感觉到他的存在。不像原来我父亲他们矿山，有主人翁的价值感，矿山职工，包括我刚才讲的那几个精神病，他们都是有存在感的人，至少矿领导知道他们的存在，并一直关注他们。

5

自从爬过几次箭扣长城后，只要哪里有长城，你都会爬上去。

你到了白羊峪长城脚下，一位中年妇女背着几大捆高香，她告诉你们，前面有财神庙，很灵的，烧烧香。你从不烧高香，一支小小的香，足够了。在外面，你把善良、安静、智慧誉为三香，不纠结在物上，物只是引子而已。

你笑着，要妇女不要浪费自己的时间和脚力，你不会买的。

她看你笑呵呵的样子，就跟着你走了一段，笑哈哈地下山了。

山上人多，他们以爬上山，到达长城为目的，于你，这只是开始。

和你同去的是两位工人，在长城上登攀。山下的村子散落在河对岸，远处，长城顺岭而行，像位少年，显示自己的平衡力，摇摇晃晃地踩着山岭，往前走，走出了多远，没人知道。

遇到七个女大学生，其中一个父母是迁钢工人。她们在秦皇岛读书，都是室友，马上要毕业了，大家来这边游玩。七个人都爬上了长城，还没走到第一个烽火台，就有两位同学止步了，在原地等，其余五位同学继续往前爬，快到第二个烽火台，有四位不爬了，只有一位同学还想往前走，走不多远，有两位同学追了上来。

她们零零星星地往前走。

你们后来就只遇见从另一个方向上来的游客，后面没人再往这边走了。

长城风化得很凌乱，这里掉几十、上百块砖，那里塌一个角，好像一群被忘记召回的将士，依旧列队，坚守着最初的誓言。

低矮的灌木林，覆盖了一段段长城。有一座烽火台，被风雨洗劫得只剩下两块门洞的石头，突兀地立在那，像说出来的几个字，没有被风吹走。阳光从它们的这一面，照到另一面。

一块全身爬满纹路的石头，莫非是文字的笔画？它与身边其他石头不一样。

再往前，低矮的山包上，梯田层叠，被画师一点点不厌其烦地复制、粘贴到很远的地方。

你采访过一位工人，他老家就在白羊峪附近。

他说，大学毕业到现在，他几乎每周都会回家，帮家里干些田地活，直起腰来，随时都能看见长城。

有些长城只剩外面的一堵墙了，里面的整个城墙全部崩塌，与山体混淆在一起。你走着走着，不小心，就走到了长城脚下，上不去了，只能返回几十步，选择另外一条路，才能继续走在长城上。

走了两个多小时，到了另一个上长城的入口，才往回走，陆陆续续地遇到了一队在山上露营的背包客，他们背着帐篷、水、食物等露营设备，径直往前走。你与他们说着话，还加了其中一个小伙子的微信。他们一行20多个人，天津人为主，也有河北人和北京人，其中好几对中年夫妻。

经过上来的口，选择了继续往前，天色将晚，你才选择了一道笔直到山下的城墙，一路惊险，自不必说。

到山脚，已是下午五点半。

田　勐

1981 年 9 月出生于河北迁安驿南府村，2004 年入厂。
制氧。

> 一条彩虹
> 从海平面伸向你

　　生我的时候，爸爸是初中校长。最早有四角号码字典，爸爸翻到了一个"勐"、一个"劲"，两个字挨着，就作为我和我妹的名字，妹妹叫田劲，"勐"字在我们这边很少用，在云南那边地名多一些。

　　我们靠天吃饭，下完雨，有足够的水分才能种地，五一左右开始种花生、玉米，旱田，就种这些。犁一个沟子，两三粒花生放进去，盖土，用脚踩实，隔一段距离，再踩一脚。玉米跟花生差不多。五一种，十一收。把花生刨出来，土给抖抖，摘地里晒干，再整棵苗一起拿回家，往凳子上摔，叫摔花生。玉米就是一棵一棵地去掰，一棵上最多两个，一般都是一个。这些活我每年都干，十一放七天假，全在家里面干活。今年我还帮家里干了，累啊，尤其是掰玉米，秆子比较高，叶子划身上特别痒，全是体力活，每回干农活都特别能吃。种地比较容易，几家搭伙种，一周左右可以干完，但秋收，需要将近一个月。我们全家都干农活，妹妹也干。

我媳妇在迁钢，要生老二了，她就摘摘花生，特别重的不敢让她干。平常她什么事情都做的。

她家是滦南南铺镇，那边主要种水稻，靠海，水资源丰富一点，我们这块不行。现在农村生活比以前强很多，那阵子，家里养个大牲口，比如说驴或牛，一般吃花生的苗，我们是几家一起养一头牛，使牛种地，干些农活。

动物和植物都比较简单，不像人复杂。动物是，你对它好，回报你的也是好。植物也是，你给它施肥，天天照顾它，它就能长好。它们比较简单，比较直接。

农民和工人，本质上来说是一样的，你生产粮食，我生产钢。

唐山大地震时，我还没出生，我们村里一间砖房都没有，全是黄土轧的土坯房，村里的房子全倒了，大家搭个小窝棚，拿俩木棍一支，在简易棚里住。

我们离震中很远，房子确实不结实，现在我们村的房子，都是地震以后盖的。

6

迁安有一座古老的与众不同的清真寺。

陈儒是迁安人，他不是工厂里的，他为你联系了白阿訇。

多年以来，你经常与张承志先生保持联系。

你说，想到唐山各小镇转转。

张承志先生短信息告知：

> 去看看吧。注意：它们都是长城沿线古道上的一串戍边镇子，与戚继光修长城有关。从山海关一直到北京北。

张承志先生在《系在语言上的绳子》中写道，人若到了 50 多岁还能学习，人若是到了那样的年龄，心里还能够鼓涌起求知，尤其是学习外语的冲动——那可不是些许铜臭、猿猴沐冠所能替代的，人从中获得的，是莫大的生命鼓舞。

你虽不是学习外语，但这种学习的劲头，你每天都有，"是莫大的生命鼓舞"这句话，是对日益沉没的良知和平庸的对抗之后，那种美好心境的最贴切表达，你经常体会到这种莫大的生命鼓舞。

从迁钢出发，经迁安市区，去建昌营清真古寺。古寺为中式古建筑风格，又很好地保留了伊斯兰教建筑的风格。建昌营清真古寺正门临马路，三扇门构成，中间门楣匾额"清真古寺"，正门围墙镶嵌"建昌营清真古寺寺志"：

> 建昌营清真寺自明朝中叶至今，已有550余年……"彼美西方"一匾载刻"康熙五十八年重建"，重建领头人是李梅父子，盖大殿三间，殿前抱厦三间，此次修建奠定了我寺中式古建筑的风格。1924年……第三次扩建，在旧殿西边接出三间大殿，上建一座六角阁楼，陶瓷塔顶，六角飞檐安装瓦兽，殿脊盘龙飞舞，巍峨壮观……

你打电话给白阿訇，他说在里面的。

你们站在一栋古建筑前，两棵古柏树，恰到好处地在院子里，洒下一地浓郁的影子，让酷夏不热，房子将近一半，都在大树浓荫的庇护下。白阿訇正与你说话，有村里人急急地找，他与你告别，随来人而去。

你站在大殿的古树下，细细诵读、体会门柱上的对联：清在个中一片冰心参本色，真寻象外三更水月悟根源。匾额四个大字：普慈世界。

每个字，每个词，再次给你的清凉之地开出一剂良药，还悬挂有匾额数块：敬畏长存、清真正直。

白阿訇走之前，把你领进屋里。推开侧门，脱鞋而入。

里面宽敞、亮堂，房屋正中向上托起一个空间，形成屋顶上的亭阁。亭子顶部，横梁侧面，每个地方都绘有图案，画风精致入微，美轮美奂，画面洁净，中国传统花草和伊斯兰教图案默契相融。

古树、长廊、亭台、楼阁，闲庭漫步，不放过每一个细节。

古寺外面是马路，丁字路口，五六位村民站在一位打爆米花老人的旁边闲聊。你买了袋爆米花，请身边的老人吃，他们摇头，他们微笑着说话。你蹲在他们旁边。

村里人几乎都是回民，祖上来自山东，在这里差不多有十代人了，古寺里的画，是村里人画的，祖孙几代都画得很好。

一个老人说，最后面那个，死了没几年，现在找不到画得这么好的人了，这次维修，上面的画就没人敢动，担心画不好。

与你同来的工人，他没来过这个古寺，也没听说过。

丁瑞鑫

1982 年正月出生于河北邯郸，2006 年入厂。
炼铁高炉轮岗实习。

你唱出了心中的理想

你声音流泪，不是你不够坚强

　　我家在邯郸下面的一个县，叫鸡泽县，也是千年古县，过去以农业为主，经济收入主要是种棉花、辣椒。这两种作物种起来非常麻烦，现在改种玉米和小麦，两季，农历五月是一个分水岭，收完麦子种玉米。国庆的时候收玉米，种麦子。

　　在家里，要是烦了，母亲就要我出去，到田里，看看绿色，她说，那样，你就不会着急了，心里会好受点。

　　我是老三，两个哥哥，一个妹妹，兄妹四人，上学就靠种棉花赚学费。周末回家，一脑袋扎到棉花地里。种棉花，非常耗费人工。我喜欢棉花。丰收的时候，那是捡钱了。前期真耗人，过去棉花不抗虫子，现在是转基因棉，抗虫子的，前期没虫子，虫子都不吃转基因的东西，我们是华北平原，国家棉花、小麦的重要产区，属于免检产品。

父亲在村里做会计，以前县交通局欣赏他的文笔，让他过去，爷爷不放，出去工资10块、20块，在村里当会计有隐性收入，比如上面来个征兵指标，别人家去不了，咱们家就去了，外面来个招工信息，运作运作就去了。

父亲弟兄四个，大伯小学没毕业，他喜欢数学，打算盘可以算微积分、算日食、月食，邯郸市气象局让大伯去。

爷爷说，他是家里的壮劳力，怎能去？生产队靠他挣工分，他走了，谁挣工分？

传统意义的工人是钢铁工人，这是工人的一个基本形象，说我们是基础产业，是命脉，当年首钢在北京，一说首钢小伙，那北京姑娘随便挑，现在你试试，没人搭理。首钢搬到迁安，在当地老百姓眼里，首钢是大企业，能嫁迁钢小伙不错。但很快，迁安当地人就转变观念了，我也接触了很多，我也存在婆媳妇的问题，和迁安女孩及她们的父母也打过交道，有些就说了，迁钢小伙子怎么啦，都是大学生，好像别人没上过大学似的。说迁钢小伙能挣钱，好像别人都饿死了似的，都什么社会、什么时代了。

工人的岗位在一天天变化，以后的智能化，变着变着，工人人口基数很低，可能某一天，工人群体逐步消失。前段时间，一个领导被下属职工打分，打下来了。

这个领导干了什么事？

他在推动一件事情：实现我们钢铁厂用的煤、焦炭、矿石原料的成分检测自动化，只要把原料往里一放，数据就全出来了，全自动化，事情是简单了，那问题也出来了，以前那么多人上哪儿去？人没了。

我们这边有很多天车，一个天车至少得四个人，开天车的人，得有搭班的，有休班的，地下还有指吊工，说东西往这儿、往那儿放。现在发展到开天车的人不要了，只要地下的人，抱着一个遥控器，跟着天车跑，跟小孩玩遥控汽车一样，上面不让坐人，人至少减了一半。这还不是尽头，尽头是智能仓储，指吊的人也不要了。

以后的工人，不再是传统意义上的工人。炼钢很复杂，到时候拍一巴掌，钢就出来了：一键式炼钢。还有一键式轧钢，都是一键式、傻瓜式，要么多人干吗？这种生产组织形态的变化，导致社会结构的变化。

咱们的炉前工，还没有革命性的变化，有些小变化——没以前累，没以前脏，以前高楼冒黑烟，全都是火熏着脸，戴着防护帽，穿着阻燃服，脸上戴着大口罩，在那里干活。现在很多被自动化实现了，人不用靠前，环保抓得也紧，现场基本上不会冒烟，除尘设施全打开，工人的劳动强度降低，但这完全不是终点，终点是，那儿不会再需要人。

经常说钢铁厂最苦的活，是高炉停了后，进炉子里，把下面的红色焦炭挖出来，炉子重新砌，耐火材料重新再喷、再涂。

他们说扒焦炭这个活，是钢铁厂工人最苦最累的活，遇到这个活，谁在场，改善伙食，吃最好的，工人觉得最好的就是肘子，一人一个。当年周书记去现场，就去发肘子，对这帮工人可好了。现在不一样了，从炉子顶上，放下去一个小挖掘机，它把最脏最累的活给处理了。

科技改变生活是真的。

我对工人的理解，有我本身的因素，更多的是社会对这个群体实实在在的影响，对我的影响，逼着我去这么认识。我一直是一个另类的存在。我到首钢，现在叫迁钢，没倒过班，好多人都羡慕我，倒班的人很憔悴。我不敢跟别人说，我没有倒过班，是我这么多年以来非常大的缺失，我没真正地理解工人，我在岸边，老觉得鱼在水里面会呛水，我不是鱼，我没在水里面游。倒班，才能理解工人，我不是学钢铁冶金的。在企业里，我格格不入，对工人的理解不深，越来越不协调，就想回归本行，我是学法律的，我刚参加了司法考试，到时候多一种选择吧，学法律，学的人多，不见得每个人都适合。我或者做其他的，或者往第三产业走。

我从一个农民身份到的钢铁厂，典型的重工业，劳动强度最高的行业，我刚才说的扒焦炭，不论哪个工人群体，还是从北京来支援建设的，都说特别累。

我质疑他们：确实那么累吗？

我就真去干了，至少三个月，干完以后，我释然了——不过如此。

让我说，最苦最累的还是耕地。

我说，你们不要抱怨这个苦了，真的让你们跟着我，去田里面干几天，干一个月农活，你们会很想念工厂生活的，你再热再累，那么好的装备武装，也不是一直让你在炉子里面干，几分钟就换一拨人，冲进去，再干一阵子，再换一拨人，各种防尘口罩、安全设施都有保障。一年也干不了几次。我们那时候放学都被赶到田里，有很多活必须是中午干，棉花是无限生命期的，就是往上长，不断地长啊长啊，这个芽滋开，长成两个权，再往上长，又分成两个权，会一直往上长。但长到秋天一下霜，就全完了。所以，立秋前，农民要做一件事，把长的那个"点"掐掉，让它往四周走，不往上走。掐那个"点"的时候，必须中午掐，早上掐或下午掐，棉花就会从掐的位置马上又滋出很多芽来，疯长，像鸡冠花，这样更耗费植物的精力，长得乱七八糟的。中午这个"点"一掐，太阳一晒，死了，留个疤就完事。中午干两回这个活，晚上睡觉，躺着，难受，后背都晒爆皮了。最苦、最累、最危险的，是农民。

我大学四年，头一年，家里贷一点钱，把学费交了，后三年，学费 4500，住宿费 500 元，一共贷了 15000，毕业后分期还，大学期间不要利息，毕业后的利息只有正常的一半，很划算。学费，父母没有帮我，上班以后，我自己还的贷。

我是水瓶座，有两大特点，对谁都可以好起来，对谁都会有怜悯之心，悲天悯人。另外就是"自由""散淡"，对金钱看得不那么重。

我大哥是武汉理工大学毕业，也是211的学校，我是重庆大学，我们俩差不多。我们家老大、老三的学习比老二好，老二在他们年级里也算很不错的，但家里，不可能让这么多孩子同时上学，供不起。

父亲说，老二，你别上学了，你去挣钱，你自己花，只要不跟家里要就行。

老二流着泪从学校走的那段往事，我不能提啊，一提就哭。我二哥走出了学校，瞒着我，怕我知道。那是一个周末，我们每次从乡里返回县城上高中，我读高一，二哥读高二，从家到学校，二哥有他的圈，我有我的圈，各走各的。家里面条件有限，读书耗费脑力，吃21金维他要花钱，我的头发哗哗地掉，那么多作业要做，就想考个第一、第二，脑怎么补？吃家里柴鸡下的蛋，老人们舍不得吃，让孩子们吃。传说生鸡蛋打开直接喝，可以补脑。二哥想喝，他不喝，平常都是他拿过来给我喝。那个周末，我到了学校，二哥的同学，是我们一个村子里的，他把那鸡蛋给我，没说二哥为什么没来，但我意识到了。后来，听父母说，当时是二哥开着三轮车，拉着父亲到宿舍，把被褥打包，把书、学习资料放在车里，爷儿俩哭着拉走的。

我不知道他们什么时候去的学校。

二哥去打工了。

他说，我要挣钱，让三弟和别人家的孩子一样，吃奶粉、吃 21 金维他，还有脑白金，不光只是吃柴鸡蛋。

二哥想上学，他走的时候，却没有说"为什么不让我上，为什么让老大、老三上？"二哥很争气，邯郸北边是邢台，邢台在石家庄、河南中间，那里有些加工厂，做三合板之类的东西，二哥是高二学生，在那干了不到半年，化学的胶把他的手弄得跟糟树皮似的。他去过建筑队，干过很多事情，到哪儿干，老板都赏识他，不愿意放他走。

后来，二哥不干了，说，不行，我要上学。

他挣的钱，家里一分钱没动，老大、老三上学的费用，是家里种棉花、卖棉花挣的。

老二说，上学。

父母说，行，钱都在，够用。

老二后来去学医，卫校，在那里认识了我二嫂，他们在县城里开诊所，现在三个孩子，老大 13 岁。

二哥比我大一岁半。

7

工厂在城里建了迁钢家园，中间有广场，四周有健身中心，有幼儿园，后面是一大片家属楼。

食堂里都是大盘肉，没有纯的素菜，只有南瓜炒肉、冬瓜炒肉，你要了两份，把肉都剩下，一点没吃。

因为女书，因为何艳新老人，你去了江永很多次，每次去，都住在女书大酒店，酒店宽敞、亮堂，女书文化氛围强烈。你熟悉了酒店周围的街道，车经常停在靠广场的酒店大堂前。

上个月，女书大酒店陶继新先生微信联系你，想把你的《折扇》放在每一间客房里，让房客自由翻阅，也出售。写女书的作品，在女书展示，令你欣慰。你电话北京十月文艺出版社的编辑张丽，找到了新经典在湖南的发行商，让他们取得了联系。

今天，陶继新先生给你发来了《折扇》在客房里的各种照片。

赵祥牛

1985 年出生于安徽阜阳，2008 年入厂。

热轧，轧钢工。

> 阳光浮出海面
> 天空蓝得空蒙

　　父亲给我起的名字赵祥牛，是因为 1985 年是牛年，还有一个原因，我妈妈姓牛。安徽那地方，作物一年两季，种一季水稻，冬天那季种小麦，安徽有的地方不能种水稻，只能种小麦。

　　九岁那年，我爸走了，刚去世没多久，晚上只要找不到我妈，她肯定在爸坟前哭。那时死人要火化，政策刚实行没多久，我爸没火化，上面的人就要把爸的坟给扒了，把尸体取出来去火化。我妈哭的样子，给我留下的印象特别深。

　　我说，人怎么可以这样，都埋到地里了，还扒出来烧。

　　后来罚了款，给了人家钱。那种感觉很无助，很委屈。

　　妈妈 30 多岁，别人认为我妈妈一定会改嫁。她比较坚强，一直带着我们四个孩子长大，没有改嫁，我是村里第一个大学生，我们村叫张庄。

我们学校，八个桌子，一个桌子坐两个人，16个人上了初中。

初三毕业，就剩我和邻居一个女孩。

再上高中、大学，就剩我一个人了。

现在好了，村里有两三个大学生。我上高中、读大学这几年，姐姐都出嫁了，家里就剩我妈一个人。我们家种的几亩地，养的牲口，都是大姐、二姐和妈妈一起来做，姐姐们稍微大一点，就跟着村里人一块儿出去打工。我的学费，都是她们凑的，没有她们，我也读不了书。初三我就不想读了，人家都出去打工，家里困难，我也想出去。妈不让，非让我读。我成绩一直很好，小学是班里前两名，初中也是前几名，高中也是。

我妈也不知道上学以后会怎么样，村里没人走过这条路。村子里的人对我们都不错，亲戚离我们不是特别远，都对我们帮助很大，学费对于我们来说，是一笔较大开支，每个月的生活费和一年的学费，大部分是借的。亲戚、邻居都借过，多少借一点。具体的数额，我记不清了，我妈记得，借了谁多少钱，都写了一本账，有两万多块钱。

工作后的前两年，我挣的钱都在还账。现在好了，一切都过去了。

姐姐她们在外面打工，南方小作坊比较多，大姐在无锡一个国企的包装厂，二姐和小姐姐在上海周边的一些小厂里做零活，两个人挨着挺近，这种情况，我们村挺多的。我们那里的人，都往南方打工。

中秋节，我们村里的小朋友会打火把，把种的秸秆皮剥了，搓成绳子，长的有两米多，放水里泡，洗干净做成绳子，用秸秆扎成特别长的火把，到了晚上，我们打着火把，到大路上跑，有的人在里面加上鞭炮，火燃到那里就响一下，每个村都会打火把。村子之间相距不远，大家跑到一块儿，玩完之后，一定要带点东西回家，随便什么都可以，如果不带东西回去，会得红眼病。大人们在家里，会做些类似于月饼的东西，土名叫糖骨碌，里面是糖，外面粘上芝麻，脆脆的。小孩子到家了，大人也做好了。

我第一次来北方，住的地方也有村子，我说会不会有人打火把呢？一看没这风俗。

如果再给我选择职业的机会，我会选择大学老师，如果说现在还是继续选择当工人，那有点假，这是实话，咱们瞎聊天，但不能说瞎话。

8

老工人的表情，有些凝重，但笑起来很开朗。

上千张照片，有的是在你住的小区里拍的；有的是在工作现场拍的；有的是工人正准备去食堂吃饭，还拿着饭盒，让你拍的；有的工人放下手上的活，帽子还没取下来。

工人群体，是劳动者的代表，是社会的脊梁，值得敬重和重视，你才如此花大力气去采访，昨天去的炼钢炉、炼铁炉。今天的主控室，几位大姐和小女生在青灰色的铁皮屋子里发出阵阵笑声，有时候是两个人在笑，有时候是一个人的笑声，有时候，屋子里的人都在笑，尘埃被微笑清理，尘埃也笑出了声，钢筋铁骨里总有那么三两朵花开在那凝重的男人堆里：一位位女性工人，爽朗的动作，羞涩地泼泼辣辣地说话。

你看着钢铁火焰，焦炭铁水，噪声灰粉，钢铁世界里的女性工人，在劳动中，依旧是那份朴实的笑和正常的生活状态。

晚上，诗人刘普到你房间聊天，他是工厂里的写作者，你理解工人写作者的困顿。诗人刘普，你读过他不少诗歌，来之前，就想着与刘普、东篱说说话。

刘　鹏

1986 年 3 月出生于河北滦南，2010 年入厂。
硅钢事业部。

你在歌声中颤抖
你喊来你的新娘

我家在迁安南边，曹妃甸原来有块地属于我们滦南。

滦河穿过迁安，从滦南入海。

父亲是海边的渔民，出海打鱼属于高风险行业。渔民没有土地，农民可以种地，搞蔬菜大棚，养殖，渔民只能下海。

我修的是双专业，一个是机械设计制造及自动化，另一个是工商管理。我喜欢动脑子，动手的时候少点。现在，我任点检班的班长，我待的是工人岗位。好多人感觉，工人就应该像王进喜那样，冲在现场拼命干才行。时代不一样，那个时代需要王进喜。人能从山洞住到楼房，靠的是进步，不是保守，不是单纯的鲁莽，不能说我是工人就必须啥都干，有时候动动脑子，可能我干得就少。随着科技进步，人要偷懒，要用设备代替人，科技才能进步。

一说宣传工人，往往就把工人定位在苦哈哈地干，又累又多地干，这工人才好的概念里，我不想这样。现代企业生存，靠的是创造力、活力，如果工人都那样干活，企业就没活力了，跟机器人有什么区别？出个体力就能干的活，慢慢地，机器人能代替的就是这部分工作。不管是工人，还是管理者，都需要去思考这些问题。

首钢一直的口号是：敢为天下先，首钢在创新这方面，确实有想法，引进了很多先进的管理思想。但后续怎么落到实地？怎么真正融合？并不彻底，到下面具体的工人这个层面，领导们接触得少了，执行就不知道是什么状态了。

我这点检工种，是从日本引进来的。现在主流的设备维护，就三种模式：美国的后倾斜、英国的综合维修、日本的TPM。日本是前沿维修，按理说最先进。引进了这岗位名称，但我们的点检跟人家所说的点检，不是一回事。日本的点检，是生产和设备上处于核心地位的，更多的是管理角色，而咱们的点检，就是工人了，我们上面还有一个专业员，可以理解成技术员那个层次，他还管我们。从某些方面来说，技术员对有些设备的理解，没我们强，当然，点检队伍层次也不一样，厉害的点检，比专业还厉害，有的点检，动手机会比下面维修工人少，有些技能还不如真正干活的工人，点检队伍差别挺大的。

我们有一台设备经常出问题，我设计的这个专利，就是专

门解决这个问题的，就是一个加热装备，申请的这个专利，是
我跟另外一个点检工人发明的。

中国农业时期比较长，管理角度说，农业时期适合于人治，
尤其是冷兵器时代，中国一直人治了这么多年。到工业时期，
我们需要的是法治，原来的思想，不适应工业时期了。西方人
注重契约精神，他们进入工业时期比较早，咱们国家十八届四
中全会以后，也在提法治，现在，我们管理班组的口号是：以
法治班的思维。

9

丁瑞鑫把杨宏楠约在宾馆大堂一楼咖啡厅,她喜欢写作、读书,一直葆有积极的生活状态。你看过她写工人的文章,她言语真诚,是位一线工人,操作工,你想起 20 多年前工厂里的操作工同事。

一个下午,你和她聊的事情比较多。你感激她,让你进一步地知道了今天的工人在想什么?在干什么?是怎么做的?他们又到了哪一步?又有些如何的变化?她几乎给了你一份完美的答卷。

第二天,你和丁瑞鑫去二炼铁厂,在杨宏楠的操作室里,感受着厂子里的噪声,她们把填写好的"工人问卷调查表"交给你。

杨宏楠说,工人服装差别很多,包括安全帽,不只是颜色的区别,有些是安全帽上的扣钉颜色不同,就代表了不同的岗位和工种。

杨宏楠

1986 年 5 月出生于河北遵化，2008 年入厂。
连铸工。

> 她笑得像一株植物
> 绿色的，红色的

我家四面环山，仅一条路通向外面，唐山遵化东旧寨杨州村，过去挺穷的地方，山区，主要产苹果，苹果树后来都砍了，我们就种核桃、玉米、山楂。

我家叫杨庄，整个村庄全姓杨，我在村里的辈分小，随便看见一个个不高的都得叫姑姑，爸妈现在住那。我爸原来在北京汽配城卖配件，打工，在五环，靠体力吃饭。我爸喜欢文字性的东西，每年清明祭祖，车子里放着筷子兄弟的《父亲》，用农家车拉些新土，坟在山上，连着三年，祭祖的词都是我爸写的，祭祖仪式不断地在完善，以前光有音乐，现在新加了好多东西，爸在前面念，我们杨氏子孙跟着念。

爸给我显摆说，大闺女，你看爸爸写的这个怎么样？

他写的内容什么都有，有道理的话他们就读，还读《弟子规》，我家孩子参加过一次。祭祖的时候，山上到处是梨花，白色的花，还有大片松柏。坟在南山，冲着我们村子，像去了的人还在照看着村子里的猫猫狗狗以及后人，有保佑之意。南山风水好，山有点高，走路费劲的人，就坐车上去。

我跟麦子最有亲近感，从小到大，跟家人一起打麦子，上麦垛蹦跳。一个大机器，有轮拽着，麦子收割来，把有麦穗的那面打完，这边就出麦粒，有人挑走，孩子往下踩，有时候大人不让。

我妈烙饼烙得好，使麦鱼子烙饼，熬点菜，金黄金黄的，小时候爱吃这个，现在的烙饼，都没有麦鱼子做出来的好吃。

凌晨3点多钟，爸妈起来割麦子，5月15日，我出生那年，妈怀着我。

她开玩笑说，怀着你，你爸还嫌我割的这捆小，我弯腰不方便。

收完麦子，我就出生了。

我喜欢麦子。

麦子在冬天不好熬，经历一冬，春天来了，麦子倔强生长，我敬佩它们，花儿只能欣赏，麦子能解决饥饿，也赏心悦目。

我一个婶子是工人，她说工人待遇好，按月给钱，妈妈对我的期望就是，哪怕一个月挣1000多块钱，每月都给，有钱花，就好。

我妈说，你只要是个工人就可以。

我真成了工人，真的挺苦，一线工人最苦，干活最多。我希望孩子以后能往上走一步，不一定非是工人，不要像我这种倒班的工人。

我喜欢跟生活息息相关的文字，工作痛苦了也好，高兴了也好，不开心也好，写写东西，我就高兴了。要不，这么多年真的不好过，一直在倒班，以前倒小班，小班是白班、中班、夜班。后来，考虑到有同事家在北京，我们倒大班也有不少年头了，有倒班软件叫"一卡通"，有排班表。我是丁班，上夜班，再上白班，再上夜班，总共是上八个班，然后休四天。

我对文学比较亲近，这儿有图书室，封面好的我都看，《读者》《青年文摘》《译林》《智慧背囊》《散文诗》这种，我全看见过。迁安市有一个大图书馆，我在里面借书看。印象最深的是《在路上》，别的书走马观花，这本书我记住了。思想上，父母不教，别人不教，这本书打破了我对事物的一些看法。有些人喜欢买衣服，喜欢逛街，这些事我全都没有，也不关注这个，大部分时间都在看书，看小说，或者琢磨写稿子的事。

写人物通讯，人家给我改改，就往《首钢报》投，能发就发，不能发就当练手，也写些随笔。他们给的稿费，我算了算，一篇稿子有时候给 40 块、20 多块、10 多块钱的都有。

写东西一定要在有感觉的时候记录下来。我写过很多身边的人，他们有的什么奖都没获过。有一个军人，我写了他，他在北京二炮退役，在我们这，人很不错。

我们现在工作压力实在有点大，这两天，我一直想写林正伟，他不是我们班的，他是北京人，干连铸，原来是个大胖子，现在特别瘦，他跑步、锻炼，只吃一顿饭，瘦得都脱相了，压力也大，他孩子在北京读书，正常情况下一节课 200 元，一下就交了 5 万块。

我现在干的地方，有四个岗位，大包、中包、连铸、中间包。

连铸，就是把铁水弄成块；中间包底下有两个结晶器，一边一个人看，我在屋里，所有的设备、参数、切头、切尾，都归我们管，跟实物接触的是他们。他们的衣服，夏天是白的，他们跟在蒸笼里一样。

写作，让我关注到了细节的东西。

遥控天车，德国特别早就实行了，这边去年才开始。我写过比赛得第一的人，叫李腾，他遥控比别人强，天车有大钩、小钩，他绑在腰上，252 天车，小于 80 吨的东西，他自己来回吊，他什么都管，现在工人跟以前不一样，人少得可怜。我们作业区原来 133 个人，现在 85 个，还算上领导。领导参观，我们得提前把卫生打扫干净，科级领导或者什么，都在那儿坐着、等着。

跟我一起来的，他现在也住我们小区，叫张江辉，我同学。

有一次，我跟班长说，我想上"扇形段"里看看，老在这干活，里头没去过。

"扇形段"里面特别黑，他们什么都不拿，就在里头来回走。

我不行，不敢走，上面有台阶，还有连轴，我个矮，安全帽都磕到连轴上了。

我跟班长说，太不好走了，我瞅着底下的槛，脑袋没注意就磕上头了。

班长说，你看见江辉那两颗牙了吗？

2008 年，江辉是配水工，就在那里干活，一下磕着，俩大门牙没了，后来补的两颗大门牙，又白又齐，其余的牙又黑又小。配水工需要十多分钟走下来，我半个小时都出不来，里面又小又热又窄。

喷嘴堵没堵，螺丝松不松，哪块漏水，他们都知道。迁钢连铸器，主要是玩设备，好多管路，配套东西特别大、特别多。

我还认识一个叫马海燕的，英语专八毕业，在家待岗，当时在一建，对象是一炼钢炼钢助手，这边裁员，两口子去天津了。他通过司法考试，考了四年考下来了，叫李志炎，现在是律师，他的目标是法官，这个人不爱说话。

还有一个同事，父亲垂危，他还在上班，叫陈寿伟，山西的。父母在外打工，媳妇是滨河村的，他想回去，假没有了，休一个病假扣 15%，他经济不富裕，他想回还回不了，挺难受。夏天休一个班，扣 1000 多块钱。因为夏季有高温补贴，扣的钱太多了，休不起。

我刚来迁钢学的东西，是别人骂一句，我学一点，摔个跟头又学一点，这样才学下来的主控。切割也差不多是这样学到手的。其他人的师傅都很正常，分配给我的师傅当时怀孕，出班了，没有固定的师傅教我。

夜班太难熬，活也多。我感觉已经到极限了，还在继续精减人员，我想，让我重生，重新回到高中时代，哪怕我一宿一宿不睡觉，我也会好好学，不至于成现在这样，我也想过改变一下命运。

我干不下去，倒班累，加上有人的地方都有排挤，有矛盾，难受的时候，怎么办？我就回家，帮我妈干活，地里的活我都干过，跟我妈劈棒子，我最不愿意干的就是整这个。前几年弄麦子，人在前面，一个东西拽着，拉犁，像小毛驴，根本拉不动，也得弄。跟我妈也没多少聊的，就是干会儿活，回来心情就好了。家里啥时候都有活干，跟我妈上山，10月下旬采蘑菇，绕好多山，走很多的山，给我妈弄草，清明节前挖野菜苦丁，去火的，对眼睛也好。

农民的活，不好干，但累也觉得很幸福，忙一段，收完了，男的出去打工挣钱，女的在家里收拾收拾，做做被，晒晒被，干些家务活。

我希望自己写的文字能好一点，现在水平低，读的书少。我刚31岁，人生得往前走，不能消沉，家里也不是太缺钱，要我别在这儿干了，太累，又在裁员。

我今年是第九年，快十年了。

很多人都去考证，就是想离开，这几年越来越多。我到那图书馆看书，整个图书室，就我自己，原来有个大姐，现在她走了，整个图书室她交给了我。

她说，你瞅着点。

有时候我看《北京文学》，看那些小说。现在好多人都在那儿学习，考证，有考消防工程师、教师资格证、医师证的。还有一个通过司法考试就考走了，他是天津一所大学毕业的，前两天还回来了，他的目标是一年挣 60 万，他现在要把媳妇整到天津去。他原来在我们那开天车。

他问我，怎么不考级？

我说，生命这么短，有限的时间就这么多，为啥不干一点我喜欢干的事情呢，本来工作就比较枯燥了，文字帮了我特别多，想不明白的事情，慢慢看书，明白里头那些事。历史上的很多事，都是在循环。

我对象是硅钢事业部的，他挺能说，我说不过他，生气了，我就跑到图书室看书，把这事忘了，就好了。

班组这些人，有缺点，但挺开心的。

迁钢工人有三种，一种是北京二炼钢过来的，对口支援，领导会优先考虑用这些人；第二种是东北大学、北科大过来的研究生，本科的少，都是研究生，过来后，最次的做管理，一般的也能弄个科级。剩下我们这类的学校，河北工业职业技术学院、湖南冶金，还有一个职业学校，我们属于最底层的一线工人，都是这类专科学校的。还有转业军人，他们没有文凭。

10

中午在中心自助食堂吃饭，一个工人，径直站到你面前，他是首秦工人杨光，你惊喜地一眼认出，他招呼身后的张继文。他们是来交流的，遇到他们，你有种友人重逢的感觉。

下午，公司开会，来的全都是一线工人，你突发奇想，一个个把他们喊到旁边的运动室，用同样的五到七个问题采访他们。

有些工人很紧张，你调节着气氛，他们的朴实，让他们如实而说。你连续采访，第二十二个工人站起来，与你握手，你说了声谢谢，他微笑着起身离开。你站在那里，突然感觉身体里的神思如缥缈的云，虚虚实实地散漫在老家，游荡在工厂，飘落在城市，你猛然意识到身体的虚脱，22个人，连续作战，每一个人你都必须高度集中地引导他，你体会到虚脱的轻，你只能收工，想到工作至休克的感受，如果你没有及时发觉，这样采访下去，你会像某台电脑，突然起火、爆炸。

心累，神累，身体也累。

14 位工人

杨坤、罗慧、申海笑、张晓海、董作福、闫芳、张磊、
刘玮、刘鹏、张世奇、贺鹏举、刘勇、程帅、武甲

> 终于到了这一天
>
> 你有了很多的往事

唐：父母或其他长辈，跟你说过哪些有意思的话？让你一直记得。

杨坤：最近经常想起他们以前常说的一句话，"该吃饭了，早点睡吧"。家里也不会说什么像电影或书里写得那么跌宕起伏的话，这句最普通，现在想听也听不到了，离家比较远。

罗慧：我上大学，我姐谈了个男朋友，我妈说，家庭里的夫妻，谁脾气好、谁脾气不好，没关系，一个人发脾气的时候，另一个人一定要忍着，等他发完了，你再发，如果两个人同时发，那矛盾就会特别大。

张晓海：我爸对我灌输的思想就是有些事情一定不能干。我爸是一个死板的人，他不会说高尚的话，他说："孩子，咱们家就得土里刨食，你得考出去。"我之所以到迁钢，因为家

里收入不高。

闫芳：我是姥姥看大的，爸妈没时间。姥姥经常对我说一句话：做人最重要的就是诚实。

刘玮：二三年级，姥姥给我说过一句话，你也有老的时候。当时不知道什么意思，现在知道了。

刘鹏：上大学爷爷给我灌输一个思想，以后不管学什么、干什么，要掌握好自己的手艺，不管到什么年代，手艺人永远能吃饱饭。我太爷是老党员，（爷爷这一辈开始，都是农民），思想有局限性。掌握手艺吃饱饭，对我的成长有影响。

贺鹏举：家里困难，通过爸妈努力，好起来了，安了电话。奶奶看到电话的头一句话是：鹏鹏，电话有电。

程帅：话不记得，行为倒是挺影响我的。我从小跟爷爷奶奶住。

唐：你第一次拿工资是什么时候？在哪里上班？怎么支配的？

张晓海：2006 年大学毕业到迁钢。爸妈都没正式工作，爸爸靠打小工，我上学的几年，家里也欠了点钱，我挣的第一笔钱给爸妈拿去还债。当时工资 1200 块钱，拿将近 800 块钱还债，留给自己 400 块钱生活费。第二个月还是如此，一步一步来，接近半年，自己挣钱了，一是还债，二是给爸妈改善一下生活。

贺鹏举：我第一笔钱还没到手，上个月 16 号，我刚入职。我是 1993 年出生的。

唐：有没有在你一个人的时候，自己对自己说些什么话？

杨坤：我经常跟自己说话。一个人待久了，会有负面情绪，一阵子一阵子，熬过去，第二天就没事了，可能就几个小时，会觉得特别悲伤——工作不好！没什么发展！或者其他又怎么样了！一觉睡醒了，该上班还上班，该玩还是玩，该怎样还是怎样。

罗慧：一个人的时候，我就喜欢发呆，什么也不想，享受很静的感觉，很舒服，也不多想，既然是待着，就放松自己，为什么要想那么多呢，单纯地待着。

刘鹏：几年以来，心里有句话，一直想对自己说，但已经很难改变、很难放下，我想让自己包袱少一点，这些不需要我去扛。也许是生活稳定的关系吧，我的一些思想，稍微固执一点，跟现在的主流不太接轨。

唐：从小到大，你最佩服的人是谁？或者说喜欢的人？

杨坤：没什么佩服的，也没什么稀罕的人。

申海笑：最佩服我父亲。他平时不太爱说话，他做人做事，给我一种榜样的力量，不管有什么事，都出于自己的真诚。不跟人起冲突。

董作福：我父亲，我打心里面佩服的人。别人眼中，我父亲不能算有成就，太普通了，对于我们家庭，父亲非常重要，他的一言一行、所作所为，不管对孩子，对家庭，都是支撑，这对孩子是一种无形的教育。

闫芳：最佩服我妈妈。我跟姥姥长大的，奶奶家有两个姑姑和我爸，我还特别小，奶奶就开始生病，我不明白，妈妈为什么不管我，整天把我抛下，去管我奶奶，小时候不明白这些。

刘玮：最佩服、最敬重的是我爸，他也是一名普通工人，炉前工，跟现在的炉前工不一样。他在河北邢钢，现在也算国企。1953年，我爸就退了，他是特殊工种，有色冶炼，炼铜的，不是炼钢，那时候全都靠人。

张世奇：邓小平，三起三落，经历这么多大波折，没倒下。

贺鹏举：我没有最佩服的人，感觉一些比较成功的人，像马云，白手起家的人是比较佩服的，但没有最佩服的人。

刘勇：我父亲，实在。用农村话说，谁家有点啥事，红白喜事都需要知宾，我爸就是知宾。大事小情，有我爸在，这些人就感觉特别踏实，都能办好。

武甲：我挺佩服我爷爷，爷爷是医生，我从小跟他长大，治病救人。

唐：你对工人这称呼，有什么样的认识？

杨坤：不知道我能不能回答得好。工人嘛，就像修房子的砖，不能没有，因为修房子的砖特别多，也特别普通，被人忽略。得明白自己的价值，我们不那么被人看重，但我们要知道，自己是修房子的那块砖，没人理，不是说不行，肯定有我自己的价值所在。在公司里上班，肯定能找到自己应有的位置。

罗慧：没有想过这个问题，工人这个词，没特别有概念性的说法，也没有分类，工人跟别人一样，都是工作，为公司做贡献的人。

申海笑：工人就是一个称呼，后来叫蓝领，社会分工中一个不同的分布，有产业工人，有搞信息化的工人，不同的行业，都可以叫工人，应该是一个泛指，不是狭隘的一类人的称呼。

张晓海：工人是一个群体，工人生活的各方面，挺不容易的，原来老是说工人阶级，我自己在这里成长，好多大学生在企业里干，上升空间也小。

董作福：我是2005年到的矿山，变成一名工人。现在都在讲匠人、工匠精神，工人踏踏实实挣钱，为家庭、事业不会轰轰烈烈，平凡普通，至少能给家里一份支撑。

张磊：我真没想过这问题，已经是最基层了，工人很普通、很大众。

刘玮："工人"这个词要分开说，往私下里说，"工"就是给公家干活，"人"是养家糊口，加起来，就是给公家干活，为了养家糊口。

刘鹏：对现在的工人，应该有一个重新的认识。我是工人，我也是工人岗，但我大学本科双学位，干的也是技术工作。今年评中级职称，工程师，我去答辩。

老师问我，你还是工人？

我说对。

他说，你的论文写得这么专业，作为一个工人，这个工作跟你有关系吗？

我说，有关系，工作是我自己干的，论文是我自己写的。

当时他一直抱着怀疑的态度说，你干了七年，还是工人？

整个社会，对工人应该重新有一个认识，并不是说我的职位低，我的能力就应该低，人格就应该低。工人只是一个代名词。刚入厂，对工人理解不深，和大家一样，觉得工人就是一个比较低的工种。慢慢地，自己变成工人了，但工作的内容还是那些东西，慢慢就对工人有了一个重新的认识，重新的定义。

张世奇：工人是一个简单的齿轮，只要相互结合上，正常运转就可以了。我崇尚傻瓜式的操作，像手机、单反，很简单，不用考虑它的原理，怎么设定，拿过来用就好。

贺鹏举：工人为企业做贡献，换取报酬，供自己的生活，这就是工人。

唐：你个人认为，工人在中国社会中，应该处于什么样的位置？上层、中层还是底层？

杨坤：按传统观念，农民比工人好像还要低一点。我觉得现在的工人地位有所上升，可以到中层以下，下层以上。地位没有想象中的那么低。

唐：如果给你再次选择职业的机会，你会选择什么职业？还会选择当工人吗？

杨坤：以我个性来讲，我觉得还是当工人比较好。

罗慧：我是南方人，是跟我对象来迁钢的，要说喜欢和不喜欢，跟着人来的，不是跟着工作来的。让我重新选择，我会选择一种服务性的行业。但现在，毕竟为了家庭。

申海笑：我会选择需要一些创意的工作，自己创新精神没有，但喜欢这类工作。小时候喜欢美术。

张晓海：我不选择钢铁行业了，会选白领，IT 行业。也是我的自尊心在作怪，希望像大城市里的人，西装革履，人与人之间的交流接触面要大一些，要求知识面更宽一些，在工厂，就是师傅们、工厂、家和食堂。我不想局限于小小的这一片，我现在的眼光很狭隘。

张磊：我没有读大学。家里也困难，早出来，早工作，早挣钱，如果再给我机会，肯定选择上大学，找个好点的工作。

刘鹏：当医生吧，我爷爷是中医，当时也想过要继承衣钵。读高中，物理成绩比较好，对设备感兴趣，想学机械设备。医生，一条条人命放在手里，不敢有半点马虎，压力太大，我比较调皮，所以没选医生这行业。

武甲：我高考的第一想法是农业类，我喜欢和动物打交道，当时成绩不是特别好，如果可以的话，当一个医生，医生不行就兽医。相对温驯一点，不太凶猛的动物，我喜欢。我媳妇不让我养，也没地方养。

唐：说说你做过的某一个梦，现在还一直记着的。

罗慧：这种梦没什么意义。小时候，我特别喜欢玩桃子里面的核，把一面涂成红色，一面涂成蓝色，放在地上玩。我没有这样的核。晚上就做了一个梦，梦见我有一个特别好的核，做的梦跟真的一样，放在我家抽屉里。梦醒了，我感觉是有的，找遍家里所有地方，发现没有，好伤心。

申海笑：小时候做的，很古怪。我爸在煤矿工作，矿区边上有条河，我们家住河对岸，家旁边有个老式的污水井。上面有一个铁轨，我始终在上面奔跑，后面有一个狮子在追我，这梦，匪夷所思，我现在还记得很清楚，做过两次，都是这种——追着我，我拼命往前跑。

张磊：我心比较大，很少做梦，有时候梦见自己突然间，不小心，掉沙子里，总也滚不到头，跟走沙漠似的，一直滚，滚不到底，摸不着边。

刘鹏：我没有，都很模糊，不记得了。我跟爷爷、父亲在一起住过，他们很多时候，都重复同一个梦，梦里在哭，梦里在骂人，他们经历过一个个特殊的历史时期。

刘勇：有几个记住了的梦，最近做了噩梦，前天下午，很多虫子，想弄走，弄不开，追着咬我，我有密集恐惧症，害怕，吓醒了。

程帅：印象最深的，不是做的梦，我记得一件事，我有一个哥哥，我特小，爸爸带我俩去买东西，一人选一样，我两样都要，大哥选了一个。东西都买了，回到家里，爸爸就把我的全砸了。什么东西，不记得了，但记得这事。

11

迁安，城西有山，山不高，离城五里，故名五里山。

山上有石，巨而坚，有守望城市之意。魏晋初始，就山之石，刻佛造像数十尊，唐宋陆续开凿，计 67 尊，居中佛坐像高 2.5 米。据此，明清建寺而称古佛寺。"文革"时破毁严重，古寺重建不久。摩崖造像，历千年风雨，今朝依旧低眉映照世间万变。

祖禅大和尚，引你于山，寻石访古，于事于人于物，无常和合，大和尚智慧应对。院中有匾，上书：永久不收门票、寺院免费供香、不做经忏收费、不抽签不算命、僧人不受金钱供养。

站于黄台湖西岸，山丘高地，远眺迁安城。

晚上与丁瑞鑫聊天。

他说，有一次，写了篇关于工人的报道，没经过公司领导批准，不敢向外投稿，胡景山对他说，劳动者都是可以报道的。

丁瑞鑫说完这话，你抬头看他，本已昏睡的神思，天空突然繁星闪耀，亮如白昼，大美静寂。你重新打量丁瑞鑫，也让你重新回忆起你所见过的胡景山——充满了敬重。

与迁钢工人聊天

你拍了一个月的植物

高地的草坡上，支炉造饭

唐：您在不同的时间段里，怎么看待工人这个称呼？

回答：我父母在北京，不是首钢的，我家哥哥、弟弟都是工人。我刚上班，觉得工人就得吃苦耐劳，努力完成各项工作。国家发展了，我觉得工人就应该多学点知识。

唐：你觉得工人应该处于社会的什么位置？

回答：产业工人搁在什么层面，我觉得无所谓，我感觉现在落差比较大，跟收入有关。工人拿两三千块钱，但作为领导，可能就得加个零。

唐：一个人的时候，你会对自己说话吗？

回答：父母在的时候要孝敬父母，他们那代人没少吃苦，父母交代的事，得想办法去完成。成家以后，要尊重双方父母。我经常这样对自己说。

回答：我性格比较懦弱，不是自信的那种，我会对自己说，要自信，不要懦弱，要坚强之类的话。

回答：我脾气急。会跟自己说，不用那么着急。

回答：感觉自己不够努力，自己想要的生活没有过上，不管是无能为力的外部原因，还是自身原因，没达到理想状态。我总在反省。

回答：不知道这样说合适不合适，我认为，我作为班长，我就是整个迁钢公司最优秀的。我管好几十号人，每天开班前会和周安全活动，我会把线上所有与实际当中相关的东西，都加进去。

回答：一些自我鼓励、自我暗示的话。工作乏了、累了，回到宿舍睡醒之后，感觉不能坚持下去。我在迁钢干炉前工，一线岗位，工作挺累的，就跟自个儿说，现在年轻，吃点苦、受点累，没什么。自个儿在宿舍跟别人也交流得少，自个儿有事了，也只能是自己鼓励自己。

回答：父母是知青，底下还有一个弟弟，家里条件不太好，老是想着把父母、弟弟照顾好，虽说是女孩子，但我比较顾家。现在好像不分男女，谁有能力谁来，所以，父母一直是我在照顾，这方面我比较上心，把重心放在家里。

回答：没有自言自语，想也没有。

回答：我对自己说一些话，还不一样。这半年以来，就是问自己，到底想要什么样的生活？什么样的生活方式是我这一生所追求的？

回答：每一天都让自己有进步，多考一些证。

回答：我喜欢静。想心里特别安静、特别纯净，想我自身很快乐，我觉得很满足，今天这一天，不是白忙活，时间谁也抓不住，岁月谁也抓不住，所以我就想安静，静静享受现在这种生活状态。

回答：我曾经白班和夜班三班倒，上了六年。有次上夜班，就想了一个问题：什么时候生活正常一点，跟正常人一样？过了几年，我当了班长，上长白班，遥远的梦，成为了现实。

唐：在你心里最佩服的人是谁？

回答：最佩服我妈。我们家里有一个太奶奶，常年在床上瘫着，需要我妈伺候。还有一个舅爷，没其他亲人，我奶奶是他亲妹妹，舅爷就在我们家，由我妈养老送终。我爸有个哥，也是残疾人，也在我们家，吃一锅饭。我们家多了三个需要我爸妈供养的人。我爷爷奶奶去世早，我妈对他们都特别好，我妈把这个大家庭打理得也好，她是一个特别坚强的人。

回答：我佩服周恩来总理，他无儿无女，一点钱财都没有，他活得很伟大，没有他，就没有现在的新中国。我也挺喜欢孙悟空的，他能保护师父，降妖除魔。

（他长得有点像六小龄童。）

回答：我大伯家的哥哥，初中没毕业，20岁去的石家庄，经商，现在做园林绿化，还有一个矿产，开了饭店，他个人的奋斗历程，财富增长的历程，让我比较佩服，一个人没靠别人，一步步起来的。

回答：我姥姥，我们是一个大家庭，过去的老人，家里孩子多，姥姥没上过学，就是家庭妇女，可邻里之间，教育子女方面，她以理服人，以德服人。姥姥在北京石景山，她是首钢家属，姥爷原来在首钢矿山，一个月很少回家，一大家子，老老少少，都是姥姥照顾。姥爷早就没了。

回答：最佩服三爷爷、四爷爷和爷爷，他们三个人的风格都不一样。爷爷非常有魄力，三爷爷有气势，四爷爷有气度，这三个人，从小到大，一直影响着我。

回答：我老公，他在迁钢，做硅钢那块项目，我每天下午5点下班，要么坐班车，要么坐同事的车，我从没坐过他的车回家。别人问我，你老公几点下班？我说晚上7、8、9、10、11点都有可能，有时候做项目，可能一晚上都不回家，第二天才回来。我看过他一个笔记本，他抄了一行字：书痴者文必工，艺痴者技必良。他学的是计算机，现在负责自动化，专业对口，他喜欢这行业，对自己的工作很热爱。

回答：我的爸爸。当闺女的，表面上跟妈亲，工作以后，跟爸亲。妈妈各方面都照顾我，唠叨也多，爸爸不言不语，不多说。我参加工作，每次从家过来，不管多早，爸都会送我，只要车不走，他就不走。我爸很少跟我交流，虽然我工作十年了，但随着爸岁数越来越大，他对我的这种关心，也越来越明显。以前，闺女就是闺女，有妈妈呢，打电话，"喂，爸，我妈呢"，但现在不是，我爸会说，让我看看我闺女，往镜头前凑，要跟我视频通话，感觉特别好。要不说闺女是老爸的小棉袄，我现在特别能体会。我爸在石家庄退休。我从上学到这边工作以后，回家的机会越来越少。

回答：在工作中，全面投入，没人发现，就只是一个平庸的人。

唐：父母或其他长辈跟你说过哪些有意思的话？

回答：小时候吃玉米粥，觉得热，就加点凉水，奶奶说那样凉着吃不好，爷爷在旁边说，到肚子里全掺了。

回答：小时候，我长得挺矸碜的，爷爷说，我孙子最带劲。

唐：说说你做过的某一个梦。

回答：在海边溜达，也不知道自己为什么在海边溜达。

　　回答：我做的这个梦，印象一直很深刻，我很少往外说，我四岁，父亲就去世了。有一次做梦，梦到他，不太清楚梦中他的样子到底是不是他本人的模样，我感觉就是他。在我印象里，我就没叫过爸爸这两个字，那次，我在梦里叫了，这画面太清晰了。

　　回答：印象最深的是我爸爸去世后，我总是梦见他，他跟我不停地说话。

卷 第 四 滨 河 村

王文超

1972 年 8 月出生于河北围场，
1994 年入水厂铁矿。
矿车司机。

苗海波

1975 年 1 月出生于河北涿州，
1995 年入厂。
矿车司机。

郑少江

1968 年 1 月出生于河北迁安，
1988 年入首矿。
除尘工。

李 一

1983 年 9 月出生于黑龙江省巴彦县，
2006 年到矿山。
杏山铁矿。

李 泽

1986 年出生于河北涿州，
2008 年入厂。
大石河铁矿，矿山地质工。

于连有

1986 年 10 月出生于河北抚宁，
2008 年入厂。
掘进台车司机。

1

滨河村矿业公司位于河北迁安、迁西境内，1959年开始建设，有"百里矿区"之称。明天开始去矿业公司采访，去矿山、进矿井。

即使不与工人说话，只要在他们的环境里，待一待，看着他们劳动，闻着厂矿的味道，你也能体会到生活高于艺术这句话。

你要感谢韩敬群先生给你营造了这么好的创作机会，最重要的，你在写作这部书稿的时候，韩敬群先生给了你一根完美的线，让你自己的时间、立场、观点和变化，都在这根线上奔跑起来，与工人的叙说交叉进行，这是另一场对话。

临睡前，你感恩促成这事——前前后后的所有人，几乎没有遗漏。

经过小镇，靠近群山。北方的山，直线条，硬朗地通向山的里面。

水厂铁矿的山峰下，黄色的重型矿用汽车，硕大无比，一字排开，它们自重有105吨，载重量130吨。

水厂铁矿有两个采厂，一南一北，以北采厂为主。站在山的最高处，工人带你走上楼顶的观景台，整个水厂铁矿在你面前敞开，似有巨人把陀螺从山尖往下压进这座大山里，群山巨石胶泥般向外挤压，巨人把陀螺拔出来，给你看中间空出来的这个天坑，几乎临空于巨大的露天采矿坑之上。巨坑，像外星人的基地，螺旋往下，无数的大圈到无数的小圈。

你说，下到最低处、最底部，去看看可以吗？

身边的工人，好像在等你这句话。

上车。

矿工很热情，二话不说，开着车。一条主路，盘旋而下。你就在那大圈小圈里绕行。从高处往下看，巨坑里的路七弯八拐，路窄难行，等车到了坑里边，路还是不错的，每条路宽一米五。

开车的司机，他承包了两台车，跑运输，把矿从这里运出去。

往下的路，一边在挖，一边在修。

第一个大弯，路两边，碎石子规整地形成护栏，土路干净，没有石子，车轮平平整整的印痕，使得路面更加洁净。无法想象，在这纷扰的施工现场，工人是如何让其如此洁净。

快到前面的山岩了，路急速地往左下旋，继续往下，又是山体拦住去路，车子往右下转。远观此大坑，全部是石头、裸露的山体。置身于山里，你看到一簇簇黄色的枯草，生长在山坡上，偶尔还会有小树，身体越来越感觉到了向下坡度的力，吸引着你。

矿车像巨人怪物，平板车厢里，装着大块、小块、碎的铁矿石。

阳光照在坑的那边山坡上，你们的车子在阴影里转着圈，往下。

中途下了车，站在一辆电动挖掘机下面，铲斗有 10 立方米，自重 460 吨，你的整个身子，只及车链的一块铁片。

你犹在梦中，四下张望，置身坑底，每一个方向，都是铁矿石的山体、山峰，朦胧中，似有梯田，层层叠叠。有些石头已成粉末，如流水。有面山体，铁矿石呈黄金色，时间流逝，矿石成灰，由上至下，流淌成石头瀑布，黄金色的水，流过黑色的山体。梯田一样的坡面，露出深深浅浅的沙砾色灰尘。

大路往下盘旋，弯道处较宽，流石的粉末在车轮的碾压下，像中国画，重重的一笔，回旋扫过，重而有力，车痕深处笔墨浓，路面坚固处，淡笔少，有些路的压痕似留白。凝视每一笔，天黑了，天亮了，工人一点点把脚下的石头掏走，自己一点点沉进天坑里。有一种力量，藏身于莫名的悲怆里。

到了负 200 米的地方，你的身边经过一辆大型卡车，司机说，这车就是他承包的，130 吨，俄罗斯进口。

矿业公司自己研制的洒水车，申请了专利，77 吨。

王文超

1972 年 8 月出生于河北围场，1994 年入水厂铁矿。
矿车司机。

你走出房子，望着天空
像要爬上一朵巨大的云

我是 1990 年 12 月份入伍，属于步兵，在云南保山，跟缅甸接壤，所说的金三角就在那，贩毒最厉害的地方，比较乱，我不跟父母说。一天，他们从电视里，突然看到我在站岗，镜头扫了一下。母亲就不干了，她让我退伍。

父亲说，人要干一行爱一行，既然选择这一行，就干下去。

这句话我始终记得。农村里当兵不负责安置，只有城里人才负责安置，但有规定：退伍之后安排十次机会，供选择。

我们一起来了八个人，现在还剩两个，当初来的环境不好，道路比现在破多了，高低不平，尘土也多，不像现在管理这么精细，车子排出来的烟特别黑，挡风玻璃都没有，从车上下来跟小鬼似的，全身黑。有的战士受不了，就不在这干了。那会儿还没有 130、150、170、190、240 这样的矿车。

到这开车，一般人开几年，就不想干了，我一直不换，在这行也算"老人"了。我没想过换，我干得没那么累，给我的荣誉也多，"首钢双文明先进个人"有八次，每年评一次，其他这个奖，那个奖，不计其数，具体我记不清了。我拿这么多奖，客观地说，我对工作比较执着，在咱们范围内，比如修车，我可能是最快、质量最好的。

采矿分为三个车间，叫采一、采二、采三车间，每个车间十几台车。

现在挖成一个坑了，采坑。我来的时候还是从山上往山下运，现在是从底下往上运。每个人能力不一样，像开私家车，有人开车像开着玩一样，有的人当负担。

在部队，我对无线电感兴趣，就看书，一点点摸索。

我们这里有一个赵新民工作室，主要是我领着一帮人在干，对几百吨马达、接触器、电阻栅、电磁阀、水泵、起重机等废旧品重新打磨、矫形，工地都在用我们废品修复的这些电器件，发电机、马达，最起码有四五年没进新的啦，我们修复的这些，够他们用。

进口白俄罗斯的 130 吨中央处理器，白俄罗斯给我们售后服务，但技术封锁，最早的一台中央处理器是 46 万，卖给我们，机器坏了，人家拿走去修，不让我们看，我也看不懂，都是俄文，真正的系统不让我们看，修好了，他们拿走了不少修理费。

我琢磨，车造出来了，我还修不好？我就跟他们接触，下狠心开始翻译，自己买了两台电脑。我高中毕业，上学那会英语不好，从百度里直接翻译中文，都是乱码，我得先把俄文翻译成英文，英文翻译成中文，来回倒。我文化水平太低，进展费劲，不会的，从网上查、找外面的人，一点点弄，我开始修这个中央处理器，它相当于人的大脑，稍微出一点问题，可能这个车的部件就烧坏了，损失特别大。

我用了三年时间，程序一点点弄明白了，但还不敢用，就破译它的原程序，比如说分七部分，这一部分是干什么用的，一点点细化，最后也整明白了，把我的程序搁上面使，也没问题。

他们造车，是按照他们的工作环境来造的，白俄罗斯比较冷，咱们夏天潮湿，气温高，矿石还有粉尘，矿粉导电，电器件积了这些矿粉后，导致电脑死机，不能正常工作。我就把程序一点点都优化了，改了。

我会修了，不用白俄罗斯维修，卖给我就可以，迫使白俄罗斯厂家降价，不降价卖不出去，我们不要，自己维修。原来40多万一台，后来是六万八，去年是五万八一台。

我比较佩服原来这儿的车管科科长，他造车，对车特别明白，无论哪种车，240、190都是他设计制造的，他叫孙立中，我们经常一起交流车的问题。他设计好一台车，到我们这试运行，现场实际运行有什么问题，他不怎么清楚，我跟他一说，他就改，一点一点完善车子的性能。

我住迁安市，爱人是老师，在郊区教小学，她坐公交去上课。刚结婚那阵，她为了照顾我，在我们矿区下面的马兰庄镇教书，有孩子了，就回她家那边住，我现在每天跑回去。孩子今年20岁了。

2

你到了所有矿工的工作点，有些工人正在做爆破前的准备工作；有些工人在矿车里休息。

回头再望，办公楼独独地耸立在山体的悬崖之上，其余所见，皆是矿石，无他。

水厂铁矿的最底下，你感受到了陀螺旋转的力量。工人一年、二年、十年、二十年地在制造陀螺，在鞭打着陀螺，他们在陀螺里，成为陀螺的一部分。这天坑陀螺，绕着一个支点，旋转，不断往地下钻，每天都在往下。

陀螺，闽南语叫"干乐"，北方人叫作"打老牛"，这些名字都适合于这些工人的性情和命运，适合于这矿山。

你们已经快到达了最底部，前面没有路了，司机又掉头，往回走另一条路，路还是堵了，没路了。

司机说，这里经常变更线路，根据生产现状。昨天我还下来了，估计又改道了。

他把车又往回开了一点，转上另一条路，还是不能下到最底下。

你下了车，看着下面不远处陀螺细小的最底部，车厢、帐篷、钢管，像小朋友的玩具，小巧，形成错觉。

司机在打电话，询问下到最底部的路。底部最尖的地方，有些凌乱，落石颇多，流势较强。司机问了几个人，你们上车，转上一条新路，绕了200米，前面还是没路，但矿井的最底部还是在你们的最下方。

司机很无奈地笑笑，掉头，准备再探索新路，你们已身处迷宫，只知道回去的路，每一条前进的路都走不多远，就没了路。

工人笑了起来，他说，你看那里，明明有一条路可以通到下面，下面不是还有人在上班吗？怎么就没路呢？

你说，不下去了，已经很近了，看到了就可以。

坑底下的路，与贵州的十八拐公路，极像。那些"回"字形的路，"M"字形、"N"字形、"6"字形、塔形的路，积聚于此，没有一件艺术品高于它们，生活永远高于艺术。工人用了20年时间，画出了这幅还没完工的作品，重重的笔墨，材料是矿物质，经过矿车的碾压，细碎的矿石呈深灰色，质地密实。植被微弱的山坡上，呈土黄色。这些以路为焦点的画，无论离开你的视线多久，只要你闭上眼睛，只要你想起，那些路的迂回、往返、沉浮、旋转，画面飞翔在湛蓝色的夜空，像凝固的石造像，站立于风尘的喧嚣处，纹丝不动。

远观，只有灰色的矿山。细细端详，有黄色、金色、黑色……

回到山顶，山的那边，远方有平地，远方有白色的房子，你在这里回到了正常的地势。

夜色渐浓，平房里，只有你一个人。

你蹲下来，看矿工们做的各种模型。一位矿车司机，用一次性筷子，做了一辆矿车；一位矿工用铁，做出了一辆可以转向、行走的挖掘机。

苗海波

1975 年 1 月出生于河北涿州，1995 年入厂。
矿车司机。

港口，白塔、红塔
伸出手臂，把灯远远地轻轻点亮

涿州没任何钢铁，但涿州那地方的人，跟全国各地做钢铁生意，八九十年代，骗了很多人，后来严打，低迷过一段时间。现在还有另一种意识：认为城市急剧扩张，涿州地理位置特殊，往南属于千年大计的雄安新区，国家建设多，可能一睡醒觉，土地被占了，一夜暴富，所以才敢超前消费，就少了拼搏向上、吃苦耐劳的精神。涿州往北边就是首都北京。

我们一个村庄的人都姓苗，我对那里感情比较深。我家哥俩姐俩，四个都是产业工人。涿州有几个合资工厂，姐姐和姐夫在军工企业，我哥在华北铝厂。

我好动，觉得开车是个好职业，天南地北哪都绕绕，就选择了开车。等我一开上车，与想的不一样。采矿厂，打破了工厂的印象，没围墙。开的车，也不是想上哪就上哪。车大，受很多条件限制。

矿山车跟地方的车，是两个截然不同的概念。这种车的驾驶室，没有 CD 听，有的全是工作所需的：对讲机、电台、一排终端，上哪儿，我的行动轨迹都知道，发完货，上哪个铲位装车，时刻监控，休息、睡觉，都不可能，单人单岗高强度地操作。

1995 年，还不太确定的丈母娘，矿山老工人。她说，你不能干矿车，太累。

我十八九岁，累苦没觉得。丈母娘心疼我，上她们家吃饭，夜班，她给我炸鸡翅或排骨，拿小饭盒装那么十多块。晚上，车爬坡慢，半个点拉一车。空车限速 42.7 公里，超速就会报警。在主干路 30 公里，拐弯 10 公里，相当于人小跑的速度，车自重 100 多吨，载重再 100 多吨，上坡还可以，下坡不注意，就要出大事。所以，我们对车速要求严格。等车慢下来，我就拿出排骨啃，啃完，狗都得恨死我，吃得很干净，因为我时间多。

2008 年我们单位发生一起事故，那人在医院活了 14 个月，跟我一般大，现在也没分析清楚原因，人为什么会从车上掉下来？颈椎受损，高位截瘫。车没翻，轱辘折了，这都很意外，车门关着，人是甩不出去的，玻璃也没碎，而且平台上还有栏杆，一米多高，都有标准的，人不可能下来！都不知道人怎么出去的。这事对我触动比较大，我以前头发特别密，这几年头发都白了，也快没了。

滨河村的房子，不能过户，属于小产权，为了孩子上学，2009 年我们买的，70 平米，一家三口住，岳父那房子才 50 多平米，他们二老住，他们一直住滨河村。

岳父是正经八百老工人。

我和爱人结婚到现在，22 年，没红过脸，没骂过街，没动过手，有时候也生气，但没激烈的冲突。我脾气不好，她脾气还行，现在也不太好，我得让着她点，相互让着点。

我们有一个普通矿车司机，用冰棒里的小木棍，自己做了很多东西，矿车、推土机，还有电铲，都可以旋转、可以行走、可以装车，什么都可以，跟现场的车子一样。他叫高荣彪，业余时间他喜欢做这些手工。

3

上午去位于滨河村的矿业公司。你想好好了解这个位于河北迁安，但治安、升学属于北京的特殊地方，这是北京的一块飞地。

郝壮和任淑娟接待了你，他们自己也写了一套三大本的书，采访了数百名矿业工人。

你离开滨河村，离开城市，朝远处的山驶去。

有了去矿山的感觉，烟囱、工厂、灰尘，水泥路都是矿山的味道。没有斑马线，这条马路好像只为工业服务，少见人影，只有大型货车，隔离带的植物，灰头土脸的。

一路风景不断。

有老年公寓临马路，前面有巨型铁架横横竖竖地托起一根管道，上面挂了块蓝色牌子："前方道路 限宽 2.6 米 大车禁行"。

道路上的灰色，浸染上了老年公寓进出的路、大门。红色"老年公寓"的大字，红得不可思议，似乎在努力证明自己的一种存在，红色跳跃，像一幅艳俗作品。旁边的"网吧"已经搬空，这里少有人来。房子后面，三个烟囱，冒着浓烟，好在烟雾偏白色，在蓝天的背景上，堆出不同的动物、山峦。

一个厂门，近十层楼房高，两个方方正正的立柱，如两栋独立别墅，分立两头，共同顶起约三层楼房高的门楣，按比例，这厂门，远超中南海各大门，硕大无比，石头水泥钢筋瓷砖堆积成的重，几乎不留白的空间设计，仅仅让出中间的道来过车、过人，如果没这个需求，估计设计者会把门洞用巨石砌满。大厂门像一个没有审美的人，戴一顶夸张到可笑的帽子，站在厂门口吓人。

你经过的第一扇厂门，门口只有两根长而细的拦车杆和六个交通墩，透过厂门，可以直接看见工厂里的烟囱。

再往前不远，又有同样的一扇大厂门，不同的是，这次，门里看到的是工厂的办公楼。

后面还有四扇同样的大门，其设计灵感源于古代的鼎。鼎，源于三代时期，有鼎之后的三四千年，衍生出这样的审美、构造，有点荒唐和悲哀。

这是迁安一家大型民营企业的几扇大门，你与一位美术家说起，他已经习以为常，这样的东西太多了。他还建议你，不要去冷嘲热讽他们，他们有他们的理由。

你绕山而行，很快，开始上山，到了杏山铁矿。

这里像小镇般安静，离开了浮躁的空气。挖过的山，堆出来的土，工人在上面种了些弱弱的树。

接待你的人叫晓波，年轻有干劲。其中一个采访对象是开拓作业区的车间主任，他一直在一线，人实在。一切按你说的计划进行：下井、随机采访、拍照。

郑少江

1968 年 1 月出生于河北迁安，1988 年入首矿。

除尘工。

> 不让光
> 照见自己的孤独

我是本地人，沙河驿镇，村子属于半山区，很贫困，小时候吃不饱饭。我们家没有属于自己的山，山都是大队的，从 90 年代开始，荒山可以承包，交很少的钱，那时候没人愿意包，没什么用，不允许砍山上的东西，只可以整点自己烧的柴火。承包山的人，主要搞林下养殖。

1963 年，吃不饱饭，父亲想着，年纪轻轻就在这里饿死吗？一定要走出去，远方怎么样，没人知道。父亲就想着往更北的方向走，到大兴安岭，到深山老林里去，砍木材也行。

到半道，父亲在锦州下了车，听到消息，说各煤矿招工。那时候也叫闯关东，村子里像父亲一样出去的有四五个人，陆陆续续走的，最远的，有到黑龙江、吉林的。

父亲落户辽宁阜新，成了名煤矿工人。他一生都在煤矿。

煤矿不管怎么来的，马上就报户口、就业、上班。人越来越多，国家才限制，不让这样流动。

父亲在煤矿挖巷道，为了避免塌方，拿钢丝网、松木板支上，做防护网，继续掘进，距离太长，再修拱形的防护，把巷道铺进去，爸爸一直做这个工作，做了25年，直到退休。

父亲在煤矿，母亲带着我们在老家。在农村，家里有一个上班的人，就算条件稍微好点的，真正的农民家庭，一年见不到钱。生产队搞得好的，一天挣的工分，折合成钱，大约一毛几、五毛几。母亲在生产队劳动，挣的工分少，就拿父亲的钱交给大队折工分，才给我们粮食什么的。

阜新矿务局，下设很多煤矿，分散在阜新市周边，有的离城近，有的远，远一些的有班车；太远的矿，工人宿舍建在矿附近。我爸是五龙煤矿，开采的时间比较老，离阜新市很近，城市周边有很多叫工人村的地方。工人村里住着的都是像我们这样的情况：父亲在矿里上班，母亲户口在农村，单位给弄的小土平房，墙不是砖砌的，那地区是黑泥土，有黏性，里面用草，一层层地糊，筑成墙。一户两间，阜新地区人少，不像现在用地紧张，矿上规模大，这块地没人，就平一平，给职工盖个房子。粮食是计划性的，国家每月给父亲45斤。母亲和我们没有粮食，只能到附近农村买粮食，价格要得高，父亲挣的工资，勉强够吃。真正吃饱，是在我上高中的时候。

　　阜新是典型的资源型城市，也是国家第一个资源型城市转型的试点。资源没了，怎么发展？转旅游，转不过来。现在还有一些煤矿在开采。

　　我们在那边住了很长时间，没有户口，不让在当地上学。哥哥先回来的，到我七岁，母亲带着我、弟弟才回到村里，来这边上学。

　　1986 年，煤矿有政策，连续工作 25 年，可以把家属转成非农业户口，我们户口转了，人都没去。父亲退休，哥哥过去接了几天班，煤矿形势不好，他一个人在那边，他不像父亲，他觉得还不如在这边，也回来了。1990 年，我们又从阜新把户口落回迁安。父亲岁数大了，他们这代人，更想落叶归根。出去的人，都想回来，有的出去时间太长，老家这边没房子，亲人也都老去，许多人，回不来啦。有一个我们叫大伯的，他去的煤矿，老了想回来，家里有两个儿子，已经成家，孩子都有了孩子。大伯想回来，不是说儿子不接纳，因为儿子过的生活也很艰苦，住房紧张，他想留下，不想回东北。最后还是惆怅地回去了，在那边过了七八年，人就没了。

　　他们这代人很无奈。那个时代，那些人，都是这种命运。

　　我们家的房子，一直没卖，虽然很破、很老，但也一直存在——半间房，我爷爷给父亲的财产就是半间草房，没卖，也没给人。回来有这半间草房，慢慢把草房盖成好一点的平房，根留着了。

　　我经常回太平庄乡七家岭村，父母亲都健在，冬天，他们来城里住，其他季节都在农村。村子不大，有十几个姓，说明来源地非常杂，不是同时到的这，是半山区，但处于北京的交通道上，战乱来了，人就散了，听父亲讲，村里面过去也有庙、祠堂，后来都没了。

　　从父亲这代人开始，工厂起来了、矿山起来了，工人阶级队伍壮大了，他们是最有情怀的一代工人阶级。

　　首矿公司有两个大矿，大石河铁矿和水厂铁矿。水厂铁矿是70年代建的，大石河铁矿是50年代末建的。最北是水厂铁矿，南到杏山铁矿，南北距离100多里，把不同地方的矿，开采出来，再用火车拉到选矿厂。这条线，经过这么多年开采，资源都快没有了，很多矿山停了。

　　我在大石河铁矿，选矿工序起头的破碎车间，把大块的破成小的，大的矿石一米多，破成十毫米，给磁选车间，磨得更细，把矿石中的磁铁矿选出来，给烧结厂烧结成矿，类似于焦炭，给球团厂生产出球团矿。球团矿和烧结矿直接入高炉。

　　我从1988年干到1993年。

　　在迁安地图上，原来没有滨河村这个名字，附近原来有车辕寨、沈家营几个村子。1956年，首钢队伍来这里，居住地选在沙河边，才有了滨河村这个名字。首钢矿业公司的家属区、行政单位、选矿厂，都在滨河村。滨河村的公安，原来归首钢企业管，现在归北京市管。

我们的孩子在矿业子弟学校读书，考上北京的大学，毕业后，在北京找工作，就转成北京户口，不占企业资源。

迁钢招聘的工人，上的医保、社保都是河北的，我们从矿业公司过来的，上的是北京市的医保和社保，我们可以去北京市买房，还可以参与北京市车子的摇号。这儿北京市车牌很多。

小孩高考，也是考的北京卷，这地区相对封闭，小孩没什么其他爱好，都努力读书，迁安地区的首钢子弟学校，算在石景山区，升学率、重点大学录取率、最拔尖的学生排名等都靠前。

4

杏山铁矿以前是大石河铁矿的一个采矿车间。

1966年露天开采，40年后，转为地下开采。杏山铁矿的主要生产流程有开拓掘进、喷浆支护、中深孔穿孔、回采爆破、运输破碎、主井提升、地表干选。

工人给你拿来了一套新的装扮。一套衣服，一双布袜长到膝盖，一双防水长靴，安全帽里有一个定位仪，一件有反光标志的马甲，斜挎在身上的手电筒，防尘口罩。矿工的所有装备，你几乎都穿戴整齐，安全帽里装有警报器和跟踪器，出现意外，地面上可以发现你的位置，你现在的代号就是"开拓3号"。

下井有两条道，先从斜坡井下去。

你上了一辆改装过的越野车。车子在一个类似于隧道前的洞口，慢了下来，洞上方有"主斜坡道"四个字。越野车慢慢地开进洞里，没有停车的意思。

司机说，开车下去。

这超越了你的想象，没想到可以直接开车到井底。一路往地底

下开，主斜坡道从海拔 103 米的洞口向下延伸，目前井巷掘进到了
负 330 米水平的地下，从井洞口到井底，垂直高度 433 米，主斜坡
道 5 公里长，坡度 10% 到 15%，宽 4.13 米，高 4.8 米，让车道并
不显得狭窄，路左侧是为井下设备供水的水管，右侧是光纤和电缆，
把信号和电送到井下。电缆和水管像水浪一样，与井巷顶部的白色
灯光一起，伸向不见底的前方。巷井地面已经硬化，巷道弓形，能
支撑 30 年左右，上面装有照明，包括测速的仪器。

井巷干净，无一物。

弯道，转弯。

前方是铲运机，矿崩落石，需要铲走、运走。铲运机横着走，
与螃蟹一样，驾驶室在顶棚，横向驾驶，便于井下灵活拐角。车长
11 米，这是采产区，还有一个流程区，专门负责破碎、提升、运
输到地表。井底主要设备都是使用的国外产品。

开拓掘进采用瑞典阿特拉斯公司制造的掘进台车和美国卡特公
司制造的六吨柴油铲运机；

喷浆支护采用的是瑞典诺曼尔特喷浆机组；

中深孔穿孔、回采出矿、矿石破碎设备是瑞典公司制造的；

主井采用德国西门子公司制造的提升系统。

井不断地往下挖，后面的洞就慢慢地成为工人休息的地方。食
堂，就是曾经的一个洞，工人用小铁板，焊接了一扇对开门，漆成
蓝色，挂点绿色塑料植物，让水泥和石头洞里，多了点温情。你推
开铁门，一个小伙子与你一样穿戴整齐，拿着一个小扫把，在洞里
打扫卫生，你像在村子里，进了一户农家，主人在家做零碎家务。
你们打着招呼，你找到了串门的感觉。从铁门进去，一个近百米长
的洞顶，挂满了葡萄藤，枝繁叶茂的塑料花，灯光没日没夜，无区

别地亮着，枝蔓的影子散落在桌椅上，四个桌子拼成两组，每组八条凳子。水泥地，水泥墙，水泥顶，洞的那头，是山体的石头。

工人通过公司内部网络点菜，食堂里送饭的车子来了，后车厢门打开，每个地方的工人并不多，七八人，领了各自订的餐。

斜坡道盘旋下来，跟山道一样，有让车道，七米多宽，便于上下错车。前面有红绿灯，这是单行道，现在是红灯，说明下面上来车了，你们的车停住做好避让。每个水平上，都有这样的红绿灯。来的是辆拉物料的车。这条道不拉矿石。

岩石凿了后，巷道都织护过，用混凝土进行喷浆，把顶部护住，防止塌落，部分区域用麻网和钢架支撑。物资靠刚才相遇的车，运到井下，生产材料，包括钻具、水管、风管都靠车拉进去。

到了负 75 米的地方，接下来是负 103 米，采矿工艺就像切豆腐块，把矿采掉。经过一个大的检修洞，从这头进，那头出，洞室设两个出口，万一有事，可以逃跑。

有数字 30 米的标志，这是车的速度限制。到了一个岔路口，一边往火药库方向，炸药放在井下。下车，井巷墙壁上挂着"–218m"的牌子。

你嘀咕着，到了负 218 米的地下，身心灵，也没起什么变化。

井道里有水，灯光虚幻成一个个圆点，从你头顶延伸，远处的，像月亮，照在沼泽地上，再远处，就分不清上下了，白色的光铺满前方，在水上形成光柱，一长线，模糊了井巷里的工具。

车子掉头，往另一个方向开，你要求，拐进右边一条井巷里看看，这里没了灯光，没了电缆，脚下是细碎的石子路。往前面走，到了井巷的最尽头。

在井下，你与见到的每一位工人都会待比较长的时间，随意地聊天说话，这一个作业区的工人，他们的任务是打井，把井巷道挖进去，这是矿工作业的第一步。你到了打井的机器前，也就是这个井的最前端，这是一台价值约 260 万的机器，两个 90 后的大学生工人正在操作，机器像枪，直接抵住前面的石头，钻孔，安放炸药，石壁上零零碎碎地画了些点和线，这是打孔机对准的点。整台机器，十多米长，车架黄色，运动的四肢为黑色，流线型身材，就是一只黄色的螳螂，前肢锯齿集中在最前方的一个点上，水电风都没过来，就靠机器前面两盏灯，把前方石壁，照得如同白昼，细丝分明，机器的后半身，没有光照的部分，就慢慢地沉没在黑夜里。

井里大部分是 90 后工人。

你问：今天几点上的班？

90 后工人答：早上 7 点多开的班前会，7 点 40 下的井，到底下 7 点 50 多，维护设备，然后开始工作。

主任的手电筒照着巷道旁一个隐蔽的小洞，里面有一台手机大小的仪器。

他说，这是第二监测装置，技术含量比较高，监测压力变化，数据传到地表，从 130 米到负 210 多米，压力比较大，担心会有沉降或地质变化，这些仪器会监测它。

在负 400 米的地下，井的最尽头，这里没有水泥，没有钢丝防护网，没有路灯，没有电缆，没有……只有石头，只有那两个在这里工作的 90 后小伙，他们在石头里打洞，他们钻在石头里，他们四周都是石头，他们在一块块巨大的石头里呼吸，一整天，见不到阳光，灰色的石头与他们做伴，脚下，一层浅浅的石头粉末灰浆，俩小伙子还有一位相伴者是这台 281 掘进台车，瑞典产，其冲击、定位、回转和缓冲采用各自的液压泵，独立控制回路，自动防卡钎功能，长长的钻臂，像工人的手，伸向前面的岩石。

李 一

1983 年 9 月出生于黑龙江省巴彦县，2006 年到矿山。

杏山铁矿。

海藻

让鱼睡在最柔和的地方

巴彦县，以前叫巴彦苏苏，解放后，把苏苏两个字去掉了，"巴彦苏苏"在满语里，是"富饶的村庄"的意思。电影《东北抗日联军》，赵尚志打响的第一枪，就在老家县城，哈尔滨最边上，挨着绥化市，以前是满族人占大多数的地区，现在以汉族为主，也有满族、朝鲜族。

我们住的地方叫洼兴镇，很小。我大爷爷是闯关东去的，河北人有一些，山东人居多，后来又去了些知青。

我爷爷他们兄弟六个，他二哥抽大烟，把家败了，就把我爷爷和五爷爷卖给西安的一个煤矿，小日本在那儿占着，发生了一次暴动，爷爷跑了，沿途在地里挖点吃的，遇到人家，再讨口吃的。

爷爷找不到家，家散了，家族里的人像家乡的一把玉米粒，撒向水池里，漂落得到处都是，到哪里找家人啊！战争年代很乱。他就参了军。

爷爷最早在四野，参加过锦州战役、四平战役、沈阳战役，一直打到华中南，在广州负伤，快解放了，爷爷认识了奶奶，她是当地人，爷爷退伍后，到保险公司当了个副股长，他们在广州安家了。

大爷爷家族感情特别强，小时候家里富裕，大爷爷通过很多途径，找到了另外几个弟兄，除了二爷爷抽大烟找不着，其余兄弟姊妹他都联系上了，散了的家族，慢慢地聚在一起，他给我爷爷写信，劝我爷爷回北方，写了100多封信，但爷爷都成家了，不愿意回。

听奶奶讲，大爷爷最后写了一封信说，祖国都解放了，手足不能团聚？

这封信把我爷爷感动了，他毅然辞职，坐了12天的火车、汽车、牛车、马车，跟我奶奶一起，还有我奶奶的母亲，从南方到了北方，在大家族里住下来。

我奶奶和爷爷单独住在老家，但没有口粮，也没土地，日子过得非常艰难。村子里的人，看我爷爷上过私塾，在部队里也懂点文化，就让他在当地教书，我爷爷一直到退休，还是民办老师，没转公办。

爸爸还接了爷爷的班。爷爷在"文化大革命"受批斗，他感觉自己的尊严受到了侮辱，但他对毛主席、对共产党的信仰，始终没变，他上吊、卧轨两次，爷爷命大，战场上没死，自杀也被别人救了。

我奶奶也读过书，她对我们家影响特别大，她教育我爸和我姑，要自强、自立。

我爸教了十年书，"文革"后，并不是像咱们想的那样，矛盾立马就散掉了。

这些都是奶奶给我讲的，不太全面，爷爷奶奶现在都不在了。

北方的茅草房，每年都要换一批草，草容易着火，火起来后，烧得什么都没有了。北方话叫庄和村，东北话叫屯子，姑姑家现在住的地方叫冯家屯，也叫火烧屯，原来屯子比较大，300 多户，有一次烧了 150 多户。那次是有人抽烟，赶上风，把草房子点着了，东北烧秸秆，放院子里，风一吹，烧到第二家、第三家、第四家，连着烧。村里路不好，消防车来得也晚，一箱水到现场，村子早烧没了。

我们家被火烧得什么都不剩，有人家没着火的，收留了我们，大家条件都很艰苦。最后一次大火，烧得只剩奶奶的两个老皮箱，60 多年了，皮箱比我父亲年龄还大，现在还在，算老古董，别的什么东西都没了。

我在滨河村住，有种不安的感觉，不像在出生地那般舒心。

2006 年，我也感到了一种危机，资源城市，早晚有枯竭的一天，现在企业生产经营就难。中国很难看到百年企业，首钢100年，确实不易。

我毕业找工作，就费劲，不好找。首钢能接纳我，非常幸运。我现在有危机感，不比当地人，他们离开首钢，可能可以更好地生活。但我离开首钢，我没啥技术，也没人脉，上哪儿生存？

我和孩子是河北迁安户口，按照目前政策，孩子参加高考，可以享受北京考学待遇。

在井下的工人很辛苦。

在井下，待一天两天还行，时间长了，积攒下来一些压抑感。一位90后的工人，从2010年到2017年，七年多的时间，在一个岗位上干同样的事情，他的心理，一天天地在发生微妙的变化。年轻工人，开始是快乐入厂，无知无畏地下井，没有多余的想法，平常是家里给钱花，上班了，自己有钱了，待遇在我们当地来说还不低，他感觉这个钱，挣得容易。随着他们谈女朋友、结婚、生孩子、父母变老、生老病死、工作压力、家庭矛盾，叠在一起，对他们的影响特别大。

井下工人的紧张程度，与地表的工人差异很大。

环境是一种很神秘的东西，井下上个厕所，都费劲。地下工作像负428、负480那个地方，就一个人工作，尤其到晚上，有一个皮带工，有一个操作工，有一个监控工，就他们仨，分布在三个地方，各自孤独地守在深深的矿井里。

他们盼望机器检修，一检修，就有了说话的人。人是需要交流的，这些岗位的工人，年龄比我稍微大一些，年轻人大部分在采厂，他们的敏感度、接受事物的能力，比老师傅强，包括克服心理的恐惧感。

以后，我想过很多，也想不好。以前觉得，上班干活挣钱就行，现在经常想，明天可能就失业了，这种担心可能过了点，但改造势在必行，我们不改，别人在改，世界上最先进的基律纳矿山，井下一个人都没有。我们现在都在井下干活。

5

巷道，随着他们的掘进而向前延伸。

他们的身后，是石头里的黑夜，因为弯道，你看不见来时的路灯，一点亮光都没有，只有掘进机头顶的白光，照着往前的方向。俩小伙子同样的装束，安全帽、头灯、反光马甲、工作服、手套，最显眼的是防尘口罩，两个巨大的呼吸阀，粉红色，向外突出，远远超过了脑袋和帽子的宽度，很夸张的模样。

前面的石头，石头后面有什么？凿岩机把这层石头凿穿，后面就是阳光？似门一样的前方，给出了严重的幻觉。科学的说法是，石头后面还是一模一样的石头，同样的石头，几百上千次地钻透、经历——他们还是在石头的里面。

俩90后小伙，瘦高个的戴着眼镜，稍矮点的青年，壮实些。头灯照着细长的钢钎，撞向石头，握着的手，有点沉，虎口微微胀疼，俩小伙配合着，把石头击落下来。路在石头里，一点点向前挪步。

你蹲下来，捡起一块棱角分明的铁矿石，沉沉的，边角线很锋利。

井巷里没有光，只靠你们手上的电筒照路。光，在高浓度的黑里，显得有些散漫无力。

路过另一井口，你问，这通向哪里？

主任说，前面是目前为止巷井的最深处，也是最危险的地方，一个小时前，还掉下来很多石头。

你用手电筒往里照了照，只有石头，洞里的水比其他巷井里的水都多，再前面，就是黑。

同来的人说，不能去，不然矿里领导和主任会批评我的。

走了不多远，你想了个小办法，支开井里的人。你一个人，往工人刚才说的最深处走。转弯踏进井道里，就是一摊的水浆，井巷上，掉下来的石头，像开着的花，巷道上一堆大大小小的石头，有花瓣，有完整的花朵，有花簇，延伸到井的尽头，往巷井顶部看，花朵硕大，灰白色，到处都是，你以为是在深井里缺氧，产生的幻觉，后来，明白了，你手电筒的光移到哪里，哪里就成了花蕊，石头的纹路、石头凿过的痕迹，在光影深浅不一的照射下，随光影的浓淡，形成花瓣。你随意找了块石头，坐下来，想象着工人在这里凿岩的样子，这些工人，其实就是你，你如果没有离开工厂，你就是他们中的一员，你不担心石头会掉下来，不担心会砸在你身上。40岁以后，你喜欢上了石头，溪水里的、大山里的，你给石头写了无数的诗歌和文字，你听到外面有人在说话，在找你，你没有动，你想多坐一会，这是你人生第一次，坐进石头里，从石头的里面，看里面的石头。

你在一些石头的里面，

你坐在另一些石头的外面。

巷道比较黑，这地方不能装照明，爆破的冲击波太大。

主任后来解释说，不要你去的那个地方，昨天我中午12点去过，那里的石头都没有掉下来一块，我今天上午去了，那里开始陆续冒顶。冒顶，就是顶板塌下来，井下 80% 的危险都来自这种事故，伤人、伤设备。

井里有冒水、冒石的地方。你们穿的靴子，防 6000 伏电压。

海拔负 400 多米，你到了井的底部。

如果不是主任告诉你，你想不到井道旁堆出来的一个个土堆，下面是深不见底的垂直溜井。你往 1 号溜井上面看，似乎看见了井外的天光，其实是上面的灯，溜井旁，用碎石子堆起来了一个小坡，用两根小铁丝拦着，红色的光照着，下面黑漆漆的。

井道里的维修车间，只能放一台机器，这也是利用先前的一个坑道，把要维修的机器搬进来，把一些工具搬进来，就叫维修车间。这个洞不深，放着一台正在修理的凿岩掘进机，是瑞典阿特拉斯公司生产的，工人们称它为安百拓，占了洞里长度的 2/3 还多，洞里三面井壁，摆着蓝色铁柜子，放工具，柜子二米的高度，洞的最里面，横着放了一排桌子和椅子，面对洞口，有点像法庭的审判席，法庭一般挂：公正、廉洁、为民的字样，这里挂着清洁、精细、钻研、创新，八个红字白底的铁牌，在井洞里最为醒目。他们在审判什么？审判来维修的机器？审判自己？工人坐在那里吃饭，你也坐过去。

快出井了，司机提醒你，把眼睛闭上一小会，不然外面的阳光会伤害到眼睛。

李 泽

1986年出生于河北涿州，2008年入厂。
大石河铁矿，矿山地质工。

> 海里的鱼，随你登船上岛
>
> 所见　皆静

7月天，很热，我已经习惯了把毛巾搭在脖子上，随时擦汗。我一次次弯下腰，在45摄氏度高温的楼顶上推混凝土小车。

高考结束，我经朋友介绍，来到这工地上，成为一名小工，是花苑小区二期工程。工程已经拖期，所以我们必须加班加点地抢进度。

楼顶的收尾工程很复杂，先用提升机把混凝土提到楼顶，然后用人力小车拉到修复地点，修复工作由有技术的人来完成，他们是大工，工作一天50元，我没技术，只负责供料，小工一天25元。

刚来工地，很不习惯，每天工作十多个小时，中午没地方休息，躺在地上眯会儿，看工人们打牌，听他们的粗话，那些日子，我除了上班就是睡觉，疲劳像是长了眼睛一样，钻进我的身体的每一个缝隙里，随时打盹。

也没有多久，我就融入了他们的生活，吃大锅里煮出来的白菜，跟他们开粗俗的玩笑。全身都是灰尘。谁也想不到，之前我还是一个参加高考的学生。

老赵是我们中唯一说话不多的人，常年从事体力劳动，背有点佝偻，身材算魁伟，坐在那里抽自己卷的烟，他也递给我，说烟解乏。他的妻子前几年死于癌症，儿子还在上大学，他的事，我知道得不多。

下午，阳光照着，40多摄氏度，明天要来验收，所以今天务必把楼顶上有缺陷的地方修复好。

包工头说，干不完，不允许回家，干完了，明天验收成了，给你们发奖金，加钱。

工人们两人一组，在楼顶上轮番干起来，楼顶坡度大，几百斤的混凝土小车需要两个人一拉一推，我和老赵一组，他很有劲，像这样的合作，从来都是他拉我推。他说我身体羸弱，一个学生能有勇气站在这楼顶上就已经很不错了，不忍心让我再拉那几百斤重的小车。

运砖、运水泥、抬钢坯。我干了两个月。

我的眼神变得都不一样了，身上也换了一层皮。

终于等来了大学录取通知书，老赵坚决请我吃饭，要我好好读书，千万不要像他这么卖苦力。

6

2005 年开始基建，五年时间地采工程建完。

2007 年，这个工程分了两期，目前生产的是一期，一年生产矿石 280 万吨，地质品位在 30 以上，采购品位 27 左右。

中午你在食堂吃饭。一个饭盒里有辣椒、肉、蒜。你没有告诉他们，你吃素，你不想麻烦别人，给什么菜，你就挑点素菜吃。吃完饭，工人的饭盒里剩的是辣椒，你的饭盒里剩的全部是肉。

今天，你乘罐笼下井。主任给你办好了手续。

罐笼升上来，罐帘升起。开罐笼车的老师傅很热情，有另外五六个工人也要下井，站在他们中间，抓着罐笼里的扶手，与地铁里悬空的把手无异。

罐笼中途停了两次，下去了三个工人。罐笼最后下到井的最深处，负 480 米。

一根承重绳就能调动整个罐笼安全运行，现在是六根，一根是 300% 的安全系数。

副井设备出现任何故障，都不会造成急停的情况，罐笼不会一下停住，它会先刹车，等减到每秒 0.5 米的速度，才会停。

　　井底有一个蓄水池，称之为水仓，工人在里面养了很多鱼，最多的时候有 50 多条。你去的那天，池子里至少有 20 多条，大的一斤左右，小的也有半斤大小。长方形蓄水池，宽三米，长约 300 米，水池旁有灯光，半明半暗地照着水池，照着水里游着的红色的、青色的鱼，看上去有些诡异。水池一边是井道，是路，一边是井的墙壁，上面盘满了各种管子。

　　小屋子里有一个取暖设备，主要不是用来取暖，这里太潮湿，驱散潮气，只要有人的地方都有这个。房子四平方米大小，像这种房子井下有五个，这是最底下的一个，负 330 米，每个房子里，就一个人，要待八小时。井下工作不能超过八小时，劳动法有规定。这里有地压，你下来的时候有小感觉，耳膜有点鼓。

　　你与井下最老的一位师傅，聊了很久。

　　老师傅说，我一开始在矿业其他单位，到铁矿 20 多年了，1991 年过来的，那时候老师傅还多，现在都是 80 后、90 后。

　　老师傅显得很年轻。

　　他说，主要是不见太阳，也没愁事，但我们心理压力特别大，干这工作，必须得保证罐笼百分之百的安全。我的师傅就是这么传给我的。罐笼运行，哪儿的动静不一样了，在哪个方位上，我们就赶紧往上报，有些故障，我们就靠听声音，不是靠眼睛。

　　老师傅说，煤矿有一个传统，原先下井底没有检测仪器，都是带一只活物，比方一只老鼠搁小篮里，只要动物能活，人就能活，主要是检测一些气体，现在井里就有老鼠，工人把剩饭带到井下。咱们这里的老鼠不怕人，人看见活物也比较新鲜，不伤害它，已经是一种习惯。

老师傅说，这里能看到的活物有老鼠、苍蝇、蚊子、蝙蝠。"480处"还有一条很长的蛇，是工人带进来的，放巷道里放开了养，工人养着，吃老鼠，吃活物，也没人伤它。凡在地下，就是这种习惯：很少伤害活物。"480处"目前为止不算最深的，还有508，原先有水磨工在那看守，现在也都无人值守，都是远程操控。

老师傅说，地震，井下相对安全，唐山大地震，煤矿没啥问题，死亡率特别低，在地下，所有洞都防震，地上晃得厉害，地震是一个波，波浪到洞这，就断了。

老师傅说，原先水带不下井的，人都是喝豆浆，只要早上喝饱了，全天不会渴。这是一个孤独的地方，还有更孤独的地方，就是一个人一个岗位，手机不能带下井。

你去了那个最孤独的地方。

出井，今天陪你的主任很惊讶地看着你。

他说，你在海拔负400多米以下的井里，一点惧色也没有。

你知道有危险，但你相信带你去的人，你也相信生命的无常，更相信，自己的力量，你心无所惧。有人说，下井的人，几乎没有不恐惧的。最深，也是最暗的地方，你每一脚都踩在水里，你没有想到恐惧这个词，你自己都有点意外。

你后来才知道，你在井下的这段时间，工人们把机器都停了，也没开通风机，不然，井底会有很大的噪声。400多米深的地下，你们在石头洞里穿行，没有阳光，但有光亮。

走进小小的罐装车，叮叮咣咣的响声开始，车子往下，井底滴水的声音，黑暗的井道，远处的灯光，铁泡在水里。

于连有

1986 年 10 月出生于河北抚宁，2008 年入厂。
掘进台车司机。

陌生的脸孔
夸张的植物

　　我爸是手艺人，17 岁开始做木匠，现在 54 岁了，最开始
做家具，手艺挺好的，后来不景气，外出搞装修。他会在木头
上画水墨，我爸拿气球画画，可好看了。家里有一个衣柜，上
面的鸟，都是我爸画的。

　　我爸、二叔、三叔，都跟我爷爷学木匠。爷爷手艺没我爸好。
现在就我爸在做这活，二叔身体不好，没出去干过。三叔在工
地上支木板。

　　我在井下负责设备检修和维护。

　　井下地方小，加上黑暗，挺压抑的。设备运行起来，噪声
大。井下也潮湿，时间长了，腰、腿、关节比较难受。我们冬
天，下去早一点，上来晚一点，几乎每天都看不着太阳。出来，

到了井上，一看蓝天，心情也好一些。

井上工人每天能够呼吸到新鲜空气，可以看到太阳。

我们看见蓝天和太阳的日子不多。回家每天喝一点酒，潮气大，一小杯白酒，一两左右。工人喝酒的多，吃辣椒，去寒。

井里的危险主要是从上面掉石头，加上尾气、炮烟，这些中毒的东西。

我使用时间最长的工具是扳子。看到干净的扳子，我就想摸一下，在井下，每天我都背着六棱角，定期给设备测压，不好处理的东西，也要用到它。我把它们擦得很亮，它们有灵性，工具是班组的，也有自己买的。我现在主要修"281掘进台车"，在石头上打孔的那个大东西，在瑞典生产，中国组装，厂子在南京。

在企业里打工，比外出打工好，对家里照顾多点。

我外号叫大鱼，上学到现在，个子又高又大，像鱼，正好姓于。这个外号挺好的。

我第一个月收入是2056元，发的是一个半月的工资，给了姥姥500块钱，剩下的自己当生活费。我是姥姥看大的，每次去姥姥家，她都会给我钱。爸爸一直在外面干活打工，我妈务农，带孩子不方便。我就住姥姥家，跟姥姥一块，还有二姨，二姨经常带我上山去玩。

我住滨河村。滨河村的环境，我不喜欢，污染比较重，闺女经常犯呼吸道疾病。暂时也不想要第二个孩子，等稳定的时候，往秦皇岛那块走走，媳妇是秦皇岛山海关人。等退休回老家，老家有平房，环境好，不像这边。

这边晚上看月亮、看星星，都看不太清，不像老家的天那么蓝。

在家，都是老婆说了算，她照顾孩子比较多，有啥委屈，都往我身上发，一些小事，一不对劲，她就容易毛。像孩子生病了，每一次喂几毫升，我多倒一点、少倒一点，她会说我，药剩了个底，也会说。

我们感情还可以，因为这么长时间了。

她父母都是工人，退休了。岳母在公牛皮球厂退休，岳父在一个制造厂，他们工资不高，对比我们低很多。

前两天，我在井下，媳妇联系不到我，给我们李区（区长）打电话，小孩在幼儿园出了点事，李区找这个、找那个，托人找到幼儿园领导，帮我把事办得特别好。上井以后，媳妇跟我说，李区挺让她感动的。

卷 第五 秦皇岛

薛晓钢

1960 年出生于北京石景山，
1980 年入厂。
铁道运输，调车员。

沈一平

1965 年出生于江苏常州金台，
1988 年入厂。

赵久梁

1966 年出生于湖北石首，
1988 年入厂。

张继文

1968 年 6 月出生于北京，
1987 年入厂。
首钢日报社。

马新彦

1974 年出生于甘肃会宁，
2006 年入厂。
计量岗位、原燃料检验岗位。

王学明

1976 年出生于北京平谷，
1996 年入厂。
炼铁炉前工。

吕福忠

1977 年 10 月出生于河北秦皇岛，
2004 年入厂。
炼铁烧结配料甲班班长。

王东良

1979 年出生于北京房山，
1999 年入厂。
炼铁烧结配料班大班长。

杨金波

1981 年 9 月出生于河北秦皇岛，
2003 年入厂。
能源事业部，发电站。

储世亮

1981 年出生于黑龙江鹤岗，
2008 年入厂。
炼铁高炉工。

蔡 亮

1982 年出生于河北秦皇岛，
2008 年入厂。
轧钢部，加热炉。

康 彬

1983 年出生于北京密云北庄镇，
2002 年入厂。
铁路线路工。

张子恒

1985 年 7 月出生于河北唐山，
2008 年入厂。
炼钢作业区。

张 波

1985 年 9 月出生于陕西渭南白水，
2007 年入厂。
理化检验员。

郭 明

1986 年 11 月出生于北京平谷，
2006 年入厂。
炼钢部，连铸。

1

老徐，是徐静蕾。徐老，是徐子建先生。徐老是老徐的父亲。

徐老在北京灯泡厂工作了 20 多年，熟悉工人，你通过他，认识了一些工人朋友。你们每周都会有电话或见面，都会聊到工人，他用毛笔给你写了最有感慨的五个字：劳动者之歌。徐老从 2011 年到 2018 年，专心地写一本家族的书，上中下三册，到目前为止，第一本基本写完，书房墙上，到处是手绘和复印的各种行军、作战路线图。写到一半，徐老到了南京中国第二历史档案馆，找到了父亲徐成沄的档案资料和所在的中华民国陆军第六十三师完整资料，徐成沄老爷子当时是军医主任，现定居重庆，今年 102 岁，他能够很完整地回忆自己各个阶段的生活和部队作战情况中的一些小细节。

去秦皇岛采访的路上，一位姓陈的先生给你打了两个电话，他很热情，一定要你到公司吃热饭热菜。在路上随便吃点，更方便，盛情难却。到公司，已是下午 1 点半。你们在食堂里吃了他所说的热饭热菜：一碗面，两碟凉菜。

长途开车大半天，开始采访。

你住在离工厂约十公里的顺源现代城小区里，首秦公司在这里团购了三栋房子，有些是工人住宅，有些给工人做宿舍，每个套间四个人，两个工人一间房。有些房子，给公司客人和游客临时住。

你住建新里二区 3 号楼 2 单元 1401 房间。房子家具不错，你点了一炷香。

薛晓钢

1960 年出生于北京石景山，1980 年入厂。

铁道运输，调车员。

> 多年以来，你第一次重回人间
> 再一次感受到世间的快乐和疯狂

　　母亲看铁管、脚手架、螺丝的库房，材料员，今年 88 岁，1930 年出生，现在住石景山。我进首钢做调车员，组织火车头货物运输，把炼铁的原料、炼出来的铁水，送到各厂。炼铁、炼钢出来的成品，拿火车拉到外面。我们这行当，在本地区招不着人，安全系数太低，没办法，只好从北京边远区县招工人。

　　我们从北京到秦皇岛，单身住的时间长了，性格都有变化。单身住一天、过一年可能没事，过十年、二十年，老单住，那是不一样的。运输部当初过来的时候是 170 多人，有的适应不了，强烈要求回去，然后来回换人，调先进、调劳模，好样的都调过来，还不行，年轻的留不住。北京地铁公司招司机，大部分都回北京去了地铁、港铁。走的走、来的来、去的去，现在还剩 90 多人，第一批来的还剩三四十个。

老首钢人，父一辈子一辈，石景山就那么大，差不多都是钢厂职工家属区的孩子，也有那份感情。北京过来的工人，工作责任心、工作状态、工作热情还是不一样的，要是没这个，队伍根本没法带，收入也不高，待遇也没多好。企业也请过清华大学、北京市的心理学专家，来给大家疏导疏导，就是说怎么处理异地生活、两地生活，或者叫外地生活，和夫妻、子女、家庭的关系，这一家一种情况，也难说好。之前是从北京搬到秦皇岛，明年，我们又从秦皇岛搬到曹妃甸。这回搬迁，好多人就想，这地方不行，就不干了，我换地，不在一棵树上吊死，很自然就买断回家了，不愿意再第二次搬迁。

曹妃甸一孤岛，生活气息没有，气候条件跟这也没可比性，岁数大一点的，关节肯定受不了，湿度太大，屋里潮，交通不便利，公司的班车每天早 7 点和中午发一趟，家里要真是赶点什么生老病死的大事，跟在这没法比，我们在这坐火车就能回去，几点的火车都有。

建首秦，我们来的时候，租农民的房子住了四年，房子现在还在，马路边上，三层楼，他们家自己烧暖气，冬天冷，不舍得烧，水质也不好。好多职工受不了，走了部分，给多少钱都不干。

上班挣工资是模式化的，月月长流，水不断线，一断了还麻烦，好在没断过。

2

来秦皇岛第三天晚上，你才去了海边，一个人，从燕山大学那条路，下到沙滩，在海边走，海水暖暖的，走了很久，一个人坐在沙滩上，浪花涌出海面，浪涛，一呼一吸。你问过自己无数遍，为什么喜欢看海，喜欢……静静地看着孤独的远方，看着静寂的自己……好像，一生就愿意这样坐在海边……

往常，只要住海边城市，你每天都会在不同的时间里去看海。这一次，你看得最多的是厂房里的工人和铁水。

高大的厂房以高炉为中心，高炉最高的温度是液体，散发着灼人的光芒。

工人带着你，在厂房里，去你想去的一切地方。

沈一平

1965 年出生于江苏常州金台，1988 年入厂。

把自己转向自己对立的境地

每次都是面对自己的经历

在北京，我北漂了 15 年，在秦皇岛也待了 15 年。

首秦是 2003 年 5 月 3 号破土动工，2004 年的 6 月 6 号投产。首秦是首钢转移基地的第一个建成投产的项目。没占农耕用地，也不是工业用地，在河滩地建起来的，占地 2170 亩地，号称 180 万平米。

创业之初，正好是"非典"期间，我们是北京来的，秦皇岛把我们集中在大陆宾馆里，不许到外面去，天天小米包子的，我们想出去改善生活，吃个饺子，到了市里的饺子城，有些北京人带口音，一进去，一说话，能不能在这儿吃饭？刚坐下来，其他桌的人全跑了，饭店还是接待了我们，给我们做了吃的。

张继文老爷子是工程总指挥，建设项目集团五人小组之一，其他人还有王毅、霍光来、李春生、王兆庸，这是最初建设时的核心层。张继文老爷子穿了个大背心、大筒靴，在水里面办公，还扇着扇子，70多岁的老同志，那精神，当时我也经历了这段历史。

老担心首秦在秦皇岛待不长，早搬早主动，早搬早踏实。秦皇岛找工作安排人很困难，不像北京，大部分工人都会到京唐二期去，给自己将来找出路，在这儿干个十年八年没了，首秦必须停，那不就傻了吗？现在每个单位都在减员提效。明年首秦二季度就停下来，把主要的核心设备、组机、轧线、热处理线搬京唐去，留下来的转型发展，避免得大城市病。

我们在秦皇岛市广顺小区里，帮工人买的团购房，三栋，很多工人住那里，也有很多在其他地方自己买的房。每天有班车，在秦皇岛市分布有几个点，山海关、板材、输油、党校、开发区、燕大，集中拉到厂里来，六条线，来回拉，厂区完全不住人，就是生产区。

我们工人回北京都坐火车，我们的班车试了小半年，刚开始还能凑一车两车的，然后就跟社会上凑车，在高速口那，后来怕出安全事故，就坐火车，也有自己开车回去的，400公里。

3

中午在工厂食堂吃饭,在食堂旁的办公楼休息,这是个很奇怪的地方,外面见不到一个人、一辆车,推门进去,窗户干净、明亮,一尘不染,五层楼,中央是天井设计,你在二楼,可以看见各楼层的走廊,三楼偶有穿工作服的工人走过。

下午采访留学德国的一位博士后,他是一个对设备很有感觉的人。

晚上,你一个人散步,走出很远,在城市里,你已经习惯这种流浪式的散步,对于城市和风景,已没有陌生感觉。你对出现在身边的一切,充满了好奇,你可以闻到它们不同的气味,即使是第一次见的陌生人,你也能闻到,包括房间里的一个小摆设,你都会感觉到它的性灵,不再是年少时的陌生,带给你的是惊恐,阻扰了你对事情的了解和深入。

一个人的在场,可以看到孤独之神,在你身边散布着的微暗薄雾。

赵久梁

1966 年出生于湖北石首，1988 年入厂。

> 你只想找到一位正在行动的人
>
> 你只是一名疼痛者

　　我属马，年过半百了。干活就得有点激情，老态龙钟，那不行，能迸发出激情来，就迸发，可能有一天，迸发不出来了，就真的老了。

　　我老家湖北，在湖南长大，外婆是湖南人，说的全是湖南方言。我在荆州沙市，楚文化的发源地。楚文化在先，汉文化在后，秦始皇怕楚文化太强，做了些动作。

　　首钢搬迁，我去了迁钢，成了河北人，我在迁安干的时间长，2012 年 11 月 7 号，下着大雪，我调到了首秦，一直干到现在。

　　我搞设备技术出身，养成了一个毛病，爱跑现场，不去现场看一下，心里没底，眼见为实。机械、自动化、电器，经过这么多年摸爬滚打，在设备方面，还是比较综合的一个人。

设备，看着好像是一个物体，一个物质，没有生命力。在我看来，它是有生命的，车也是一种设备，开自己的车，时间长了，感到人车融合，跟设备打交道也一样，跟设备的融合，要了解它，呵护它。设备由很多东西组成，不是机械的，要理解它是有灵性的，一个设备老化了，它也能发挥新的生命力。我从没离开过设备，我做润滑、液压做得也很好，在国内冶金界，还是有点影响力的。

润滑油，实际上是高科技的东西，在学科里没这个专业，它又很重要。润滑好了，不仅保证设备安全运行、延长寿命，还能省能量。搞机械的大部分人，没学过润滑，因为它是化工合成的基础油、添加剂组成。润滑的添加剂很复杂，过去都掌握在国外的大公司手里。还有机电一体化，机械跟电气、自动化搁到一块，这是我的强项。我提倡人机一体化，把设备当一个有机的东西来对待，我没把它当成枯燥的活在干。学校里学的那点东西，在实践中，还差得很远，我学液压，好多东西不认识。

师傅对我说，你这都不知道啊，学了半天。

我没当过企业一把手，真没底，来的时候，是秦皇岛的冬天，一切不知道该怎么弄，那三个月，整个晚上，我基本上就是坐着，睡不着。我住20层，就三户人家亮着灯，冷清，我一个人在那，挺孤单的，一筹莫展，我比着自己是一只蛤蟆，掉井里头，但我在往上跳，跳、跳、跳，刚看到点亮光，又掉下去了。晚上，我就出现这种状态。我变得不爱跟人说话，老婆来了两天，我都没理她，她感觉很奇怪，一个过去爱说话的人，怎么不说话了。我像刺头似的，看谁都不顺眼，更麻烦的是，半夜，下着大雪，我穿过一个阴森的林子，跑到海边，一个人都没有，还不害怕，我好像有抑郁的倾向，也开始喝酒，喝半斤，还是没有睡意，这很违反常态的，工作给我带来了巨大的挑战。有一种旋涡的力量，时刻逼近我的生活，我调整了一段时间。

集团公司开一个分析会，批评我们首秦九次。所有的指标，跟人家都不敢比。企业这么困难了，有的人还在推诿扯皮，埋怨市场不好，强调客观，就是不从自身找原因，这是很大的一个问题。在家里大家都挺牛，出去就傻。我带大家上民营企业去看，我们不能强调客观。

我们有一个料厂，搁在别人家里头，我想问，放心吗？一年多少个亿呀？我就自己建料厂，当时说不行，资金周转不过来。现在不也行了吗？所以要有决心。

钢渣，五毛钱一吨卖出去，买钢渣的人一年赚 5000 万。我们就建钢渣处理线，搞基改，没钱也得干。投资一个亿，三年三个亿。料厂也一样，料厂不说租金，装卸费用一年也 2000 多万给人家，还不说损坏、丢失的东西。

还有，3000 多人的职工队伍，1900 多管理人员，我就先拿公司机关开刀，12 个部室，现在五个。作业部管理科室，从六个减到三个，管理人员从过去 900 多人减到 300 人，管理人员往下走，到作业部，作业部管理人员再往下，到作业层，作业层的人员我们有外协工，把外协工剔除，不请了，原有9800人，现在不到5000人。我不是为了省钱，是为了提高效益，减少冗员，人多生事，界面多了，管理很乱。

4

　　你上午与他聊过天。见你来了，像到了他家一样。一边与你打
着招呼，一边走到高炉前，把丢在地上的铁铲捡起来，把扫把拿起
来，把歪七竖八的皮管归整得好看一点，把散件的小工具归拢归拢。
你想起农村里的亲戚，有客人去了家里，忙着沏茶，忙着擦拭，嘴
里还说，农村里太脏了，没有招待，边说，边收拾家里……他也说
了同样的话，高炉这边就是脏点，噪声大。

　　铁路旁，一个工人骑单车准备过来，看见你在拍他，赶紧下车，
整了整衣服，扣子扣好，黑黝黝的脸，笑着，露出牙齿，把单车支
好，双手反握在后面，站直了身子，等你给他拍照。这是一位将近
50岁的中年工人，他的一连串动作，打动了你飞翔的灵魂，点亮
了幽暗树林一堆温暖的火。

　　你看着他。你们笑了。

　　开火车的工人们什么事情都干，他们修火车，他们把火车平台
刷成发亮的鹅黄色，齿轮的黑色机油都被映黄。

　　还有大垫板、五孔垫板，这些纯色的铁板，长方形，两端有孔。

　　在整块漆成蓝色的铁板下面，安装的开关，漆成红色，延伸出

一根蓝色小管。端口，一小段红，耷拉着，向着大地，时刻准备钻进土里，发芽、开花。虽刚硬无比，风吹过来，却在一堆铁件里飘动。

张继文

1968 年 6 月出生于北京，1987 年入厂。
首钢日报社。

从疼痛的角度来想下一个问题
在疼痛中来处理问题

　　我在石景山长大，上初中有了自行车，我们到处串，哪条街、哪条小胡同，都特熟。八角大楼跟古城，没太大变化。八角村、游乐场，过去是一村，旧光景一点都找不出痕迹来。

　　我们家六代以前在天津，父亲 50 多岁，寻过根，现在 80 多岁了，祖上在通州，跟鸦片战争有一定关系，通州当时是北京的门户，战乱，祖上就跑到天津蓟县。父亲与一些后辈，接上头了，通州张庄信息都对得上。后来父亲有事，这线又断了。我下次回家，还得鼓动鼓动父亲，找一找自己的来路，知道自己的来龙去脉，知道家族其他人的一些情况，是非常有意思的。父亲的寻找，比我寻根容易得多，他年龄在那，越往后越费劲。

　　1958 年，要建一个小转炉，在石景山老厂区三炼钢的位置，是块庄稼地，农民的大局意识、服从国家建设意识很强。一听说要建钢厂，大家非常支持。7月份的老玉米要熟没熟，农民没磨叽，直接收了。要是现在，各种赔偿都来了。建设大军约2000人，立刻三通一平，打基础，24小时连轴工作。14天就建成了小转炉，号称创世界第一。这精神到改革的时候，钢厂还继承了，叫作"一天打八仗，三天不卸甲"，好多人一个月不回去，24小时在工地上。建成小转炉的更大意义，在于结束了首钢有铁无钢的历史。

2012年，大年初五，我回岗位上，过节本身就比较疲惫，我买的是D13，下午6点51分北京站到秦皇岛的票，心里有点不是滋味，但工作是人生一部分，那一路，感慨万千，心里想着老妈的事、孩子的事。火车开动，内心不平静，窗外更不平静，到处放花炮，绚丽多彩，非常好看，鞭炮、彩花一路绽放，此起彼伏，瞬间的烟火，升上天空，开着各种颜色的花，各种好的事情，不好的事情，在花开之后，随风飘下，天空里都是往下落的灰色，往下落的烟火。

火车经过农村，一片漆黑。

5

流动的红色，靠近铁水的温度，你喜爱朴素地笑着的工人兄弟。

每一个工厂的性格、习性、天性各不一样。

铁炉里藏着一个个滚烫的秘密。低吼着，发着光，想要冲出来。

像一盏神灯，倾斜的大地，承受着一切暗喻和象征。

工厂的远景是铁灰色的。

近景的细节，色彩丰富。

工厂里的小物件，随时都会打动你。寻找近景的心情，总是有意外的喜悦。

建厂时工人们保留下来的一辆推土机，黄色，披着半身的锈，车牌号：北京 01 厂内 0901。

全新的火车头，穿过马路。

找到很多龙汇矿业氧化球团厂的资料，现在，工厂没有了，人也散了。

球团厂建在山区，周边没有依托，拓荒者的生活处于"零状态"，吃了几个月的盒饭，不知肉滋味。冬天，山里没蔬菜，项目现场负责人杨学奎，带了几个人，在地窖里，储藏了一些萝卜和大白菜。

晚上，住的平房里，夏天蚊子多得没办法，冬天，到处都是冷的，找不到暖和的地。

工人每天都与泥土打交道，隔上好几天去乡里洗个澡。

建设初期，北方的严寒，北方的酷暑，工人们都经历了，数字是震撼的，钢筋绑扎 6900 吨，混凝土浇筑 61500 立方米，土方回填 780000 立方米，土方开挖 125000 立方米，工艺设备安装 7200 吨……

马新彦

1974 年出生于甘肃会宁，2006 年入厂。
计量岗位、原燃料检验岗位。

> 数万公里的寻找，你竟然找不到一个：
>
> 一无所知的人

　　这里的山，都是同一种颜色——黄色。

　　黄色的山，堆积在一起。

　　我家在会宁会师乡，回族多，我是汉族，会宁属革命老区，红军一、二、四方面军在这里会师。我家属于农村，经济状况不好，这几年好点，在咱们中国，我们老家是贫穷的地方，在联合国都挂着名，它靠天吃饭，靠天下雨，才有收成，不下雨，颗粒无收。全是黄土高原，没水。包括现在，大部分农村还是靠天，老百姓喝下雨的时候积的水，喝母亲窖里的水。

　　母亲窖挖在自家院子里，或院墙外，从地面挖下去，用水泥抹底，也就是死水，喝水、用水，都在这里面。

　　母亲窖底下圆而鼓，收口小，跟瓶子差不多，也相当于一个大萝卜的形状，一家基本上有两三个母亲窖，院里面一个或两个，院墙外还有一个。一下雨，雨水就流到母亲窖里，每口井可盛二三十立方水，有的井挖得大，有的井挖得小。

一窖水，要下好几次雨才能灌满，满了也不会让水流出院子，会把院子里的洞口塞上，水存储在院子里，等窖里的水满了，院子里的水也满了，才让水流出去。老家一年可能下两次三次雨。

时间长了，母亲窖里的水会有味道，现在回去，我喝着，也不习惯了。

小时候，水因为储存时间太长，里边会长一种红色虫子，跟钓鱼用的小红虫一样。从窖里吊上来一桶水，吃的时候，搞个纱布滤网，滤一下，学校也用这种方式储存饮用水。

现在农村都还这样，没自来水，县城里才有自来水。

之前打窖，农民没钱买水泥，我们山里有一种红泥，就拿那个把窖底下打一圈，抹一层，红泥打得细腻，水就不会渗下去。现在国家给扶贫政策，谁家打一口窖，就给几袋水泥，还给你几百块钱补助，这样，谁家怎么也得有两三口水窖了。父亲那一辈每家就一个水窖，小时候雨水多。

1992年以前，风调雨顺的，每年粮食都有收成，感觉挺好。主要种小麦、土豆，也有谷子、苞米。种了粮食都是自己吃，基本上一年能接上一年，有吃的，就不错了，都是山坡地，收成少，没有灌溉地。

粮食现在靠买着吃，家里也种点地，这几年，西部大开发，退耕还林，山坡地全部种了树。靠自家住的附近稍平一点的地方，也是旱地，少量地种点东西。

1992年，我当兵以来，20多年了，年年干旱，农民没有粮食收成，基本上绝收。去年，我7月份回去，休了半个月假。刚回去那几天，地里的苞米还是绿色的，我要走的时候，苞米叶子已经晒干了，又是一年绝收。今年也是，前几天我母亲来了，说太阳晒得苞米穗都没出来，就干了，几乎每年都这样。

小时候，父亲在外面做点工，挣点钱，家里有母亲跟爷爷，我是老大，一到假期，会帮大人收麦子，帮着挑挑粮，我家还凑合，能吃饱，说要吃白面，吃好的，那就只有来客人了，或者过节，才能吃上。

我总不明白家里怎么就没钱呢？看不到钱，很不理解。现在想想，其实挺不容易的。小时候，我喜欢画画，家里确实穷，几块钱、几毛钱买个画画的碳素笔，都买不起，父亲不给我钱。五年级，美术老师教我们画画，我的画带到县城文化馆，展览了，让我们同学六一放假，看看去。给爸说，我想去，我爸不让。

我很伤心，本来觉得挺自豪的事情，自己的画都上文化馆展览了，我很生气，觉得父亲不通情达理，也不给点钱，想买个笔都没有。现在我当家了，出来工作以后，才觉得挣的钱，太不禁花了，哪儿都需要钱。

那时候，大工一天才挣十五块钱、十块钱。父亲不算大工，人家就给八块，是一家的开销，一年到头，开春了，要种地，还得买肥料，还得供我们上学。

从那儿以后，我就不学画画了，再也没学过。我喜欢画画，画得也还行。

现在，我理解父亲了。

爷爷去世有十年了，80多岁没的。我还有一个弟弟，小我一轮，属虎，1986年生的。父亲在新疆当了六年兵，提不了干，就回来了。他是1967年的兵，在新疆核试验基地干后勤，搞无线电，也沾上核试验的边，最近每个月，有50块钱的补贴，以前没有，这是2000年国家调查当年核试验部队，所有涉核人员，只要现在还活着，全国都有这个补助。父亲与我也说一些他当兵的事情，他们在戈壁滩上挺辛苦，环境差。通过他，我才想着当兵，所以出来了。

村里当兵的人也不多，我爸那个年代只有两个人，我这个年龄的，村里就走了我和另外一个人。村子里以前人少，现在人多，有70多户，400人左右，在家待着的人也不多，年轻人都出去打工了，在家的就是老人、妇女跟孩子。

我们家的房子相当于北京的四合院，西北方向一间正房，两边两个小房，东边有排房子，住人跟厨房。条件好的人家会在西边盖一排。土坯墙是厚的，冬天冻不透，夏天根本不用电风扇，中午在家睡觉，得盖被子。

我当了12年兵，哪儿有工程，就搬哪儿去，河北秦皇岛、抚宁、石家庄，河南鹤壁、三峡水库都干过，全是水电建设，咱们国家大型的水库，大部分都是我们水电部队修的。开始我只拿津贴，一个月几十块钱，转了士官才拿工资，比别的部队待遇好点，有补助，一个月能拿五六百块钱。

我爱人也是会宁人，老君乡的，是农村，离县城更远，有四五十里地，全是山路。她们的生活水平，比我们家要差点，地地道道的黄土高原。之前是小道，只有三轮车可以跑，现在国家政策村村通公路，只要能到村子的路，全修成柏油马路了。

我当兵的假期很短，回去见了对象一面，她性格开朗，我们连见面带结婚，一个假期就定了，有点闪婚的意思，年龄也大了，何况当时在部队，处对象的各种条件都不允许，部队有要求：不让在驻地搞对象。回去以后，看了，认识了，觉得差不多，就结婚了，我们农村风俗多，彩礼钱也多，我对象家比较开明，对我都放宽了，也没刻意要求我做什么，他们还是挺通情达理的。

我们认识一个月不到就结婚了。

我们一年回去一次，两边都有老人，年纪大了，她母亲70多岁了，父亲80岁了，瘫痪在床，已经五年。

我给她说，你多回去看两回，说不定什么时候就看不到了。

春节不好买票，我们就赶暑假回。

我跟妈商量，你们还走得动，要不上这边来，溜达一圈，我带你们到处看看。

好说歹说，她们过来待了一段时间。

公司想让大家都去曹妃甸，那边岗位也缺人，首秦这边目前2000多人，那边定岗可能有3000多人。我对于首秦，很留恋。在部队总搬家，到了首秦，我就想，后半辈子基本上能安定了，没想到，又面临搬迁，很不愿意走。

公司给了我们调查表，看工人的意愿，是想去还是不想去。我没犹豫，说，留守吧！我知道，留守是一个最不好的选择，最后有可能就给你发点基本生活保障费。对于我这个家庭，最现实的是往曹妃甸走，在那边钱要挣得多一点。只不过，我总是在搬家，搬得有点害怕了，不愿意搬，不愿意动了，但也可能还会选择去曹妃甸，毕竟父母年龄也大了，孩子也上大学了，还得挣钱，还得继续走……

6

　　在休息室，有近十位工人，他们给你倒了杯水，工人进进出出地忙碌着。有一位工人，你看到第一眼，就记住了。他耳朵很长，不是招风耳，耳垂垂下来，向地而生的一朵花，侧着的花瓣，时刻向下看的姿势，像佛造像透露出来的神光，是直接的，里面没有伤害、诡计和谋划，只有安静和纯净，一双没有内容的眼神，他坐在休息室的一个大桌子侧面，桌子宽两米，长七米，铁皮桌面，暗灰色，两侧各有一排铁板焊接而成的靠椅。

　　他带你去他工作的地方，他是修铁路的。边说话，边沿着铁路，往前走。前面是一座桥，两边伸出来的路灯，低头看着匍匐在地的铁路，灯柱不能走向更远的地方，它们想听听铁路从远方带来了什么。

　　你们的话没有说完，工人说了句，马上回来。

　　他往高炉方向走，前面是一大片空地，他戴着黄色安全帽，在那从上至下，全部是管道、楼梯、栏杆、鼓风机、马达，机器的世界。一只衣袖撸到了手臂上，铁堆积的颜色里，人成为最生动的一个零件。他去帮助一位工人，抽出来一个物件，他们像两只鸟，在铁树林里，用力地拔出受伤的脚。

脚下是涌动的铁水，隔着一块薄薄的钢板。会被熔化吗？

你愿意。你熟悉了铁水。猛兽认出了你。

王学明

1976 年出生于北京平谷，1996 年入厂。
炼铁炉前工。

是谁唤醒了你
你能休息一下吗

再热的天，也穿厚衣服，不穿秋裤蹲不下去，裤子太烫，中间我们都穿层秋裤，能隔点热，秋裤是炉前工必须穿的，赶上三伏天，在屋里，衣服一脱，一拧，跟水洗了一样，汗水哗哗流。七八十摄氏度，烤脸，现在机械作业条件好点。

冬天炉台也冷，出铁两个多小时，都在外边现场待着，大风呼呼的，穿个棉袄也哆嗦，不能躲到其他地方去，不能脱岗，秦皇岛的冬天，零下十多摄氏度，夜班更难受着。年轻的时候累了，回家睡一宿，缓过劲了，现在到了第二天，还有点较劲，还是累，胳膊还酸疼。

炉前工 9、10、11 月份是最好的日子，不热也不凉。我们一年四季都生产，除非有检修。干炉前烫伤、溅一点，是有的，现在好多了。刚上班没经验，没注意柜上写着：干活不能背对大沟，不能背对铁水。我腿上烫了一大块，把皮都烫掉了，长记性了。

扒料，一年一次，进炉子里的，主要是我们炉前工。炉子18 个风口，一个风口站一个人。开始定的是每一批在里面 15分钟干一趟，后来改为十分钟，实在顶不住，咬着牙进去五六分钟，就得往外跑，鞋都冒烟，烫得脚踩哪儿都疼，在里面，单脚蹦，咬着牙，里边都见红的，开始进去戴眼镜，一会儿眼镜看不见了，蒸气呼呼的。

大套口里钻进去，把脚底下乱七八糟的东西往外清，用铁锹，弄不动的拿风镐打。大块出不去的，拿氧气切开，从底子往外吊。

饭来了，工人一般不吃，把活干完了才吃，炉前工吃饭没点。

师傅跟我说，吃饭没点，得空你就吃。

我参加工作 21 年，干炉前工干了 21 年，我挺喜欢干炉前工的。

7

　　在高炉旁转悠，看工人们出铁，看他们冶炼。

　　走出操作室，弯腰到炉子的平台下，身体触碰到了各种机器。工人们，是钻进机器内脏的一种生灵，动能的制造者。

　　在生产区走，大部分时间你看不到一个人，铁架到处都是，安营扎寨。头顶十米以上的地方，也是类似的钢铁架。钢铁在复制着钢铁，铁架在复制着铁架，大量的复制推进了事情的变化。复制，是为了重复，重复的力量，达到一定限度，就会发生质的变化。每批次的件数不断叠加，工人随时切入生产现场，即使没人，你也可以清晰地从这些钢铁构成的基础件里，感觉到人的存在。人打断了复制的速度，也是人，在复制着铁器。

　　工人谈到家里的事情，语气就自然多了。

　　工人到了现场，就有意思了，就活泼了，像鱼儿在水里游得可欢了，不去现场的聊天，少了些生气。

　　工人尽量把自己的臂膀伸长，伸进炉子里，最大可能地接近铁水，钢铁延长了他们的身体和想法。

吕福忠

1977 年 10 月出生于河北秦皇岛，2004 年入厂。
炼铁烧结配料甲班班长。

王东良

1979 年出生于北京房山，1999 年入厂。
炼铁烧结配料班大班长。

回到座位上

听海水涌起风的声音

王东良

　　2004 年来的秦皇岛，一直到现在，我没动窝，在烧结，从事现场，与一帮兄弟们摸爬滚打。我不知道别的地工人们是如何相处的，反正我们这帮人处得跟兄弟一样。

吕福忠

　　我们都属于 70 后，最开始，我俩就在一个班组。

王东良

　　配料室以前不戴口罩肯定进不去人，现在清洁了，什么事都没有了。

我从每个班抽出一个人，一起值班一起干，怎么干？早上7点钟上班，开始干活，直到中午吃口饭，整整干了一个月，从厂房的最顶上，到最下面，把厂房里的灰，全部清理干净。当时我带着的这几个人，心里也不平，质疑也多，这么多年的灰，都没清干净过，咱这样清理完了，会有效果吗？包括几个班的班长，都没抱太大的希望，清完了，开始弄除尘，重整管道，哪儿漏，就堵哪儿，一点点把环境搞干净了。从那次治理到现在，都特别干净。

吕福忠

一个月，把将近十年积累下来的灰，清理了。

王东良

积灰，最厚的有一米多，全靠我们这帮兄弟，当时是五个人，他们班那个小子现在不干了，那哥们儿干活特别好，想留着他，人家买断了，咱这儿的环境也不好，干天车的，走了。

当时他跟我说，像你北京过来的，还这么干。

我说，北京过来的多了。

吕福忠

每天干到下午，脏得跟鬼一样，每天早早来，我们倒班的人，看这几个人，天天如此，确实感觉累，为公家干活，他自个儿外边买饭买菜，大家一起吃，没少往里搭钱。我们下午4点下班，他们5点多走，我们8点钟上班，他们7点就到了。

有的灰尘积留在电缆线上，清理那儿，都是浮尘，飘起来，什么也看不着，我还照过两张照片。一直到现在，大家都在享受这个成果。

五个人，把十年的积料、积灰、粉尘，全部清扫，管道疏通，谁也没想到会达到现在这种效果，他自己心里其实也没底。

王东良

我们把上边的灰，扫落地之后，得有几十吨的灰，赶上哪个组上班，他们也得帮我们清理，不然真干不过来。

工人阶级，不像现在的网红，或者这那的，是虚拟经济，我们是实体经济，实实在在。工人之间，都是实实在在的感情，干的是特实在的活，我们聊天，他对父母确实是很愧疚，那些年，一年回不了几次家。

吕福忠

我的同学，有自己单干的，当工人的不多。我感觉，跟他们没什么太大差异。现在人，对职业的认识不像以前，说当工人就怎么的，当农民就怎么的，当官的就特别高，当工人就特别不好之类的，没有特别大的差异。

8

城市慢慢地提供了一些散步的场所，而不再只是扩充车道的疯狂奔跑。你散步最多的地方是厂区，包括生产现场，你看的风景是铁，是植物，是工人。

城市里的名人堂，只有演艺红人和巨商，广为人知，他们频繁密集地出入于各新老媒体，他们说着自己的勤奋、不易和成长中有趣的故事，社会给了他们不可思议的巨额回报，相较于工人阶层，天壤之别。

工厂里的名人堂，与经济的关系是某一个月的工资卡里多了200块钱。你反复端详着"改善名人堂"的牌匾内容，两位工人的介绍：

　　高国峰：原料先锋
　　供料乙班工长
　　自制合金斗防卡垫片

自制修理操作台

自主制作重砣

自制软连接密封等

王勇：高空勇士

天车甲班班长

自主制作技能比赛道具

自主修复电暖气

改造天车司机室玻璃框

改造天车检修段栏杆等

杨金波

1981 年 9 月出生于河北秦皇岛，2003 年入厂。
能源事业部，发电站。

> 你的慷慨是喜悦的
> 你用一杯水来掩盖

我与父亲交流不多。

父亲出生的村子叫太平庄苏光荣村。爷爷奶奶在的时候，父亲经常回去，老人不在了，回去也就少了，村里亲戚说，你爸是一个很有想法的人，不愿意在农村种地。15 岁，父亲听说矿业公司招工，全乡就他一个人去报了名。父亲是 1951 年生人，他在矿山干电工。具体待了多少年，我不是特别清楚。父亲调到山海关老龙头附近的疗养院管后勤，负责食堂采购，疗养院现在没了，早拆了。小时候，我还去过。父亲大概干到 1995 年，不知道是体制改革，还是其他原因，反正效益不好，疗养院面临解散、关闭。机缘巧合，秦皇岛首钢板材有限公司招工，父亲就去了，公司在市区，去年停的产。秦皇岛板材在北京有办事处，老百姓想的就是上班收入多一点，出差在外有补助，父亲就选择驻北京办事处，待了三年才回到本厂，去了车队。

父母结婚，父亲继续在矿山，我们住平房，姥姥家在胡同这边，我们家在胡同的另一边，我跟着我妈长大的，很少见到父亲。

秦皇岛，在我童年印象里，市中心就在华联商厦，一块小地方，我们住的地方，都是铁路职工，一家挨一家，两家院中间就隔一道墙，七八十年代都是那样的房子：房子前面一个院子，没后门，院前面是小胡同。

胡同不是一排一排的，我们家旁边两户，一条小路，旁边又有两家。不是一条直的，拐一下，再往前走。我们的房子墙角，离火车道三米的距离。房子不正，铁道也不是正南正北，也是斜的。火车过去，声音非常大，房子前有一个道口，我不知道为什么，火车每次到那儿还拉笛，睡的是炕，炕对面是电视，电视后面有窗户，我觉得火车司机从那儿过的时候，从窗户可以看到我们睡觉的炕。习惯了，我没感觉到火车的干扰。

一直到我搬走，那里没什么大变化。

我舅他们还住那，姥姥一直住到去世，姥爷是铁路职工，分的房子，铁路单位盖了几栋小区房，那地方就叫铁路里。小区非常小，就一条马路，100多户人家。

铁路里，离秦皇岛市中心隔着一个吊桥。

我对父亲没什么感觉，也不能说感情不好，我也没感觉到缺什么，我们之间没什么可聊的，我想，是不是父子都这样，跟父亲没什么话题。假如我妈吃完饭出去了，就我们父子俩在家，我们一句话也不会说。我妈妈是一个传话的人物，有些话也没什么，我和父亲就很自然地没话说。有些事，父亲可能生气了，他也不会直接跟我说，他跟我妈去生气。我妈再跟我说，你爸不同意。

感觉我妈在中间也不太好做。我妈是退休的，最早在秦皇岛市蔬菜公司，1998 年大改制，说是内退，实际就是下岗了。

1998 年，我们一家三口，才真正生活在一起。我已经十七八岁了，我跟父亲之间，也发生过不少事，回想起来，可能是我做得不对，我爸也拧，我也拧。父亲是一个情商非常低的人，从小没陪伴过我。他认为，我是他的孩子，哪怕这么多年没在一块，也应该管我，有什么事他又吵又喊的，没打过我，但态度强硬，骂我或批评我，他觉得天经地义。

我内心知道他是父亲，我长大了，也意识得到，但从小没在一起，突然在一起，有矛盾很正常的。现在也是，我爸身体不太好，我们两家离得并不远，有时候我们上班，他们接送孩子，我就上那儿吃饭去，跟我父亲，还是没什么话说。

爱人比我大三个月，我俩是经人介绍认识的。她家山海关的，在秦皇岛人的印象中，秦皇岛就是秦皇岛，北戴河就是北戴河，山海关就是山海关。

跟我爱人走到一块，稀里糊涂的，跟我妈有点关系，我妈是说怎么样就得怎么样的人，她是一个强势的人，你跟她讲什么，她听不进去，她跟我爸互补，我爸平时不爱吱声，表面是我妈当家，但我爸一生气了，我妈就老实了。

我爱人也不爱吱声，腼腆老实。

我妈说，行了，你俩别磨叽了，把婚结了就完了。

我妈一句话，岳母那边，都不等人家说话，婚订了。

1月份认识的，5月份订了婚，10月份结婚。这一晃，十年了。小孩八岁半多一点。

北京人有天生的自豪感、自我优越感。北京人话比较多，有点话痨的感觉，什么东西都瞧不上。我的印象中，北京人是这样的。有北京过来援秦的老师傅，没有我说的这种情况。

我觉得秦皇岛人事挺多的，秦皇岛人，胆小，不排外，秦皇岛文化是海边文化。

搬曹妃甸，我还在犹豫，我不想去，孩子小。我不去，这15年工龄可惜了，如果我可以靠手艺吃饭，肯定不去，我一个基层工人，听说那边有补助，将来收入不会太低，曹妃甸也不算太远，我跟爱人商量过，她要我自己拿主意，我爸让我去，我妈不愿意让我去。

9

　　平常的办公室和书房里，一般挂的是宁静致远、难得糊涂、自强不息、厚德载物、海纳百川、上善若水等字匾。字是挂在那里，做到又是何其的难，又有几人按这些字去行动呢？厚德载物，有德已不错了。

　　你在工厂里看到一幅大字：精准轧钢。每一个工人，都按照这四个字在拼。

储世亮

1981 年出生于黑龙江鹤岗，2008 年入厂。
炼铁高炉工。

> 时刻带着一面镜子，在身旁
> 把破碎的事情，证明给自己看

大学期间，我跟导师在首秦、迁钢做过一些球团原料性能检测的项目，秦皇岛环境不错，毕业后我就来了，我学的是炼铁，来了七个研究生同学，我现在的工作岗位是工厂的一线岗位，一线工人研究生占 1/3 左右，我这岗位都是本科以上，别的岗位以大专为主，首钢的这几个钢铁厂都是这样的。宝钢我去过，工人学历也很高，都是本科、研究生以上，现在首秦大专生都不要了，至少本科以上。

高炉工工长一般是两个人，负责整个高炉，保证正常出铁，把几个不相关的、交叉的岗位结合起来。要加煤，我就给工人打电话，把煤量加上来；要拉料，我就让主控给我拉料。我给他们下什么命令，他们就按照我说的去做。

从首钢过来的老师傅，倒班的少，都上白班。这里你看到的老师傅，都是北京过来的，后边招的都是年轻人，跟我差不多大。

我家在秦皇岛，爱人在秦皇岛河北环境工程学院教书，副教授，教计算机。如果去曹妃甸，她肯定不可能过去，那边不可能解决工作，我们即将面临两地分居的情况，跟北京援秦差不多，我们重走他们的路。

我们高炉的人大部分会过去，不过去的是不愿意过分居生活的，我可能在秦皇岛另找一个工作，也算是一个抉择吧。中国人还是喜欢找比较稳定的工作，我很难选，现在还有一年时间，到底将来怎么办，再仔细考虑考虑，挺难选择的。

爱人的想法跟我一样，孩子小，得人照顾，我走得太远，家里不方便，她不希望我过去。同事之间也聊过，去还是留的问题，大家的想法，尽量能往下干，时间越长越好，不用选择。

我在黑龙江生活了 18 年，老家人性格直，脾气暴，秦皇岛人明显就不一样，交流方式也不太一样。我鹤岗人，一个煤矿城市，很早开始采矿，不大的一个地方，煤矿工人以当地人为主，逐渐开采，勘探的煤矿多了，附近的农民进城打工，变成了煤矿城市，就这么发展起来了，煤矿产量一直很高。整个城市以煤矿、煤加工为产业。近年工业不景气，煤矿效益不太好，我们那个城市是边界，南边是松花江，北边是黑龙江，对岸是俄罗斯，那里有一个贸易口岸。

鹤岗，很久以前仙鹤比较多，湿地、原始森林也多，现在环境不错，城市的东边，是三江平原，北边是小兴安岭。我回去得也不多了。

10

所有的机器都在等待钢坯的出现。

一台马达、两台马达、三台马达、十台马达、五十台马达……

一根钢管、两根钢管、三根钢管、十根钢管、五百根钢管……

一块铁板、两块铁板、三块铁板、十块铁板、五千块铁板……

一个螺丝、两个螺丝、三个螺丝、十个螺丝、五万个螺丝……

一个零件，复制出两个零件，复制出三个零件，复制出十个零件，复制出五十个零件……

有序地按照科学的安排，堆积成巨大的厂房……

设备：双蓄热步进梁式加热炉、双机架四辊可逆式轧机、热矫直机、UFC 和 ACC、双精整线、双热处理炉……

等待着：一块钢坯、两块红色的钢坯、三块 400 毫米 × 2400 毫米 × 4100 毫米红色的钢坯、十块被冷水浇淋的 400 毫米 × 2400 毫米 × 4100 毫米红色钢坯；

成为：50 块被轧的海工钢（用于船板）、管线钢、桥梁钢、锅炉及压力容器钢、低温容器钢、高层建筑用钢、高强钢(含耐磨钢)、模具钢、储油钢、水电钢、风电钢……

　　小心翼翼地走进马达的队伍里，前前后后数百个马达，整齐待命。你担心某一种声响会惊到它们，它们可不是温驯的大狗，它们会瞬间舔舐着你的血液，声音咆哮……

　　你走进去，一切安静。

蔡 亮

1982 年出生于河北秦皇岛，2008 年入厂。
轧钢部，加热炉。

> 海水把你漂过赤道
> 还是一直想你

　　我是秦皇岛海港区的，在市里。我们班组九个人，都是秦皇岛人，三区四县的人都有。我的岗位是加热炉。

　　加热炉，就是钢坯过来，五六百摄氏度，我们用高炉煤气，加热到 1140 到 1170 摄氏度，钢坯就可以出炉，进入轧机轧制。咱们属于绝对的高温，环境太恶劣了，处理的时候，水蒸气扑过来，跟粉尘凝结，会造成三通出现故障，有时候润滑不好，发生卡顿现象，不管它温度有多高，我们都得去处理。

　　我们本地职工，家人全在这儿，没有远离孩子、父母的担忧。明年搬迁曹妃甸，我肯定得过去。我们班组大概 70% 都过去。我们加热乙班，是人员调动最多的一个班组。每次班组成员走了，或晋升，或调到别的岗位，分离的感觉比较辛酸，虽然说不远，也在部里头，也在厂子里，但跟朝夕相处不是一个的感觉。平常打打闹闹，开个玩笑，一起上下班。调走了，他们再到线上来，也都比较亲切，一个战壕里爬出来的兄弟。

首秦地处杜庄，2009 年的雨季，杜庄这一块发大水，我们有一个同事，属于劳务工，家里被淹了，我们全班一起去帮忙搬，尽所能，抢出来一些东西，让他家少受点损失。

我们班还有一个人，现在已经辞职了，河北衡水的，离家比较远，父母岁数大了，孩子也小。2008 年春节，我们倒班，乙班从来没赶上过年在家休息的情况。

班长说，上我家来吃饭。

吃完饭，衡水的那位工人抱着班长哭了。我们班长，大伙管他叫虎子。

他说，虎哥，我这是在外地第一次找到过年的感觉，在家里头吃上一口热乎饭，吃上了家里的饺子。

我们的工人挺可爱的，张强本来陪家里人去看病，碰见一位女士，她的家人没有来，她一个人推着床，也推不动，她的姑姑在床上，张强就与另一个男同志一起，推着老人在医院做了各种检查，来来回回忙了半天，最后推到手术室门口，让他们留名的时候，他们离开了。那位女士上秦皇岛电视台说了一下情况，医院调出监控，有一个同事正好看到，认出是我们轧钢部的张强。

11

约了一个地方，你去找他，他准备好了两个本子，还有一支笔。他越说到后面，越无神。

你说，去你的工作岗位看看吧。

他把两个本子直接丢在休息室最里面的那一排衣柜上，随手拿安全帽的姿势是有感情的——兴奋、自然、顺手。安全帽、手套，是工厂里自然生长的植物。想起他捧着本子与你握手的样子，感觉那些纸会划伤他的手。两个本子的工人站在一大排铁桶前，话多了，说得也动听，像飞回树林的鸟。

厂房分割成不同的空间，每个工人都在经营自己的城堡，两个本子的工人，他的空间，与很多画家的空间是一样的，物件靠墙，下面是机器，管道大大小小地爬上墙壁，像挂满整堵墙的巨画。两个本子的工人，创作表现的符号主要是破碎机，个体不大，一长排，有颚式破碎机、对辊破碎机。半堵墙搭成一个黄色的平台，像宿舍里的双层床，外边有栏杆，"床体"不大，这也是整个城堡里，唯一的颜色，从屋顶、地面，到墙体和机器，创作的符号都是青灰色。

两个本子的工人，用你最喜欢的颜色创作了一幅又一幅，巨大的油画。

屋中间，一尘不染，也没东西，凳子椅子都没有，空空地，看着四周的机器。

康 彬

1983 年出生于北京密云北庄镇，2002 年入厂。
铁路线路工。

> 你是海洋里最深的那个
> 海浪

我是独生子女，父母在家种地，现在也没什么地了，有菜园子，回家赶上了，帮爸妈弄弄。农民能干的农活，我都能干，我就是农民。工人的活我也干，我是工人。

我 2007 年结婚，我老婆内蒙古农村的，离赤峰市 200 多公里，叫克什克腾旗。她有个姐姐，嫁到我们镇，她就经常过来玩，也算介绍吧，就认识结婚了。

我老婆没固定工作，前几年在服装厂干过，后来又上旅游公司卖过东西，她 1982 年的，比我大半岁。我们跟爸妈住一起，和和气气挺好的，一家人。

抗日时期，我们那儿是日军的一个据点，我们村还有八路军烈士纪念碑，那是兵家必争之地，离县城 50 多公里，回一趟家七个多小时，冬天，到家就黑天了。

2003 年，我上首秦，一片荒滩，正在垫土方。我们过来铺现场的铁路，路基以上的钢轨、枕木，都是我们这帮人铺上去的，全是野外作业，下雪都不休息，我们这工种，属于重体力，穿着雨衣，外边湿，里边出汗。在北京也干这样的重体力活，铺铁路，都是我们班组去干。

一点一点地铺，每件东西都得码上去。没闲的时候，零件我们自己去卸、组装，达到铺设、通车的条件。

厂里建了个简易工棚，屋顶一块薄石膏，墙也是石膏，水泥地面，拿石膏板支起来的工棚能不冷吗？暖气烧得都烫手，还得开电暖气，铺层电褥子，盖两层被子，还冷。一个棚里三张小床，一个柜子，其他没东西了，六七平米的空间，卫生间、洗澡间公共的，在住的房子外面。运输部 20 多个人，三人一间，十多间这样的石膏房，房子周边是荒地，土，大河滩。工厂在当地招了一批农民工，也住我们这样的房子。工棚里有简易食堂，大伙儿一起做饭，谁下班早，谁都会去帮忙，主要有两个人做饭，如果是包饺子，大家一起动手。伙食还可以，土豆丝、宫保鸡丁，包个饺子，煮点面条，小伙子吃什么都行，业余活动就是看电视，单位给弄了个台球，要不外边遛遛弯。

建完厂，铁路铺完了，需要维护，我们还在工棚里头住了两年，后来厂里搞建设，工棚拆了。

咱们工人，像我们从事铁路维护的，属于重体力，我以前在家种地，相对来说，种地还没我们工人干活累。我们日常用的一个起道机 50 斤，一根撬棍 30 斤，最轻的就是铁锹，一般的压机 50 斤，比如说轨距宽了，我们都得拿撬棍给它起一起，一起就一大排。不说其他的，就这根撬棍，拿半个小时，也重，我们一般要起两个小时，之后，再抢大锤，把道钉一个个砸进去，强度还是比较大的。农民没有时间性，我们换根钢轨 15 到 20 分钟，必须在这个时间内完成，只能提前不能错后。农民那活，今天干不完，明天再干，铁路上的时间要求比较高。运量大的时候，要求时间更紧。

首秦正准备搬迁，我们基本上都选的去，我们比较年轻，已经搬了两次了，也没什么感觉，到哪儿都是工作，可能就是要适应一下。

我现在的四个同事，都是农村的。

12

早起。洗漱后，静坐了一堂课的时间，这习惯从你采访工人开始，就每天坚持。

客房服务员是公司的员工，她送了早点上来。是你昨天点的面包和牛奶。

你想采访工人张子恒和张俊飞，他们是一线工人。张俊飞今天休息，你见到了张子恒，他父亲和哥哥都是钢铁工人，来之前，你看过张子恒写张俊飞的一篇文章。

工人站到机器前，表情里有赞赏，有喜悦，也有守护的意思，他在你的头脑里，印象越来越淡，变得模糊了。

张子恒

1985 年 7 月出生于河北唐山，2008 年入厂。
炼钢作业区。

海水蓝得梦幻
晨光把整个天空和大海照得明澈、透明

我写过一篇文章《嫂子的故事》，写我的同事张俊飞。

我刚进厂，就跟他一起倒班，他相当于炉长，我是炉前巡检工。上夜里 12 点到早上 8 点的班，这时间段人最容易犯困，我们得保持一种亢奋状态，不然容易出事。平常，张俊飞情绪特别高昂，那天凌晨 2 点，我们都在总控室，他到楼道接了一个电话，回来之后，我发现他情绪不对劲。马上就要出钢了，是我们拉炭，这是炼钢的一个主要步骤，要马上到现场去操作。

15 分钟，工作完成，回到主控室。他找来一位同事，是他邻居，叫李洋，他们在外面走廊里说了几句话，李洋慌慌忙忙地走了，张俊飞自己没走。李洋是电工，晚上一般两个人值班，如果没什么情况，一个人也能顶住。

下班，他才跟我说，你嫂子来的电话，肚子疼，晚上吃的东西有问题，我叫李洋送她去医院了。

下午，遇见李洋，我问他当天夜里的情况。他说，是俊飞的女儿给我开的门，嫂子疼得在地上打滚，脸无血色，苍白，我赶紧背她去了医院。医生以为我是她老公，医生说，你老婆一上抢救台，就休克了，再晚一点，后果就很严重啦。

后来，我们还就这事情讨论了，争论了好几次，我就把这事写了出来。

咱们首秦公司的薪酬，往一线工人倾斜，说白了就是一线工人拿到手的钱会比领导多一点，厂里几次想提张俊飞，他不想出来，他愿意在一线，拿钱多点，他是炼钢工，炉子上的人全是配合着他来做事情。

张俊飞老家承德的，他的新家安在秦皇岛，嫂子没有正式工作，给私企打零工，这种情况在我们这里很多。张俊飞1981年出生。

我上边有个哥哥，也在钢厂。他在昌黎安丰钢厂，跟河北乐亭挨着，在秦皇岛市西边，那块有几个大钢厂，安丰是其中一个。那里是国家严控环保地区，关停了不少小钢厂，那块和首秦保存了下来，他们那里能解决当地不少人的就业问题，属于私营企业，我们这对外来说是三资企业，对内来讲属于国企控大股，还是首钢集团说了算。

私营企业以纯盈利为主,什么产品赚钱生产什么,它的制度、用人数量、配比,往深里说,裙带关系严重,来个亲戚,老板一说话,这是我小舅子,当炼钢部部长吧。这是我外甥,当监察助理。咱们国企有纪检单位,不是说随便一个人过来就安排了。我哥哥一直在外面打工,高中毕业,电焊工,他奉行的是:干一天活拿一天钱,你把这个活交给我,我把它干好。他的人生追求不太丰富多彩,我和哥哥的人生阅历不一样,价值观也不一样,尽管我俩是出生在一个家庭,一块长大,包括对于工作态度,也不同。

我爸是钳工,在老家乐亭县,李大钊的故乡,原来有个轧钢厂,属于国企,县政府管理,我爸在那上班,从一线一点一点做,受领导赏识,他有中专学历,有钳工技师证。我爸一直做到副厂长。1998 年,国企改制,私人承包,裙带关系太严重,我爸就不想待了,买断的时候,才 40 多岁。我爸是 1955 年出生,70 年代参加工作。买断后,我爸走南闯北,打工。他带的徒弟,包钢、鞍钢、南钢都有,之前认识的朋友、以前的老同事也到处是。哪块需要,说能过来一下帮个忙吗?我爸就过去,凭工作经验和技术处理问题。

有一次,我们父子俩喝酒,我爸说了一件事。

他说,我在包钢,在宿舍睡觉,工厂风机振动异响,没人能解决。他们说,这么晚了,张师傅在睡觉,明天再解决吧,但他们又担心设备出事故,还是给我打了电话。我过去一看,不是什么大毛病，很快就解决了，他们说，我们这张师傅没白请。

2011 年，我爸去了包钢，是他以前的徒弟在那里，也是同事，他人很好，会经常帮我爸找些事情干，因此，我爸在包钢待了四年，三个月回一趟家。

我们家三个人都跟钢铁有关系，不能说是纯正的钢铁世家，但也差不多。

我爸开玩笑说，如果年轻 20 岁，肯定到国外去发展。

我经常从他那儿学些钳工的专业知识。我哥学的焊工，是我爸带出来的。我哥高中毕业就没上大学，成绩也不好，怕他出去学坏。我爸说，别外边瞎晃，跟着我，我看你两年，跟我学门手艺，出去起码饿不死。

他就一直带着我哥，先是在厂子里打工，买断后，他走南闯北，也带着我哥。

出去说，这是我儿子，请多照顾点。

带了我哥四年，就让他自己去闯了。他在工厂里带班，能看图纸，比如说钳工这个管，内部有结构，图纸拿过来，从哪儿切开检修，切不好、看不好位置，把里边结构切坏了，那可不行。

我们一家四口在一起，聊工作居多，比如说我这儿，首秦公司搬迁，去不去呀？说我哥那儿，每天工作累不累？

我们都属于钢铁重工。

现在种地不挣钱，还赔钱，所以农民都出去打工。老家的村庄可以说是空巢村了。村里种的农作物有小麦、高粱、玉米，现在还在种，地不能荒着呀。租给在家里的农民，一年800块钱租给他。800块钱，说奢侈点，外边一顿饭钱，种高粱、小麦，不挣钱，挣钱的是大棚菜，但那个特别辛苦，赶早的话，得3点多钟起来奔菜棚。

我一直在炉前这块工作。转炉炼钢工在十大最危险职业里排行第九，转炉炼钢，事故发生率比较大。

13

　　顺着"1# 铸机"白字蓝底指示牌，你找到了那位工人。

　　从石景山到秦皇岛，这位高个子工人就一直在这个位置上工作：与铁水隔一块铁板，每天与另一个工人轮换着重复两个动作。用手握住铁柄，把恰到好处的力传到把柄的另一端，与铁水保持一定的深度，铁水在长方形铁池里流动，数百粒铁星飞起来，在高处腾跃着，白色的极光，周围的小铁星，形状清晰。每一颗都是一个不规则的小点，成百、上千，它们在表达自己的意愿。

　　高个子工人在铁水的红光里说，这个动作我干了十年，我都会想起家里烧柴烤火的晚上，奶奶老了，爷爷也老了，我喜欢用一根小木棍在火盆里捣鼓，爷爷说，你手上的棍子都烧起来了。我对爷爷说，我现在握着的，是烧不起来的，我这是铁的。我是两位老人带大的，爸爸妈妈在我的记忆里，就没在老家待过，过年过节才回家忙里忙外，我还没开学，他们比我更早地离开了家。我最亲近的是爷爷奶奶，现在，我偶尔会把心里想的事情，说出来。

　　高个子工人说，一个班下来，手几乎都快废了，但我还是很想念两位老人，老人都不在了。

　　太热了，不远处的鼓风机，对着你们吹。

张 波

1985 年 9 月出生于陕西渭南白水，2007 年入厂。
理化检验员。

> 美到人虚弱无力
> 还是很想你

　　白水，西安偏东北方向，半小时车程，我们是农业县，主要种苹果，工业要少一点。我还有个哥，在白水县煤炭系统。我们那块被称为"渭北黑腰带"，地理结构上，有一个地带连着到了山西，县里煤矿多，国营的和私营的。我哥在一个国营煤矿上班。

　　80 年代，国家发现我们县的纬度、温差、日照，特别适合苹果种植，光泽度、上颜色，包括糖分沉淀都好，政府就大力推广，对当地经济作用蛮大。前几年，县里 70% 的财政，都是靠苹果带动的。

　　以前种庄稼，靠天吃饭，黄土地种的是玉米、小麦，还不像陕北延安，全是土坡，不长树，我们那儿树木都有，属于黄土高坡。那边的人很少出来，上了学的人，去南方、去北方，哪块都没关系，但陕西人出去打工的少，守着八百里秦川，吃喝都在家里。陕西八怪，其中之一是姑娘一般不外嫁，这也反映了一个传统的思维：不太爱出去。现在好多了。

我们陕西人的思维是，在家的时候没感觉它的好，离开的时候，就想家，想回去。我的很多同学，对吃黄河水，长在黄土地，骨子里传下来的，有根深蒂固的本土意识。

我们陕西的房子不靠山，都在平的地面上，砌起来的窑，上面砌很厚的土。不是土墙上挖出来的洞，是拿砖砌起来的，住窑里，夏天不用开空调，也不装空调，外面三十五六摄氏度，在窑里睡觉，还得盖个小薄被，冬暖夏凉。勤快的人家，会在上面做些处理，直接是土的话，肯定长草。做流水，做成瓦状，用瓦铺上，中间有集中的水槽，向外排出去。从外面看不出是窑，跟其他房子一样，墙面还砌瓷砖，只不过里边是窑，顶上是弧形。我出生在那个房子里，一直有这记忆。村里的房子特别有规划，一家挨一家，因为没钱，都是一排一排地砌起来的。

我经历家里两次建房。1991年和1996年，最后那次翻修比较大，整个把院子里全部盖成房了，算家里稍微有点钱吧，我们家先盖。

现在农村院子挺大的，里面都盖了平房，一圈都是房子，但没人住了。像我家，就爸和妈住，我哥在县城。我爸也有工作，家里也有地，他在乡镇变电所，现在退休了。

2015年，我被派到韩国，驻了两年。首秦跟韩国现代重工有合作，每年都有人去做客户服务。最多的是2010年，现代重工采购首秦船板30000吨，量还是蛮大的，公司就派人过去，也是人家客户要求。韩国现代重工在首秦有股份，也是客户，我是第五拨派到韩国的，在那儿待到今年2月才回来。

首钢在韩国釜山派驻的三个人，一个是首秦的，再一个是中首的，还有首钢国际的。去之前我自学了一些韩语，当地也有免费的韩语班，只要是合法签证的都可以去学，每周两节课，公司也帮大家学语言，至少生活上方便，我都去学了。

韩国人干事特别较真，什么事都得把活干透了。我之前在国内遇到质量异议，我们把客户的问题解决了，就可以，该改的改，该赔偿的赔偿，该更换的更换。在韩国不一样，有问题，他首先让我们分析原因，怎么改！答复让他不满意，需要继续答复，得全过程符合，才算结果是符合的。我们国内对结果更关注，这点我感受挺深。

韩国工矿企业、造船企业的工人，干活较真，收入也高，我在韩国认识一位翻译，他告诉我，他的父亲、弟弟，是现代重工的工人，在车间里面干活，包括他小叔子，是切割钢板的工人，他们的收入，让人觉得一线干活的，工资的确开得高，包括韩国工人的精神面貌，焕然一新，那个民族，给人感觉干什么事都特别拼，特别轴，工人干活认真。他们的确受西方影响很大，从状态，包括穿着。我去那边的一个工厂，接触的是他们采购的人，那行装，不仔细分辨，以为是现场干活的，每个人的皮带上，都带钩，到现场任何地方，上去之后，找一个地方，把自己身体挂上去，保证安全。而我们传统意义上采购的人，都是办公室的，不涉及现场。

　　工业文明和农业文明，是相互辅助的关系。中国是农业大国，慢慢地向工业转型，农业是基础，有了强大的农业，再谈工业，如果农业都干不好，谈工业肯定是纸上谈兵。美国工业强大，它的农业更强大，中国农业相比之前是进步了，但还是很落后，包括生产组织、耕种方式，有的山区还牵牛耕地，这可能需要一个过程，中国工业文明也一样，大而不强，也正处在慢慢地经历从大国变成一个强国的过程。

14

今天不进现场，没换工装，安全帽也没有戴，你站在工人队伍里，有点突兀。在办公楼的下面，你给工人们拍了些照片。

你站在厂门口，看着一个个工人刷卡出厂。有的骑电动车；有的一个人出门，没有声响；有两个、三个一起，说着话，有男有女。

出了这扇厂门，不远处，就是城市了。

郭　明

1986 年 11 月出生于北京平谷，2006 年入厂。

炼钢部，连铸。

　　　　　　　　　　没有一天不做梦，所以相信

　　　　　　　　一群群彩色的鱼会游到你的身边

　　我属于倒班的。

　　连铸，就是连续铸坯，钢水倒在一个大缸里，到我那儿，把液态的钢水瞬间凝成固态，从化学反应到物理反应，出方坯，就是板坯，按照客户要求多长多宽多厚的大铸坯。

　　现在 1 号机是 180 的，就是 18 厘米厚，长有一米八，也有一米六的。2 号机 25 厘米厚；3 号机是奥钢联的设备；4 号机是国内最厚的板坯，400 厘米的厚度。我们有四个工种，大包、中包、主控、切割。我是哪个岗位缺人，就去顶哪个岗，主控女的比较多，家里有什么事，歇半年假之类的，我就直接顶上。四个岗位，只有主控是女工，女的在主控室里工作，男的在外边干活。

　　我的工作是钢水来了，倒模子里成为板坯，我就给拉下去。每次按两分钟左右，再松开，手不能离开那个压板，有什么异常情况，得手动。戴防烫的眼镜，盯着，眼不能离开，得看温度，左手还得看着拉速，两只手一双眼睛不能闲着。挺吃力的，里边都是钢水，劲小的还干不动。动作单一，每天用右手干同样的活，左手用不着，我右手肌肉比左手发达，歇班在家，右手还不适应。我在这个岗位上干了十年。

　　鼓风机开着，有粉尘，不然工人会呛得无法工作。风吹着冷，工人们就戴护腰，两个浇钢工，一边一个，如果眯眼睛，会影响工作。鼓风机，夏天吹冷风，冬天吹热风。

　　我们的班长跟家长一样，从接班、工人情况，到订饭，谁想吃啥都管。谁有点情绪，跟父母、媳妇吵架了，观察人的状态，容易把情绪带到工作中来，班长就让他歇一天，缓缓劲，还得开导：

　　——怎么了，哥们？

　　——跟媳妇吵架了？

　　——怎么又吵架了？

　　你要说厌烦，累的时候发发牢骚，真累呀。但哥几个一干活，跟打仗似的，咬咬牙就过去了。

　　主任对我们很不错，搬迁，我们肯定跟主任一块过去。主任把我们当孩子，我们不可能把"父母"给抛弃了。我们这工种不是说一两天能干出来的。主任从北京过来的，我们哪儿做得不好，他该说说。

我们不穿阻燃服，肯定干不了活，阻燃服是加厚的，刀都划不坏，沉着呢，跟打仗的盔甲似的。

哪台机子干得好，王师傅给加点钱，班组聚一下餐，哪个组得了第一名，给五六百块钱，大饭店去不起，小饭店十几个人肯定够了，外边买点白酒。我们就这么过来的，也没怎么分开过。

小学那会儿，我爸我妈在北京开出租，北京朝阳租了个房子。爷爷奶奶看着我们兄弟俩，我还要放羊。一直到初中，我妈说青春期了，爷爷奶奶管不了，怕学坏，就跟父母住在一块。

我兄弟在朝阳东坝做房屋中介工作，一个月挣五六千块钱，跟我差不多，但北京消费高啊，租一个地下室，信号都没有。

我一哥们在平谷，一月才挣 3000 块钱，五险一金，离家近，也倒班，挺辛苦的，给现代汽车做底板，韩企的管理不像咱这儿，他们管得特别严，不是人性化的管理，今儿你干不了，明天就给你换人，他们主任级别的都是韩国人。

我工作累点，比他们挣得多，我在秦皇岛、北京都买房了。要不然，我贷款什么的都费劲。我 7000 多块钱一个月，贷款去了 4000，媳妇上班，一月 2000。父母都有退休金、医保，不用我们管，每月 5000 块，生活肯定够了，要大吃大喝肯定够呛。

我对首钢很感激的，首钢让我买房、买车、结婚、生孩子。别人看首钢多累啊，说心里话，我一点没有怨言，现在上班，我精神十足。

外边好多我的同事、同学做生意，要我跟他们一起干。我说，我不喜欢那个，我就喜欢每天看见这帮哥们，一块干活、一块流汗，热了喝口汽水，下班喝点啤酒，我觉得这种日子，是我想要的。

现在首钢搬迁调整，我挺适应的，去曹妃甸，倒不算啥苦，我家是农村出来的，这点苦不算啥。

我媳妇是保育员，给幼儿园打扫卫生，种花种草，在家附近。她是北京平谷的。

回去很多时候买不着票，直接买站票回去，习惯了，大书包里装个马扎，挺轻的，后边一背，到了车上，拿出来，不然，下夜班回去多累，坐会得了呗。

卷 第 六 长 治

郭培芝

1925年出生于山西文水县，
1938年5月参加工作。
焊工。

高望飞

1959年3月出生于山西长子县，
1977年入厂。
炼钢厂炉前工。

崔永康

1960年11月出生于山西万荣，
1981年入厂。

贾向刚

1965年2月出生于河北滦南县，
1987年入厂。
焦化厂。

王晓华

1968年出生于辽宁义县罗家屯，
1988年入厂。

崔建明

1969年5月出生于河南林州合涧，
1992年入厂。
连铸拉钢工。

李明珍

1971年3月出生于山西阳泉盂县，
1990年入厂。
熄焦车司机。

张　敏

1975年7月出生于山西长治武乡，
1993年入厂。
第一除尘。

张福山

1979年9月出生于河南濮阳，
2002年入厂。
焦化厂。

陈　刚

1980年2月出生于山西临汾霍州，
2000年入厂。
质量检验工。

王晓东

1981年10月出生于山西长治故漳村，
2004年入厂。
高炉炉前工。

牛跃文　彭振平

1

　　早上9点半，路上正堵车，上京港澳高速，路开始畅通。今天的北京，天蓝，彩云垂悬于天幕。入河北，有雾霾。四车道，大片的麦地。阴历八月，麦子下地，之后，冒出浅浅的一层绿，在阳光的照耀下，有时候是鹅黄色，有时候是青绿的。不久，大雪将覆盖麦苗。立春一过，小麦才会抬头继续生长。

　　京港澳高速转青兰高速，经保定、徐水、石家庄、邢台、邯郸、涉县，入山西长治境。长治潞城高速口出，已是夜里9点，一长溜的车，堵在收费口，有收费人员在外面说明情况。

　　服务员很仔细地对你说，前面堵了，你要去长钢，可以掉头，继续上高速，下一个口出来。

　　你绕长治一周，像巡礼，夜晚的检阅，只看见黑夜。在老工业区里，左转、右回。国道、省道、小区道，过铁路，到了长钢宾馆。

　　房间里有老房子的味道。房间小，卫生间超大，你下楼，很轻松地与服务员交流，你想看看其他房间。另一栋房子，楼道里的服务员说，那一栋一般是工人住的，你住的这栋是领导和接待住的。

　　工厂已经拿出最好的房间给你了，进了房间，点上如斋香的半支香，把东西拿出来，慢慢地，房间开始适应你的身体。

采访老兵工郭培芝老爷子，青少年时期开始，他给一位优秀的领导做勤务兵，影响了他的整个人生。

长钢老生活小区，与厂区很近，外面大公路，有点脏，有噪声。转进小区，你看到了岁月的老态，但一切干净、整洁，老的楼道，没广告，没灰尘。

郭培芝

1925 年出生于山西文水县，1938 年 5 月参加工作。

焊工。

> 凌晨 3 点
>
> 星星照看着万里海浪

　　我参军的时候才 13 岁，在老家。国民党、共产党这些部队都来了，为扩大势力，都在招兵。

　　在农村，抽大烟的多，家破人亡的更多。我三岁妈没了，九岁没爸了，八路军把我们这十几岁的小孩，组织了一个少年武术队，每天耍拳，我就能凑合吃上饭了，八路军里最小的就是我，领导看小鬼们还挺机灵，问我们愿不愿意参加八路军。我们也不懂什么八路军、九路军，八路军对我们挺好的，我们就说愿意。我们被编入八路军青年连，八路军也困难，也站不住了，把我们调到延安。什么叫延安，小时候也不知道。

　　从山西到延安，我年轻，吃点苦，问题不大，年纪大的都走不了。每天步行，也没好鞋，鞋太大，每天行军，整天缝缝补补，我们不会，当地百姓看小孩们可怜，就帮我们缝补衣服鞋子。我们白天走，黑夜睡觉没铺盖。

到了黄河边，我们从陵县坐木筏子，是农村老百姓的，一个船上二三十个人，老百姓开船，把我们送过黄河。我站在岸上，远远地看着黄河里的船在大河里头漂，开船的百姓很辛苦。

到了陕西，每天走六七十里地，几十天才到了延安。我们的连长17岁，毛主席接见了我们，给我们发了皮带，把我分配到抗大第四大队，给一个从法国回来的军事助教当勤务员，延安吃穿也困难，王明在那里开荒种地。在延安的会议上，毛主席经常讲军事路线这个课，我给老人家还倒过水。我们被分配到各个地方，青年连分散了。

在延安住大窑洞，人来得多了，都是我们自己打窑洞住。

延安有条延河，河上有几个板，我们从那个板上过来过去，都没有见过船。

（老人的儿子在他旁边补充，老人说，你插话插得我的脑袋都乱了。）

（儿子突然问他，王明的名字叫什么？估计是想测试一下老爷子脑袋糊涂了没有。老爷子曾经与他说过王明的故事，儿子都记住了。十多年前，你去残雪家，采访残雪，她的先生能够随口与你谈残雪任何一部小说的情节。）

陈绍禹，也叫王明。王明、毛主席、周恩来都给我们讲课，毛主席讲游击战、地道战。

日本人轰炸了很多次，我们躲到山上。也分不清是日本人炸还是国民党炸，老百姓在那时候说是日本人炸的，炸了好长时间，有一个礼拜天我们休息，飞机来了，延河上木头搭的桥，炸得乱七八糟，牺牲的人不少。

我在延安待了三年，日本人的飞机炸得不行，延安待不住，返回山西，又过黄河，我就这样坐了两回船。

我一直跟着我的首长，从延安一直到兵工厂，那是好人，原来是老红军，后来去了法国，又回来了。我当过他的勤务兵，也是警卫员，他学过武术，家庭条件不错，富家子弟，他在墨西哥东方大学，学军事指挥。

很多事情我记不住了，像邓小平他们都在一块。

我焊接过炮弹，技术各方面都还行，成功率较高。我是1951年从故县铁厂到的长钢，从阳泉搬过来的第一座高炉，我都参与了。

我找了媳妇，住故县村里。

我一辈子规规矩矩的，人家叫我干什么，我就干什么，哪个事，没人干，我去干，当工人也是，最脏最累我都干。在兵工厂实验手榴弹，抽查，往山沟里头甩，我不害怕，一手甩五六个。

我来的时候是一个小组，后来成了支部，成了钢铁公司，变化大了。原来几百人，后来一两万人。

儿子问：之前长钢有个职工，出差去北京，您通过这个人，在北京找到了您的那位老首长，通过首长又联系到其他那会儿当兵的战友。

老爷子答：现在这些人都不在了。

儿子问：周恩来主持了您那老领导的追悼会？后面您还经常去北京，他老伴还在？

老爷子答：老伴现在不在了。

儿子问：您老领导住北京什么地方？

老爷子答：北长安街 7 号。

在长钢工资不高，吃的都是小米饭，我贷款买了自行车。

（老爷子有点累了，说话有点往回里说。他儿子坐我对面，我就与他聊起来，他叫郭斌，他说：）

我们家四个孩子，我是老三，1959 年出生的。我妈也在长钢上班，临时工，在幼儿园当保育员。太原有一个大姐，以前在公交公司。二姐在长钢。还有一个妹妹在市里，都退休了。我也退了，企业买断的。

我住这里主要是照顾老爷子，他生活不能自理，完全没有视力了，老年性青光眼，2009 年做的手术，看不见已经 10 年了。母亲去世 20 多年了。我和我家媳妇，三个人在一块，孩子在美国上大学。我从手机上下载一些戏、歌曲，他戴上耳机听一听，有时候打开收音机听新闻。把电视开大点声音，他耳朵背。

老父亲之前喝酒，一整瓶地买，不买散的，一天一盒半烟。退休后，不喝了。他心态还可以，眼睛刚看不到的那会儿，他说，我这是正儿八经地瞎活，白天晚上一个样，醒来坐着一个样。他不愿意在家坐着，愿意去外面活动。

老爷子从延安出来，参加了太行山根据地，参加了百团大战，转移到地方兵工厂，当工人，制造炮弹，从小经常听他说。

中国已经转型，从建设型成为科技型，工人转为知识型工人，依靠单纯体力劳动肯定不能满足现在的建设。

2

清晨 6 点醒来，昨晚又有小梦。

小闫来接你，他说，温林森也会去。家人是需要陪伴的，昨天与温林森说好了，你不想因为自己的到来，影响别人的家庭生活，今天毕竟是周日。温林森坚持要陪。你们第一站，王晓华推荐的长治南涅水石刻。

出长钢所在的故县村。故县，是一个村子，只是叫故县这个名，不是县。温林森说，当年日本知道山西有八路军的军工厂，就轰炸了古县，其实军工厂在这个叫故县的村里。

南涅水石刻馆陈列 20 世纪 50 年代末，从南涅水村出土的一批窖藏石刻。南涅水村，长治沁县。石刻馆三进院落，南院、中院和北院。你们来得偏早了点，门关着，等了小会儿，有人来开门，不收门票。

1957 年，南涅水村搞农田建设，发生塌陷，露出很多石刻像，整整齐齐地叠摞，一层层摆放有序，不是人为毁灭，好像是为了躲避什么。可以推测：当时肯定是有规模、有计划地埋藏，时间充分。村民发现了前辈们掩藏的石刻，自发保护，几乎无人破坏和私藏。

1957年后，连续三年挖掘，石像太多，提取时间也长，后突降大雪，开挖工作停止，待雪化后，发现石像堆里有很多蛇。当地风俗：蛇是神圣的、吉祥的。出现蛇，大家就不敢动了。温林森说，在山西，家里进了蛇也是好事情，蛇是小龙。

停止了开采，用土再次掩埋了藏在大坑里的石像，至于还有多少石像没有被挖掘出来，不得而知。

国家拨专款在二郎山修建了这个博物馆，1989年开馆，全国佛教协会会长赵朴初题的词。

南涅水石刻馆，为什么不建在出土地的南涅水村？就像植物生长的土地，是有生息条件的。

有好几个长钢工人，出生在南涅水村，你们约好了，找时间去村里实地看看。

南涅水石刻，用的是本地的黄白沙石，沙石好雕刻，比较软，缺点是容易风化。这些石刻在史书和志书上没任何记载，要想明确石刻的雕凿时代和掩埋时间，现在是一片空白，只能根据雕刻手法，大致给出一个年代。大约北魏开始，东魏、北齐、隋、唐、宋，经历了800多年的历史，和云冈石窟几乎同时代，但南涅水石刻是民间石刻，出土各类造像及碑碣等1000余件，塔形石刻约800件。石刻原来怎么摆放？不得而知。南涅水石刻以单体造像、造像塔、造像碑铭三大类佛造像为主。单体造像大的2.65米，小的只有十几厘米。

有像、有碑、有塔；有雕刻出一组故事的，有些是一种场景，石像大部分直接放在地上；有尊石像，表情憨萌；有高浮雕塔柱，南北朝时期的。

有塔柱典出《维摩诘经》的"文殊问疾"，你把图发给来圣师，来圣师说，大意是文殊菩萨受释迦牟尼佛之意，引众探望病中的维摩诘，中间的为文殊菩萨。

图中有民间随意性的特点，石匠用清晰的线条勾画了一条鱼的形象，之前，长治水资源丰富，产鱼。探望病人，多有送鱼者，含病人早愈之意。石像群里的人物服饰，多为本地人装扮，包括建筑物，与山西传统建筑类似，数百尊造像，很多都加进了长治风格，这样的例子，在南涅水石刻群中，相当普遍。

有一尊站立石像，高近两米，手多有残缺，身体完整，面部表情丰富，没有风化的痕迹；有尊站立的石像，不及一米，双手相握，面带微笑。

同处一室，并排放在一起的数尊石像，从发髻、装束和姿势，可以看出，造像年代起码相差三四百年。你想起家里那位临时的保洁大姐，安徽人，她做卫生，做得很干净，但她不会分类，她擦拭完的东西，就按照她的意图整齐堆放，没有分类和审美。这些石刻也是，北魏和宋的东西上下叠加在一起，各朝代混杂摆放，很整洁。

最完整的石像在第四展室，千佛龛、千佛塔、千佛碑，北面的一块碑上全是佛像，一圈 25 个，4 个面，一行 10 个，上下 25 行，4 面正好是 1000 个，千佛碑。

山西博物院里，也展有南涅水的石刻。

长治市复兴家园，长钢的一个生活小区，里面有两栋房子卖给了长钢外面的人，其余房子都是工厂职工在居住。你今天要采访的是长钢人高望飞，文化气息深厚。

高望飞

1959年3月出生于山西长子县，1977年入厂。
炼钢厂炉前工。

一条船，一片树叶，漂在海上
这里不是沙漠

　　春秋晚期，一直到隋朝，长治都叫上党郡，衙府现在是长治第二中学，遗址没有了，衙府的门叫上党门，还在。从唐朝到清朝，长治叫潞州，民国时候叫潞安府，长治各县都有庙，其中长子县有个庙，叫法兴寺，庙不大，讲解员叫张宇飞，讲解得很好。

　　长钢在长治西北边的故县村里，故县过去叫故镇，不知道从哪个朝代开始，县府就设在这个地方，所以叫故县，村北边有山，属太行山支脉，山不大，山上有铁矿，有矾土，有煤。故县南边有条小河，抗大一分校校址、八路军总部都在故县待过，为什么选这儿？北边有山，南边有河，有芦苇荡，有鱼有虾，有点江南水乡的感觉。村里大户人家也多。

我家在长治长子县南城乡高家，长钢的西南角。

高家是养父，我生父姓王，王家在万村，祖父是私塾里的教书先生，他把地租给别人，自己背上铺盖卷去沁水、高平和附近的县，哪个地方有学堂，就去哪儿当教书先生。

我问父亲，为什么叫万村？

他说，村里只有四户人家，很小，所以起了一个很大的名字，希望越来越大。

现在也不大，就100多户人家。万村和高家没多远，一个乡，隔一条河，高家在河西，万村在河东。

我和弟弟是王家的，我妹妹是高家的，我们三个，关系处得很好。潞矿社区里的人都知道，老高家两个孩子，虽是养子，比亲的还亲。十岁，我与养父一起生活，住潞矿家属院，父亲是个老实人，煤矿工人，下了30多年的井。不多说话，不打我，不骂我。

我生父人了监狱，我不想多说，我妈带着我和弟弟，不能生活，就嫁给了姓高的父亲，父亲家里穷，人也老实，没结过婚，别人介绍的。

我妈说，老高，我身体不好，还有两个男孩，嫁给你，将来你的负担很重，你可想好。

我姓高的父亲说，没事，我想好了，你有病，我领你看病，我在潞矿工作，有份工资，70块钱已经是高工资了，两个孩子我来抚养长大。

父亲去我家，与我妈见了第一次面。

他走后，我问，妈，这是谁？

我妈说，是个亲戚。

我说，我没见过这个亲戚啊！

她说，以后你就知道了。

高家和万村中间有个镇，叫苏村，过了两个月，我去镇上玩，一分钱买个糖，含在嘴里，往家走。碰到我养父。

他说，你喜欢不喜欢吃肉？

我说，我不喜欢。

实际上我可喜欢吃肉了，那时候哪儿能吃上？他知道我说的是假话。

他说，你在这儿玩，等一会儿，你不要走啊。

他小跑回那个镇的供销社，有肉铺，有铁货铺，他买了一斤左右的肉，拿了个绳系着，递给我。他还不放心，去旁边的农田里，用麻叶子，像蒲扇叶子一样大，把肉包起来，拿个绳子给我系好。

说，拿好，回家给你妈，吃饺子。

我一路小跑，高兴地回来了。

进门就喊，妈妈，有个人给了我一斤肉。

我妈说，谁？

我答，就是上次来咱家的那个亲戚。

后来，妈给我讲，给你找个爸爸，那亲戚就是你未来的爸爸，以后，你可得叫人家爸爸。

我生父坐了 20 年监狱，1986 年，从监狱里出来后，他就找我来了。

我说，生父必须管，你就一个人，就我这一个亲人。

我弟弟那会儿很小，他走的时候弟弟还不会走路，我那会儿大概六岁。他满面流泪，感动得不行。

他回了老家，那院还在，一直空着，没人动。我跟生父一起，打扫了房间，把铺盖卷给他弄好，生着火，邻居们，这个给个碗，那个给个锅，那个给点粮，吃到秋天，大队就分粮了，慢慢地，生父就生活起来了。他种的粮食够吃，我给他点钱，给他点衣服，他生活得还可以。每年我回家看他几次。父亲后来又有了个老伴，一起过了五六年，这个老伴我也管着。2007 年，生父得了食道癌，吃不下去，去世那年 75 周岁。

父亲去世后，他老伴问我，她是留下还是走？

我说，你留下，我继续养活你，你要愿意走，就回你那地方去。

她想了想，说，我走吧，一个人也不好生活，你在长钢，我在老家，有个病，也没人照顾，我还是回吧。

回去的时候，她把粮食，家里面用的东西，全部都拿走了。

我说，你该拿什么拿什么，只要能拿动的，包括生炉用的炭、煤，都拿走了。

都让她拿走，她陪了我父亲六年，这点情义应当有，父亲生前留下的几千块钱，我也没要。

　　长钢大部分职工，在故县、西沟、王庄村租房，住民房，工人结婚能分到房的不到10%，90%都在附近住，等工龄熬到一定程度，有资格排队了，才可以，长钢老工人去世了，或者老工人住上新楼了，才有房子。

　　租民房，自己不掏钱，厂里出钱。一间房，一个月大概两块钱。凳子、桌子可以租长钢厂里的，凳子五分钱一个月，桌子和床一毛钱一个月，都可以租，烟筒和火炉免费租用。

　　1983年，我结婚，父亲给我租了一套家具，90年代才退了。潞安矿务局、长钢都这样。

　　1980年前后，工人相当艰苦，炼钢车间800多人，生产工人占2/3，每天下班，必须洗澡，澡堂子只有一间房，池子大概三米长，有600个倒班工人，分成了三个班，一个班大概200个人，都在这一个池子里洗澡，就一池水，没淋浴，这个水不是生活水，是循环水，不脏，但上面漂着一层毛毛，不知道是什么，洗完之后，身上还痒痒，一开始下去的时候，水还是半清的，下班下得晚的，水就跟米汤一样，赶紧洗洗就走，脏得不得了。

　　当时车间主任、副主任，有一次下班下得晚了，也在里面洗。用肥皂把头洗了，水漂着肥皂沫，下面是黑的，200个人，就那一池子水，水大概80厘米深，如果水凉了，用蒸气在水里一冲，下面那些沉淀物就起来了。

　　到90年代以后，长钢才修了一个有淋浴头的澡堂，先在池子里面，完了在淋浴下面冲一冲。

我父亲在潞安矿务局当煤矿工人，回村里，大队支书见了，说，老大哥来了。非常的尊重。父亲穿的衣服上印着"潞矿五阳矿"的字，穿着工服，走到村里，"老高回来了，工人回来了"。工人是响当当的，现在的工人很一般。

炼钢厂有一父子俩，姓李，爸爸叫李春林，儿子叫李保和，父子俩都爱好无线电。那会儿我们工人的收音机、手表、自行车、摩托车坏了，都是他父亲免费给我们修。他儿子也手巧，家里的罐头瓶、炮弹壳、易拉罐，弄起来做个小台灯，相当漂亮，现在没人做了，那些东西都落后了。

从 1947 年到 1952 年，长钢在兵工时期，统一上班、统一吃饭、统一住宿，上下班也是吹号。

长钢既有工人阶级的严谨、纪律、奉献，又有当地老百姓的保守、愚昧和小资产阶级、小生产者的思想。

从一件小事上就能看出，孩子大学毕业以后安排工作，他们总觉得把孩子安排到长钢是最好的，去北京或其他地方都不行，这小天地，就是最好的家园，不愿意让孩子们出去。

3

山西登记在册的寺观彩塑 10000 多尊。

在长治，你去朝拜了很多古建筑，唐的建筑，宋的雕刻，尤其是彩塑，如此集中而历史悠久，实属罕见。这些彩塑与中国其他造像艺术有一个共性，就是很少有人知道这些作品出自谁之手，在中国惯常的意识里，造像者为匠人。你联想到工厂里上万、上十万的工人，莫不如此：没有名字，没有年龄，没有背景，只有作品，称之为匠人、工人。

山西是你工人地图中，笔墨沉重的一处。

崔永康

1960 年 11 月出生于山西万荣，1981 年入厂。

> 屋顶，灰色，三角形
> 不断遇到黑色的鸟

毛泽东时代，工厂里机声隆隆、红烟滚滚，这就是工业化的象征，炼钢厂的红烟铺天盖地。我每天倒班，一周一天休息，还背英语。拿毛巾捂着鼻子，穿大头皮鞋，下面还有一个木板，套在脚上，不然脚底板烫得不行。

长钢经历了改制失败，国有变民营，民营又回归国有的过程。

看《平凡的世界》，我身临其境，就是我那年代的事情。

上初中平田整地，在村办高中上学，帮村里拉粪，为学校搭院墙，基本上半天时间学习，半天时间劳动。上了一年，我背上馒头，到地里找父亲。

我说，咱不要上学了吧，在那儿也是一半劳动的，给村里干还是白干，在家里农业社干，还能挣工分，给家里补充一点。

我父亲说了一句话，对我一生影响很大，现在都忘不掉。

父亲说，拾一个总比丢一个强，能上还是继续上。

我背上馒头，继续上学去了。

4

还在下雪，马路上的雪和灰尘，混合着，成了黑色。

在村子里找了一圈的人，没找到拿普照寺钥匙的人，你们翻墙而入。

普照寺只剩大殿。

南殿、后殿及附属建筑，抗战初期，被日本人炸毁了。院子里空空落落的，只剩一大殿孤零零地站在枯草院子里，杂草自生自灭，好在建筑物完好，大院干净。

大殿石基、石墙，建在六级石阶的高台之上，单檐歇山顶的建筑，通檐四柱，斗拱壮实、敦实。大殿保存完好，你想起日本，找到了一丝欣慰，中国有无数这样美好的建筑，散落在广袤的土地上，而日本，国土小，显得比较多。

绕大殿一周，大殿庄严，斗拱巨大，当地人喜欢叫几斗，透过门窗，殿堂里空无一物。主殿的对联是村里人用红纸写的，上联：子孙后代兴旺才盛，下联：德行天下福慧俱增，横批：合乎天意。

寺院围墙大门也贴有一张红纸，书：

天，是有德的，
天，喜爱有德的人。
有德的人所到之处，
老天爷就保佑你。
你和天能合得来，
老天爷就成全你。

（为七月七庙会而作，开村佛教小组）

看来这里的村民对"合乎天意"有他们最朴质的理解和拥护。

普照寺前面，是一个大广场，后面是一栋三层楼的学校。

贾向刚

1965 年 2 月出生于河北滦南县，1987 年入厂。

焦化厂。

酒还停留在杯里

兄弟们还在喝蓝色的酒

我学的是焦化，干的也是焦化。

长治是老区，地处上党盆地，历史上没出现过大的天灾，没出现过逃荒要饭的。河南闹荒灾，逃难的落到这儿，就不往西走了，不过黄河，才叫屯留县。有的村，大部分是河南人。这里好年头坏年头，春天种的种子秋天就能收，八路军把根据地搁太行山，抗大一分校在长钢，群众基础好、大伙儿有粮食吃，这是自然禀赋。

这里的人，生活比较安逸。现在人的思想观念，比北京落后 15 年到 20 年。90 年代初，北京城八区的首钢职工就说，我这儿子再干吗去，都不上首钢。90 年代初的技校生，包括现在 30 多岁的那批工人，招的都是密云、怀柔，远郊区县的，这都

2017 年了，这里很多子女，都不出去打工，还想进长钢，还认准进国企，我父父辈辈都在这儿。有一个工伤的家属，不容易，当时孩子十几岁，她爱人工亡，她把孩子拉扯大，孩子大学毕业，开始找的是江浙一带的一家 4S 店，挺好，老太太不干，让儿子回来。这地方没就业环境，非得让他上长钢。那天，我见到她儿子。

他说，我妈非让我回来。

这种思想根深蒂固。

首钢快节奏，是八十年代，早七晚八、礼拜日白搭，就休一天，我当时是技术员，7 点前我肯定到班上，必须到现场转一圈，主要岗位走一圈，才去车间开 7 点半的早会。没有一来就去会议室的。

长钢过去是 9 点上班，10 点多就回家做饭去了，休息会儿，下午 3 点钟上班，眯盹一会儿，5 点钟回家。

现在，长钢也是 8 点半上班，得跟首钢统一，费了牛劲，提前了半小时，大伙意见大了，观念不好改，很厉害。

这里的人，没那种戾气，都是顺民，刁民少。跟文化有关系，这里的人，比较本分，包括经商，坏东西还是少。骨子里传统的东西还是有的，只是现代的东西差点儿。

我 22 岁大学毕业，28 岁提副处长，算比较年轻的处级干部之一，有一个背景，邓小平要求干部"四化"：干部革命化、年轻化、知识化、专业化。现在很多领导，都是那时候提上来的，那时候用人力度大。

被周冠五免掉的人也太多，一年光处级干部能免三四百人，年轻的上来，不行的就下去，能上能下很正常。

在首钢的一个庆典活动上，周冠五一去现场，掌声雷动，自发的。周冠五对首钢的发展，对大伙的福利待遇，绝对很好，他管理的思想，比现在还前卫。

企业管理就这点事，能把周冠五那点事学会了，100年以后还有用。周冠五那一代人，影响了很多人，敢闯、敢坚持的首钢精神，都是周冠五年代提出来的，"一天打八仗，三天不卸甲"，是那个年代，不像现在，干点活就要报酬。

我在首钢干一焦炉，也年轻，三天三宿在焦炉上，不带下来的，困了就在边上眯盹会儿，我20多岁，五六十岁的老头，也在那儿盯着。

1992年，首钢花1.2亿美金，在秘鲁买了一个永久性的矿，竞价的底价是4000万，最终拿下来的，高出了三倍，很多人不理解、不支持。过了30年，再看，太正确的决定了，所以他就是企业家，这就是企业家精神。

（1992年12月，首钢购买了秘鲁铁矿公司98.4%的股份，以及所属670.7平方公里矿区的永久性开采权、勘探权和经营权。矿区现在探明铁矿地质储量约21亿吨，矿区里还蕴藏有铜、钴、锌等多种金属矿，还有石灰石、大理石、白云石、皂土等非金属矿资源。）

首钢近 100 年，才出这么一个人物。周冠五在国企改革里，是有一号的，周冠五正经八百为广大职工谋福利。

首钢弄花园式工厂，也是周冠五上日本以后，发现人家绿化非常好，首钢就开始弄这个。

这几年，企业才弄财务公司，当时首钢的华夏银行比财务公司功能大得多。

搬迁的事，周冠五也有自己的谋略。最早在矿业水厂，滦河边给块地，周冠五嫌小，跟着又给了一个京唐港，现在这地应该是建了焦化厂，最后又弄到兖洲，现在他们叫工业区，兖洲是有批文的，如果当时在兖洲上首钢这项目，很可能就没有迁钢，没有曹妃甸。90 年代初的《冶金报》第 4 版一整版，带点广告性质："热烈祝贺国务院批准首钢山东基地建设"。后来没弄成。首钢那块地"三通一平"都弄好了，已经花了十多个亿，相当于现在几百个亿。后来的山东工业园区、开发区都在那块地上建的。

他就是硬干，是个人才，如果战略上对了，战术上稍微再柔一点，有些事可能就办成了。

首钢 80 年代就提出了：党员，无功就是过。

我那会儿还不是党员，觉得党员真牛。哪个活重，冲在前面干的，一定是党员。首钢要求党员，要左手带一个，右手带一个，带俩群众。首钢党员比例应该在 40%。

周冠五去世，整个八宝山，几乎搁不下人了，全是自发去的，没人组织。

我们所有搬迁调整这一代人的家庭、子女，都给耽误了，不是给钱就行的问题。很多20多岁、30多岁的职工，辞职不干，能理解。好多外地的大学毕业生，到北京，想踏踏实实娶妻生子。突然搬迁，上曹妃甸，上秦皇岛，上迁安。

搬迁带来了子女教育问题，媳妇在北京带孩子，当爹的礼拜五晚上到家，礼拜日下午走，孩子不听话，一两个礼拜回这一趟家，总不能一见面就揍一顿吧？！妈妈厉害的还行。

当时我在首钢焦化厂，定搬迁相应政策，首钢人事部开会征求意见，开始补偿方案太低。

我说，头儿，你让我们说真话，还是说假话？

他说，说真话。

太低了。

我说，我底下的工人，招谁惹谁了？首钢搬迁是为了北京蓝天，工人没饭碗，又不是工人违反制度，对工人来说，就是天灾人祸，凭什么不多给点？

他说，你别这么说啊。

我说，就应该多点，工人这时候是弱势群体，政府差那点钱？

首钢跟别的企业不一样，民主文化是首钢特有的，首钢历届民主气氛，是很好的，所有问题，只要你跟领导说清楚，领导就可能采纳，不是领导想说什么就是什么。

首钢的历史，基本涵盖了中国民族工业的发展。从洋务运动开始，尤其解放后，每次改革，首钢都立潮头。

今天京唐的工人，至少专科毕业，过去那帮老工人，都是大老粗，产业工人粗，但讲义气，对他们的管理，现在我也是这样说，车间主任，最基层的管理者，必须是他们这里面出来的人，咱科班出身的，根本管不了，不能用正常的管理办法，他就得上来骂一顿，上来就得踢两脚，这种管理办法，粗暴，像李云龙那感觉，不识字，他说行就行，说不行就不行。这帮人，在你最困难、出现事故的时候，只要你一声令下，底下这帮人，全都玩命。这些最捣蛋的工人，他们能管，管得非常溜。

我刚大学出来，有个小调度室，全是中年妇女，她们电话一拿，满嘴都是脏字，我听得都脸红。骂完了，开始说正事，说哪个车怎么弄！

我问车间主任，这儿的女的，怎么都这样？！

他说，你去下一个班还这样。

底下工人都是大老粗，正儿八经地与他们说，他还不听你的。这些女的都厉害着呢，上来先臭骂一顿。不骂，还支使不动。后来，我慢慢学着，也开始说脏字，跟这帮人学的。

一代人跟一代人不一样，现在人，敢这样骂，人家上去就揍。

我父母是老师，母亲比较坎坷，五几年的"右派"，下放到农村，干农活，家里困难，老太太对我们要求严。

现在的孩子，什么苦都没受过，到工作上，有点压力，就受不了。有什么受不了的？我这样的人，可能就得不了抑郁症。

跟建筑工人打交道，与跟厂矿工人打交道还不一样，建筑工人更野，不能按常理出牌，那真是天天"你妈的"骂。

首钢的焦炉，建得可困难了，不像现在技术水平这么高。1992年7月22日，首钢出第一炉焦，设计院那几个搞设计的大姐，40多岁，现在都退休了。我亲眼所见，她们在炉台上号啕大哭，她们一个是感动，一个是这么长时间所受的委屈，终于发泄出来了。

5

大云禅院，也是文保单位。门关了，院墙高不可攀，绕院墙一周，远视其殿，美轮美奂，有这些建筑物的村子，改变了你在日本的绝望心情。在长治，留存有这么多古老文化的物证，完美性、美好性，超乎你的一切想象。你心里盛满了喜悦，你甚至想学习梁思成、林徽因、沈从文，用历史最美的物证来照耀中国人的今天，点亮自己，让今天的人，沐浴、学习，体会昨天的大美。

感谢长治这片土地，激起了你心灵里的另一种鸟群，惊飞于树林上空，把寻幽探古的心思拉得细腻深远。

晚上，长钢的王晓华、温林森、小闫，请来了已经退休的李枫林，他原来是长钢的宣传部副部长，精减人员，一刀切，提前退休了，他对长钢历史很了解，也了解工人，说了很多长钢工人的故事。

王晓华

1968 年出生于辽宁义县罗家屯，1988 年入厂。

> 梦中的天使
>
> 看见了彩色

我出生在罗家屯兴隆堡，东北叫堡子的比较多，锦州的东北方向上，离县城 30 里地。

父亲学校毕业，刚开始在北京琉璃河水泥厂，工作了两年，听说山西缺技术人才，1961 年，他和另外一个东北同乡到了山西，来这一看，生活条件不好，山西也偏僻，比较落后，同去的人脑瓜子灵活，来了两年就走了。

父亲也想走，工厂里的人说，你是技术人员，你走了，厂子没法干了。

父亲留了下来，东北离山西老远，父亲一直想回，工厂一直留。

父亲在外，我和母亲在老家农村。我 15 岁出来，老家完全是最好的记忆。

我考过两次乡里第一名，有一次乡里组织少年代表传达全国人大会议精神，派了两个小孩去，我是其中一个。开完会回来，过一小河，大人一迈就过去了，河水刚刚解冻，我迈不过去，有个大人说，抱着扔过去。结果，给我扔河里了。衣服湿了，大人赶紧送我到家。童年，在我后来的个人生活当中，自信和积极向上的这股劲，潜移默化地起了一些作用，童年美好的一些东西，一直留在我的记忆中。

东北地方宽敞，院门口叫场院，四周有小矮墙，中间一块地，每家家门口都有。场院下有一棵小榆树，我们喜欢骑在榆树上面玩。生活条件不好，有些家里口粮不够，剥榆树皮磨成面，作为粮食补充。

我家条件还算好一点，没有为吃粮发过愁，跟父亲在外面工作有点关系。

我爷爷弟兄四个，他是老大，18岁的时候，太爷去世，家就靠爷爷支撑，长兄如父，爷爷给三个弟弟娶了媳妇，弄了房子，个个都独立成家，我最小的爷爷，东北最小的都叫老姑、老爷，我老爷在锦州皮毛厂工作，我太奶一直跟着他，老爷家的子女，每年放假就去我家，感觉就像到了家里一样，奶奶对他们都相当好，有什么东西，拿出来给孩子们吃。

第一次来长治，我11岁，1979年。母亲带我们两兄妹，住过一段时间，妈妈在这儿是临时工，糊水泥厂装水泥的纸袋子，待了三个月。

母亲问我，回不回去？

我说，回去。

我们就回去了。

到了1982年，我14岁了，全家户口迁来山西长治。爷爷考虑吃的粮食不够，弄了十几袋高粱米，从东北托运到山西，估计是没有那么大的劳动强度，供应粮够吃，带去的粮食用不上，放了一年，高粱米都生了虫子，卖给厂里面的食堂，喂猪了。

1987年，我读中专，放假和母亲、妹妹回过一次老家。火车从老家往山西走的时候，想着，不知道什么时候才能再回来，后面确实回去得越来越少，更多的是对故乡的留恋和不舍。

妹妹填大学志愿，我劝她填老家附近的学校。人的情感很难说。究竟留恋老家什么呢？说不出来，就是留恋。在那儿有什么呢？童年的记忆、亲戚、同学、朋友！老家没房子、没地。也许就是回去走走亲戚，看看家人。说不清的情结，一直觉得故乡是一种存在，离得远、离得近，感觉不一样，离得远，不知道什么时候可以再回去。

我当钳工，到各单位接触了很多工人，他们确实是社会发展进步的中坚力量，社会的进步，离不开这种支撑，不可能都是所谓的科学家、工程师、明星，尤其是现在实际技能的操作工人，他们的精神更值得提倡。现在提工匠精神，因为缺乏这种精神。工人在下面技能超群，但工人就不如坐在科室里面当打字员风光和体面。操作技能的工人地位，应该给他们提高待遇，保证这支队伍的健康发展，这是长久之计。

有一个人，对长钢产生了很大的影响——党哥。

长钢这条路，以前从上到下，路边围墙林立，围墙把工厂和路完全隔绝，走在路上，两边都是墙，党哥来了以后，他拆墙透绿。刚开始，大家觉得有一个院、有一堵墙，有一种安全感，也是一种封闭，我的地盘，我的地方。没个围墙，敞开了，心里不放心。

党哥把墙拆了，行人进了院，办公楼直接在路边，也没其他问题和隐患。但随着墙拆了以后，人们的观念和视野有了变化，行为和考虑问题的方式，相应地有了变化。

党哥在的时候，对他的排斥和贬低的声音也不少，他搞业务流程再造，对一些人的利益有冲击，尤其是干部，像二级单位的书记、副书记、工会主席、工会副主席，这些岗位都没了。

研究党哥管理思想的文章也有，他自己有一套思路、一个体系。他干到2008年，党哥对长钢的发展有大贡献，历史的影响是不可回避、很难逾越的。

6

长治是一个让你不断有惊喜的地方，观音堂就是其一。

同去的几位工人，知道有观音堂，但从未去过。

快到目的地，你们看到的是大片废墟地，像刚刚发生了地震。车子往废墟里开，几乎没有路，问路边偶尔走来的人，一位农民的话，让你悬起来的心落地了。

他说，这条路，往右，前边，就可以看到。

周围村子全拆了，所见之处是砖石，而观音堂依旧耸立在废墟中。古树、古寺，老的殿堂，一切依旧。

正殿有联：

紫竹林中观自在
白莲台上现如来

进得门来，不由感叹，世间唯此一殿。大殿四壁及梁架、门窗上方，无一空白处，皆有泥质彩塑与悬塑的神像，保存较为完整，损毁者少。殿堂里没供暖设备，阳光也照不进来。

明万历年间，有位老太太，对万物深怀敬畏之心，无论多远，无论是道教、佛教还是儒教，常去各地朝拜，儿子不希望年迈的母亲经常出门，为此，他修建了这座观音堂，塑像数百尊，现存近500尊，都是中国老百姓最敬重的神，儒释道三教的主要神仙塑像，几乎都有。巧妙地用梁架的高差，塑出亭台楼阁。

释迦牟尼、老子、孔子，以及王母娘娘、八仙、关公、七十二贤人、文殊菩萨、普贤菩萨、罗汉等等，分布条理清晰，三教的历史故事，用彩塑完整表达，为明代雕塑之杰作，虽然是三教传说，但每一根线条，都含有山西浓厚的民间生活气息。

崔建明

1969 年 5 月出生于河南林州合涧，1992 年入厂。
连铸拉钢工。

你在西方，你在北方
你在南方，你在东方

听父辈人说河南林州闹灾荒，30 年代，爷爷往山西走，属于逃荒，到山西平顺的一座山，叫板山，家里现在开玩笑就说，当时是占山为王，爷爷在那儿当护林人，住了几年，融入周围村民们的生活中，就从山上迁下来。平顺是一个小县城，依山而建。

父亲跑了很多地方，惠丰兵工厂招工，他去了，兵工厂生产炮弹，属航天部。电视剧《高山下的花环》，里面有一个"小北京"，牺牲的时候打的炮就是 137，是我父亲这兵工厂造的，"小北京"为什么会牺牲？——炮是哑弹，技术不好，放的时间也长了。

父亲 1976 年去新疆，支援边疆建设。新疆西瓜多，拿平板车拉回来，放地窝子里，我五六岁，家人一说找不见我了，肯定吃西瓜去了，就去地窝子里找我。住的房子都是石头和土坯搭的，我们住在一个叫十三间房的地方。

姐姐没有与我们一起回老家，她18岁就留在新疆工作，做火车、轨道修理的工作。她一个人在新疆又待了三年，才调回来，当时也想去惠丰，后面说，一家人都在一个厂子不好，就来了长钢。

我岳父1993年就不在了，他劳累过度，有病舍不得看，年年村里给他发奖状，"万元户"，不是钱的万元户，是种的粮食、庄稼。他特别能干，他花五毛钱、一块钱买一棵棵小树苗，两山中间一个小山沟，种的全是树，一下雨，水往沟里流，他就去保护那些小树，那是他省吃俭用买来种上的，三四十年过去了，现在都成材了，将近100棵大树，不能随便砍。

县里领导看了说，树是你们家的，要砍还得打报告。

砍一两棵估计没事，如果一下子全收了，绝对有人找麻烦，现在环保问题，树木不能随便砍。

老丈母娘60多岁了，一个月100多块钱补贴，假如说参加过工作，一个月现在是2000多块钱的退休金，生活还是有保障的。农村人和工人还是有一定差距。

我们夫妻，什么关系都可以往里添：兄妹、夫妻、朋友、闺密，场合不一样，关系随之变化。生活中，我们不争吵，说现在上楼，好，背上楼。家在六楼，背她上去。

7

山西煤矿全国有名。山西全国重点文保单位452处，省级重点文保单位487处，登记在册28000多处古建筑，占国土面积1.6%的山西，保留着全国12%的物质文化遗产。

你到了很多位工人的家里。现在的、过去的家里，都去了，还都是邻近县城的村子。老百姓的生活质量和山西煤矿，与晋文化相比，偏差很大，工人收入也远远落在其他工厂的后面。

这次你去的是法兴寺，缓缓向上的二三十级石阶，把山门托举在上面。

问，张宇飞先生在吗?

答，陪一些领导去另外一个寺院里解说了。

你毕恭毕敬地进了法兴寺，散漫地开始接受一次物质之光的照耀。

法兴寺，列于长治地区61处古建筑类全国重点文保单位之首，起先位于长子县东南20公里外的慈林镇，初名为慈林寺，始建于北魏，唐高祖李渊第十三子为寺院带来了佛舍利，并建有造型无二的石舍利塔。寺院在宋朝达到极盛。明朝又有兴盛之气。

20世纪中后期，法兴寺地基突然开始下沉，殿墙开裂，梁架结构严重变形，原因是法兴寺地处慈林山煤矿采空区。最后，竟然将法兴寺迁到翠云山，搬迁工程始于1984年，主体工程竣工于1996年。新址建筑随山势而布局。

挖煤的只管挖煤，哪儿管上面的生灵和物质！

——好在东西还在？

——其实已经发生了巨大的变化。

在寺院里闲逛，时刻被彩塑、舍利塔展现出来的美所震撼。

正待出门，张宇飞领着五六个人进了寺院，开始解说，你远远地跟在他们后面。张宇飞，瘦高个，没有失去农民的本色，多了些文雅和书生气，从历史、现状、佛教经典、建筑，到民间传说，他用一个个小典故，来说明一个个不同之处。

法兴寺里很多建筑，似是而非是，亦如张宇飞本人，似导游而非导游，似学者而非学者，似干部而非干部，似农民而非农民。

你记得他在一段演讲视频里的一句话，在20世纪90年代的这些乡村里，类似于法兴寺这样的国家文保单位，处于穷乡僻壤，国家公务员是不会在这些地方看守的，守护人一般是当地老人、农民。

你对张宇飞讲的法兴寺，印象颇深。

"第一绝，唐石舍利塔。为唐建筑，存放舍利，此塔不同于常见佛塔，为锥形状，而是方正，似小殿堂，塔中第二层存放经书。此建筑物似塔非塔、似殿非殿、似楼非楼。法兴寺里的第二绝，燃灯塔，通常称为长明灯。燃灯塔上有石刻简介，曰：点燃佛灯，无论天刮东、南、西、北风，佛灯永不熄灭。灯室四门，正好相对，形成对流通风道，灯怎会不灭？防风措施其一，灯台不在中轴线，位置偏西；灯室四门高低错落、宽窄各不相同。其二，巧妙地利用周围建筑，北面圆觉殿与南面的舍利塔为燃灯塔阻挡了南北风。其次是地形，原址所在的东面山峰隔断了东风，原址西侧峡谷，因构造独特，又让西风拐了弯。只有西南风通过的空隙，这样把灯台从中轴线上西挪73厘米，并将灯门高低错开，灯室内壁凹凸不平的，是精巧的设计。寺院搬迁到这儿，只是按原来位置摆放了灯塔，考虑不了周围的山势、风向等问题。

"这座小石塔，建于公元773年，底座有十二神兽，无一经典记载其名。有一兽：头像鸟，尖嘴，四条腿，身子是走兽；第二只：头像虎，口含狮子球，蛇的鳞片，尾巴像马；第三只兽：鱼头，熊身，老虎掌。当地有俗话：'十二不像，包罗万象。'法兴寺这'十二不像'，应该是由古老的动物图腾形象演化而来。

"法兴寺最大的看点在彩塑，柴泽俊先生是山西文物大家。他说，'一般的菩萨造像，做得比较规范。法兴寺的十二圆觉菩萨是自由自在地在神的领域当中，反映了一种心情舒畅，社会、人的景象，非常难得！'

"菩萨自然后卷的发髻，宽松飘逸的外衣，透露出北宋'三教合流'后，道教女仙像对佛教菩萨像的深刻影响。'塑匠人冯宗本'先生，让十二大菩萨像，既'神圣庄严'，又有人的'亲切情感'。"

在山西这些寺院里，几乎没看见出家人，都是村子里的老人们和像张宇飞这样的文管所人员在看管，张宇飞有两个孩子，一男一女，都是在寺院里出生的，孩子们把回法兴寺叫回家。

李明珍

1971 年 3 月出生于山西阳泉盂县，1990 年入厂。
熄焦车司机。

> 红花铺地。你想离开，你不在啦
> 所有一切皆静穆不动，沐浴其光

我家五姊妹。我哥在长钢，弟弟在南窑煤矿，我之前是屯留食品公司检验工。1993 年，开不了工资，这边要人，就把我调到长钢老焦化厂，在西沟上班，厂区和家属区比较近，中午都可以回去做饭。

以前没想当工人，但是已经当工人了，也没办法。以前想当老师，没考上，想当体育老师，我以前体育挺好的，跑步。县里第一。

8

接下来，你在钢厂对工人的拍摄，困难重重，这是你所没有想到的，既然拍不了，你想了另一个办法，拍工人的工具。这次，你没拍到工人，但你特别近距离地接近了钢水，触手可摸的距离。

下午你采访了一位热情的工人，他让你想起 20 世纪 80 年代，小江湖、小混混的时代，他是一位很不错的人，能动能静，有点小老大的感觉。

张 敏

1975 年 7 月出生于山西长治武乡，1993 年入厂。
第一除尘。

她站在你身边

那只鸟突然飞到你肩上

长钢出了一本回忆性的书《龙洞沟》，就写这老焦化厂的，现在已经倒闭了。我在老焦化出生，这就是我第二个故乡。

最普通的一线工人就是我爸，在焦化厂地下室，最前线炼焦，出焦炭的工作岗。枣臻焦化厂离这 30 里地。

爸爸的地下室我去过，给我爸送中饭，小小的我，拎着铝饭盒经过焦化厂中间的一个大山，路也不好走，不怕摔，怕滑下去，这条路近，山两边是西沟和东沟，我们住的一边叫东沟，只住人，另一边叫西沟，住户不多，有食堂和生产区，相隔较近。下了山，有厂门，门卫看着，知道我进去送饭。进了大门，走五分钟，柏油马路、硬的土路，穿过检修、化工、调度这些地方，就到了我爸的地下室。地下室是焦化劳动量最大的工作场所，很热，温度高，把洗出来的煤，经过地下室的工艺，炼出焦炭。

我们全家住在一个大窑洞里，原来放兵工器材，一家八口人，我爸重男轻女，一直要生男孩，生了好多姑娘以后，才如他愿。以前也不计划生育，生到我妈不能再生育，六个子女，八口人，全家。我们都在老焦化出生。

窑洞里一个大通炕，全家睡上面。两个姐姐考上师范，出去工作了。慢慢地，公家给我们盖了一间平房，我爸又加盖了一间，人太多了，我爸挣的工资没办法养活全家，他就想了一个办法，找焦化厂附近的村子，找可以落户的地方，把我妈妈迁过来，孩子自然都跟着落到当地一个偏僻的农村里，给我们分了地，我们要跑好多大山路，几个小时，才能到那些地里。我爸特别勤劳，下班后就是种地。

每天日不出就起床干活，日落后还回不了家。我们也得背着锄头、馒头，和我爸把地里面的活干完，姐妹们都是那样过来的，太阳快落山的时候，我们在山上，看到自己的影子，铺得很远很远，温暖的红色，感觉挺好。

一个叔叔早早地放了一辈子羊，让他来焦化厂上班，他嫌脏，那时候没现在环保，也嫌累，他愿意放羊，在武乡县附近的村上，天天放羊，织毛衣，在山上琢磨着织。我那个黄黄的坎肩，染过色，就是叔叔把拔下来的羊毛，自己弄成线做的。他手很巧，看起来笨笨的，文化没有，就是放羊——自由自在地生活。

我妈上了一辈子临时工，在焦化筛焦面。露天场很大，全堆的是煤，煤堆不规则密集堆放，好多人在劳动。没有机器，一个三脚架，支起一个筛子，我妈一锹一锹地往筛子上面放煤，大小颗粒分开。我大姐没出嫁，也去筛焦面，补贴家用。她们身边堆着像山一样的煤，她们一天天地捡、筛、丢、放。

我采访长钢故县铁厂的老人，那时候他 84 岁，江苏人，原来是人事科科长。

我问，大爷，您家姑娘、孩子单位都挺好吧？

老人说，我的孩子们，有的就业了，有的没工作。

老人根本没利用他的职权为孩子造一点福利。老人识天文、懂地理。江苏的文化环境好。

9

在工厂里，情绪随时被一些小物件给点燃。

一块垂挂在铁把手上、保持平衡的铁砣，挂钩就是把一根螺纹钢拧弯，呈钩状，可以悬挂在铁臂上；刚使用完的一个自制舀铁水的器皿，放在磨损很严重的水泥砖地上，把手的另一端，像漏斗的铁杯。

北方的雪，下在这工业的院子里，你住的地方，后面有巨大的窗户，直接看见工厂的老家属区，灰色的树枝上，挂满了白色的雪。看不到一丁点绿色。

采访一位工人，你和他两个人，细细数了数，他有 25 位家人是长钢工人，这样的家庭，在长钢很多。

张福山

1979 年 9 月出生于河南濮阳，2002 年入厂。
焦化厂。

> 太阳一点点从海平面升起
>
> 其光　其灼

　　我大爷爷是第一批建长钢的工人，从河南来的，我爷爷也跟着来了。

　　1955 年，爷爷到长钢焦化厂上班，炼土焦，爷爷结婚了，工厂房子少，只能租房，在一个叫安岭村的村子里，住了十多年。每天倒三班，焦化厂比较偏，下夜班回家，工人经常遇到狼。

　　爷爷说，1961 年，有天下晚班，夜里 12 点骑自行车回家，遇到了狼，狼坐在桥头，我坐在桥上，它坐，我也不敢动，坐了两个小时，和狼比胆子。它真要扑过来，我就打它的腿。

　　以前这里是兵工厂，同学中间有的人就有手榴弹，几个人轮着玩，不敢抠后面引线，放在煤堆里，要是燃煤的时候把它扔到火里面就炸了，现在想起来后怕。老焦化有一个窑洞，里面放着武器，有很多手榴弹，后来全收回了。

父亲一直想开汽车，在焦化待了半年，开上车了，实现自己的开车梦，开了一辈子车，一直到退休。焦化厂的煤都是他们去外面拉回来，东风牌、解放牌车。我三四岁，没人看，经常坐他的车到处去拉煤，他一个人开车。

小时候，我不爱听家里的电话响，电话一响父亲就得出去。

父亲现在不想开车了，我们出去，他就把车钥匙给我，让我开。实在没办法了，要拉孙子的时候，他才开车。

父亲性格比较内向，不好吭声。妈妈比较贤惠，也能说，人缘挺好，骨子里有山东人的气质，我爸也不敢把我妈惹急。

上小学三年级，见我妈急过。她过生日，爸去河北出车，当时没手机，出去几天算几天，预计星期五能回，但没有回来，第二个星期三母亲过生日，还没回来。妈妈在家过生日，一个人拿着汾酒，一边吃饭一边喝，一个人喝了一瓶。一般她不喝酒。

我父亲姊妹五个、我妈姊妹五个，还有我妈的三个姨，全部都在长钢上班。现在就我、小叔叔和他的孩子，我们三个人在长钢上班，其余的都退休了。我们家有 25 个人在长钢工作。

我们最先住学校的院子里，旁边是女工院，有几个牌坊。焦化厂大部分是双职工，有的在库房上班，有的在生产线，有的在办公楼，有的在医院，有的当老师。吃饭的时候，小孩满院跑，谁家吃卤面，谁家吃大米，想吃大米的，就去谁家锅里挖。同学的爸爸当厂长，我爸爸在一线开车，大家照旧一切随意，开玩笑挺随和，没什么区别。但工作是工作，说今天上班谁睡觉了，就扣谁 200 块钱，那一是一，二是二。

焦化厂都认识谁家孩子，我也拿个碗，想喝米汤到锅里盛米汤，感觉没什么，有好吃的，大家都拿出来吃。

1992 年左右，一直还这样。

东沟牌坊拆了后，盖了三栋楼房，我们去外面上学，回到家，一切开始变化。

我母亲喜欢种地。

10

早起静坐，有人敲门，你坐着，没有起身，只有闹钟能唤醒你。

质检车间主任王振飞是个相当谦逊的人，文质彬彬，你只与他有半小时的接触，没详细交谈，但他的动作和态度，让你感觉到了不一样，你记住了他。有工人告诉你，王振飞对传统文化有自己的理解和自己的学习方式。

陈刚说，我们这里有很多化验室的女工，你愿不愿意拍摄和采访？

你当然同意，这一路采访，女工不多。女工们很热情，你给她们每一个都拍了照片。

负责人说，请你给我们大家拍张全家福。

你求之不得，你拍好后，会发给她们的。这个单位，只有一位男同志，其他全部是女性。

你到长治市区采访后，就和青年工人陈刚一起回厂里。你的头开始剧疼，天昏地暗地疼，实在受不了，你想去做个按摩。陈刚打听到宾馆前面不远处有一个地方做得不错。

冬天，很冷，风大，陈刚用他的车子，送你到了按摩的地方，他要给你买单，你坚决不同意。陈刚今天上晚班，你几乎是把他推出门的，他上班的时间到了。

陈刚把手机号码写给你，说，做完按摩，来接你回宾馆。

你说，可以。

你知道这地与宾馆相距不到 500 米，你想做完按摩，自己走回去，不想麻烦他。按摩快做完了，感觉身边坐过来一个人，过了几分钟，你睁开眼睛，是陈刚。

你问，你怎么来了？

他说，我知道你不会给我打电话，一个钟点，我就自己跑过来了，这大冬天的，太冷了。

陈刚一进门就已经把单买了，开车，把你送回房间。

你采访王晓华，他也说到陈刚。

"陈刚在车间下面当组长时，人挺好，对下面的人管理不大胆，看别人做得不对，不知道是不敢说，还是不好意思说，他就自己去做，后来就没让他再当组长。过年，各单位都要弄活动，要比赛，活跃气氛，需要打鼓的工人，咱们单位没钱，又想把这事办好。办公室主任打听到陈刚的老家是霍州的，霍州属于锣鼓之乡，爱好打鼓的人多，就跟他说，能不能给找人。陈刚说，我父亲在弄这个。

"请他父亲过来，给我们指导、训练打鼓队员，到了关键节点上，陈刚的父亲把他们县里剧团的团长都请了过来，给我们现场指导，纠正大家动作。我们在比赛中，取得了很好的成绩。

"第二年，又请他父亲过来指导打鼓，他父亲不在，陈刚就教大家动作。他对单位的事，特别上心。这孩子，待人热情，做事周全。"

陈　刚

1980 年 2 月出生于山西临汾霍州，2000 年入厂。
质量检验工。

> 人群散去，像刚举行完婚礼
> 太阳，升入云层

我 38 岁了，老婆属兔，比我大四岁。她们炼钢连铸推坯是特殊工种，可提前五年退休。现在优化提效，提倡年轻化，我老婆没有竞争力，就买断了，正好孩子小，就像人家说的，看孩子是大事，等于挣钱了。

我一个人养家咋没压力？毕竟根不在这儿，父母都在老家。我弟兄四个，我是老大。

我们住的是 2005 年的房，40 平米，叫老年公寓，住这户型的人，退休老职工比较多。因为当时我们的条件买不起更大的房子，买个小的，起码有一个窝，先住下。

咱们工厂这生活水平，5000 块钱养孩子还是不太够，省着点用，有了多花点，没了日子紧一点。我有一个女孩、一个男孩。

我俩基本不出门，现在计划着，等条件好一点，最起码带孩子出去走走。

11

在长治的这些天，一直下雪，厂房里是现代化的铁器，外面是白色大雪，山西是一片富足的土地，你想走得稍微远一点，你与一位炉前工聊天，他说，他的童年和青少年时期，在挂壁公路下面度过，后来，到了长钢，在他的概念里，那些在岩壁上凿路的人，与他们把石头化成水，变成钢的人，是一样的硬派。

你去的时候，路上积雪较深，每辆车都开得很慢，在大山里绕行。积雪的大路，伸进远方灰色的山岭里。

有些家门口，苞谷黄澄澄的，在树枝架上层层叠叠，四四方方地垒起来。

你以为在挂壁公路上开车很危险，其实不然，路凿在半山腰里，像半个隧道，一边是山，一边是露天的悬崖，两辆车相向而行，也很轻松，在车里，看不到悬崖。

挂壁公路是进入村子的必经之路，村子叫神龙湾，村里人用了15年时间，在悬崖上开凿出了一条1526米的隧道公路，沿途开了35个天窗。挂壁公路拉近了山西和河北的距离。

王晓东

1981年10月出生于山西长治故漳村，2004年入厂。
高炉炉前工。

> 每次，你只想坐在窗边
> 更近地看

　　1985年开始村办企业，兴盛时候在1994年前后。我们每个村都有自己的煤矿，故北村企业以前特别多，煤矿、砖厂、玻璃制品厂、化肥厂、焦化厂，经营不善，慢慢地都垮了。妈妈从村办煤矿里出来，做点小生意，个体户，以前在长钢市场里卖服装，一开始是练摊，做着做着，租一个门面，年纪大了，不做了。

　　1947年筹建长钢，发动周边老百姓搞建设。我爷爷参加过长钢建设，需要木材，就把我们村的庙，还有北岗村、崔蒙村的庙都拆了，只有庙里才有大的粗的木头。每个村都有庙，我们村的庙规划好一点，逢十字路口，都有一座庙。一共有十几座庙，最早的是明朝时期建的庙，各个时期的都有，大庙有五间房，一间房三米五宽，除了大庙，还有大于它三倍的大院，大院前有东西厢房，再往前还有戏台，大庙五六百平米。庙各不一样，数教交融，有道教、佛教，也有我们本地的教，好像叫大教。村里人描述大教，讲到有一座庙，一般庙门口都是两个石狮子，那个庙的门口是一个猴子。

我们还有一个庙叫作张必达庙，就是五谷神庙，五谷神的名字叫张必达。

传说张必达还没有出生，就有一个老头赶着车过来问，这是不是张必达家，后来生了一个孩子，这老头又来了，说这就是张必达。张必达家里面的粮食怎么装也装不满。张必达说，我死后，就把我埋在自家院里，这样咱们家还能出一个活神仙，不听我的，咱家就此断了。没人会把死者埋在院里，家人没听他的。

村里还有一个佛爷庙，就是释迦牟尼佛，大炼钢铁时期，把那尊铁佛炼了。

南元庙里供的是三个菩萨：文殊、普贤、观世音。

村里信教的少，大家对土地神特别敬重，二月二龙抬头，我们这天给土地爷过生日。我们村供奉的土地爷，是唐宋八大家的韩愈。神话小说里面说，韩愈是韩湘子的叔父，韩湘子去度化他，韩愈舍不得老婆，走到半路想回去，就当了土地爷。我们的传说不是这样，我们考究过，韩愈确实在故漳村待过，村里面有一条街是盐店街，还有一个街是韩家街，指的就是韩愈曾经在那儿住过。我们的土地庙里供奉的是韩愈和他夫人，有塑像。很多人说，故漳村的土地爷，管着四面八方的土地爷。其他村子供的土地爷不是韩愈。

村广场比长钢宾馆的院还大，民办企业到了元宵节，或者到了二月二，鞭炮挂起来，来回地放。村里七个生产小队，各队有各队的红火，红火就是威风锣鼓。大家聚在一块，有心气，比赛：一起敲。我听见的是黄河咆哮的声音，七小队，从天黑六七点，放了烟花开始敲，威风锣鼓，敲着敲着，就把衣服脱了，敲到晚上十一二点钟，没人感觉到累，人们觉得今年过得很红火、很热烈，对生活有一种向往，通过这种音乐形式抒发出来，我感受到了一种劲，对生活更加美好的希望和渴求。

二月二最热闹的，还有"扛妆"，几个人扛着一个三四岁的小孩，装扮成故事中的人物：包公、嫦娥、状元郎。

有一个大人"扛妆"，也有双人"扛妆"。顶小孩不光这边有，各地叫法不一样，原来他们顶小孩，现在改成塑料的，担心危险，现代人不会顶。顶是有技术的，讲究方法，小孩坐在上面不害怕，小手也在那儿摆，他也高兴，小风吹着，顶着他来回扭着。扛妆，是一个铁架，前后都套在身上，像我们背氧气瓶一样，两边都卡紧，不会动。上面的小孩，实际上是坐在铁棍上面，像坐在一把铁椅子上。

这是大家爱土地表现出来的一种方式。

我们村子大概有几百号人在长钢上班。

我和爱人两个人都是长钢的，她是屯留县人，离这儿25公里。大舅哥给我介绍的。我大舅哥是炼钢的，我们俩天天一块吃饭，大舅哥爱和别人下棋，我喜欢看别人下棋，看着看着，天天见多了，话也聊开了。

有一天，他问我，小伙有对象了吗？

我说，没有啊。

他说，给你介绍个对象。

我不知道是他妹妹，然后见面了，我们聊得挺好，慢慢接触就恋爱了。谈了一年多，决定结婚了。那时候，我也不知道那是我大舅哥。去她家，看到了，这是谁啊？！才知道是大舅哥。

他说，这怎么能告诉？不成怎么办？好在你们两个成了。

我毕业后分在我们村里当老师，我镇不住学生，第一天放学，同学们排队去了我家里，我爸妈一看，来了这么多小孩，怎么办？赶快做饭吧，都是一个村子里的。40个小孩吃饭，要让人家吃饱啊。吃到下午1点钟左右，家长到处找孩子，找不到，就找校长。校长说，最后一堂课是我。打电话，都在我家。后来，只要我上最后一堂课，教导主任或者校长就陪着我，说今天放学，谁也不准和王老师回家。

周六、周日休息。周六在家睡个懒觉很正常。大早晨，还没有起床，我妈就把孩子给放进来了，小孩来了，问题目，王老师，这题怎么做？我坐在床上，告诉学生怎么写。写完了，这两个孩子还没出去，又来俩孩子，最后周六、周日，我们家就像办了个幼儿园。准备问题目的小孩，在院里玩，屋里小孩在问题目，等到 12 点，小朋友们都不走，还在问。

还有学生说，老师，都几点了，你还不起床啊？

我在小学，送走了两批学生，都快成孩子王了。

后来我说，我转行吧。

才找关系，来长钢上班，先从炉前工干起，干了两三年，手无缚鸡之力，下班后，手都抓不住自行车的闸，回去着急上火，不想吃、不想喝，倒头就睡，就像新兵锻炼，适应了，才慢慢找到感觉，三年炉前工、一年加料工。

我希望自己是一个图书管理员，参加工作后，我读了很多书，发现知识领域是我所向往的。《平凡的世界》路遥写的，一个礼拜看完，大家都下课拿完了白馒头，就剩四个黑馒头，我们长钢就像孙少平拿那两个黑馒头的情景一样，我们企业，现在处在一个很落后的状态，知识上面一穷二白，技能不行，我就觉得我的知识结构跟不上这个企业的发展，不说我要做多大贡献，先说能不能适应了现在的要求。

12

雪停了

你离开工厂

一尊尊彩塑

一尊尊石造像

一件件钢材

一位位不知道名字的匠人

让你生活在一种全然的不断更迭的喜悦的生命状态里

各种声音

你的家，守着海水
不要忘记身体里的树

牛跃文、彭振平

我们是长钢炼焦车间的热修组人员。

补炉这天，我们在扒过焦的炭化室外，用隔热石棉板搭的"小窝窝"里，温度也会达到 200 摄氏度，我们穿隔热服，戴石棉手套、隔热面罩。石棉隔热服，毛毛糙糙的，粘得满身都是。我们几个人排着队，轮流往炭化室里冲，朝溶洞处塞一块砖，便急忙钻出来，进去、出来，前后仅一分半钟，但身上冒起了热腾腾的白烟。里面特别热，太热了，让人受不了。我们在炭化室或者是掏泥块，或者取废砖，清理完堵塞物后，就塞耐火砖，用泥巴粘好。

几位工人谈厂史

故县铁厂是我党在根据地第一个正式建设的厂。

1939年1月3号，抗大一分校第一批学员3000多人，从陕北出发东渡黄河，突破重重封锁，行程1000多公里，1月21号到达了屯留的故县村。没有专业的学校，住宿的地方也没有，只能分散住到以故县村为中心，周边的村落里，牛棚、马圈、庙宇里。

故县村二仙庙，几百人住在这里，彭德怀老总住在离这有段距离的潞城，他经常骑马，到故县村来二仙庙里给学员们上课。

故县铁厂，是抗大一分校的学员包括这些老八路，来到故县以后，开始建设的。

陆达，故县铁厂第一任厂长，李宝庆是第二任厂长，王林是陆达的爱人。

黄崖洞，在一座很高的山里，在很隐蔽的大洞穴里，制造炮弹、枪械。战争中，日本人也侦察到这地方，他们进行了疯狂扫荡，整个黄崖洞兵工系统被破坏了，八路军只好把能运走的机械运走，把技术人员分散在长治地区，分散成12个厂，长钢就是其中一个分支。

兵工系统被破坏后，八路军军工处决定自己制造炮弹，当时整个故县地区，没有能够生产制造炮弹的灰生铁。

德国留学回来的陆达，结合当地方法，发明了焖火技术。军工处抽调技术骨干，在故县建立铁厂，生产炮弹。

要有自己的小高炉，要打地基，那时候没有钢筋，水泥也没有。当时在整个故县地区是三斤白面都换不来一斤水泥。陈志坚发明了用石灰、坩土、红土，按照一定比例搭配，当水泥用。

当时没有任何化验设备，原材料要做成耐火材料怎么做？宋宗树教给这些新大学生同样的东西怎么辨别，放到嘴里面，软绵绵的就是氧化铝，咯吱咯吱响的就是氧化硅，大家就是用这样的方法来判断原材料的成分，然后再进行加工，做成耐火材料，长钢的耐火材料厂就是这样建成的。

长钢第一代厂长陆达做的笔记，用中、英、德三种文字写的。他是一个官二代、富二代，在德国留学，学的化学工业，杨虎城将军去德国讲学，宣讲革命思想，他被影响了，转而学了钢铁行业，用钢铁报国。学了之后，没去优越的地方，到了延安，他是一个学者型的技术人员。陆达带领大家，把故县铁厂建成了，把中国共产党的第一座高炉让它出了铁。

他从德国回来的时候，带了一部徕卡相机，记录了中国共产党建设第一座钢铁厂珍贵的历史资料。

卷 第 七 贵 阳

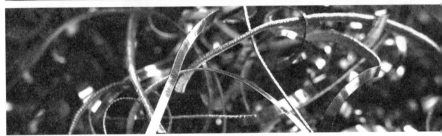

李持平

1952 年出生于贵阳，1970 年入厂。
炼钢车间。

黄晓延

1957 年出生，2001 年逝世。
工作于贵钢。

安 燕

1964 年 8 月出生于贵州开阳，
贵钢职工医院，护士。

韩 迅

1972 年 10 月出生于贵州兴仁洞坪木至，
1993 年入厂。

唐龙敏

1986 年 4 月出生于贵州大方县中寨村，
2012 年入厂。
新产品开发。

严长飞

1987 年 9 月出生于贵州遵义余庆县，
2013 年入厂。
高线。

刘 刚

1961 年出生于贵州贵阳，1981 年入厂。
统计。

陈友银

1936 年 1 月出生于贵州仁怀三合镇，
1959 年入厂。
供应科。

1

这已超出了你的所有想象，从离开的那天开始，你就没想过会回到这里住这么长的时间。本来，你只是路过。

1986年12月26日，你从乡下到县城，到湖南铁合金厂报到，当了一名一线工人，那年你15岁，你和哥哥互换了名字，年龄也随之大了一岁。

你被分配到炼铁二车间石灰窑，工种是窑工。在石灰窑干了十年，没有挪动，岗位一样，场地一样，每天的工作一样。你把自己泡在噪声和灰尘里，噪声大到两个人说话，即便对着耳朵说，对方都听得不太清楚。至于灰尘，一个班下来，身上一层厚厚的白色石灰，从头至脚。

十年之后，你离开了县城湘乡，离开了湖南铁合金厂。

20年后，你又回到这座小城，住了大半年，在城中心的一堆民房里，选择了一套老房子。请楚子写了两幅字，屈原的《楚辞》和王国维的《人间词话》，萧乾父从北京快递来四幅字，还有山西唐晋治印的《心经》，挂在书房。

每天，你会选择一个曾经经常去的地方，碧洲公园、壕塘口、七一广场、东风广场、梅坪、305 厂、化工厂、湘乡水泥厂、棋梓桥水库、谭市镇、东台山、塔子山、中山学校、一中、二中、东郊、马家坪，你还去了铁合金厂的下生活区、上生活区、二车间、三车间、烧结车间、八车间、火车工段……

你又想到"多重机缘"这四个字。

1986 年你成为一名正式的有档案的工人，2016 年你采访北京、河北、山西、湖南、贵州、江西、甘肃、新疆、吉林等全国各地的工人，每天都在写他们的生活，查阅他们的资料。

你第一年采访的工厂，第二年再去，就搬迁了。

你曾经工作过的两座石灰窑，十年前也拆除了，你去的时候，石灰窑后面的料坑还在，石灰窑底座下的那一层水泥房子还在，其他的，空了。现在整个工厂都要被拆除了。

18 岁，你听工厂里的一位书记对职工说：工人同志们，你们好好干，你们现在拿到的工资并不高，这是现实，但是你们每挣十元钱，两元钱是工资，另外的钱，用于再生产，还有一点钱，工厂给大家存起来了，等你们退休了，工厂再发给大家，以后，工厂来养大家。

以后，铁合金厂没了。

你那批同事，现在散布于广西、内蒙古的几个铁合金厂里，更多的人，散落在全国各地打工。有在工厂的，有在建筑工地的，有自己做生意的，有在家的，有退休了的。这些，大家都不再去思量，大家在想着几十年之后，一起聚聚，一起说说话，看看对方。你和工人谭良泉、文映平、陈良芳、小成等几个活跃的同事联系了。

5 月 21 日，20 多位同事，在湘乡东风广场附近的一家餐厅里见面，下着雨，陈立莆师傅年纪最大，80 多岁，你去接的他，其余同事，都早早地到了餐厅。有一个人没有来，她说，店里事情太多，离不开身。

大家都有很大的变化，热情、尖锐的文映平，更加的热情，尖锐得有点像大姐大。小成，还是那样活泼，做事情比以前更加的能干。20多个人中间，有三个人，是你离开后去的石灰窑，与你不太熟悉，还有三位，是最后几年去的，你实在想不起他们的名字。那一天，你感觉到了：工人、知识分子、农民、商人、演艺人是几种完全不同类型的人，特征明显。你看着你最好的两个小伙伴：谭良泉、罗湘成。

同事们坐在一起说话，拍着肩膀，笑着，说着，你真切地掉进了时间的黑洞里，那是20年前的生活场景，你没有觉察到时间的变化，你还在工厂里与这些同事一起上班，你并没有离开湘乡，去到北京的那个人，不是你，时间没有流动，你就在工厂里，一直都在。

住在湘乡的半年，你像个异乡人，住在出租屋里，看国内外拍摄的各种工厂影像资料，整理采访来的工人文件。你离开劳动者太久了，你知识的贫乏，包括对工业文明的无知，你想表达好工人，须从先秦诸子、《史记》的文脉中，一路踏歌，来到现在，别无他法。

近年，没人相信你的变化会如此巨大，你自己都不知道是什么原因，让你变得如此彻底，你曾经是一个缺点太多的人，无论是为人处世，还是对自己的约束力，都很差。现在，你终于可以勉强给自己打出及格分。

冬天的早晨6点，天还没亮，拉开窗帘，外面下雨了。你提醒自己：开车要慢点。

轻轻下楼洗漱，你听到厨房里有响动，没想到，母亲已经在准备饭菜了。

出发了，父亲母亲站在门口，静静地看着你，尤其是父亲，摇着手，雨水模糊了反光镜，淡淡的影子被水浸湿，父亲老了。

一路小雨。

今天出发去贵州贵钢和水钢采访。京昆和杭瑞两条高速路，你选择了前者。

车过茅丝岭，风景变化了。群山各异，云像游客，飘浮在各山顶，严严实实不透露出一点树林的影子，有些云，飘散到半山腰，有些落到了山谷。还有700多公里才到目的地。

一路往西南，入贵阳，路况不是很好了，转弯，要严格地走同一条车道很难，总会变道。你把车速降了下来。

贵阳，贵山之南，南面为阳。

贵阳是一座山、又一座山，无数座山包围的一个城市，市中心面积很小，现在和以前的变化都在40平方公里内进行，现在发展的是卫星城市。

李持平

1952 年出生于贵阳，1970 年入厂。
炼钢车间。

守着你的长发
彩色的珊瑚从海底爬上沙滩

　　贵阳有三条河，母亲河是南明河，流经贵钢。老贵阳市的
精华集中在河两岸，十里河岸十里景。我们又称之为富水，贵
阳人依托南明河生存。以前，河水清亮，饮用水、生活水，都
取自南明河。

　　1935 年以前，贵州是军阀割据之地，国民党打不进来。蒋
介石在红军长征时，用薛岳的部队把贵阳占了，想发展贵州工业，
办了贵州工业实业公司，我母亲的叔叔负责人事，他是日本一
所名牌大学毕业，我母亲看了叔叔从贵州带回去的相片，亭台
楼阁，山水清亮，非常漂亮，叔叔还告诉我母亲，南明河河水，
可以直接喝的。

　　1941 年，我母亲跟着她的叔叔，抗战的时候到了贵阳。

抗美援朝那年，我出生在贵阳南明河边，现在叫状元街。

小时候，河水没被污染，我们在河里游泳，抓鱼抓虾。河两边房子不多。原来我住大院里，几十户人家，只有一根水管，洗衣服不方便。姐姐在家里用搓衣板把衣服搓干净，拿一个大提篮把衣服装起来，我和姐姐一个人提一个篮子，还有捶衣棒，河边全是一块块平的大石头，我们在南明河里捶衣服，清衣服。

父亲在1958年被作为"右派"撤销了财务科科长职务。父亲的那些朋友，基本上都被打成了"右派"。原因很简单，我母亲是萍乡人，好客，来家里的人，她就招呼大家喝酒。父亲不喝酒，但我们家的酒比较好，像茅台这类的酒，三块钱一瓶。我们家一亲戚，是公司团总支书记，把来我家喝酒的事，大家酒后说的话，汇报给党支部书记了，正好那时候"右派"是下指标的，公司领导正好缺名额，就把这些凡是说他坏话的人，对他有意见的人，都定成"右派"。父亲没在场，但是在我家喝的酒，被定成"右派"的这些人，后来情况非常悲惨。我家情况还好一点，父亲只是下放劳动，没有被劳改，还有点工资，其他人的下场很惨，死都死了好几个。

我最近看《风筝》，看得泪流满面，太真实了。我们这一辈人看《风筝》能看懂，人物的塑造，形象特征鲜明。

我最怀念我住过的那个大院。

大院位于贵阳曹状元街，是康熙年间武状元曹维城府邸遗址，老人跟我说，大院子是外国人住过的地方，在贵阳很有名气的，叫新世界饭店。三四十年代砖木结构，修四层，在贵阳很少的，解放后，成了贵阳民族商店职工宿舍，职工一半以上是少数民族，苗族为主，其次是布依族和土家族。我的童年、少年、青年时代都是在这大院里度过，一直到1986年贵阳大规模城市建设，大院被高楼代替。

大院有两个门，另外一个门后来封了，变成一间房。院子正门朝主街，当时叫四城路，现在的状元街。大院，两进三层。第一进尤其的大，进了院正门，里面密密匝匝的小单间，前院成了大家的天井。大院分两手，一边是大门的这栋房，一栋四层楼房。一楼是餐厅，另外三层是客房，后面又有一过道，通大厨房、后院。大院很美，像四合院，朝南，院里是青石板地面，两个大石缸，消防用水，喂金鱼，种荷花。

后院不大，有自来水管，贵阳自来水少，安在院子里的更少。自来水都安在街上，挑水吃，有水工，一家一家送水，有些人家是自己挑水，每家有大水缸。天初亮，很多人，边洗漱，边问候，是这里一年四季不变的风景，从早到晚，你用我的洗菜盆，我舀你桶子里的水，是再自然不过的事。后来人越住越多，成了一大杂院，让我有了后来这么多美好的回忆。

大杂院住的人很复杂，但大院里的人都经受住考验了，非常团结，用以前的观点，里面反革命有，"右派"有，工人阶级有，共产党领导有，但从来不闹矛盾，这些人都可以在这大院里生存。各民族的人都有，汉族、苗族、布依族、水族、仡佬族……非常包容的一个大院，一家有事，家家帮忙。大院总共住了40多户，200多人的大杂院。院子在"文化大革命"时期，没有哪家被偷、被抢，没有被抄过家。

"文革"期间抄家成风，我怕家里被抄，我们住一楼，每次走到家门口，先看窗户正不正常，然后才提心吊胆地回家。

大院里老老少少，没吵闹的，和睦相处，在那逢年过节连糕点都要凭票的年代，院子里夜不闭户。

我家在前院与后院的通道里，薄薄一层的木门，父亲做了个活动木闩，家里没人，我们把门推开一点，有了缝隙，手便可以伸进去，拉开门闩，便算开锁了，出门也是如此，手伸进去，插上门闩，便是妥当。

至于各家的锅碗瓢盆，院子里、水井旁、走廊里、窗户下，到处都是。

院里的人都好客，尤其是少数民族人家。大院里，每年的"四月八"少数民族节日，最神圣的一天。院子里的老人、大人、孩子都要穿上自己的民族服装，他们的衣服都是崭新的，戴的首饰也多。我们那大院大门，平常晚上是要关门的，这一天，通宵达旦大开门。

1957年"四月八"，大院人来人往，我跟他们出了院子，男的女的，一路跳、一路吹，集中在一个地方，跳一天，就是他们的狂欢节。谈情说爱也是那一天，少数民族一般自由恋爱，在婚姻方面比汉族开放，只要你看中谁，你给她一个定情物，就可以了。老人、小孩也喜欢这个节，可以吃。

我母亲在银行，有人际关系，要我到银行去，我兄弟都到银行了，我要到贵钢去，是工人阶级，是炼钢工人，当时讲钢铁是元帅。能进贵钢很不容易，我分到贵钢炼钢车间。

我进到厂子里，惊叹两个事情，一个是大生产，什么叫热火朝天，那时候我理解了。当时炼钢车间有五台炉子，五个浇铸，我当钳工，大家都想当炼钢工。炼钢车间是 1964 年，大连钢厂的一个炼钢车间整体搬迁过来的，来贵钢的有 170 多名员工。每台炉子的骨干基本上是操东北口音的大连钢厂工人，他们大高个，一米八的个子，什么叫工人？他们就是工人，形象伟岸。东北口音的工人瞧不起南方人，贵钢有本地老工人，部队下来的。他们也被轻视。我有点奇怪，还欺负本地人！我进贵钢的第一个月就和一个人高马大的东北口音工人打架。

工厂采用解放军部队连队编制，一连、二连、三连是生产班，我在机修工段，属于四连，钳工。

师傅叫我，小李，拿个桶去领水。

我就拿消防桶去排队，一桶桶接水，排到我，东北口音工人上来就把我的水桶扔一边。

我说，"扛由"，贵阳话，北方叫"插队"。

我质问他，他眼睛根本没看我，我个子太小，他理都不理我。我当时就急了。拎着水桶和他争吵，我一看他好像要动手了，那里到处是铁锹，我随手捡一个，直接敲下去，冲动得很。他一看，这小个，居然敢动手，他自己跑了，我就在车间里追他。这一打，把我们学生辈的地位提高了。当时进厂30多个学生，东北口音工人都知道了：贵阳学生敢打架，有血性。

后来我们成了朋友，他带些干鱼、海鲜来，贵阳看不着这些。东北口音工人送到我家，我住四层楼的大院里，这些人一进去，真是蓬荜生辉，邻居一看，来了好多北方人，挺光荣的一件事，我们是少数民族大院，外地人挺少见。

我母亲说，这是我们家谁谁谁的师傅。

我们当时还有一个任务，抗美援越的很多金工钢是贵钢生产的。以前不用钢号，直接叫名字，炮钢、飞机起落架钢，炼了很多，觉得特别威风。

贵钢在1964年转成特殊钢厂，就不亏了，贵钢最响的产品是中工钢，后来贵钢又发展成中国的钎钢基地。

小时候，我觉得工人伟大，现在感觉工人可敬。如果你问我，来世干什么？

我还想干工人。

工人心不累，豪放，没有琢磨人的事情，工人很傻。当工人，一起加班加点，大家就是共产主义，吃饭一起吃，做事一起做，家里有大事小事一起上，虽然物质生活匮乏一点，但人活得非常快乐。

2003年，我帮爱人在我们小区里面送了半年牛奶，那时候我是宣传部部长,起早贪黑地送一份牛奶1毛钱,一天就几十份,一个月100多块钱,后来不送了。我爱人就在一个学校门口做点小生意,做不下去。

看商店,卖服装,一个月几百块钱,现在都在干这个。

这一生,我爱人比我苦,从小开始。她是贵阳人。我有篇文章,发在《贵阳文史》杂志,编辑说有文史价值,文章叫《老外婆唐素珍的人生轨迹》。

唐素珍,我的嬢嬢,我们叫她老外婆,跟着女儿喊的。她能干,有胆量,是遵义地区的农民,"大跃进"时候,老外婆跟老外公说,我们家四个小孩,粮食不够吃,你还是去贵阳找个工作,这样有保障。老外公隐约也感觉到了什么,家里和村子里有种压迫感,有压力,他觉得有道理,就去贵阳,找了很多地方,终于在贵阳当上了炊事员。老外婆就一个哥,没什么其他亲戚,什么都靠她自己,出工挣工分。一天,她回到家里,四个小孩全天没吃东西,饿得嗷嗷叫。老外婆打开米缸,一粒米都没了。

老外婆亲口对我说,我一不做二不休,我把你老婆背上,带着三个小孩,五个人一起,从遵义走路到贵阳,走了三天。

我问她,怎么走来的?

她说,走到什么地方黑,就在哪里歇,饿了就讨饭吃,渴了就喝井水。

老外婆到贵阳找到当炊事员的老外公,他们在食堂旁边搭了个偏棚,一家人住在里面。老外公每天从食堂里带碗面条回家,老外婆在棚子外面支个大铁锅，把面条、茶和在一起，四个小孩和老外婆，一天就吃这一顿。

后来，单位把他们户口解决了，有了粮食，才过了生活难关。

三年严重困难时期，民间有一种说法，贵州省饿死人最多的地方就是遵义，如果老外公不出来打工，全家估计也被饿死了。

我父亲叫李世洪，解放前，复旦大学财政专业毕业的高才生，在上海当总会计师。解放后，我父亲在贵州省一家公司当财务科科长，他很严谨。1959 年，母亲是贵州省的劳动模范，报纸还登过我母亲的事迹。我母亲说，你父亲一辈子搞财务工作，他的财务账，不管解放前还是解放后，没有一分钱错账。

1960 年，周总理到贵钢，贵钢向周总理要技术人员，周总理跟冶金部打招呼，冶金部责成北京钢铁学院，把五个老师分配给贵钢。我采访过他们，让我震惊，他们的同学很多是做"两弹一星"工程的。这里有一个人必须要说，叫施恩，贵钢、首钢的人大部分都不知道施恩是什么人。

施恩发明了中空钢这个钢种。在施恩之前，中国要从瑞士、日本进口。60 年代，中央领导发话，太贵了，四万美元一吨，中国买不起，后来国家让十个钢厂做实验，研发中空钢，研发不出来，贵钢坚持下来了，贵钢发明了中国的 55 硅锰钼中空钢，发明人是施恩。

我进贵钢，也不知道施恩，我是退休以后才知道。

他是 1957 年一个学报的主编，非常有才的上海人，一米八的个头，1960 年到贵钢，建了一个小点，专门研发炼特殊钢，搞了近百次试验，1964 年，他们这个小点发明了中空钢。施恩是"右派"，在贵钢得不到承认，后来冶金部开中空钢品种鉴定会，要施恩去，他早就检查出了肝癌，他一路吐血。我们这里的一位总工程师把他护送到鄂钢，上了讲台，把他在贵钢做的 55 硅锰钼中空钢说完，就进了医院，死在医院里。

鄂钢党委号召向施恩学习，说他是中国共产党的好儿子。

贵钢当时说他是"右派"，不能向他学习。

他的骨灰送回贵钢，没有路费，贵钢技术部门的同志，每个人五毛钱、一块钱地捐款。他是钎钢的功臣，到现在为止，我找了很多地方，找不到他的照片，他得不到承认。

2

两年多的采访，你这是第一次拜访当地文学界的朋友。

你去山花杂志社，贵阳的马路弯弯曲曲，左转道经常有两车道，直行道只有右边一条车道，在山与山之间，能有此空地让人们集中居住，已很不错。

这两年，你发现了自己一个问题，每去一个地方，哪怕已经去了很多次，你都会有一种陌生感觉，还有饱满的好奇感。贵州你是第五次来，道路、植物、山峰，依旧让你激动万分。

在杂志社见到了李寂荡、谢挺、李晁等人。李寂荡，是位忧伤的诗人，他的伤在从容的身体里，你们只见过一次面，具体在哪里？你和他的记忆有偏差。

谢挺的母亲是位佛教徒，10多年前，母亲去世，谢挺为了怀念母亲，下决心吃素45天。后来，他感觉吃素挺好的，就一直吃素至今。你们没有深入交谈，对于近10年来的谢挺，你不再了解，不知道在他身上到底发生了什么。他是鲁一班学员，他的同学，在中国今天的文坛，大部分都是叱咤风云的人物，你见他，也是在18年以前。他说，他没了写作的欲望。其实，他是一位优秀的艺术家，一位严谨的艺术含量很高的作家。他的容貌也变化巨大，让你惊讶。

李晁，一位热情四射的小伙子，你喜欢他的作品，就像喜欢他的人一样。从他身上，你看到了年轻时的自己，只是那个时候，你没有写出他这么多、这么好的文学作品来，你也没有他那般纯粹。他是位透明和朴实的青年，他坚持要尽地主之谊，带你去弘福寺走走。

亭台楼阁，飞檐琉瓦，于山水烟雨中，层层叠叠。山里的猴子，成为独特一景，很可爱，尤其是小猴子。你第一次看见这么多散养在外面的猴子，汽车上、围墙上、大人小孩的脚边、殿堂上、树上，都有猴子，为数还较多。

通谛师很小出家。刚进寺院的第一年，还没出家，他见寺院里的会计不地道，就出手打了他。师父回到寺院，把通谛师的左手拿过来，放在手心上。

用手轻抚着说，年轻人，不要冲动，不要躁动。

师父并没有他想象的那样，对他严厉批评，或者把他逐出师门。还有一次，通谛师出家后不久的一个夏天，他从山下回寺院，在山路上，天热，他就把僧衣脱下来，搭在肩膀上，露着膀子往山上走，撞见了师父。

师父说，小伙子，很帅吗？

吓得通谛师赶快把僧衣穿好，大气都不敢出。出家不到两年，通谛师去重庆找师父的同学，见到师叔。

师叔说，你还上什么佛学院？好好地跟你师父学就是，你师父都不在外面乱走的，你一个小和尚，怎么到处乱走。小通谛师回到弘福寺。

师父见他，说，你是谁啊？

身边的人说，师父，您怎么忘记了，这是您徒弟释通谛啊。

师父说，哦，记起来了，那个打人的徒弟，记起来了，回来就好，回来就好。

通谛师说，其实师父不是不认识他，是故意这样来教育他。

你们在寺里转了转，寺院上上下下，都是猴子，大殿上，围墙上，屋顶上，路两边，都是猴子。

一个女孩站在停车场旁发呆，十几只猴子散落在她周围，各干各的事。

一只猴子趴在车窗上，高高地翘起它的屁股，透过车窗往里看，一次次乐此不疲，不知道它看见了什么。车身都是猴爪印，下山，慢慢地开车，绕过一只只猴子。

与赵卫峰、西楚吃饭，聊诗歌。这是你近两年见作家最频繁的一次。

黄晓延，你命定相遇的一个人物。你寻根问底，跟踪答案，想用你的文字，用卡夫卡，或博尔赫斯的方式，来画出一个小说的、工人的黄晓延。

来工厂之前，黄晓延的名字没有出现在工人的任何资料里。采访贵钢李持平，他说了很多黄晓延的故事，说到《中篇小说选刊》选发了黄晓延很多的小说，你联想到了选刊编辑部里的朋友刘晓闽。他说到《青年文学》杂志发表过黄晓延的作品，那是你曾经工作过的单位。他说到《人民文学》也发过黄晓延的小说，你想到韩作荣、李敬泽、邱华栋、施战军、朱零、李兰玉、刘汀等人。李持平说的这些，都与一位工人相关，他是工厂里的一员，写了很多工人的作品。

　　没想到的是，在这个网络疯狂发展的今天，竟然查找黄晓延的文字，那么的困难。你想买他的书，孔夫子旧书网上只有《中篇小说选刊》杂志，没他的书。李持平说出版过他的一套小说集，你在淘宝网上找到了三家，有他的书卖。你直接下单，两天后，店家说书被水泡坏了，退了你的款。后面两家，都是如此，说书没了。你找到李晁、谢挺，他们帮你找到了苑坪玉先生，他那里有一套《寻找诺亚方舟》，快递给了你，你才比较完整地看到了黄晓延在工厂里写的作品。书是出版了，但不知道什么原因，基本没发行。这书的寻找，用时两个月。

　　下面是这本书封面勒口上的资料：黄晓延，1957 年出生，2001 年逝世，当过知青、贵钢工人，恢复高考后，入贵州大学中文系，毕业后一直在贵阳钢厂从事行政工作。1989 年开始发表作品，先后在《人民文学》《青年作家》《青年文学》等刊物上发表中短篇小说数十篇，60 余万字。作品主要反映了大变革时代国有企业机关里的人物生存状况及国企改革所产生的种种矛盾与复杂的人际关系。作品以现实主义手法为主，并吸收了一些当代小说创作技巧，整个作品洋溢着浓郁的生活气息，在艺术上具有极大的张力。

　　你读黄晓延的几十篇作品，你最喜欢的是《金秋时节》，他的才华，在那一篇里，低调、内敛，充满了作家的独特魅力。这本书是贵州大学中文系 1978 级同学为黄晓延编辑的，《寻找诺亚方舟》中短篇小说集，上下两册。如龙超云所写：不只是同学间的怀念，更多的是对文学的敬重。

黄晓延

1957 年出生，2001 年逝世。
工作于贵钢。

雨中的苏瓦
一个女孩的名字

李持平说黄晓延

　　黄晓延，黄色的黄，拂晓的晓，延安的延。他经常来跟我聊天，他在贵钢名气不大，很低调，老老实实干他的本职工作。他在外面挺出色，他给我看一本杂志《人民文学》，上面发了他的作品，贵钢人都不知道，这还是 90 年代的事情，《黄晓延中短篇小说集》也出来了，贵钢人不知道，黄晓延在贵钢是一个工人，贵钢子弟，先在贵钢农场开过一段时间拖拉机。

　　他在贵钢从不声张，领导叫他做什么，他都能做好，老老实实地做，晚上，他自己搞创作，《中篇小说选刊》杂志上选登过他的一些文章，在贵州省产生影响，何士光欣赏他，我在《贵州日报》上就看到过这些文章，专门讨论"黄晓延现象"。

现在网上很难找到他的东西，2001 年他就走了，生病，他去世的时候，我还和《中篇小说选刊》的张主编通过电话。

张主编说，黄晓延生病了，没医保，报销不了，他的病比较重，肺部已经感染了。你们贵钢如果有困难，我们《中篇小说选刊》编辑部来承担他的医疗费用，他是一个很有才气的年轻人，文章好，我们都很喜欢。

后来，黄晓延过世，张主编还以《中篇小说选刊》编辑部的名义，发了一篇唁电：

黄晓延的文章非常严肃，黄晓延的逝世是中国文学事业的损失。

黄晓延写了一篇文章叫《金秋时节》，就是写他开拖拉机的这段生活经历。

大学毕业后，他再回贵钢，贵州省其他单位想调他，他不想去，他认为贵钢才是他吸取营养的地方。

他从办事人员，一直做到办公室主任，后来就过世了。

他的家人都是贵钢的。

我们有一个状元小区，贵州省 2002 年、2003 年，两次高考，文科状元都在那地方，其中有一个就是他的姑娘。"状元小区"申报地名，很多手续都是我去跑的，门匾是我写的。黄晓延就一个女儿，现在出国了。

我们私交非常好，他什么话都跟我说。

他说，贵钢领导不知道他写文章，有个领导批评他的文章写得不好，经常叫他要学谁谁谁，他都跟我讲。后面他得病，很重，女儿才初二，他不告诉女儿，告诉了我。

我找武装部的姜同志说，有困难找解放军，武装部就是我们的解放军，黄晓延住院了，请你们帮忙照顾。

他们派人照顾了几个月，白天是我，晚上就是他们。

黄晓延的肝最后还是切除了，住了一年的医院，出院就上班。又继续写作。他最后一篇文章叫《玉碎》，讨论人的价值观，选登在2001年第2期的《中篇小说选刊》，这篇文章发表不久，就又发病了，肝癌，第二次不可救药，非常悲惨。他没人照顾，我也照顾不了他了，我们住一个小区。

有一天他给我打电话，说，我下不了楼了。

我就带着女儿跑到他家，他开了门，他一个人在家，十来个月，太凄凉了。他爱人照顾老岳父去了，肺癌。他老婆非常悲惨，丈夫黄晓延先逝世，父亲又逝世，一周之内两个人。

黄晓延那次发病就不得了，我当时跟我们党委书记打了电话，他在苏州。

我说，他发病了。

书记马上安排贵钢医院给黄晓延一个单人病房。我以文联的名义找贵钢书法好的人，摄影好的同志，在黄晓延住院期间，在贵钢医院做了一个"黄晓延事迹展"，不然，大家真不知道黄晓延是谁，他都干了些什么。

我写的展览标题：我们不会忘记你，人民不会忘记你。

他们说，这个标题太突兀了，怎么能写这样的标题？

我说，《中篇小说选刊》杂志张主编跟我这样说的。

后来张主编的唁电里也是这样说的，"我们不会忘记你，人民不会忘记你。"

当时很多人就觉得非常怪，这么一个标题，人还没有走。

黄晓延躺在病床上，弥留之际，平时他就很安静，从来不叫、不哼，那个时候他疼痛得在床上直摆。贵钢同事去看他，有经验的人说，他想见他女儿啦。

他们就自作主张，因为黄晓延跟我说，他不能见女儿，他没勇气，他也不准女儿来见他，他不愿意让女儿看到他这个样子，他想留给女儿最好的印象。

我们去的人说，一到教室门口，他女儿从窗子里看见都是爸爸的老同事，她马上跟老师请假出来了。

女儿到病房里什么都不说，就拉起爸爸的手，我记得这个场景。

黄晓延的女儿黄山，拉着她爸爸的手。

她给爸爸讲了《参考消息》的最新报道，她说，我们在南海的飞行员王伟，和美国飞机相擦，牺牲了。

黄山说完这段消息，然后，她就大段大段地背诵唐诗。

她背了20分钟不断。

最后弥留之际，他只认得他的女儿。

那天，他的女儿背诵着唐诗，黄晓延安安静静地走了。

黄晓延跟我说，他从小教女儿两件事，女儿喜欢他读故事，他就拿唐诗、古文读给她听。后来女儿知道，父亲所有知识都是从书本里来的。她三四岁就开始抱着书看，进贵钢幼儿园，老师不准看书，她就坚决不去幼儿园。

他女儿不到五岁，就进了贵州小学读书。女儿是黄晓延用非常好的方法教育出来的，他女儿中考是贵阳市第一名，高中，他女儿在班里是个"坏学生"，不爱听班主任的课，她要听外教的课。他女儿在高二、高三，参加全国英语竞赛，口语比赛拿了很好的名次，当时参加者有很多是海归，有北京的、上海的学生，她第十六名。

黄山高考的第一天，给我打电话，说，李伯伯，我今天失败了，今天考数学，太难了。

我说，你难别人也难。

她说，我明年再考。

高考成绩出来，黄山总分第一名，文科第一名，数学第一名，外语第一名。

她考上了北京大学，她还是北大的优秀辩手。

我问她，你凭什么是优秀辩手？

她说，我是个小女孩，辩论的时候千万不要咄咄逼人，我是自由辩论，第四辩。

贵钢的同志给黄晓延布置灵堂，写了很多书画。黄晓延生前说过，不放花圈，就在灵堂上放一个小录音机，一支钢笔，一张黄晓延很随意的照片。

黄晓延很阳光的一个人，碑文是我们给他拟的，以他女儿的名义写的：黄河之水天上来。

他女儿说，这个碑文好，我父亲姓黄，现在他走了。

墓地有些荒僻，是找的一个熟人，找了一块地，不交钱的。我们给他出了一个小集子，印了300本，我当时拿了50本，送完了，黄晓延还有6部中篇小说的底稿，他老婆在贵钢，现在退休了。贵州人民出版社出版过他的中短篇小说集，80万字，上下册，在新华书店没有找到过。

摘编袁政谦写黄晓延的文章

我的小说《树洞里的海鸟》要赶紧用电脑打出来交出版社。我一直用笔写东西，刚好跟我很熟的黄晓延来编辑部，听到这事，他说帮我打，顺便也看看这篇小说。

晓延早就用电脑写作，打字很快，一周后，他交给我一张磁盘，还有一本装订得整整齐齐的打印稿。

晓延说，小说前半部分很不错，后半部分没写好，可惜了。我认同他的话，但更多的是自己的能力，有种种局限，使我对改好它有种无能为力的感觉，这是一种遗憾，一直延续到今天。

富有才华却英年早逝的黄晓延，疾病让他势头正盛的小说创作戛然而止。

我一直留着那厚厚一沓他为我打印的稿子，算是对他的一种怀念。

3

采访了一位工人，这是你采访中很难遇到的一位执着者，他在自己的本子上写了两页纸的内容，一上来，他就想照本宣科，你一听是套路，是会议纪要，你立刻友善地把话题引到你需要的上面去，等你需要的东西基本问完之后，他又一次次地说起他"笔记本"里的内容，你让他说，你想听听里面有没有工人的故事。

果然，基本没有。

他谈到自己往年的岁月，是彻底的孩子和天真的，谈到今天，就世故了。

你第一次采访到工厂医院里的护士，她叫安燕，你和她聊了很久的白马村，那是她少女时代的记忆，是她成长的地方。她对工人有着深厚的感情，对劳动者，有着一份崇高的敬意。

7点，天并没大亮，面对窗户，在宾馆的床上，静坐一会儿，心无挂碍。

写工人，你想写一个字"变"，你重新开始接触工人，他们唤醒了你的工厂记忆，复活了工厂里的每一位同事。你自己在变。工人在变。工厂在变。市场在变。社会在变。

安 燕

1964 年 8 月出生于贵州开阳，
贵钢职工医院，护士。

均匀地享用山峰的阳光

你走过去，她站起来

我是土家族。

土家族在老家铜仁那边比较多一点。我在开阳出生，父母
在一个核工业基地的矿山里，生产铀矿，大山里。60 年代我们
国家第一颗原子弹，有我们矿生产的铀，开始有专家在那里，
随着企业的关停并转，企业关了。

父亲从工人岗位上做起，那地方叫白马，不知道是一个镇，
还是一个村子，离县城 30 多公里，邮箱都是用的代号：贵阳市
80 号信箱。对外也称作 761 矿，都用代号，没具体名称，当地
地名，我们叫它白马洞，那里有个溶洞。

以前井下安全设施不好，经常听到救护车的声音，就知道
又出工亡工伤了，工伤事故比较频繁。我好多同事、同学家里，
都有工亡的。还有，铀矿有辐射。所以现在国家对军工企业转

产的，也比较关心。在花溪大道，给老职工购买了安置房、廉租房，让老了的父辈们都出来，铀矿现在没人了，只有几户人家在那里住。

我出生的时候，矿山人多，好几千人，全国各地都有人去，很多知识分子，大城市里去的人也多，60 年代，全国物资比较匮乏，我们那里的所有供应，国家都是保证的，工人待遇也好，每月都有奶粉、罐头之类的奇缺东西，文化生活也非常丰富。同龄人说那个年代吃不饱，我们没这现象。

矿山现在保留着世界上唯一用朱砂建造的一座庙宇，我手机上拍了视频，有图片。是个老寺院，好像是李自成打到贵州，留下的一座寺院，是贵州省重点文物保护单位，常年风吹日晒雨淋，有一些已经腐化，寺院里面的佛像，"文革"期间全部被打砸抢，没有了，就房子保留着，房子的建筑，雕的龙、凤，还有很多其他东西，是朱砂上的颜色。我们矿，还有汞。附近居民，经常下井偷矿来炼朱砂、炼汞，村民中汞中毒的也多。

在矿山，一听到救护车响，我们就全部上班，医院小，只有四十几个工作人员。井下事故比较多。有一天晚上，我们都在家休息，就打电话来，通知我们到医院，那天同时有三个工伤，两人非常重，抢救过来一个。拉到医院都有生命迹象，有一个到医院一会儿，没抢救过来。两人生命平稳以后，又转到省医院。我参加了抢救。他们的工作是爆炸，开采要放炮，是哑炮，没响，人接近的时候又炸了。

面对这样的生死，自己的情绪受不了，觉得自己的力量太薄弱，没把他们救过来，有愧疚感，更多的是无奈，我们只能默默地给他们一点祈祷和祝福。

医院里我最大，50 岁以上的没几个人了，都走了。当时如果解除合同，我可以拿到 26 万补偿金，我想了一下，坚持到最后吧，选择留下来。公司那次走了 1000 多人，我要是走了，就是社会上的人了，没组织了，没了依靠，更多的是工作了几十年，有一份不舍吧，还是不甘心就这样走了。

护士的地位也不高，医生是可以的，病人都感谢医生，收入分配，也都是向医生倾斜，我们护士比他们低得多。

4

你上次去迁钢，每天开车，从城里往工厂开。工厂里的一位司机说，在快接近迁钢的路上，有一个"固定"在那里的流动摄像头，藏在一个地方，每天在那儿，一辆很旧的车上，装了个测速器，隐蔽得很，每天在那里测速。司机说，问题在测速器上，它不准，还跟迁钢的两三个工人打过官司，都是车主败诉。

了解一个城市，或者走路，或者在自行车上，或者在公共汽车上。

贵阳只要有空地的地方，就有楼房。

晚上与冉正万一起吃晚饭，他对你一直视为同门，都是刘恪的学生。这一点，你很认同，15年前，你用10年时间写了一组《心灵物语》，不分行的诗歌，彭燕郊先生为你写了10000多字的长篇评论，给予极高的评价，刘恪在《新生界》杂志上，全文发表了你的长诗，数十页，一本书的容量，还有彭先生的评论，这大大激励了你后来的诗歌写作。你与冉正万碰了无数次杯，为你们共同的老师刘恪先生。这么多年，你一直深怀感激，但你从未说过。

韩 迅

1972 年 10 月出生于贵州兴仁洞坪木至，1993 年入厂。

> 没人可以伤害到你
>
> 因为，你爱所有可爱的人

　　我们村属于一脚踏三县的地方，紧靠北盘江。百德镇汉族人多，但整个黔西南是布依族和苗族人多。

　　我有三个姊妹，两个弟兄，我排行老三，在 40 年代的农村，老人都有这么多孩子。最大的大哥 50 多岁，最小的 32 岁。

　　我在村里面读的小学。1979 年到 1985 年，条件艰难，课桌没桌箱，石头搭的。一个桌子，三块石头，石板加过工，不厚。下面立两块石板，再镶嵌一块石板成桌面。

　　学校是木房，上、下结构，五间教室。屋顶盖瓦，周围石头砌墙，柱子是木头，一楼三间教室，然后上楼梯，像打仗看到的部队用的云梯一样，上到二楼，上面右边整个是一个大间，左边一大间。上面两大间，下面三小间，五间教室，在村中间的位置，方便各个地方的学生过来。现在类似的房子都没有了，全部改成平房了。

学校建在山下边，住户四面八方，都在山上，一个村子，大家相隔也不远，一两公里之内。

我们没有吃早餐的概念，中午放学回去吃饭，下午再来上课。我们是山区，以前叫大山区大山乡。

班上有四十来人，老师都是本地的，没正式教师，都是代课老师，有读了高中来教书的。资历老点的读过高小，像我大伯。我父亲读到初一，坚持不下来，饿翻了，他们那年代。学校里的老师，全是我们自己村上的，5个班，一个年级一个班。4个老师，插着上，安排完这个班的作业，就去其他班上课，轮着来。老师拿的钱很少，10多块钱一个月，年纪有大的，现在都80多岁了，还健在。小的老师20岁左右，高中毕业。我们毕业的时候，有6个人。

上学不交学费。我们家六个孩子，都上了学。

三个姊妹初中毕业后，她们就学了裁缝，可以解决我们读书的问题，老大带老二，老二带我，一个带一个，一个帮一个，就这样出来了。

女孩儿还是读书的，她们没有考上中专，考上了肯定也会让她们去读的。我非常敬佩父母亲，识字不多，眼光还有。当时好多人，给点钱送去学个手艺，就有饭碗了，能赚钱了，都还是这个头脑。我父母就希望我们读书。

　　我们学校有一半的人升初中，没读上的就在家务农。

　　有一个跟我一起的同学，小学毕业没考上，很小就结婚了。我们读完初中，还不是很成熟嘛，他就当父亲了。

　　乡中学跟我们家有五公里左右，我们住校，学校有食堂，从家里带粮食去，我们带苞谷面，有专门的后勤来做。苞谷面，就是玉米打成面，做成苞谷饭，有黄的，有白的。我家里头以玉米为主，十亩地，七亩种玉米，其他的种稻谷，一年一季。

　　我们每家都有石磨，我们叫磨子，把玉米粒磨成粉，筛子过滤，粗的剔出来喂猪，细的就人吃。带到学校，煮成米饭吃，叫苞谷饭，没有炒菜，每年都是白菜，偶尔有一点豆腐，煮一大锅，有这个就已经不错了。饭和菜都舀在一起，就这样吃，一个碗。盖的被子自己带。

　　一个礼拜回家带一次，自己背吃的，有的时候父母亲送一下，全是山路。我们班上前十几名的同学，都考上了中专，我考的是贵州商校，学财务。

　　两个姐姐为这个家庭付出了不少，她们在老家，大姐在百德镇开了一个店，做裁缝，后来开了一个小百货店。裁缝也在做着，她接过来，交给别人做，现在农村还有这个需求，现在做一条裤子，加工费一二十块钱，她的门面房子是自己起的。

　　少数民族的生活一直很悠闲，实际上到今天，都是这样。地方文化、琴棋书画唱都体现在少数民族，汉族主要以非常实惠的想法为主。

我们在童年就"打老庚",同年、同月、同日出生的,就叫"打老庚",不搞仪式,经常来往,走耍,像兄弟姊妹一样,男的叫"打老庚",女的叫"打同耷"。汉族、苗族,还有其他民族都是这样的。很难碰上,如果对上了,感情就会非常好。我读书的时候就有一个,我们读书、放牛,经常在一起,我带着他,吃苞谷、糍粑,山上烧火,一起烤,一起吃。

1989年以后,我们这一代人走出来的多,年轻人都没几个在家了,要么自己创业,要么在外务工。

5

进工厂的主路，两边的小店子都拆了，路改造成一个广场，只有毛主席的塑像，站在老地方，把手举过头顶，另外一只手，放在身后，经典的姿势。上面写有"毛主席雕像群"字样，贵州的毛主席雕像，现在也就剩两三座了。

刘刚带你，经过广场，经过他描述的车间，广场的后面，他说，还有一点厂房没有拆。

一扇铁门的水泥柱上，挂着块铜色老匾：中共贵阳特殊钢有限责任公司第二轧钢常委会第二轧钢厂。

匾额水泥柱上的枯枝败叶，有清理过的痕迹。古藤，像开着的花，长在匾额上边。牌匾很新，与周围的所有过去之物都不协调，它好像刚来到这里。它在努力保持着青春的模样。厂房墙上的爬山虎都枯死了，路灯只剩灯罩，窗户边的野草，遮蔽了整个窗户。铁的天桥，横跨两座厂房，好像只能承受一只鸟的分量，随时有崩塌的危险。老厂区还有两个车间没拆，估计要不了一个季度，这里就消失了。你和刘刚在老厂里拍了很多照片。

进去前，你见到一位工人，与他聊天。

他说，这里还有三个人。二轧 650 是贵钢最后拆的厂房。我是炼钢的，我们留下来的都是受过工伤的一些老弱病残。我的手断过，两只手都是工伤，差点命都没了。

刘刚说，他们叫转岗，现在叫园区管理部。

工人接着说，现在各个厂房都要值班的人，还堆着很多物资。我是在吊钢的时候，受了一回伤，在炼钢厂，钢落下来了。另一次受伤是在车上装钢，钢滑了，开始掉下来，我不跳车就会被砸死，但我跳车跳歪了，手搞断了。厂房上半年就得全部拆完。

厂房里倒也还干净，没有难闻的味道，没有恶心的东西。一切，在等待拆除。要不了多久，这里就是高楼。再过一段时间，这里就是城市居民小区。

工厂里的钢、铁、火和烟，只存在于过去了，会有什么样的一种场所，会记住这些？云雾飘逸，会有这样的天空，记住曾经的事情吗？

进了二轧钢厂，传达室里没人，屋外散乱地堆放一些破旧的工作服、拆散了的电器一两件，最醒目的，莫过于堆放在窗台上的七个金元宝，从大到小，叠加往上，还系着一块红绸。

一把椅子，背朝外，面对空荡荡的厂房，椅子上搭着一个拖把，工人们走了，这把椅子还在看着厂房里的机器，主人不会再回来，椅子知道吗？

厂房在，丢弃的残钢、碎布，在灰尘中成为灰尘，一层层积压着，喘不过气来。有些钢铁像要逃走，它们半夜站起来了，挪了几寸远，天又亮，只能再次倒在地上，等天再黑下来。到了厂房外面的铁器、机器，也没能逃出雨水的洗刷，雪花的冷和尘埃的抓捕。

一个白色塑料桶，靠着黑色铁墙，三块扁钢围成半个圈，你琢磨着，这桶子是怎么进到角钢的圈子里去的。提了提桶子，很坚硬，扁钢的间距，连半个桶子都进不去，你推了推铁墙，七八米长，两米多高，早已落地生根，走的时候，你踢了踢扁钢，纹丝不动。只能解释，是工人在安装这些东西的时候，忘记把桶子拿出来了。这解释很荒谬。

一根数十米长的铁链，挂在整堵钢板墙上，形成两段，铁链的一端从钢板最上层的圆孔里钻出钢板，挂在上面，悬挂着几件铁器，不是工具，稍有风吹草动，铁器会撞到钢板墙上，发出一种奇怪的声音，这次与你同来的是位年轻工人，他说，声音还挺好听的。

铁链的另一头从钢板底层的正方形洞里穿出来，像大肠一样堆积在地上，生着锈，灰扑扑。旁边的板凳四周，80年代初期的各种明星卡片，散落一地，小板凳上有一本书，鲁迅的《野草》，20世纪70年代出的那个薄薄的版本，不远处是工人的休息室，工人自己焊接的各种小柜子，都敞开着，《野草》从这些工具柜里，拿出来，放在椅子上，搬家的时候，《野草》和这几十张纸，散落在这里。

1990年，你在工厂里成立了"启明星文学社"，团结了30多名热爱文学的青年，年龄都在17岁到20岁之间。后来，有些工人打牌去了，有些农村里的青年农民打工成家了，文学也成了一个曾经的梦，而不是一种生活的需要，他们曾经看过的图书，也像今天这样，零星散落，农民文青刘喜明把北岛翻译的《索德格朗诗选》送给了你，蒋世龙是你哥哥的同学，他把《瞿秋白文集》中收录有《赤都心史》的一本给了你，还写了赠言。

你捡起这本《野草》，在厂房里，没有任何一种东西，适合鲁迅的这本书了，它适合待在这里。其实，象征是一种很简单的东西，如果落在这里的是周立波的《铁水奔流》，如果是《百年孤独》《儒林外史》《红楼梦》，其至《聊斋志异》，都是可以有说法的。你对着工厂里的空荡，笑了笑，对自己笑了笑，把书放下了，像一种仪式，一种祭礼，把灰尘甩了甩，用嘴去吹起是不礼貌的。你把书稍微弄干净了点，端端正正地放在工人自己焊制的小板凳上。

在厂房的几个地方，你看到一块块长方形钢板，漆成红色，上有白字——印刷体的"撞"，本想问身边的工人，这是何故。你忍了忍，没有问，随着年龄的增大，你越发感觉自己知识的匮乏。文物、民俗、典故、古文、书画与你相去甚远，就是文字和心灵的距离。像鲁迅、沈从文那一代，他们的审美和见地，与他们对文物的了解是有一定关系的，而你，文化的墙壁上，一大片、一大片，空白。有那么多是不知道的，你"撞"见了那么多的人和事，"撞"见了那么多的文物和历史，"撞"见了那么多的习气和品行，"撞"见了那么多懂世间万物万理的人。

权当你对这"撞"字的理解吧。

厂房中间，炉子旁的一个圆柱，外面的圆露出里面的红色，黑色的油漆剥落殆尽，上面拧着两个螺丝，还有垫片，里面凹进去的圆里，黑色油漆保存较好，上面用白色粉笔写了三个字：好了吗。

字迹有些模糊，你不知道工人是在什么情况下，写下的这三个字。

是什么——好了吗？

厂房高高地悬在上面，地面是钢铁搭成的一个架子，铺在上面的钢板被抽掉，露出下面的空洞。

天车停在有楼梯的地方。很多年前，工人把天车停了，关上电闸，站起来，打开操作室的门，走向天车与楼梯相连的门，下到地面。这位天车工，没意识到，他永远也不会再上来了。天车停在那儿，敞开着窗户，像在看着不远的地方，等工人入座。

利用水泥柱，加上铁板，下面漆成一块工作黑板，用油漆印刷上：钢种、炉号、总支数、规格的选项，工人在下面用粉笔填上对应的数字，1214B1、30048、69、200×31、150^2。这些字是正常的工作流程。下面有一行字：全厂放假休息半年。

厂房后面，几栋二三十层的高楼步步紧逼，铁管、钢管、蒸汽管、水泥柱、横梁、三角钢像臭虫一样，集中到这个角落里，马上会被整体铲除。也只剩这一个分厂了，其他的车间推成了平地。

转进旁边的花鸟市场，热闹得很，这市场建得早，贵阳人没有不知道的。贵钢工人说，这里也在计划搬迁中。

唐龙敏

1986 年 4 月出生于贵州大方县中寨村，2012 年入厂。
新产品开发。

> 你坐在座位上
> 一根根地看着自己的头发

大方的老房子，有一些被保护起来了。进大门，有一小块地，大家坐在那里编点东西，农村喜欢住三间房，中间叫堂屋，往后退一点形成一个小空间了。这种房子在我们黔东南保存得比较好。

我们村上一到冬季，农作闲下来，有很多卖东西的挑着担子进村，有补锅的，有磨刀的，还有爆谷花的，在哪家落脚就在哪家住几天，我们拿着玉米去爆玉米花，这些人轮流进村。农村过五天赶集，有人拿着相机拍照，今天拍了，下次赶集的时候给我们送照片。

我在县城读的三年级，租房住，上学的时候，父母把房租一交，回去了，其他事情都自己弄。哥哥姐姐放学回来，买菜，边看书边做饭。从农村到县城上学的孩子都租房，现在还有一些学校都没住宿条件，就在外面租，我上高三才住校。我们一两周、一个月回寨子一次，哥哥姐姐带着，从县城坐面包车，50多公里，坐到镇上，然后走路回去，到家还有七八公里地。在农村，十五六岁还是比较成熟懂事的，与城里孩子不一样。

我是村里第一个女硕士，我爸比较骄傲。在农村，好多家庭认为，都不用有那么高学历，不用一直读书。

我们公司没有炼铁，是电炉炼钢，短流程，直接用废钢来炼，没有炼铁的铁矿、烧结的过程，偏于特殊钢。钎钢是我们的一个品牌产品之一。我们的老三件是钎钢、车轴钢、易切削钢。现在搞新产品开发，不限于这三大件，组建了新的焊丝钢系列、硬线钢绞线系列、冷敦钢系列。

6

　　去了贵阳附近的青岩古镇，这是个清净的地方，村中有寺，有匾额书：回头是岸。与你同去的工人，正从门里大踏步走出来，你抢拍下了这个镜头，工人头向前方，往左侧走，头也不回。

　　天有点冷，小镇旁，竟有一家上好的书店，名"百无一用"。

　　一楼、二楼书品不错，有些很有格调的经典文化书，不像有些书店，都在卖些排行榜里的流俗毒品垃圾书。

　　书店里有咖啡和火炉，里面的物件都有讲究。你拿了中华书局那套黄色的"中华经典藏书"中的《易经》。

　　你有些恍惚，书生也好，工人也好，说的都是你自己，你看着工人，你请他坐在火炉边，请老板娘上了两杯咖啡。

严长飞

1987年9月出生于贵州遵义余庆县，2013年入厂。
高线。

大海开白花
你只是经过

　　我出生在余庆县沟劈山镇太平村，比较大的村子，靠近镇。村里基本上都是汉族，我爷爷奶奶、爸爸六个弟兄姊妹，都住的是木房，下面住人，上面放点粮食，有两栋，横着一栋，后面有一栋。妈妈跟爸爸结婚，在旁边修了栋小的砖瓦房，爸妈现在还住那儿，算老式房子了，村里人现在都修小二层独栋的房子，我还有一个姐，爸妈要供我们读书，经济各方面爸妈节约一点，就没修新房子了。

　　我爷爷从小就是个孤儿，流浪到沟劈山镇，一个姓吴的老人，我们喊姥姥，收养了他，把他养大，我爷爷就姓了吴，后来，我爸爸还改回了自己的姓，姓严。

　　我爷爷是从开阳走过去的，我们家祖坟都在开阳，逢年过节会去祭祀。

国家对工人不是很重视，像我们80后、90后这一代工人，读书吧，家里得花钱，进入企业工作，也没有像以前能够分房。以前贵钢职工，他们刚进入企业就分了房，经济各方面的压力会小很多。

我们村子，花钱让小孩出去读大学的家庭挺多的，我四年大学算下来，七八万，我没乱花钱，知道家里也没有更多的钱。从贵州去上学，坐车两三天，卧铺票都不会买，就是硬座，两三百块钱。正常情况就是一直站着，从北京到沈阳，没有坐票。

爸妈现在还在外地打工，在防城港，我姐姐、姐夫也在那边的工地上，很累的，过几天他们会回来。

7

新厂区离你住的地方比较远，50多公里车程，去的时候大部分是雨天，还有几次雨夹雪。你到工厂里的时间，大部分是下午，与工人们聊天、说话，很快就黄昏了。

有些工人，穿灰色工作服，有些是黄色的，油渍给衣服加上了一层淡淡的黑色，他们从下午，走进黄昏的灯光里，光线柔和，呈现出一种暖色，他们身处于铁色之间，楼梯、墙壁，还有铁的工具，气息柔和。

看到你拍照，有工人就直接捧着一堆工具，来到你旁边，站定了，看着你，等待你给他需要的姿势。窗户的光线照进来，有几条光零碎地落在他脸上、肩膀上，像高更的画，色彩强烈，人物安详，植物飞扬的色彩，女子超然于尘世，通过色彩，高更重新表现了时间的秩序性。尤其是地上的光，像雪地，你想起上次在长治法兴寺看的那尊圆觉菩萨，阳光也是穿过窗户，照进殿堂。工厂里的铁灰色，对比这高更的激扬之色，如出一辙。你请工人就这样站着，不要放下手上的工具，不要改变动作，站在光线里。

工人戴的是蓝色橡胶手套、蓝色安全帽，穿灰色工作服。他们在清理擦拭一根根钢管，里面有两位女工人，其他为男性，年龄偏大。

一个工人刚下班，你把他拉到一边说话。从老家的前妻说到现在的妻子，从农业说到工业，这位工人挺有想法的。到了吃晚饭时间，他站起来就走，说，手上全是油，就不与你握手了。你坚持把他的手拉过来，握了握。他转身向大门走去，步伐不快，屋顶上一辆红色的天车，停在绿色的厂房里，他红色的安全帽，灰色的油渍衣服，一只手插在口袋里，一只手拿着手套。看到这些工人，你想到那些成百上千的石造像，想到那些不留下自己名字的匠人。

两个90后工人，在长长的流水线旁走来走去，红色的钢管流过机器，他们有时候几乎是在水里作业，其中一个完全被水淋着，你站在旁边，很久，他才停下来。你走过去，说，在不打扰你工作的前提下，我们说说话，你要干什么立刻去就是。

90后工人腼腆地从流水线旁退后两步，说，行，现在没事了。我才来了半年，才转正。我是贵州凯里的，黔东南地区。24岁，在天津读的大学。我们上12小时休息24小时。12小时，我就站在这岗位上面，如果正常运行，就看着这些设备有没有磨损。生产越顺利，我们越轻松。如果爆钢了，就马上处理。我还要管轧机、换滚环、改闸，都是我们自己干。一条线上，就我们俩在这边跑来跑去。

另一个小伙子从那头走过来，与你说话。工厂里噪声还是很大，你担心出问题，很简短地说了几句，就让他们专心工作。他说："我这边是粗轧，我守这边，他守精轧。我比他大一岁。云南宣威人，在昆明读的书。"

与刘刚一起去车间，你与工人聊完天，远远地看见刘刚，敦厚的样子，倦容成为脸部表情的一部分，对照在老厂区拍的照片，宛如两人，那天他也带了照相机，他刚拍完一张厂房的照片，你把镜头对准他，他在镜头里，你看见他的激情和喜爱的表情，神采飞扬地呈现在脸上，是什么激起了他生命里最动听的节奏，你看到了真实的他，站在一堆废弃的机器里。他今天的疲倦，让你想起昨天。

从楼梯的这一端，到另一头，一位工人侧着身，看着前面红色的钢管，工人中等个儿，偏瘦，厚嘴唇，大眼睛，蓝色安全帽的带子紧紧地系在下巴那儿，酱色工作服。他没有看见你站在左侧，你第一次，感觉到了一个人的五官在说话，在小学的作文里，你们就都写过这样的句子：会说话的大眼睛。

这位工人的眼睛在说话，还有他的鼻子，你只能看他的左侧，还有嘴唇，甚至耳朵，单独的五官都在说话。光线从右侧前方一点点地反射在他身上，安全帽檐是窗户的白光，你能够看见他右边的脸了，也被光线照着。

即使那次，你在一个小池子里近距离看的那场哑剧，都没有看到这种会说话的五官，你不敢再往前了，你不想打断他的话语，他没有笑，与痛苦无关，他好像在回忆，好像在体会这根钢管。厂房里光线其实很暗，因为工人站的位置，窗户收拢了天光，集中凝视于他，你想到蒙娜丽莎的微笑，就是类似的表情。他好像在与人说话，不需要语言的表达。工人右边背部，光线铺出来一条窄窄的线，不长，下面没光了，衣服本身的灰暗色，沉进暗色的厂房里，消逝了的声音，被水淹没。短暂的光，像在安慰工人黯淡的神伤，好像也只是一种温暖的示意。

他微微地往下，低着头，脸部的光线和表情，有了变化，他在看着最近的地方，帽檐上的光线多了些，左侧脸上，除了鼻子，其余地方都藏进了暗处。

这天下午，你看到的每一个工人，表情和相貌有着独特的象征。有圆圆脸的、眼睛长得退后一些的、耳朵长而紧紧贴着黑脸的。

有一个年轻工人，脸庞粉嫩，软软塌塌地戴了顶布单帽，双手缩在袖筒里。

一个工人，脸稍大，其实眼睛、鼻子和嘴巴都偏大，但整个脸部，好像戈壁滩，留白过多，大量的空地方。

这一个工人就更有特色了，帽檐下钻出来一小撮头发，像要扑向下面的胡子，胡子在下面接着头发，像中国画，笔墨不断。

拿着手套的工人，站在一块几吨重的铁板前，屋梁的轨道上，一辆红色的天车和黄色的天车挨得很近，体形硕大到近乎于整个厂房，横梁宽厚，铁链粗壮，工人站在下面，显得非常渺小，他看着天车把铁板运走，跟在后面，保持一定的距离。往厂房那边走去。

两个人戴的红色安全帽侧面，写有"维检"字样，一个站在机器旁看着，一个已经累坏了，蹲在地上喘气。

你与他聊天，他把肩膀上的工具袋取下来，放在地上，袋子油乎乎的。

普通扳手柄的最后端，工人自己又焊接上去了一个工具，你叫不出名字，你的哥哥唐鸿，之前在湖南铁合金厂做过钳工班的班长，你把图片发给他，他告诉你，这个叫乙炔扳手，属于焊工的工具。

一根红色高温的钢方坯，工人用两块薄薄的旧铁皮两头遮挡一下，让电焊工人少一点直接照射的温度。工人尽量伸长了手，调节着焊枪，去割断钢坯，蓝色的光束移动，在红色的钢坯上，溅起的铁星，如同烟花，在铁灰色的工厂里，浓浓淡淡地开着，电弧的光、钢坯的红色温度，照着工人的脸，工人尽量憋气不呼。

工人站在连铸机旁，水冲洗着发红的钢坯，腾起阵阵水汽，过了水，钢还是红色的，机器上，一个个螺丝、螺帽，吃紧了钢板，到处是黑色的机油，还有噪声，工人像没有听到声音一样，像没有看见红色的钢一样，像没有被油渍沾染到一样，工人站在机器里，他在水蒸气里看着尺子上的刻度。水从机器上溅在他身上，他读着数字。

你在工厂工作到第六年的时候，写了长诗《时间的刻度》，你没有写好，今天，这位青年工人，站在一堆的机器里，站在水雾里，站在高温里，到处都是机油，青年工人安静地处于刻度的一个数字里，慢慢地辨认自己的生活，感受数字的变化。

近些年，你的感知度，你的直觉，比往年细腻了，敏感了，无论在旧工厂，还是新厂区，或者是工人使用的一个工具前面，或者是立在那里的一块小牌子，甚至一些堆积物，都能打动你，美无处不在，你隐约间看见了自己那扇细微的门，虚掩着，等待每一件物的进出。

在炼钢流程上，一批连铸坯，长条，截面的高、宽相等，纯质的铁灰色，已看不出强烈的温度，波浪形的纹路，数十根，没有一块纹路相同，差别还挺大。

硕大的天车在屋顶上来回移动，有的房车悬挂着笨拙的大铁钩，似乎想钩走整个厂房里的物件。有的天车是大吸铁石盘，好像可以把整座铁的厂房吸走。

蓝色的机器丛林里，伸出三根油漆脱落的铁管，铁管前面是三个大圆圈，大圆套小圆，铁斗托举着，立在那里，像在与人大声说话。

厂房里，红色的光，折射在绿色的铁器上，没有了先前的躁动，整座厂房，在轻微地一呼一吸，如平静的海浪，你站在沙滩上，海水一去一回地冲洗着流动的沙滩。

隔不了多远，就有一个工作的台桌，上面摆放着各种工具。桌子前面没有椅子。远处走来几个工人，什么叫大步流星！什么叫疾步！你看到这些词语在工人的脚下活灵活现。

没有门和壁板的四个格子里，整整齐齐地放满了清洗后的零部件，感觉在家中，把碗碟洗了，归整入柜。柜子旁边，有一块绿色的小铁板，上面用粉笔写满了字：

18# 轧机更换下线的 请放在装配区桌子上 谢谢各位
保持以前的习惯！

白色托盘里，放着送来的钢铁取样，正方形、菱形、三角形、半圆形、锥形，各种形状，个头较小。在显微镜下，钢铁像小虫子，也像卫星地图，像沙砾，白色、褐色，凸凹不平。

机器下面，一堆铁屑，桌子上面数十堆铁样，小小个儿，五六个一堆，像孩子，想伸直了个儿，看看窗外有什么。旁边一堵白色的墙，红字白底地写着六个字：当心机械伤人。

每个工人，把力用在时间里，把时间用在钢铁里。

两位工人

你不会使用一个句号
因为大海不同意

刘　　刚
1961 年出生于贵州贵阳，1981 入厂。
统计。

　　最近的一次是 2003 年，是贵钢很艰难的时候。2004 年生产举步维艰，生产搞不起来，就发展多种经营，建了花鸟市场。

　　1969 年塑的毛主席像，毛泽东 100 周年诞辰重修了，叫毛主席塑像群，贵阳有好多尊这样的像，后面是毛泽东诗词《满江红》，贵阳保留下来的也不多，贵阳市文物保护单位，人民广场、师范大学还有两个。

老厂区前面这条街叫油榨街。

我写过那个工人的文章，他叫赵嘉陵，他画了很多工人画，《钢魂》《铁哥们》《元素炼钢工》《热流》等"铁系列"，还有《同志》《山花》，工人的生活画了很多，他属于写实风格。他的画室在老生活区的大板房里，房间很小，很多画有一堵墙那么大，有时候画一个局部，他要画十天半个月。赵嘉陵，在贵钢干过冶炼工、热处理工、油漆工、木工。

陈友银
1936年1月出生于贵州仁怀三合镇，1959年入厂。
供应科。

1958年贵钢才开始建。我来的时候没有建好，贵钢周围，就一条主路，晚上走到一些小的三岔路，两边有老百姓的茅草房，小区还是荒地，前后都是斜山坡，下坡的另一面，是一排坟，后面是观音洞，有尊观音菩萨像，周边没有房子，整个油榨街是荒地。以前都是光坡坡，石洞山。现在这里没一块空地了，全部盖满了房子。

　　我管的东西特别多，各种汽油、机油、煤油，特别是五金方面的，1000 多个品种，电器 1000 多个品种，钢材几千个品种，建筑材料上万个品种，各种规格。我当保管员，都是统一管理，后来逐步分系统了。

　　我分门别类地来放这些东西。

　　对管理、保管我有天赋，像一个家庭一样，东西要有条有理地放好。

　　在部队，我也是当保管员，把部队器械分类，搞得规规整整。部队里的东西多了，各种炸药、包扎用品，各种地雷，还有搞练兵用的木板、钢甲，还有要修桥的材料，还有铁船、橡皮船。

　　怎么分类和保管，全靠我自己想。

　　一个仓库 1000 多个品种，工人们来领东西，要求库房人员晚上在不开灯的情况下，人家要哪样，就可以拿到哪样，我自己也做得到。大小规格我要记住，找的东西用在什么地方、东西的组成、一个规格有哪几十个品种、哪些规格都要清楚。

　　我们当时有电器、五金、钢材，8 个保管员。我搞仓库管理，跟设备零件打了 20 年的交道。

卷 第 八　六 盘 水

袁国雄

1962 年 9 月出生于湖南涟源。

王大兵

1971 年 3 月出生于贵州黔西南，
1986 年入厂。
皮带工、卷扬工。

吴道辉

1975 年 2 月出生于贵州水城，
1995 年入厂。
皮带工。

柏 雪

1984 年 12 月出生于贵州遵义，
2007 年入厂。
炼钢厂。

钟 伟

1991 年 9 月出生于贵州六盘水，
2010 年入厂。
铁运厂。

1

再有半个月就要过春节了，贵钢的新厂房，到处落满了雪花，待建的平地，长满了杂草，被大雪深深浅浅地掩埋着，站不了多久，冷雨寒风，把你赶进屋子里。

上午 9 点，你离开贵钢。与水钢联系，他们说周五、周六要看话剧，没人接待你，最好是周一再去。

你改道去黔西南州，四个小时不到，风雪霜天竟成回忆，出现在你面前的，是开得自在的油菜花，气温 24 摄氏度，到了夏天。两重天。

黄恩鹏给你介绍了诗人黄健勇，你们没见过，但熟悉对方的诗歌。他给你找了间设计感极强的民宿，位于万峰林风景区。

万峰林最有名的小吃是蛋炒饭，价格便宜，十元一位。味道确实不错。很多城里人开车到这里散步，到这里吃一碗蛋炒饭。你找到民宿老板介绍的那家最好的蛋炒饭馆子，关门了，后来才知道，这一条街都是做蛋炒饭的，那最好的一家店，为了让其他店子有生存的空间，只营业到一定的时间就打烊。

你住在开花的温暖小院里，哪都不想去。

万峰林，名字贴切，像是有人在下国际象棋，把独立、近乎垂直的山峰，一座座，放在平地之上，大部分山峰一个挨着一个，也有一些孤零零地放在棋盘中间，四周的田地里开满了油菜花，平地像水一样，紧紧地缠绕着每一座山峰。

农民的房子白墙灰瓦，花团锦簇般开在山峰让出来的平地上，显得有点小心翼翼，那些山峰的棋子，以100万年为限，挪动一步。

山峰落差大的地方，只要给出一条缝隙，路就延伸进去。一条河，流过村子，望一望那些突然升起来，又突然落下去的山峰，河水绕了绕道，还是流走了。

写作，看书。骑自行车。

云，挂在对面的半山腰。

去万峰湖的路上，一个个巨大的天坑下面，生活着一户户人家，公路盘旋而下，被各种景色惊到。这是三亿年前形成的。湖水浅了点的地方，露出石头，长年露在外面的，植物在上面生长。

中国97%的布依族人生活在贵州，聚居在黔南和黔西南地区，布依族源于古"百越"，布依族语语音系统完整，词汇丰富，具有较强的表现力，黔南、黔中、黔西三个土语区，人们习惯上称为第一、第二、第三土语区，用第一土语区语翻译《越人歌》，很有些意思：

> 这个夜晚啊，是我们迎接您的夜晚；
> 是我们自个儿衡量，是我们自个儿确定；
> 划船靠的是手臂，尊敬您的流水沥沥地响；
> 雾蒙蒙的我们啊，弹着琴弦如敬如知；
> 遮隐只是围着这船儿啊。
> 早上的万峰林，所有的山峰都藏在云雾里。

去水钢，导航显示有两条高速，一条走晴兴高速转沪昆高速，再转威板高速，到六盘水。另一条直接从兴义上威板高速，节约近1个小时、60公里的路程，昨天听人说，后一条大雪封路了，不通。演慧和彭卫兵说，直接走威板高速没问题。你选择了后者，原因很简单，这条高速你没走过，风景肯定不错，真封路了，那就改走省道，风景会更好。

没封路，下午1点你到达水钢。

刚进宾馆大门，一位着保安服装的中年男子，四五十岁模样，很生气地指责你，这里只准停房客的车。

你微笑着说，我是住这里的。

他照旧气势汹汹，要你把房卡拿来，你没有一点点生气，你在想，此人今天估计是受老婆的气了，或者是工资太低，心情不好。

你依旧和气地答他，准备去开房间。

你入住水钢宾馆的房号5330，三楼，屋子装修一新，很窄，打开房门，一股新装修的味道扑来，问服务员，有其他旧的房间或者是没有装修的房间吗？

回答是，住满了。

你与前台又交涉了几次，她们说等有了再换。她们还补充：其他房间都是长住的人。那也就是告诉了你，换房可能性不大。你想，如果明天不换房，就另外找宾馆住。

夏文华过来看你，她是苗族，虽无苗族任何习俗，但容貌极具少数民族特色，是一位美丽的人。她要你叫她夏姐，说大家都这样叫，她是一位认真的人。

吴道辉陪你到六盘水市区三线古镇吃饭。

晚上为了通风散气，你把窗户打开，屋里气温很低，毕竟是冬天。

第二天，8点50下楼，总台服务员说，没饭吃了。语言简短明了。

中午给你换了房间，不在一个楼层，没电梯，有点远，你东西太多：摄像机、照相机、桶子、拉箱、背包，以及散的资料和书本。

你电话总台，她们回答你：帮你拉东西，要找领导，才能安排。

你说，那就请你们通知一下领导。

你在房间里等了许久，没人来。

你一个人把东西搬了过去。你看见了自己那颗有点小激动的心，有问题来了，你看着那问题，慢慢地，问题烟消云散，你希望自己的心柔软下来，生活中不要那么刚硬。

搬房间的事情，领导知道了。

下午，屋子里送来热风机，你没说过这个需求。

早、中、晚吃饭有包间，服务态度也好了，还有人主动来说，需要帮忙随时电话。

晚上你们一起吃饭，约7点半，杨德敏接到一个电话，她脸色大变，水钢出大事了，匆匆散了，他们去忙，你回宾馆。

袁国雄

1962 年 9 月出生于湖南涟源。

> 船长是一个独立的存在
>
> 不受任何人管理

水钢是一个三线企业。

20 世纪 60 年代初期，中国和苏联关系紧张，中国主要工业都在北方和江南一带，为应对战争，本着备战备荒的要求，才有了"三线企业"。"三线建设"是毛泽东的一个决策，从国家经济和政治，以及精神的角度，来进行安排布局的，吸引了全国各地许多建设精英，几百万人到三线城市，当时叫作：好马好人上三线。对西部地区经济的发展，起到了巨大的作用。这里，过去基本没工业，水钢是从鞍山整体搬来的。六盘水就是三线企业建设的产物，从省内的其他地州市划出来三个县，安顺的六枝，兴义地区的盘县，毕节地区的水城县，三个县组成新的地区：六盘水。六盘水市里现在建了一个三线博物馆。

1966 年 4 月，水钢由鞍钢包建，把鞍钢 4 号高炉整体挪移到水钢。

鞍钢开了个 8000 人的大会——建设水钢，选定了大批优秀人员。水钢第一任领导人，燕京大学毕业，1938 年参加新四军，是位老领导，是鞍钢的副总经理，叫陶惕成。他正在鞍钢疗养院疗养，身体不好，接到命令后，他带着人，直接来到六盘水，开始选址、建设，非常的辛勤。

1966 年的"五一六通知"出来，正是水钢建设初期，受到"文化大革命"冲击，生产过程比较艰难。陶惕成是老知识分子，属于被批斗对象。白天，陶惕成接受批斗，在台上下跪，"打倒走资派陶惕成"的牌子挂得到处都是。晚上，他继续工作。他的劳累，很难想象，他心力交瘁，再加上顶着巨大的压力，他在水钢仅仅工作了一年，就病逝在水钢。

1970 年，水钢建成。

中国钢铁工业基本上都在鞍钢，离苏联近，如果说苏联占领东北，我们国家钢铁基地就没有了，所以要到西南这地方来，比较远，而且在山区。水钢就建在山窝窝里，一般的钢铁流程，从炼铁、炼钢，到轧钢，最好连在一起，一道流程。而我们水钢是瓜蔓式的布局，这里一坨，那里一坨。从炼铁到炼钢，中间的罐车要通过山的隧道，才能到另外一个区域。其他地方的烟囱是直立的，我们焦化厂最早建了一个烟囱，爬山式，跟着山往上走，就是为了隐蔽，战争需要，这一块被炸了，那块还在。

六盘水有平地，但都建在山里，让它不容易受到攻击和轰炸。

水钢是给成都造枪的一个企业，为重庆造炮弹的工厂提供原料。

现在来看，钢铁企业摆在这里不合适，铁矿石80%从港口、国外进来。

建厂初期，水钢还不叫钢铁厂，在国家层面，水钢叫青冈林场，在外面用代号。陶惕成时期，国家重视，有30000人左右在水钢搞建设。

当地没什么生活资源，住的房屋没有，靠搭帐篷，还有一些小窝棚。早上起来，大家在田地里、沟里面洗脸，饭用大箱子挑到现场给工人吃，六盘水现在很凉爽，但过去是高寒地区，一年有两三个月是冰冻期，找不到路，冰冻很厉害，现在气候变暖了。

我们二年级到六年级的孩子，在同一个教室里上课，课是打乱地上。一个年级十几个人。

老师说，我现在讲三年级的课。三年级学生就听，我们就在旁边玩。

老师说，这是二年级的课。我们二年级的学生就听，其他年级的人就做作业。比我们还小的，就不是来读书的，就是找个地方托管一下。我还有两个弟弟，父母上班，中午不回来吃饭。父母头天晚上做好，第二天中午，我给他们热了，让他们吃。

要建学校，发动全厂职工捡砖，也要求学生上学必须带砖，发动我们在路边捡砖，背砖到学校，积聚多了，企业再出点力，组织人，找师傅，慢慢地就搭成教室。砖是五花八门，大大小小，各种颜色都有。小学、中学就这样建起来。

我们也住在盖油毛毡的房子里，一年若干次地起大火，我目睹的有五六次。房子顺着山涧建，形成一个个片区，一片区有几百户人家，房子挨房子，栋与栋之间，隔一两米，中间有过道，搭着羊毛毡棚子和席子，都是易燃物品，一到夏天，一点不慎，一间油毛毡房失火，风一吹，火一下子就起来了，成片成片的房子被烧掉，烧得精光，火根本没法救。很多人，早上出门上班，回来，站在家前面，烧得除了上班穿在身上的衣服，其余什么也没有了。每年都失火，每年烧很多次。持续了七八年时间，慢慢开始有砖墙房才不烧。那时候，人与人之间没多大差异，穿得基本上一样，颜色也差不多，也没多少贫富差别。

建厂初期，水钢东面有个苗寨，全是苗族，比较封闭，里面还有基督教教堂。水钢很多人还去帮助他们打稻谷，教他们一些现代生活方式。他们建房子，上面一层是住宅，下面一层养牲畜，牛、猪类的，很脏，蚊虫多。苗寨在工厂中间位置上。我们从这个车间到另外一个车间去，要从这个叫马坝村的苗寨通过，最早有100多户人家，现在搬走了，水钢在那地方建了轧厂，把他们的土地逐步都征了。我们去村里的小河里钓鱼，那时候他们的风俗还比较浓，就到现在，他们都有自己的节日。

我喜欢兰花。我养了很多春兰，春天开花。春兰特香，兰花的香味不能复制，只要有一盆兰花放在家，满屋都是香的，一阵一阵地散发出来。贵州兰花在全国比较有名。兰花花期短，其他时间只能看草，所以叫兰草。它一年就开一个月。我在办公室养了十来盆，家里还有二十来盆。我养的主要是春兰，还有蕙兰。

2

下了两天的雪，还在下，雪不大，稀稀疏疏地被风刮着。你准备去高炉，到现场看看工人的工作情况。没想到蔡晓霞出现在你面前，她说，陪你一起去。昨天下午采访王大兵，你见过这女孩，她是湖北黄冈蕲春人，大学毕业，2002年进的水钢，在维检中心上班。今天你去的4号高炉，不是她的单位，她是一个有干劲、想做事、喜欢学习的人，她写了很多工人的文章，工厂里大部分岗位，她都去过，你们走到哪里，都有工人师傅与她打招呼，她像个小小的女汉子，散发出女子的豪情。她背着照相机，全副武装的安全装扮。

在工人师傅的带领下，你们往炼铁4号高炉上面走，近三年，你在工厂里的采访，这次是登爬得最高的一次，踩着积雪，戴着手套，你们抓着铁栏杆，一圈圈地往上爬，楼梯在厂房外面，雪飘落在过道里，红色、蓝色、绿色的钢铁，在雪的映照下，更加鲜艳。

几十名工人早就在上面工作了，对面又走来六七个工人，说着话，笑容满面，你第一次见到他们戴的这种帽子，比诗人顾城那顶经典的帽子更加的夸张，顾城写下了广为传诵的诗句：

黑夜给了我黑色的眼睛

我却用它寻找光明

　　圆形帽子，整个套在工人们的头上，齐眉毛，使得你看每一个人，重点都落在他们的眼睛上，不要说头型，连脸型都看不准确，只有眼睛，嘻嘻哈哈地望着你。来的一队人里，只有一个老师傅的帽子是纯白色的，肯定是第一次戴出来，其余工人的帽子，黑白色、灰白色、黄白色，各种颜色黏附在白色上面。工人们都穿灰白色衣服，戴灰白色手套和口罩，围在脖子上的披巾是白色的，从膝盖到胸部之间的位置，整体偏黑色，每一个工人莫不如此，有些衣服的边都已经开裂。

　　他们是高炉操作工，帽子衣服，防尘耐高温。

　　楼梯上铺满了稻草，防滑，雪落在稻草上。他们在这 14 米多高的平台上，近 20 个人全身灰白色，只露出眼睛，另外 5 个穿蓝色制服的工人，他们拿着七八米长的铁棍，往里塞，有的握紧粗大的绳子，分两队，有人在喊口号，往外来，一下，又一下，工人们很认真地、专注地一下下用力，他们在换风口二套的设备。一次拉出来一个，一个要拉很长时间，炉子里的高温，炉外的寒冷，还要洒水，白色的水雾从炉体这边弥漫到另一边。

　　你第一次带玄子进工厂，让她帮忙，与你聊过天、拍过照片的工人，请他们在签名本上签名，留下联系方式。

　　工人换风口二套，玄子说，场景像拍大片。气雾奔腾、工人穿戴齐整，人多，高炉下面和远处的山被雪覆盖。天空飘雪，寒风过。

　　站在高处，看得更加分明，厂房分布在几座山之间，有点平地的地方，就有厂房，没有厂房的地方，就是山峰。

你们继续往高炉上走，上面越来越冷，风越来越大，雪飘的速度比下面也急遽了些，你体会到炉子外面那些钢铁凝固的冷。又爬了六七层，上面有六个穿整套褐色工作服，外面又加了一整套蓝色工作服的工人，正在清理料罐，工人把自己系在固定的铁杆上，钻进炉子里，里面烟雾伸手不见五指，你刚靠近入口，闻到了浓浓的煤气。铁链无数个来回地把铁钩挂在料罐入口，工人双膝跪在结成石头板块的铁矿上，用钢钎凿、铁锤打，跪累了，就直接坐在地上敲打。料罐口径两米，工人钻在里面，背后的一根保险绳，延伸到外面的一堆铁链里，你想到女性子宫、脐带、母体，想到生命一点点地消逝，如那些飘出料罐口的烟雾，消散于风雪之中。

玄子走不动了，主要是冷，越往上，越冷。

蔡晓霞要玄子在这一层等你们，你们继续往上，4号高炉，高98.64米。你们往上，你必须上去，这是工人的一种高度，他们也要这样爬，现在他们还在上面工作。20年前，你每天也要这么爬一回，或两回。

写作过程中，你遇到很多专业问题，通过微信，问蔡晓霞，她的先生正好在4号高炉上班，她对你提出的各种问题，逐一与现场工人核对。

你们从最高处下来，玄子已经冻得不行，下午，她果然躺床上了，不能出门，有点感冒。

工厂里的一位女领导，提了很多热乎乎的姜茶上来，也给你喝了两大杯，身体才重新暖和点。

你说，上面还有工人。

她答，是的，我马上就送上去。

王大兵

1971 年 3 月出生于贵州黔西南，1986 年入厂。
皮带工、卷扬工。

> 这里有你需要的脸庞
> 你在不断地告别

大山的村子改了好几回名字了，最初叫秀山村，后面改成银山村，最近改成箐山村。村里有两个寨子。我住的那寨子有 50 多户人家，对面寨子有三四十户人家，两个寨子组成一个村。

我老爹是 1966 年进厂，老爹退休，我给顶替了。

我四兄弟，五姊妹。我是老大，我身份证改大了，实际上我不是 1969 年出生的，我是 1971 年，不改进不来，上不了班，那时候好改。

皮带工我干了四年。

我观察了很多工业题材的作品，这些小说，写的是乡镇企业，或者是打工，他们写的是后阶段，不像工业题材。我们国家的工业题材，国有企业算共和国的大政治，为国家立下了汗马功劳，好多人献了青春献此生，几代人的努力，但是他们写不出那样的味道，因为他们没经历过这种事。我的思考，我的工作经历，是钢铁工业的一个历程，是一部很好的工业题材小说。我写的《陆地生活》在四川一个文学杂志发表，得了优秀奖。在贵州也得了一个优秀奖，我去领奖。有一个鬼金，也参加了会议，现在是专业作家，好像是太钢的，在轧钢车间开吊车，他还帮过我。我还写过《车间琐事》，《心病》是短篇小说。

我个人追求，让大家都看得懂，有心理描写，让大众接受，用人家听得懂的语言描述出来。人是为了生存，追求美好生活的过程中，有不择手段的，有歪门邪道的，各有各的生存方式，它也是一个社会。

我真的不善言辞。

3

钢水，把炉前照得一片红光。两个工人在红光里，往炉子里看，影子直直地甩在地上。每一个工人都带着影子在行走。

钢水，随炉口的移动，像落日，在一点点隐没，即便剩最后一个小口，光线依旧巨大，往上，折射出自己的强光。

炉子里的高温铁水，紧张地看着硬邦邦的废钢接近自己，炉口倾斜往上，迎接天车吊着的长方形铁斗，铁斗慢慢伸进炉子里，继续往里进，铁斗的整个嘴巴都进去了。炉前工，手举起来，长方形的铁斗尾巴一点点抬高，炉口和天车吊着的铁斗，形成一根斜的直线，废钢灌进了炉子的铁水里。

你拍工人，静静地通过镜头，看他们的眼神：纯朴、友爱。

工厂里有一白色牌匾，两行红字：

　　为水钢效益而战　为轧钢荣誉而战
　　为干部担当而战　为职工收入而战

拐上一座小山，到了石灰石矿车间，这里看不到繁华的厂房，住房更是没有，只有山，几间搭建起来的有顶无墙的厂房，放着一些机器，主要是破碎设备。

三座石灰窑，并列站立在一起。

三年里，你遇到过很多次多重机缘巧合，巧合得让你不敢相信：

吴道辉工人，十年石灰石矿皮带工经历，喜欢诗歌散文，个子不高。你也是工人，十年石灰窑窑工经历，喜欢诗歌散文，个子不高。

王大兵，与你同年出生，同年进厂，同样因为年龄达不到用工要求，改大了身份证上面的年龄。

你经常遇到这样巧合的人，你会若无其事地，问对方很多问题，好像一无所知的样子。你想从他们那里，听到自己的声音。

吴道辉

1975年2月出生于贵州水城，1995年入厂。

皮带工。

> 鸟又走上你头顶
>
> 她笑着，看着她的红色小鸟

我老家在水城发耳妥偈，山里面，村子后面是山，前面也是山，山下是河，河对面还是山。初中在发耳读的，住校，每次要走三个多小时，每个星期回家背米到学校。水城比较冷，我读了三年高中，没穿过毛衣。去贵阳读书，才穿了第一双皮鞋，25块钱一双。每月家里给100元钱的生活费，还不能按时给，经常饱一顿、饥一顿地在学校过日子。

毕业后我选择到水钢。人事说，先下基层到石灰石矿锻炼，有机会再调回管理岗位，一锻炼，就锻炼了我11年。10年皮带工，1年破碎工。

水钢的石灰石矿，在工厂上面一点，水钢里面的一座山，我们是采破一体，我就守着那条150米长的石灰石运输皮带，防止石灰石矿洒落，卡到、划伤皮带。皮带被水淋湿后，会掉沙石，我要用铁锹铲干净，用水管冲扫。

皮带工噪声、粉尘都大。设备出问题，泥浆淌下来堆成小山，那就要全班人一起搞突击，把它铲到沟里，用水冲走。这些工作，我重复地干了十年，从 1995 年到 2005 年。皮带工干到第一年，我产生了轻生的念头。大学出来，把自己的一生就葬在这里，整天和铁锹、水、粉尘、石头打交道？工厂每天给我们定生产量，没完成就不能下班。有一天，我从早上 8 点，干到晚上 12 点，才完成任务。厂里每天下达的任务量有时候是 700 吨、800 吨，有时候 1100 吨、1200 吨，完不成量会影响到炼铁、炼钢。

石头卡在破碎机上，我要进到破碎机里去处理，里面有泥巴、水、小石子粒，有几斤重的石块，也有几十斤、上百斤、一吨以上的石头。大石头只能请爆破工来进行二次爆破，炸药放在上面，用一块石头铺上，引燃导火线，就爆破了。

石头如果卡在下面，我就要到破碎机下矿的地方，把石头一块一块地抬出来，细的石头，就一点一点往外抠。那个斗两米多深，人进去，头是露不出来的。

皮带工在冬天最恼火，不停地巡查，耳朵都快冻掉了。

下班前，我要花一到两个小时打扫卫生。

1997 年，我多事的一年。

皮带跑偏，我去调，皮带有水，踩滑了，我的整只手在皮带涡轮里绕了一圈，调皮带要用大扳手，24 寸的大扳手在里面都绕弯了，我想手肯定废了。拉矿的车把我送到医院，说没伤到骨头，我就回家养了一个月的病，基本上恢复了，回到城里。第三天，我表弟来了，那时候电话没有，水城是比较偏远的乡下，交通不方便，当天肯定回不去了，我们两个人一起吃饭，很晚，表弟才怯怯地说，他是来告诉我，母亲去世的消息。

我觉得天都塌了。我母亲太年轻了，还有，我最小的弟弟才三岁。晚上，我去了认的一个伯伯家，他们帮我准备了很多纸钱，我烧了一晚上的纸，哭了一晚上。

第二天坐车，走了三个小时山路，我一路走一路哭，回到家，看到母亲，我已经流不出泪了，哭不出来了，眼泪全流干了。

后来，我写了篇稿子《难以报答的爱》，没敢放 QQ 空间，怕妹妹弟弟看到会难受。我还写了篇带妹妹读书的文章《生活的滋味》，《水钢报》的编辑，哭着把稿子编完，《六盘水日报》也登了这稿子，也把编辑惹哭了。

母亲车祸去世后，我是老大，下面两个弟两个妹，大妹妹读高三，二弟初中毕业，最小的两个，我只能勉强照管一个。

我把小妹妹带水城来读初中，生活很清苦。每顿饭，我炒土豆丝给妹妹吃，我自己用炒菜的油拌在饭里，放点盐，我们每顿就这样吃。

我住单身宿舍，四个人住，妹妹住里面肯定不方便。宿舍有打扫卫生的工人，楼下有一个放工具的小地方，就在里面放了张很小的床，妹妹晚上睡那儿，里面有扫把、铲子，没有转身的地。

小妹妹一直比较尊重我，在弟妹当中，现在条件最好的算她家。她对我们一家人，也挺舍得的，特别对我小孩，她比较感恩。我一直带着她，供她读完大学。小的弟弟，我没顾及多少，所以他有段时间性格孤僻。我实在照顾不过来。

我想把心里的事，记下来，我养成了写日记的习惯。上班找不到书读，偶尔找张报纸，皱巴巴的，我就捡那些报纸来读。我经常买《散文诗》杂志，在皮带旁，走来走去地读，好的文章，会背下来。每个月发工资，大多数钱都是买书来看。班组有《水钢报》《贵州工人报》《工人日报》，报纸丢在车间，不一定能下到班组，即使到了班组，我们整个生产线有好几个休息点，不一定会到我的休息点上。

皮带工这十年，我一直坚持写些文学作品。

我在贵阳上学的时候，对班上一个同学有好感，没敢表白，毕业后，我们书信往来频繁，彼此有点心照不宣。她的信都会寄到车间，车间是高大上的地方，我一个小职工，如果不是领导喊，是不敢上去的。

我一去，车间领导或某个管理人员就说，你上来干吗？

有时候班长上去开会，就会把信给我拿来。我在文章里写过那种等信的心情，后来我和她失去了联系。

2005 年，《贵州都市报》上有一个栏目，寻找失散的朋友。我会经常想起这段无疾而终的恋情，我就把寻人启事投了过去，登出来了。她给我打了电话。

她问，你是不是吴道辉？

当时我正在喝酒，我说，你是谁？

她说，我以为你是我的某个同学，我在报上看到的信息，给你打电话，不好意思，那我打错了。

我说，没打错。

我问她，你为什么不给我回信？

她说，我才结婚没多久。

我问，你为什么不给我回信？

她说，我好久都没收到你的信，后来我才结婚的。

我说，错过了，错过了。就当一段友情吧！

她是 2003 年结的婚。

我老婆是老家村里的，本来也熟悉。1998 年，有朋友在水城职业技术学校教书，我就介绍她去上学。她人不错。每个星期我都去看她，她也过来看我，我对她产生了好感，还带她去我上班的地方。

我妹妹说，对她有好感就跟她说啊。

我说，给她写信了，两三个月都没回复我。

后来，我问她。

她说，看了。

我说，你什么意见？

她说，你决定吧。

我说，那我们就好吧！

我们是 2000 年结的婚。

我条件不好，在水钢的单身楼找了间小房子，买了台小电视就算成家了。那时候，我还是皮带工。房子 16 平米左右，厂里还不让我住。2001 年，通过朋友帮忙，给我找了间 10 平米的房，摆一个床、一个沙发，家里边，去第三个人，就找不到坐的地，我在那儿住了三年。做饭吃的地方在过道搭一小间，1 个平米的过道。

有一次快过年了，小偷进伙房里。第二天早上起来一看，被盗了，油都给我端走了。同事送我吃的一些香肠，放在盘子里，也没放过，被小偷带走了。好心人见了，就喊我们，你家那么恼火，来我家先吃两天饭吧。

这是以前的生活。

水钢为了解决大家住房问题，想把澡堂改造成住房，工程太大，2005 年，工厂就让了一间给我，让我自己改造，我花了3000 多元，现在我住的，就是改造的那房子。

第十一年，我调到维修班。那次抢修矿机，我们连续干了两天两夜，在现场，不回家。不像现在有手机，家里人就来看，我们正忙着。

我们不停歇地干，维修班全部出动，12 个人，外面下雪了，我们站着，靠柱子上，都睡着了，马上能听到鼾声。出去找不到东西吃，冬天冷，就在火里边烤土豆，吃完继续干。

4

你与工人有一句没一句地说着。天车调来一罐铁水，往炉子里倒，与炉里的铁水相遇，升腾起一大片巨大火苗，冲到屋顶，整个天车都被火焰包围了。火光不会熔化天车吗?! 少量的铁水，溅出炉子，在地上开出一地的铁花。天车一走，炉子吃饱了，开始调整位置，关上外面的两扇大铁门。厂房里没有了铁水的光，只有声音在轰鸣。

进出水钢的生活区和厂区，之前只有一条公路涵洞，像厂门，上有首钢标识，写有：首钢水城钢铁（集团）有限责任公司。下面一行字：走进钢城是一家　亮丽环境靠大家。

往厂区走，路两边"牛肉粉""辣鸡粉""羊汤锅"各种小吃，招牌有些是自己写上去的，笔法可爱。

工人现在很大一部分都不住钢城里，他们住六盘水市区。

工人说，以前水钢80%的工人都住涵洞那边，是六盘水人最羡慕的地方，街道两边，什么样的店铺都有，大的小的，吃的用的，白天晚上，都热闹着。现在，你都看到了，街两边的门大部分都关了，灰头土脸的，有开门的，有一搭没一搭地做点生意，以前的市场都挤到街上了，到处是人，现在，市场的棚子还在，外面也有人卖东西，零零碎碎。

进了涵洞，是水钢，是山坡，是工厂，是灰色，是昨天的气息，是重工业的味道。房子两层、三层，都是 20 世纪随便搭建的矮楼，到处都是。

出涵洞，100 米，过斑马线，就是今天所有城市的形象，新的高楼，新的商场，新的小区大门，新的绿化，新的正在拓宽的马路，新的产品广告。远处是更宽的路，是更多的高楼。

现在进出水钢，还有另一条路，离涵洞不远，后来修的一条隧道。

过隧道进钢城里：大小不一的彩色广告牌，散落堆积，更加对比出房子的旧，远处是更高的山，更多的厂房。隧道口挂有指示牌：禁止货车驶入凤池路隧道。

你绕了个很大的圈，隧道出，涵洞进，进进出出五次。

隧道上，植了树，长了草。

柏　雪

1984 年 12 月出生于贵州遵义，2007 年入厂。
炼钢厂。

> 她要你看屋顶上的云
> 你只看她的笑

我是土家族，遵义的一个镇，凤冈县龙泉镇，我们邻近铜仁地区，那边土家族多，除了土家族，我们那有仡佬族、苗族，有仡佬族自治县。

小时候我们镇只有两条街，我父母都是工人，他们维护的是 326 国道。最早他们用黄泥修路，道路边有沟坎，一下雨，水就流在路上，把路基弄坏，他们主要处理这些。是柏油路了，坏了就用沥青进行填补之类，我爸妈都是干这个工作。

我爷爷是四川的，三线建设过来修铁路，把我爸爸他们一起带过来了，定居遵义。

外婆是苗族，会做很多衣服，会绣花，她做的小枕头、小鞋子，都很漂亮，自己买布回来。过端午节，大家包的粽子都是三角粽，我外婆会包枕头粽，就她会包，一个一个像小枕头，包了粽子，每个人给一竹竿，粽子挂在两头，像小扁担，看哪一个包得更好看，我们挑着粽子满街走，大部分人都认识，到处玩。

过年晚上，外婆说要守夜，说过年这天，老鼠要嫁媳妇，要守到12点才能看得见。

我的档案里，写的是工人。工人是最小的细胞，又是不可缺少的。有些工人认得失，有些工人计较这些。

她们喜欢喊我小白。我就说，姐姐们，不要喊我小白了，我觉得像《蜡笔小新》里的那只小狗。

她们都比我大，我都是喊她们什么姐的，有一个姓姚的，一喊姚姐，觉得不合适，我就叫她姚姚姐。

她说，这可以。

我喜欢化验这份工作，来源于我高中老师，一些东西，加入另外一样东西，颜色就变成又一种新的，似生活变化无穷。镜像，化验里的一块铁，放大以后，看内部结构，能看到里面有一些气泡、裂纹，那是肉眼看不到的。它主要体现在镜下。

5

　　开始几天，你在街道上走，房子静静的，土灰色，你以为这些房子已经没人住了。后来，你去采访几位老工人。这些楼里，都住了人。

　　一棵大树，六层楼，楼梯很窄，这里的房子你没看到过有电梯。楼梯台阶建得比较舒缓，每转一个弯，几堵墙上堆满了东西，煤球、零散的床铺板，什么都有。两位老工人带着孙子住在家里，聊了一上午，你才知道，现在的日子是他们最好的生活。两间房里，没有一件东西高过一米，屋子上面烟熏火燎的，发黄、发黑，露出些白色来。你们围着一个烧煤球的火炉烤火。

钟　伟

1991年9月出生于贵州六盘水，2010年入厂。
铁运厂。

在岩石的城市里
风让草枯荣复返

第一次和小伙伴到水钢厂区里转，才知道水钢好大，迷路了，出不去，一路走一路问，慢慢出来的。进水钢的隧道是这几年才修的。刚来的时候，进入水钢就只有走长坝那火车铁路桥下面那条公路。

我没有找女朋友，条件不太好，现在好点，以前我是个大胖子，一米七，180多斤。年轻人管不住嘴，早上醒来就吃，中午、下午、晚上、消夜，停不住嘴。走到哪儿，人家说，胖子过来。太胖了，我走两步路要喘的。

2015年，我买了一台山地车，一个人骑一骑，逛一逛，喜欢之后，又入手一台公路车，小伙伴就更多了，才开始减肥，骑车。公路车和山地车都可以变挡变速。最直观来说，山地车越野性能好一点，公路车相当于汽车里面的跑车，轮胎细，阻力小，速度快，但没有山地车那么经颠簸。

刚开始骑，也不知道自己怎么坚持下来的，有的时候骑不动了，小伙伴又把我甩开了，就我一个人孤零零在路上，又骑不动，又回不去，怎么办，坚持呗，只是拖了小伙伴们的后腿，他们早到了，我还在路上，很平常的十公里，我气喘吁吁骑上去，人家在那儿吹牛聊天，不知道多开心。那时候就觉得，要赶上他们的步伐才行。

一年的时间，慢慢就追上来了。

最后发现骑自行车还挺好玩，一些有共同兴趣爱好的朋友，骑车出去，能看见不一样的风景，尤其是慢下来，风景更美。骑上坡累了，停下来休息一会儿，看到这些在来的时候没看到的风景，原来真的很漂亮。平常就在六盘水水环路跑一跑，梅花山爬爬山，基本上就这几个地方，每次一般来回最少也有四五十公里，多点的话就100多公里。

去年11月，请了公休假去参加云南的一个自行车比赛，它总共分五站：昆明、玉溪、楚雄、大理、丽江。我都参加了，在昆明，绕滇池。滇池像面镜子，一眼望去。第二站去的抚仙湖，绕一圈，这是风景最好的一站。路况最差的那段，一圈100多公里，骑了3个来小时。大理洱海在搞建筑设施，让我们绕路了，有点遗憾。几站下来总时间是16个多小时，加上转场时间和休息，9天。从昆明转场，有组织单位的大巴车。自行车用快递。

每个人要交参赛费，整个下来 1200 多元，不贵，包住、包转场费用，都含在里面。我参加是以玩为主，见识一下这些同龄人的生活。

体重一点点掉下来，我现在还在骑。我是上一个白班，上一个夜班，然后休两天。拿一天来骑车，因为下夜班的那天，确实累，睡一觉起来差不多下午了。

我现在全是骑公路车，上班天气好就骑车，天气不好就开车。周围同事，暂时没发现一个骑车的。

我们侗族的风俗，我一点都不知道。从小在这边长大。回去侗族话都听不懂，只能听得懂黔东南话。侗族有自己的语言，侗话。

我爷爷说，你要记住，你姓钟，我们钟家人必须得遵守时间，不能失信于人，做不到就不要答应，既然答应，想尽办法去做。

现在房子、车子真的很重要，说是谁家也不在乎你有什么房子、车子，真要谈婚论嫁，丈母娘、老丈人那边就过不去。如果再给我一次机会的话，我不会选择工人这个职业，我进厂后，觉得应该往更高的地方走。

我这职业，跟铁路上的人打交道，每天都会发生一些奇奇怪怪，很好玩的，也有趣的事情，我觉得不是很枯燥。货运室，专门搞货运的，那天我下去干活，跑进来一只流浪狗，我刚想他们会打它出去，没想到，他们养起来了，养了两天还下小狗了。每次一下去，那狗就叫，小狗满屋子跑。

我当时说，分一只吧。

他们说，不分，我们自己养。

现在与之前，改变了很多。以前火车到站，我们得挨个去抄车号，拿一大个本子记下来。一列车七位数字，40多列，从东头走到西头。大数据时代，车辆过监视器，就把车号记录了，到了之后，匹配到电脑里，从六个人减少到两个人了，虽然累点苦点，我年轻，懂电脑，比较好干，老师傅们就觉得烦琐，没有笔头好用。

6

六盘水水城，没有水，只有山，一座座山，一个个坡，向下，向上，山中有城，城中有山。水钢，是国家三线建设中产生的一座移民城市。处乌蒙山区，厂区如高原盆景，被一块块分割，顺高山、低洼地势生长，给人以丰富的艺术想象空间，而带给现代大钢厂的是一个个难题。

高炉在半山腰。

烟囱爬上山顶。

吃了早餐，你带着玄子，从招待所出发，路上已经冻起来了，在邻近杭瑞高速的入口，一个缓坡上，停了很多车子，你慢慢地行驶，经过一小轿车旁，对方的车子不是停在那儿，是车轮在打滑，车子原地没动。还有一辆皮卡车，尾巴往你这边慢慢地扫过来。大家的车速很慢，并没有出事故，你避开这些车子，慢慢地爬上坡。

远处的山都是雪，高速路只能走中间撒了盐的一个车道。

一个小时，你突围成功，冲出了大雪和冷冻的地区。车过贵阳，接近黔东南黎平肇兴，太阳出来了。

　　接母亲电话，当她知道你们今天可以到家的时候，她才告诉你，她得病的消息。她中风了，这是母亲人生中的第一场大病，她的身体从这一天开始，转了一个弯，从极度健康到开始衰老。

　　母亲不想让你分心，竟然一直隐瞒着你，让你顺利完成采访。

　　你立刻往回走，一路风景变幻，500 多公里，下午 5 点，你回到湘乡老家。

　　母亲病情得到控制，正在慢慢恢复中。

摘录几位工人的几句话

让雪花陪你回家
你将不再被打扰

"出了隧道，就到了六盘水市的人民中路。"

"桥洞修得早，60 年代就有了，出来也是人民中路。"

"水钢主要就这两条路出来，另外也有路进出水钢，但只有大货车走，像客车、人不走那边，路不好走，那边通的落后的农村，经济条件很差的地方，去的人很少。"

"六盘水狭长形，东西走向，南北很窄。钢城大道在六盘水市里，以前在大道上给水钢划了一片地，让我们建家属区，后来工厂效益不好，没建成，地名还叫钢城大道。地也就不是水钢的了，没有钱嘛！"

"水钢建厂的地方，以前叫三块田。田里只长谷子，即使生产出钢铁来，也还是地里长出来一样，工人也是农民，种这三块田，不赚钱。"

"90年代，我刚参加工作，钢铁非常景气，形势一片大好，那里面热闹得很，每天晚上活动多的是，现在冷清了，跟外面是两个世界，我们家也搬出来了。"

后 记

两年零八个月

唐朝晖

> 唐朝晖,1971年11月出生,湖南湘乡人。
> 1986年入厂,工作于湖南铁合金厂炼铁二
> 分厂,窑工,一线工人,十年。

如果这一生,没有这两年零八个月的变化,任何一个时间的点,都可以轻易地取消我生命的意义,如突然而至的灾难,随时吞噬人类的个体,成为土地,成为河水,消失在谁也看不见的地方。我庆幸,有这两年零八个月,生命得以富足。

1986年,我15岁,顶职进入湖南的一个炼铁工厂,在一线工人岗位干了十年。

1996年,从工厂里出来。从此以后的20年,我与工厂的通道,关上了。我喜欢文字组合后,形成的神秘效应,如果我要深入某件事情,必须怀揣文字,以字为阶,闲步于庭,以字成文,心与物合,自然相生。

2016年,我如愿以偿,重新走进了工人的队伍。

我去的第一个工人区：北京石景山。

工厂停产搬迁多年，留守的工人，是曾经的炉前工、炼钢工、天车工、钳工，各种工种的工人都有。曾经，闪耀在他们周围的，是高大的炼铁炉，散发出巨大热浪和铁水的红色光芒。现在，他们是餐厅服务员，在线上和线下收订单、送盒饭、做绿化……

住在老厂区，白天和晚上，我有大量的时间，一个人在废墟里散步，看着杂草长满铁罐，看着曾经的仓库，设计成了时尚的办公区，看到地上散落着工人使用过的各种自制工具。

北京石景山，有好几处工人生活小区，阳光散落在半新半旧的房屋上，老工人师傅们三五个人，坐在外面下棋、聊天，也有独自在阳光里，发呆、打瞌睡的，真是时间闲散，阳光慵懒。

此时的我，面对工人、工厂，我依旧是潮流里、城市中的那个人，包裹的壳依旧僵硬无比，头脑里还是那些不断更替的流行词组：公号、流量、云、数据、电子、孵化器。

月光下，在工厂里的群明湖边散步，某种力量，正吸引我深究生命的本质，引导我用行动去追问寻找的意义，而不是停留在夸夸其谈的层面。

我去的第二个工人区：曹妃甸。

我与工厂一样，从一座山，到了一片海。我与数以千计的工人一样，从一座城，到了一个渔村。工人宿舍与生产厂区不远，曾经是渔民居住的地方，现在修建成了现代高楼小区，年轻的工人，大部分把家安在这里。还有一部分老工人的家，在北京和唐山以外的地方。曹妃甸京唐公司，完整地呈现出了中国重工业钢铁行业今天的状态。

从萌发为工人写作开始，我明确的只有一点：接近工人、写工人，在明星娱乐大众，大众追捧明星的今天，我想让这些工人出现在哪怕是一张小纸片上，都可以，通过工人，真切地感受生活的硬度和质地。但如何来写工人，我没有想明白，也想不明白，我只有动起来，天空才会明朗。

在曹妃甸，我遇到一位散步的工人，我们坐在海水的亭子上，远处是整齐、崭新的工厂。工人与我说起老家，说起几十年前的生活。海的声音，还有风声，工人们昨天的生活，历历在目，于此时，回忆起来，为何显得如此遥远，还有格格不入的陌生感？工人离开后，我一个人，坐在亭子里，水对岸，高炉、车间、马路的灯，都亮了，一盏盏，把近处的海水照亮成路。

"一盏盏灯"，让我灵光一现，我知道自己该怎么干了。

我看到一位位工人向我走来。

我当尽全力让每位中国的重工业工人，主要是一线工人，说出自己在不同时间段里的生活，我写作的这些工人群体，必须出生于不同的地方。

首钢，从1919年建厂到2019年，沉甸甸的100年，足以构成一部中国现代生活史。

首钢生产基地，遍及全国，北京、河北、山西、吉林、贵州、新疆、福建、重庆等等。

首钢工人，来自全国各地，各民族都有，他们的成长环境、思维方式，都有着不同地域的文化特质。我的目标是与1000位工人采访、聊天，后来，远远超过了这个数字。

在与工人们的接触中，以上种种都得到了完美充足的回报。

一切明朗了，我激动地在海上的廊道来来回回地走，速度不断加快，搞卫生的阿姨，走到栏杆旁边看着我，在岸上，还在不断地向我张望，莫非是担心我跳入大海？

第三个工人区，我去了秦皇岛。

首秦公司已经做出搬迁曹妃甸的决定。我住在工厂招待所里，与工人们同住一个小区，但我所见，已少了工厂的色调，工厂元素在城市里，如一块坚硬的冰糖，渐渐地融化在街道、店铺、人流之中。城市太繁华，速度太快，工厂、工人气质显现不明显。

首秦公司的大部分工人，要不了一年、半年，就要随工厂搬迁到新的地方去，有些工人表示，想留在秦皇岛市生活，或留守工厂，有的人可能离开工厂，在城里谋一个其他行业的职位，这样的工人不多，那意味着职业生活必须从头学起，炼铁的活，在城市里很难找到对应的工作。

首秦公司，从上至下，你得到了通畅的采访，这是一支很神奇的队伍，工人师傅们依旧步伐一致，意志坚强，看不出任何搬迁的迹象。高炉照旧生产，火车在装卸矿石，像什么事情都不会改变一样。至今，我都佩服这种沉稳的安静之力。

第四个工人区，我到了迁钢。

河北迁安市，到的第九天的下午，遇到的工人比较多，与第二十一位工人聊完后，突然感觉身体里空荡荡的，脑子里，一片虚空。我猛然意识到，自己的精力太集中，沉迷于工人的述说，人已虚脱。

我来不及与工人告别，开车回到宿舍，睡到第二天临近中午才醒。

第十二天，我下到海拔负400多米的矿井最底部，最前沿，已经是井的最深处了。很多矿工，早上下井，晚上出井，能看到太阳的时间不多，有些岗位还是一个人，从早到晚。

一位老师傅告诉我，矿工在井下是不杀生的，师傅们还在井下养了蛇，养了鱼，矿工看见老鼠，不会去驱赶、捕杀，偶尔还会丢些东西给它们吃。矿工有一个简单的念头，老鼠、蛇、鱼能活的地方，人就不会有生命危险。

井下的工人，依靠自己的力气，在石头里，挖掘出自己狭窄的生存空间。

第二天，我去了远郊，大地一片宁静，站在古老而荒芜的长城上，北方群山的冬天，萧杀之中，远处的山，近处的村子，散发出巨大的喜悦的生命气息。

我回到工厂餐厅，从那天开始，我就彻底地不再吃动物，只吃植物，曾经是如此热爱口腹之欲的我，现在，饱肚充饥就行。海拔负400米的矿井，与长城上的两种时空，产生出的震撼，让我做出如此的决定。

第五个工人区，山西长治的长钢。

在工人生活区里，还保留着20世纪90年代初期工厂的景致，干净的老房子，老小区，楼道，食堂，幼儿园，我住的工厂招待所，也都弥漫着过去的气息。一早起来，拉开窗帘，下了一个晚上的雪，窗户外面，是生活区的一个老院子，落满了厚厚的一层雪，几位老人，从自家屋里，拿出铲子和大小不一样的扫把，在院子里扫出一条路来，穿过院子的人，与五位老人打着招呼，说些辛苦或一些家常的话。人来了，人走了，老人保持着平缓的节奏，铲雪，扫雪，有些吃力，老人们经过的地方，路两边的雪高了点，雪还在飘，落在扫过的地上，马上就融化了。做一个平静的人，不与任何人和事，生气、上火，应该是一种恬静的生活，面对正在飘落的大雪，面对老院子，面对工人师傅们与我所说过的诸多经历，从那天开始至今，我做到了：没有一件事、一个人，让我生气。不是忍让，是没有。

西南、山区、老城等关键词，是中国重工业里所不能少的。我去了贵阳贵钢和六盘水水钢，这是我采访的第二年的第二个冬天，郭庆和彭建军两位不断地叮嘱我：一个人开车，去几千公里远的地方，注意安全。重复再三的叮嘱，让我在长途中，多了无数次警醒。我采访过一位青年工人，爷爷是火车司机，爷爷会不断地对徒弟说：确认、确认、再确认，必须确认三次才采取下一步。爷爷到退休，都没有出过安全事故。

到每一个工厂，我都是一个人在工人食堂吃饭，这样，我有了更多自由支配的时间，与遇到的某位工人随意聊天。一些熟悉了我的工人，会坐在镜头前，轻松地让我录下聊天的过程，和工人的谈话，几乎都是在一对一的单独空间里完成的，我相信只有这样的对话，才可能深入工人真实的生活。

采访的工人中，年纪最大的93岁，最小的17岁，很多人家三代、四代都是工人，老师傅们把家里不同时间段里的时间，提取出来，告诉今天的我们。

两年零八个月，我去了十多个工厂和工人生活区，每到一个地方，都会结交一批工人朋友。工人师傅们，把自己的生活，端在我面前，给予了我不可思议的力量，让我的生活态度，不断得到改变。

这次写作，有很多不如意的地方，甚至，如果有冒犯之处，恳请得到各位工人朋友们的原谅。我是一位工人出身的作家，我就是一位工人，没有我十年的工厂生活，没有与我至今生死相交的工人同事，也不会有这部致敬工人阶级和劳动者的作品。感谢各位工人朋友们接受我的采访，希望以后，我能够写出让各位工人师傅们更加满意的文章。工人阶级和一切劳动者，是我精神的指引者，是我生命的最高享受，更是社会发展之根本，对你们的尊重，是对生命的无上敬畏。

从采访工人开始，我就动笔创作这部作品，一年多的时间，没有形成作品的理想结构。这两年零八个月里，每个月，我和韩敬群先生都会见面，会发很多的微信，他知道我的日记写得比较翔实，他建议我把日记放进作品里，形成一根线。由此受到启发，才有了本书的结构。在这部作品里，两根线交叉进行，一根线用第二人称"你"来写我在采访中的变化和想法，还有见到的人与事。另一根线用第一称"我"来写工人师傅们的生活故事，尽量保留了他们各自说话的方式和习惯，这是全书的主线。"你"和"我"的章节在书中交替出现。

关于工人的写作，我才刚刚开始。

感谢赐予我这两年零八个月的人，感谢侯健美、郑俊斌、郭庆、韩敬群、彭建军、龙冬、王霆、刘娜、张卫、车路，感谢给予我创作机会的北京市委宣传部、北京十月文艺出版社、首钢及分布于全国各地的首钢分公司。是你们，把我让进了首钢工人这一巨大的时空里。无论我走到哪里，你们都无处不在，随时接受我的请求，打开一扇扇不可思议之门。让我从一个空间，进到另一个时间里。从一个时间的点，掉进另一个无限的空间。有时候，我面对的是一面镜子，不同年龄的工人坐在我身边，慢慢地说出曾经的生活；有时候，我置身于两面镜子的中间，时空无限衍生在相对的镜面里，不同地区的工人，说到自己的亲人，声音哽咽，大地无声；有时候，我看见了生活的暗，也听到了阳光散落在地上的声音。

　　需要感谢的实在太多，好在人生于我——就是一次感恩的盛宴，宴会上或独酌，或对饮，或宾客满座，或高歌一曲，或沉吟，或观看……

2019 年 1 月 2 日

于北京酒仙桥

图书在版编目（ＣＩＰ）数据

百炼成钢 / 唐朝晖著. —北京：北京十月文艺出
版社，2019.8
ISBN 978-7-5302-1882-2

Ⅰ．①百… Ⅱ．①唐… Ⅲ．①纪实文学—中国—当代
Ⅳ．①I25

中国版本图书馆CIP数据核字(2018)第225034号

百炼成钢
BAILIAN-CHENGGANG
唐朝晖　著

出　　版　北京出版集团公司
　　　　　北京十月文艺出版社
地　　址　北京北三环中路6号
邮　　编　100120
网　　址　www.bph.com.cn
发　　行　新经典发行有限公司
　　　　　电话（010）68423599
经　　销　新华书店
印　　刷　固安县铭成印刷有限公司
版　　次　2019年9月第1版
　　　　　2019年9月第1次印刷
开　　本　880毫米×1230毫米　1/32
印　　张　20
字　　数　425千字
书　　号　ISBN 978-7-5302-1882-2
定　　价　75.00元
质量监督电话　010-58572393
如有印装质量问题，由本社负责调换。

许多珠宝，深深地
埋在黑暗中，沉睡，
镐和钻头够不着；

——波德莱尔

等 着 出 铁

把 钢 铁 吊 过 来

我 看 见 了 红 色 的 钢

奔 跑 在 工 厂 里 的
两 根 黄 色 的 线

这里明年就是一个
高档生活小区

身 体 的 内 部

4 3 2 0 天

我 与 工 人 在 一 起

我 的 户 口 簿 里
只 有 过 两 种 身 份

农 民 和 工 人

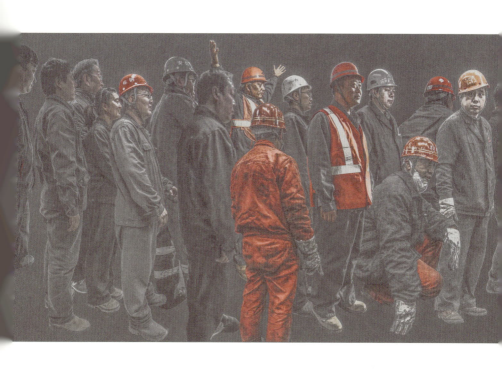

我 们 一 直 在 一 起